魅丽文化
花火工作室

尤尤我心

木子喵喵

///////

作品

江苏凤凰文艺出版社
JIANGSU PHOENIX LITERATURE AND ART PUBLISHING, LTD

图书在版编目（CIP）数据

尤尤我心 / 木子喵喵著. -- 南京 : 江苏凤凰文艺出版社，2018.11

ISBN 978-7-5594-2836-3

Ⅰ. ①尤… Ⅱ. ①木… Ⅲ. ①长篇小说－中国－当代 Ⅳ. ①I247.5

中国版本图书馆CIP数据核字(2018)第201113号

书　　名	尤尤我心
作　　者	木子喵喵
出版统筹	汪修荣　邹立勋
选题策划	黄　欢
责任编辑	胡小河　姚　丽
文字编辑	胡　蓉
责任监制	刘　巍　江伟明
出版发行	江苏凤凰文艺出版社
出版社地址	南京市中央路165号，邮编：210009
出版社网址	http://www.jswenyi.com
印　　刷	湖南新华精品印务有限公司
开　　本	880×1230毫米 1/32
字　　数	288千字
印　　张	10
版　　次	2018年11月第1版，2018年11月第1次印刷
标准书号	ISBN 978-7-5594-2836-3
定　　价	38.00元

目录

CONTENTS

YOU YOU WO XIN

目录
CONTENTS

YOU YOU WO XIN

第一章
小哥哥长得真好看

Part 1

“新学期第一次测试成绩出来了！”

“专业第一名肯定是我们英俊帅气优秀的叶学长！”

北城著名的音乐学院，简称央音的学生们聚集在公告栏前讨论着新学期的第一次测试。

和所有学校一样，男生女生们除了关心自己的成绩之外，重点关注的是学校的榜首。和其他学校不一样的是，央音的成绩单分两部分，专业分和文化分。

“第一！叶学长专业分又是第一！”

人群中，有女生惊呼。

“倒数第一！叶西何文化分又是倒数第一！”

人群中，男生小声说。

女生立刻怒目圆瞪：“我们是音乐学院，注重的是专业！文化分算什么！”

男生：“既然你这样说，那我们高考的时候要考什么文化分，直接专业过了就得了。我第一年考进来的时候专业分还前十呢，奈何文化分不够……”

“你何止文化分不够，你长相、身材哪里够？还想跟叶学长比，你连叶学长一根鼻毛都比不过，人丑就要多读书知道吗？”

“哎，你这话就有点伤人自尊了！”

“自尊那么高贵的东西，你有得起吗？”

“……”

每学期公布分数这天都会有一次这样的争吵，其他学生早已司空见惯。

就连老师也对这样的情况习以为常。

唯有新生倍感新鲜：“叶西何是谁呀？”

“叶西何你都不知道？大提琴王子叶西何啊！出身书香门第，中国著名大提琴家叶成的儿子，央音年年专业分第一，可惜文化分年年垫底，可谓是专业和文化巨大的反差了。”

办公室。

辅导员老张头疼地看着眼前的成绩单。

大提琴专业二班，叶西何。

语文：57 分

毛概：20 分

英语：5 分

……

“我的大少爷啊，你能告诉我，你的英语是怎么考到五分的？我胡乱填个选择题也不止五分吧？”老张看着坐在对面沙发上的那人，几欲吐血，“你这样让我跟正在出差的校长怎么交代啊，校长怎么跟你父亲叶老师交代啊，当初校长可是信誓旦旦地说下一次你的文化分一定不会是倒数第一的！”

老张在办公室里走来走去，走来走去。

“听说你把戴教授也赶走了，这可是叶老师为你请的第五十位英语辅导老师了，如果说前四十九位辅导老师你都不满意，戴教授可是清华大学有名的英语教授……”老张说到这，停住脚步，看着坐在沙发上的那人一脸平静，仿佛不是在说他，叹了口气，收回肚子里没说完的话，“算了，我不说你了。叶哥，我都喊你哥了！这次，我会帮你另外请一位英语辅导老师，只求你别再赶他走了，行不行？”

“不。”干脆直接地拒绝，他从沙发上站起身。

由窗外射入的阳光中，他穿着浅色衬衣、深色长裤，一双干净清明的双眼清清淡淡。他有一头灰蓝色的发，软软搭着，他看起来明明应该很乖巧，却十分落拓不羁。

叶西何扬了扬眉，笑看着老张，漫不经心地说：“老师，您要再给我找辅导老师，我还是会和以前一样……赶他出去。”

他拿过办公桌上的湿纸巾擦了擦手：“如果没有其他事，我先走了。”

“嘿，你这小子，我办公室很脏吗？还擦手！”老张追着他出去。

等在外面的程珊全嘿嘿笑：“老师，叶哥是嫌您办公室空气质量不好，全都是因为您刚才讲话时的唾液横飞呀！”

“嘭。”

一个黑板擦朝这边飞来，伴随着老张气急败坏的声音：“臭小子，你给我等着！”

程珊全嘻嘻哈哈地逃走了。

两人走到拐角处，迎面走来了几个女生，抱着一摞要帮辅导员收的作业，看见他们忙让了道，脸上红扑扑的。

一路看着他们从自己身边经过，走远了，她们才敢小声嘀咕：“看见了吗？那个人是叶西何哎！”

“看见了看见了，比想象中还帅还酷！”

“我觉得珊珊也很可爱啊，你没看过他最新拍的广告吗？巨萌！”

“程珊全和叶西何是一个班的吗？”

“对啊。”

“我还是更喜欢像叶西何这样酷酷的小哥哥。”

逃离办公室，程珊全两手插在口袋里无聊地吹着口哨，闲散的步伐像要把教学楼走廊走成逛大街。

“小叶叶，我们现在去哪玩？”他问身边的男人，“下节课是‘补觉课’，可我一点也不想睡觉。金驰那只猪患肠胃炎进医院了，无聊死了。”

“下节什么课？”

“英语啊。”

“噢，打篮球去。”少年漫不经心的嗓音低沉清润。

央音露天篮球场，少年抱着篮球跳跃、灌篮，漂亮洒脱的姿势引起围观的女生惊叫连连，空气中弥漫着荷尔蒙的气息，极易令人的心躁动不安。

安静地上着英语课的大提琴专业二班靠窗的学生，听着讲台上老师讲的各种语法区别，眼神望向篮球场，轻推了推同桌，昂下巴示意她看外面："叶西何和程珊全又逃课了，还这么光明正大。"

"这不是很正常的事吗？连老师都管不了。"

"唉，真羡慕，这才是大学该做的事啊，光明正大地逃课，在篮球场肆意奔跑、跳跃，挥洒汗水！"

"羡慕啊？人家有背景，你有啥？"

"啥都有。"那人从鼻子里哼出一口气，"就是没钱没背景。"

同桌淡淡地说："'扁桃体'同学你'发炎'有点多，不如到讲台上去说？"

"……你才扁桃体！"那人翻了个白眼。

这时，讲台上，老师翻开英语课本："下面，请一位同学起来背诵我昨天说过的这段课文。"

一听到要背诵课文，顿时整个班上安静了下来，大家都害怕老师会点到自己。

"徐蓉蓉，你来吧。"

老师点了一名学生后，大家全松了一口气。

班级前排，站起了一位相貌端正的马尾女生．她站得笔直，穿着整洁的衬衫长裤，清清楚楚地背诵了起来。

窗口那人忍不住又低声感叹："哎，学霸啊！这么难背的句子，居然一点都不结巴，简直就是标准的英语口语。"

"当然了，徐蓉蓉学习成绩好，长得又漂亮，不然怎么能跟叶西何交往？"

"不是听说已经分了吗？叶西何总对人家学霸爱答不理的。"

"这我就不清楚了。"

"唉，可惜了一个学霸妹子，还不如跟我这种老实人交往！"

"得了吧，你这等屌丝怎么能跟叶西何那种高富帅相提并论？"

"可叶西何那换女友的速度，比我换衣服还快，我衣服还一周换一次呢！"

“你有脸说，我明天就跟辅导员说我要和你换位置！”

“不要这么残忍吧……”

一节课下课后，篮球场上的人越聚越多，有其他班的学生加入了这场篮球赛。

穿着白色篮球服的叶西何朝他们挥了挥手，示意自己下场。

“那个白色球服的十一号下场了。”周围，有人遗憾地说。

“真讨厌，如果上节不是‘地中海’的课，我一定逃课过来，就能多看叶学长两眼了。”

程珊全投进一个球，回头看见走向休息台的叶西何，边擦汗边跑着跟了上去：“怎么不打了？”

“一会回家了。”叶西何在休息台边拿了一瓶矿泉水，立在原地仰头喝了起来。

光晕中，汗水晶莹剔透地顺着他漂亮的脖颈线流下，喉结随着他喝水的频率一下一下律动，有种无法言喻的性感。

“叶学长真性感啊，真想冲去他怀里蹭蹭！”

“当然性感了！那律动的喉结，张力十足的肌肉，全身都性感得不行！要蹭，鼻子要蹭、嘴巴要蹭、屁股要蹭，哪里都要蹭！”

“快看快看，那个人不是叶学长班上的徐蓉蓉么？”

露天篮球场很大，即使人多，也不妨碍在人群中一眼看见徐蓉蓉。

她的气质很特别，长相清秀干净，整个人也清清冷冷。站在她身边，即使是夏天，也能感受周身一股子清凉。因为长得好看，气质又清冷干净，她一度被评选为央音的“神仙姐姐”。

程珊全看见了她，给坐在看台休息的叶西何一个眼神：“嘿，你的‘神仙姐姐’找你讨债来了。”

叶西何不为所动。

程珊全摇摇头：“You bad bad！”

徐蓉蓉见叶西何看见自己也没什么反应，顿时心中又委屈又生气。

她穿过人群，走到叶西何面前，一张俏脸上努力隐藏住自己在意他的情绪：“叶西何，你怎么又旷课了？”

叶西何眼睛看着在篮球场上打球的球员们，对徐蓉蓉的话充耳不闻。

“你这么堕落，怎么对得起你们大提琴世家的名声？你一点都不觉得羞愧吗？”

叶西何还是没理她。

徐蓉蓉的出现本就吸引了周围许多眼神，此刻对叶西何的指责更让周围的人议论纷纷。

偏偏叶西何还一副爱答不理的样子。

徐蓉蓉只觉又羞又恼，音量不自觉提高了起来：“叶西何，你这样真令人瞧不起！”

这句话终于让叶西何有所反应。

他抿了抿薄唇，身体往后靠着，双手搭在椅背上，微昂头瞟着徐蓉蓉，语气轻慢：“徐蓉蓉，你是我妈啊？管这么宽？”

徐蓉蓉气红了一张脸，眼眶里蓄满了泪水：“叶西何，你混蛋！我是你的谁你自己心里不清楚吗？”

叶西何扬眉：“上周刚跟我提分手的前女友？”

围观的程珊全在心里感叹，小叶叶也真是的，怎么在这么多人面前一点不给“神仙姐姐”面子，人家好歹是个校花啊，这我见犹怜的样子，他都快看不下去了。

徐蓉蓉的确是上周跟叶西何提的分手。自从跟他交往以来，他对她的态度一直冷冷淡淡，她本来只是想要一耍脾气，让叶西何哄哄她，可谁知道叶西何说分手就分手，连一句哄她的话都没有。

可徐蓉蓉喜欢他啊，自从见到他第一面就喜欢他。别人都以为是叶西何主动追求她的，实际上是她主动向他表白的。

还记得那天很晚，学校几乎没有人了，她因为落下东西在教室，跑到教室去拿，回宿舍的路上看见空旷的篮球场上有一个跳跃的身影。

徐蓉蓉暗恋了他两年，他的身影她一眼就认出。

那天叶西何心情很不好，徐蓉蓉静静地陪他打到午夜一点，什么也没问，什么也没说。

他那么聪明的人，不会看不见她眼神中的爱慕。

临走时，他一句话都没跟她说。

看着他的背影，她知道，有些话如果现在不说，她以后都不会有勇气说出口的。

“叶西何，我想当你女朋友。”

他停住脚步，回头。

灯影中，他站在原地，外套搭在肩膀上。他明明站得直，浑身却透着一股子痞劲，让她的心扑通扑通疯狂地跳。

叶西何歪着头，满脸不正经的样子："喜欢我？"

她点点头："喜欢，很喜欢。"

然后就听见他说："喜欢，那就在一起吧。"

那晚，徐蓉蓉一整晚没睡着，连高考考到全市榜首都没有那一晚那样开心幸福。

后来，她跟叶西何在一起的消息是她传出去的。因为觊觎叶西何的女生太多，她有身为女友的占有欲，她觉得除了自己，没人能配得上叶西何，包括那些叶西何的前任。

同寝室的同学都以为乖乖女的她不可能主动追求叶西何，一定是天天换女友的叶西何主动追求她的。

因为心里的那一点嫉妒心，这一点她从未向人澄清过。

久而久之，大家都以为是叶西何主动追求的她。

"对比叶西何过往那些主动送上门的女友，蓉蓉在他心里的位置肯定不一样。"

听见身边人这样说，她更不想去澄清他们的误解。

身边的朋友会调侃："蓉蓉，你可是咱们学校的学霸，又是叶西何的女朋友，你管管他呗，让他别总逃课，给班上抹黑。"

女生心里那些小九九彼此都心知肚明——

不是说你在叶西何心里的位置不一样吗？那你就管管你的男朋友呗！

以往叶西何的前任没一个能驾驭住他，你行吗？

徐蓉蓉觉得自己比叶西何过往的前任都优秀，因为她不但长得好看，成绩好，还多才多艺，是央音的校花，无数男生追求的女神。

所以她很自信地以为自己在叶西何心里的确是不一样的。

可是与叶西何在一起后的交往并不如她所期待的那般，叶西何依然我行我素，有时连她这个女朋友都不知道他的行踪，更别说管了，有时好几天她连他的面都见不着。

所以才有了上周提出的分手。

本以为提出分手能让他紧张自己，却不想自己亲手把他送离了身边。

事实证明，她和他过往的前任没有任何不同，她完全驾驭不了这个捉摸不透的男人。

此时篮球场大部分的注意力都被吸引到叶西何和徐蓉蓉这边。

叶西何打篮球的兴致全无，懒懒起身，朝场外走去。

“叶西何！”徐蓉蓉忙喊住他，“我错了，我说的那个分手是意气用事，我们还和以前一样好不好……”那语气里已经满是妥协。

对方却无情地丢来两个字：“不好。”

然后决然离去。

身后是徐蓉蓉轻轻哭泣的声音。

她不懂为什么她都如此卑微地祈求了，他还那么狠心。

Part 2

图腾武馆。

九月中旬，北城的天气已经略带凉意，街上的行人都已穿上了长外套。刚从武馆跑出来的尤小乔却觉得很热，她穿着白色短袖T恤，运动短裤，急急忙忙地跑着。

“小乔，等等，带着衣服！”身后跟着一个身材健壮的男人，光头，穿着武馆的背心和运动短裤，四肢都是强健有力的肌肉，块头大得有女孩的三倍，却像奶妈一样跟在女孩的身后喋喋不休，“你刚训练完觉得热，一会儿静下心来补课，身体机能恢复正常了，就开始要觉得冷了。不穿衣服，一定是要感冒的。衣服拿着，补完课后要我去接你吗？”

“不用了不用了，今天是第一天过去，还不知道那边情况怎么样。”尤小乔一边接过男人手腕上的衣服，一边说，“你快进去训练吧，不然一会儿教练又要说你了。”

“奶妈师兄，你就别担心了，小乔又不是第一次去补课。再说了，谁敢欺负我们小乔，他有那个能力吗？”站在武馆门口的两个门卫其中之一说。

另外一个见尤小乔左闻闻右闻闻，问：“小乔，你闻什么呢？”

尤小乔问：“我身上有汗味吗？刚训练完随便冲了个澡。听说今天要教的学生背景大，生活方面极其讲究，我想给人家留个好印象，毕竟第一次见面。”

“不是我自夸，小乔肤白貌美，身材又好，人也聪明，学习成绩年年榜上第一。人见人爱的全能少女，谁会不喜欢？”

尤小乔嘿嘿地笑了笑：“卯卯师兄，你这样夸得我都有点不好意思了，虽然你说的是真话。好了好了，我真该走了！”

“去吧去吧！车给你。”早有人将她的单车骑了过来，交给她。

“谢谢师兄！”

尤小乔利落地骑上车走了。

望着尤小乔离开的身影，武馆门口三个高大强壮的男人站成一排朝她挥手告别，脸上带着浓浓的不舍。

尤小乔是北城著名体大的高才生，父亲曾是武术界翘楚，她从小跟着父亲和哥哥习武，今年刚以第一名的成绩进入图腾武馆。因她能力强，性格又极好，所以很快就跟武馆的师兄师弟、师姐师妹们玩成一团。

尤小乔在上课、练武的空暇时间里，会接兼职。

此刻她要去的地方，就是她昨天刚接到的一份家教工作。

跟着手机导航，一路吭哧吭哧骑了二十三公里，终于到了一座大山底下。

所谓大山，早已经被人修好了柏油大马路，马路十分宽敞，但无人行走，偶尔几辆车从她身边呼啸而过，放眼看去，都是豪车。

尤小乔骑着单车慢慢从山坡下往上面骑，每辆路过她身边的车都摇下车窗放缓速度看着她好一会儿，才摇上车窗往上面开。

看得多了，尤小乔郁闷了，难不成她脸上有什么东西？

刚好山坡一个拐弯处有个转角镜，她站在转角镜下照了照，咧了咧嘴笑笑，露出雪白的牙齿。

左看右看，脸上没东西啊，还是那么齿白唇红，闭月羞花，美丽动人。

看得她都要爱上自己了。

尤小乔捋了捋短发前的刘海，觉得自己美爆了之后，又跨上车往目的地继续骑去。

不远处的豪华跑车里，坐在副驾驶座的美艳少女一脸嘲笑：“天啊！这世界上居然还有这样的土包子存在，你看看她穿得多土，还在镜子前照啊照！谁给她的勇气？梁静茹吗？”

正开着跑车的女人撇了撇红唇：“我比较讶异的是世界上居然还有这种两个轮子的车。”

豪华跑车加速从尤小乔身边呼啸而过。

尤小乔在后面边哼着歌边努力地骑车上坡：“快乐的池塘里面有只小青蛙，它跳起舞来就像被王子附体了。酷酷的眼神没有哪只青蛙能比，总有一天它会被公主唤醒，啦啦啦啦啦啦啦……”

十分钟后，尤小乔停在一栋房子前，按照短信上的地址，1-20-18，就是这栋房子没错了。

她将单车停在了大铁门旁边，按下了铁门边的门铃。

很快有守门老头打开门，问：“找谁？”

“您好，我是张老师介绍来的补课老……”尤小乔“师”还没说完，就被那老头冷冷打断：“等着！”

说完“嘭”一声，关了铁门。

尤小乔看着这栋院子足以媲美一个足球场的大房子，倒也不觉得无聊，整个人扒在门栏上往里瞅。

这一瞅，瞅到了远处三只阿拉斯加犬在草地上玩皮球，阿拉斯加犬应该经过严格的训练，看见陌生的她伸着脑袋往里面瞅居然没有朝她凶叫。

尤小乔觉得很好玩，就将脑袋更伸进去了一点，朝它们打招呼：“你们好啊，小家伙们。”

三只阿拉斯加犬瞥了她一眼，自顾自地玩着。

尤小乔闲得无聊，一会用英文跟他们打招呼：“Hi，baby!”

一会又用泰语、德语各国语言跟它们打招呼。

“你在做什么？”

这时，一个厉呵声传来，吓了她一跳，尤小乔将脑袋从门栏里抽了出来，守门老头气势汹汹地打开大门走出来，向她质问：“你在做什么？”

“你们家大狗很可爱，我在跟它们打招呼。”尤小乔老实巴交地说。

老头狠狠瞪了她一眼，说：“你走吧！”

尤小乔“啊”了一声，说：“老爷爷，刚刚您没听清吗？我是张老师介绍来的补课老师。”

老头说：“我耳朵没聋，管你是张三老师介绍来的，还是李四老师介绍来的，都没用！走走走！”

“嘿！”尤小乔被他赶着走，忽然看见熟人一般，朝老头后面招招手，“叶西何同学，你出来啦！”

老头本能地向后转，尤小乔身形灵巧地越过他蹿到门后面，在老头没有赶上之前，绕过院子，闪进了房子里。

虽然守门老头很凶，但他的速度当然比不上习武的尤小乔，很快尤小乔就甩了身后的守门老头，跑进了屋子里。

尤小乔站在巨大的客厅门外，一眼看见了坐在沙发上长腿交叠的男人。

他穿着套白色篮球服，脚旁放着个篮球，一只手搭在沙发背上，另一只手悠闲地搭在身侧，五指有一下没一下地敲着沙发，正懒懒地闭目养神。

他有一头灰蓝色的短发，衬得他的脸棱角分明，干净万分。

屋子里的冷气开得很足，一看他就是刚打完篮球回来。

尤小乔伸出小手，对他挥了挥：“叶西何你好，我是你的新补课老师，我叫尤小乔。第一次见面，请多多指教。”

“……”

半天，那边都没有回应。

尤小乔清了清嗓子，又自我介绍了一遍：“叶西何你好，我是你的新补课老师，我叫尤小乔。第一次见面，请多多指教！”

“……”

还是没反应。

空气安静了两三秒。

当她正要前进几步探个究竟时，忽然眼前一暗，三堵巨大的“肉墙”挡在她面前。

那是三个彪形大汉，每个人的体形都犹如日本相扑选手。

尤小乔刚要重新介绍自己，就见一个“相扑选手”朝她扑来，她后退一步，眼看身体要往后摔去……

Part 3

三分钟后，三个壮汉倒在地上痛苦呻吟。

她拍拍手上的尘土，一脸终于了然地自言自语："看来现在当家教还得先进行体能考核。"

她再往前走一步，就见原本闭目养神的少年已经睁开了眼睛，眼神润泽明亮，黑白分明，十分好看。

"你吵到我了。"

他嘴角微勾，明明是被吵到了，却露出一抹漫不经心的笑容。

尤小乔看着倒在地上的壮汉，心想这三个人不是你找来挑衅我的吗？还装作一副不关你事的样子。

不过他既然能装，她也能装成若无其事啊！

"我也很奇怪，一进来刚打完招呼就有三个大男人朝我扑过来，我只是正当防卫。"

"哦。"他应了一声，似笑非笑地看着她。

"不过这都不是事，我还是要向你介绍一遍，我是你的新补课老师，我叫尤小乔。"

说完，她才像想起什么似的，问："你是叶西何吧？"

他望着她，并没有很快回答。

尤小乔很有耐心，他不回答，她也不多话，直到——

"你走吧。"他从沙发上站起来，没回答她的问题，而是懒洋洋地丢给她一句"我不需要家教"。

他立着身子，伸了个懒腰，闭着眼晃了晃头，活动了一下筋骨，就往楼上走去。

虽然没有直面回答，但从他的话语中不难知道他就是叶西何本人了。

对于自己未来的学生的态度，尤小乔并没有太惊讶，早在接到这份工作之前，她已经对这位叶同学有所了解。

叶西何，央音"大佬"，长相俊美，气质冷峻中带着几分痞气，人气男神，江湖人称"叶哥"。

他的专业尤为厉害，获得过国际上大提琴界很多有名的奖项，属于天才型选手，却也是个"问题少年"。

不服管教，不爱学习的学渣，还喜欢惹事，换女朋友更如换衣服一般，一天一个……

因为他到处惹是生非，让家长不得不在他身边安插保镖，让他不至于被报复。

所以刚才那三个壮汉都是他身边的保镖吧？

尤小乔左看看右看看，再瞅了一眼倒在地上已经没有了战斗力的三个壮汉，觉得没人能拦住她，就朝他上楼的方向跟了去。

上了二楼后已经看不见叶西何的身影。

尤小乔也不着急，一间房一间房慢慢地找。

每个房门都关闭着，她将耳朵贴在门边听哪一间有声音，试图找到人。

这栋房子很大，房间很多，不过让她多看了几眼的是二楼的露天阳台，简洁舒适的装饰，圆形的巨大沙发，柔软的靠枕，还有像月亮球一样的吊床……

她不自觉已经开始“脑补”一个人躺在圆形沙发上，抱着柔软的抱枕，身边慵懒地趴着一只小猫，耳边放着柔和的纯音乐，太阳斜射在身上，暖洋洋的场景了。

在她一边幻想，一边一间房一间房辨别声音时，忽然听见一间房内传来淋水声。

她瞬间从幻想切换回现实，迟疑片刻，推门而入。

这是一间十分宽敞的大卧室，却大得太过空荡，简洁的黑白灰风格，里面的摆设也特别简单。

床是床，柜是柜，多余的一件摆件都没有，除了床头的一个……

尤小乔走过去，正要弯下腰瞅瞅那东西，身后传来散漫的声音：“谁允许你进来，嗯？”

尤小乔立刻转身，刚要解释，就见面前的人湿淋淋地从浴室出来。强壮健硕的胸肌，宽厚的肩膀，下身修长的双腿，他全身上下只围了一条白色的浴巾。

她咽了咽口水，双手遮住眼睛，五指情不自禁留下一点缝隙：“叶西何，你、你要流氓啊！你、你快穿衣服！”

叶西何看着她假装遮住眼睛，实则眼睛一直透着指缝贪婪地望着自己，俊脸上露出邪痞的笑，没管她。

尤小乔状似害羞地转过身，听见身后有拉开衣橱的声音，她咽了咽口水，心想，偷偷看一眼，他应该不会发现吧？

这般想着，脑袋已经不由自主地转了回去，这一转不得了，他正拿了一件睡袍，仿佛一点也不怕被她瞧见一般，不紧不慢地披上。

而她转头的刹那间刚好看见他未披上睡袍时全身什么都没穿的画面……

“扑哧”，尤小乔只觉体内一股血液翻涌而上，她捂着鼻子，感觉有什么东西从指缝里“扑哧”“扑哧”流出。

望着手中鲜红的液体，尤小乔慢慢将嘴巴张成“O”形，她居然被帅哥诱惑到流鼻血了……

当叶西何回头，就见她捂着鼻子，一边开口说话，一边往外流鼻血的景象。

穿着睡袍的叶西何倚在柜子边，睡袍带子松松垮垮地系在他的腰间，露出一大片健硕古铜的性感胸肌，他双手环抱，歪着头问她：“好看吗？”

尤小乔：“……”

为什么她会有一种……他在勾引自己的错觉？

棋逢对手，不相上下，她需要冷静冷静。

“家教的事，稍后再议！”

说完，她一边捂着鼻子一边飞快离开这个是非之地。

Part 4

图腾武馆中。

两名武馆弟子正在进行武术竞技训练，四周不少武馆弟子盘腿而坐观望着。

坐在其中的尤小乔上抱着一杯红糖水喝着看着，身边奶妈站起身，一脸震惊：“这样说，那小子这么难搞？要不要我带着武馆的兄弟去搞定他？”

“搞定什么啊……”尤小乔扯了扯他的胳膊，让他坐下，“你以为你是混黑社会的啊？还带着兄弟们去找他。”

“那你打算怎么办？”奶妈说，“照你刚才说的，他对补习这件事很抗拒。”

“呵呵，世上有我尤小乔做不到的事吗？江湖人称叶哥是吗？不知道我乔姐也是在江湖上有名号的人吗？”尤小乔笑脸一昂，“等着吧，他会主动给我打电话的！”

“所以……小乔，我能问一个与这个不相关的问题吗？”

“什么？”

“你怎么一回来就泡红糖水喝，我记得离你那几天还有好远啊？”

“我可以选择不回答吗？”难道她要说在叶西何家里被他引诱到失血过多吗？

“可以吧。”奶奶一脸“不说我也能猜出来”的表情，“反正我知道红糖这东西补血。”

那你还问！

尤小乔瞪着他。

好在这时，她的手机响了起来。

尤小乔看着手机上那一串陌生的来电，勾了勾唇：“央音‘大佬’来电话了！”

接起电话，不意外地，那边是叶西何声音。

只不过对比之前，这次叶西何的声音冷漠无比：“东西是你拿走的？”

“对啊。”她大方承认，“看来我猜得没错，那东西对你来说很重要。想要回去的话，就得乖乖听我话补习，不然……”

“你在哪？”隔着电话，尤小乔都能想象到“大佬”咬牙切齿想撕碎她的模样。

尤小乔勾唇，报给他一个地址：“图腾武馆。”

挂了电话，奶妈一脸好奇：“小乔，你怎么算准那小子会给你打电话？”

尤小乔想起叶西何的卧室，一眼望去简洁了当，避繁就简，除了生活必须用到的物品和床头的一个相框，多一件摆件都没有！

“就是这个？”奶妈看着相框里的女人，看了半天，喃喃自语，“怎么这个女人看起来有点眼熟？”

“就是很眼熟，名人嘛！”尤小乔指着相框里的女人，“我国著名的青年大提琴家熊娜娜。”

“噢，熊娜娜！所以，叶西何房间里什么都没有，只有这个相框，难道说……”奶妈脑子一转，“难道说那小子拿着熊娜娜的相框在举行祭拜仪式？”

“……仪式个屁啦！你电视剧看多了啊？”尤小乔说，“这一看，就知道熊娜娜对叶西何来讲是特别重要的人！”

“多重要的人？”

“这我哪知道，据说‘大佬’的女朋友一天换一个，怎么看也不像个把女友相框宝贝得跟国家一级保护艺术品的人啊？不过不管他跟熊娜娜是什么关系，我只想利用这个相框让叶西何乖乖就范！”

尤小乔眼睛一眯，想起在叶家他引诱自己的场景，再想起电话里他气急败坏的声音，怎么觉得欺负“大佬”的感觉很爽？

她慢慢地喝了一口红糖水，舔了舔嘴巴，甜甜的。

“谁是尤小乔？给我滚出来！”

这时，后门起了一阵骚动。

坐在武馆内的尤小乔并没有清晰地听到这一声嚷嚷，耳朵尖的奶妈却听见了这熟悉的声音，心下一紧，正准备出去看看怎么回事，就见卯卯急急忙忙跑了过来：“大师兄，不好了，拳霸武馆的人又来闹事了！”

“……”奶妈面色一沉，“出去看看！”

捧着杯子喝红糖水的尤小乔看着他们的背影若有所思，刚刚她怎么好像听见外面有人在喊她的名字？

图腾武馆的后门，一群穿着白色黄丝边练功服的弟子们气势汹汹地站在那里。

打头的是个光头、长相粗犷的男人，他身边是个个子矮小的女生，穿着日系的校服衬衫和短裙，手上拿着一个冰激凌舔着。

图腾武馆大部分的弟子们面色凝重，如临大敌。

“他们都是谁啊？”

尽管图腾武馆的人大多对眼前一群人已经很熟悉了，但也有新来的弟子不熟的。

有人小声解释：“长相粗犷的大块头是拳霸武馆的大弟子候上述，身边那个日系校服女孩是拳霸武馆馆长的女儿程天真。”

“程天真？”那人打量着与程天真的脸并不符合的校服衬衫和短裙，“她还是高中生？”

“才不是。”

“那她怎么穿成这样？”

“这就说来话长了……程天真是有名的学渣，从小到大考试就没高过二十分。可她却十分喜欢上学，尤其是名牌学校，从小学到高中，都是花钱念她喜欢的学校。可大学不行，程天真一直想要上央音，奈何央音招生要求十分严格，程天真各方面都不合格。她一气之下其他学校也不念了，整天在武馆无所事事，每天喜欢把自己打扮成学生妹的模样。”

“这不是心理有病吗？”

“可不是吗？我看拳霸武馆的人都有病，不然怎么会没事找事。”

“所以拳霸武馆是怎么回事？听说每个月都得这样闹几次？”

“拳霸武馆在外宣传他们是中国第一武馆，所有的武馆都要向他们俯首称臣，可咱们武馆却一直不肯屈服他们。表面上拳霸武馆的教练没把这事放在心上，却放纵武馆的弟子来这闹事。事实上他们武馆确实比咱们强很多，说是中国第一武馆也不夸张，我们武馆也挺尊重他们的。但尊重和服从是两个概念！”

“拳霸武馆这么厉害吗？”

“嗯……”

“大师兄出来了！”

人群中有人喊了一声。

图腾武馆的弟子们立刻让开中间的路。

图腾武馆的大弟子徐晓磊，别名奶妈，从人群中走了出来。

面对拳霸武馆每个月的挑衅，徐晓磊早已习惯。

他是出了名的好脾气。

看着对方来势汹汹，还能微笑和他们打招呼：“不知道拳霸武馆的师兄们，有何指教？”

“呵，手下败将，图腾武馆还没摘除你大师兄的身份？难怪图腾武馆一直这么没落，大师兄功不可没啊……”候上述此话一出，拳霸武馆的弟子们不约而同地哈哈大笑了起来。

被对方嘲讽，徐晓磊也不生气：“如果你们是来说这些没用的，恕不奉陪！”

说完，作势要带众弟子回去。

“我们大师兄在跟你说话！让你走了吗？”话应刚落，候上述身边一个弟子冲了上来要拦住徐晓磊的路。

徐晓磊身后的新弟子条件反射地阻拦，对方脸上露出一抹得逞的笑。

谁都没有看清，拳霸武馆的弟子是如何出拳。

只听一声沉闷的击碰声音，图腾武馆的新弟子被对方狠狠击倒在地，捂着肚子，痛不欲生。

“废物！”拳霸武馆的弟子朝地上吐了一口唾沫。

这一举动让原本战败的新弟子更加难受了起来，如果他能更强大的话，一定不会让图腾武馆受到对方的侮辱。

可他不知道，以拳霸武馆现在的实力，连武馆里最强的徐晓磊都不是他们的对手。

这也是为什么拳霸武馆每月都肆无忌惮来挑衅的原因。

一双温暖的大手将他从地上扶起，他看去，是大师兄徐晓磊：“大师兄……”他哽咽地喊了一句。

徐晓磊拍拍他的肩膀：“没关系。”

“都让你们每天好好练功了，怎么练了一个月还跟个草包一样！”

“就是！像个草包就算了，竟然还自不量力挑战我们三师兄，简直自取其辱。”

拳霸武馆的人占了上风，嘴上也不饶人。

徐晓磊一脸愠色：“你们究竟想做什么？”

候上述双手环抱，冷笑：“把你们武馆的尤小乔喊出来！”

徐晓磊眉头一皱，这些人每月来踢馆不算，现在又来找刚入馆的小乔麻烦？

“我说这一大帮人气势汹汹地站在我们馆后面吠什么呢，原来是找我啊？”这时，人群中传来一个女声，“没想到我尤小乔面子这么大。我数数啊，一、二、三、四、五……你们是把拳霸武馆所有人都喊来了么？”

众人看去，一个小巧玲珑的女生站在一群男人之中，一双灵动的大眼睛，齐肩的短发，面相无害，甚至甜美温柔，可说出来的话却让拳霸武馆的人很生气。

她话中的意思是她尤小乔有很大的面子，能让拳霸武馆所有的弟子都来找她？

“呵，不知天高地厚的丫头片子！”

拳霸武馆的弟子一脸不屑。

“小乔！”卯卯抓住尤小乔的手臂，低声叮嘱她，“小心这群人，不是善茬。”

尤小乔拍拍卯卯抓住自己手臂的手：“师兄放心，我自有分寸。”

“你就是尤小乔？”一直冷眼看着，舔着冰激凌的程天真终于开口说话。

“你是？”尤小乔抱着保温杯喝着红糖水，表情淡淡的。

“哼，我们大师姐的名字是你这样的俗人能问的吗？”程天真未开口，她身边一个黄头发的弟子迫不及待地怒斥。

尤小乔瞟了一眼那“黄毛怪”没吭声。

程天真见了尤小乔，仿佛见到了极其厌恶的人，眉眼都生厌：“离开叶西何！”

“？？”

尤小乔脑门上出现了两个问号，忽然觉得好笑，原来对方这么兴师动众，居然是为了叶西何。

有意思了。

“听说你们拳霸武馆叱咤全国武馆这么多年，什么都要管，什么都要以你们为首，怎么现在连别人的私事也要管了？”

“呵，管你是给你面子，别给脸不要脸！我们大师姐看中的人，你也敢碰？”

抢着说话的又是黄头发少年。

尤小乔又瞟了一眼那“黄毛怪”，对方一脸老气横秋的模样。

她皱了皱眉，淡淡地说：“‘腰间盘同学’请你坐下，你已经够突出了。”

“黄毛怪”一愣，才明白她意指他话多，他气急败坏地指着尤小乔：“你！你说谁是‘腰间盘’？”

尤小乔耸了耸肩膀：“我没指名道姓啊，你自己也感觉是在说你吗？可见你是有多突出！”

“你！”“黄毛怪”手握成拳头，就要朝尤小乔冲去，被程天真拦住了。

“倒是个伶牙俐齿的丫头！”程天真冷哼一声，“你知道就行，我们拳霸武馆在武术界的地位，不是你能撼动的！得罪了我们拳霸武馆，就等于得罪了整个武术界，你最好想清楚！”

“你这样一说我还挺害怕。”尤小乔感叹，装出一副十分惶恐的模样，“原来拳霸武馆这么厉害啊……”

程天真一副“你这个土包子才知道”的表情。

“既然这么厉害，拳霸武馆要不要考虑创建一个国家，自封为国王，再争取掌管地球，统一世界？”

“……”

程天真再蠢也能听出尤小乔话里嘲讽的意思。

她眯了眯眼睛，瞳孔里都是危险的意味。

下一秒，程天真将手上的冰激凌一扔，尖叫一声朝尤小乔冲了过来——“找死！”

“小乔！小心！”徐晓磊和卯卯一脸紧张，虽然程天真学习不好，但在功夫方面颇有修为，是拳霸武馆仅次于大师兄候上述的人。别说是小乔了，连他们都有几分招架不住。

小乔才来图腾武馆不到半年，虽然她是以图腾武馆同届第一的成绩录取的，但对上拳霸武馆的实力，是不可能打得过的。

眼看程天真冲了上来，徐晓磊正要替尤小乔暂时挡住对方的攻击。

尤小乔却淡定地将手上的保温杯放在地上，眼看程天真一拳就要击中她的头部，尤小乔一伸手，稳稳接住了她的拳头。

尤小乔起身，一个旋风腿，速度犹如闪电，令人措手不及，只听巨大的“啪”的一声，是重物摔落的声音。

程天真整个身体被尤小乔踢了出去，犹如落叶一般，落在拳霸武馆众弟子的面前。

沉寂……

很久，直到传来程天真嘤嘤的哭声，所有人才从震惊中反应了过来。

图腾武馆的尤小乔居然打败了中国第一武馆拳霸武馆的程天真？

“小乔太厉害了！”

“小乔师姐真棒！”

尤小乔这一脚，犹如方才拳霸武馆的弟子击中图腾武馆新弟子那一拳，充满了对对方的羞辱。

拳霸武馆的弟子们咬牙切齿地瞪着她。

候上述心疼又愤怒，忍着脾气哄着一直哭泣的程天真。

“黄毛怪”又气又着急地在程天真周围走来走去，指着尤小乔骂：“你完了我跟你说！你完了！你知不知道得罪了我们拳霸武馆有什么后果？”

“不知道啊。”尤小乔无辜地耸耸肩，“我只知道以其人之道还治其人之身。‘腰间盘同学’，你小学的时候老师没教过你吗？别人欺负了你，你就要更狠地欺负回去呀！”

尤小乔说完，图腾武馆的弟子们热烈地鼓起了掌，一个个喊：“小乔！小乔！小乔！”

“黄毛怪”指着尤小乔“你你你”了半天，却说不出一个字，他发现自己竟然说不过这个丫头片子！

闹剧在图腾武馆的兴奋和拳霸武馆的恼羞成怒中结束了。

尤小乔的手机响了起来，她看着上面一连串的数字，对着拳霸武馆的“黄毛怪”说：“‘腰间盘同学’，现在你乔姐有重要的事要去做，你赶紧带你们的程师姐去医院看看。我刚踢的那一脚，好像正好踢到她的腰间盘了，女孩子腰间盘太突出不好看哦！”

“你！”

“黄毛怪”气得在原地直跳，尤小乔却笑嘻嘻地跑回了自己的地盘。

“大师兄。”她跑到徐晓磊身边，小声说，“我有急事需要处理，这里就麻烦你了！”

“小乔，你……”徐晓磊想说什么，最终什么都没说，点了点头，“去吧，这里交给我就行了。”

“好。”尤小乔应了一声，拿着手机急匆匆地走了。

看着尤小乔狂奔离去的背影，好在他已经习惯了她风风火火的性格。

只是……

他看向拳霸武馆的一群弟子面上愤怒的表情，看来以后图腾武馆跟拳霸武馆的梁子算是彻底结下了。

但他心中并没有生气，反而有几分高兴。

拳霸武馆这些年凭借着自己的实力实在欺人太甚，许多同行敢怒不敢言，私底下也有人说，拳霸武馆再这样下去，早晚会吃亏，却没想到第一次吃亏是在小乔手上。

怎么有种……酣畅淋漓的爽快感，真是妙不可言！

Part 5

叶西何来得很快。

相对于图腾武馆的后门，前门要安静许多，甚至有许多人根本不知道后门发生的一切，因为此刻——

图腾武馆的小姐姐们都聚集在大厅，看着大厅中央浑身上下都泛着清冷气质的男人。

“那不是叶西何吗？那个全国大提琴比赛冠军，世界著名大提琴家叶成的儿子，央音的高才生啊！”

“好俊的小哥哥！”

“模样精致得就像动漫里的人物啊，有没有？”

“有啊……我第一眼就这么觉得，而且他的身材也很棒！那脱了衣服后的大胸肌啊……”

“你怎么知道他脱了衣服……”姑娘话未说完，就看见站在身旁的尤小乔，此刻正色眯眯地盯着叶西何。

此刻尤小乔眼中的叶西何穿着黑色夹克，同色系的长裤，整个人利落中带着冷酷，清隽中透着几分干净。

他安静地站在人群中间，挺直的鼻骨，白净的脸，那头灰蓝色的短发分外显眼，对周围的一切眼神视若无睹，朗眉冷眼沉默地寻找着什么。

她不禁想起在卧室时，不经意瞥见他换衣服时的身躯……

顿时，只觉心跳加快，脸一片晕红。

叶西何在人群中环视了一圈，眼神定在捂着心口，眼睛直愣愣盯着他，不用问也知道她脑子里在想些什么的尤小乔身上。

长腿迈开，他朝她走了过去。

虽然知道他是来找自己的。

但此刻的尤小乔心跳依旧随着他渐近的脚步激烈地跳动着。

仿佛对方不是来找她算账，而是穿着优雅的贵公子将要邀请她参加一场以她为主角的约会。

直到他高大修长的身子立在她面前，伸出一只手，面无表情地说：“东西？”

在所有人的凝视下，尤小乔勾了勾唇，恢复了理智：“在我这。不过我不打算给你，除非你答应我在电话里说的条件。”

尤小乔并不想在这么多人面前跟叶西何谈这些。

可他仿佛丝毫不在意，这些人在他眼里仿若不存在，她也不在意了。

这也让她更确定相框对他的重要性，加大了她的筹码。

“怎样？”尤小乔说，“其实我也是没办法，我已经收了张老师预付的工资，答应他一定会做好这份工作，希望你能配合我！时间一到，你走你的阳关道，我过我的独木桥，大家互不相干，嗯？”

尤小乔说完这句话，叶西何没有回答，但也没拒绝。

尤小乔也不着急，仰着头一边欣赏他超高的颜值，一边等待他的回复。

噢，真是好看的男人，如果他能对她友好一点的话，那就更棒了！

Part 6

最后，叶西何什么也没说，转身离开。

看着他离开的背影，众人完全不知道发生了什么事。

吃瓜群众本以为会有很精彩的一场戏，没想到主人公会以这种平静的方式离场。

唯有尤小乔心里松了一口气，知道他没有拒绝，沉默意味着答应了。

她跟管事的师兄说晚上不回来吃饭了，跟上叶西何的步伐。

尤小乔走到武馆门口，看见叶西何坐在一辆黑色跑车里，正发动车。

她走过去，敲了敲他的车窗。

车窗摇下，叶西何黑眸睥睨着她。

尤小乔很好脾气地问：“叶同学，不打算载我一程吗？”

回答她的是自动关上的车窗，以及决然离去的跑车。

尤小乔：“……”

小气鬼！

望着越来越远的车，尤小乔不紧不慢地拿出手机，拨了一个电话。

那边接起，她“喂”了一声，感觉到对方正要挂电话，她说，“你先别着急挂电话，听我说完再挂也不迟。”

听见那边没动静，尤小乔说：“我去找你的时候算了一下，从武馆骑车到你家一共需要一个半小时，换成你的跑车可能只需要半小时，如果你载上我一起的话，可以省去一个小时。我想你也不希望跟我浪费时间，所以你带我一起回你家，我们速战速决补习完今天的课程，对双方都是一件愉快的事，不是吗？”

下一秒，那边传来“滴……”的电话挂断声。

尤小乔却不再担心。

很快，刚离去的黑色跑车就重返，停在她面前，车窗摇下。

尤小乔笑嘻嘻地问：“叶同学想通了？”

叶西何嘴角勾了勾，露出一抹俊痞的笑。

尤小乔顿时因为他的笑，脑袋一嗡，只觉得魂都被他的笑给勾走了。

车子一路朝山上的别墅开去。

副驾驶座的尤小乔侧身撑着脑袋瞅着开车的男人，真是个精致好看的男人，不管穿什么衣服，都如此好看。

她想起拳霸武馆的程天真要她离开叶西何的模样，难道这位拳霸武馆的天真小姐暗恋叶西何？

叶西何开着车，没回头也知道身边女人一直盯着自己瞧。

不过，叶西何自带无视人的性格，对于尤小乔的眼神丝毫不在意。

尤小乔安静了一会儿，开始不安分了起来，时不时蹦出一句：“小哥哥长得真好看。”

他竟然还“嗯”了一声。

“你长这么好看你妈妈知道吗？”

“知道啊……”他顿了顿，漂亮的侧脸轻笑了笑，“你话这么多，你妈知道吗？”

尤小乔：“……”

无言片刻，她叹息了一声，忽然嘟起了嘴巴，一双大眼睛扑闪扑闪的，万分可爱：“小哥哥你坏坏哦，竟然嫌弃人家话多。可是人家一看见你，嘴巴就忍不住说一些夸赞你的话呀，那是情不自禁，发自肺腑的……我自己都控制不住自己的滔滔不绝呢……”

“……”

叶西何的这种长相自然遇见过不少对他垂涎的女生，有矜持的，也有热情的，倒是没见过她这种说撒娇就撒娇，丝毫不害臊的。

“老公老公抱抱，我要公主抱抱，飞起来的抱抱，转圈圈的抱抱……”

这时，一阵奇怪的歌声传来。

叶西何皱眉，就见身边的女人从口袋里掏出个手机。

那歌声正是她的手机铃声……

尤小乔看了一眼来电显示，脱口而出一句“我擦”！

直接摁掉了电话。

几秒钟后，“老公老公抱抱，我要公主抱抱，飞起来的抱抱，转圈圈的抱抱……”

手机再次响了起来。

叶西何听着这“鬼畜”的铃声，皱眉：“接电话。”

本想再次摁掉的尤小乔无奈地接起电话，那边问了句：“请问您位于江边的新房需要装修吗？”

“不需要！”

“您怎么不需要呢？我看您是最近新买的房，不需要也了解一下嘛！”

“不用。”

“那，小姐，我们这边最近有个家居装饰活动，您看您有空过来了解一下吗？”

“没有。”

“您不在北城吗？”

“不在。”

“那您什么时候回来呢？”

“……”

那边又说了句什么……

尤小乔翻了个白眼，终于忍不住骂人：“我说不需要，不要每天都给老子打电话了，有完没完？烦不烦？”

说完，愤怒地挂了电话，与方才娇滴滴撒娇的女生判若两人。

尤小乔接这种推销装修的电话已经不止一次了。

自从她在市区买了一套不大的单身公寓后，每天都能接到无数个推销装修的骚扰电话，用脚趾头想都知道是卖楼的经销商把她的个人信息泄露出去的。

一开始她还能耐心回答，久而久之每天都有这样的电话，就令人十分窝火。

以至于到现在，只要看到是这样的推销电话，尤小乔都会忍不住发脾气骂人。

车内忽然变得安静下来，尤小乔看着停下的车，奇怪地问身边人："怎么停了？"

叶西何靠在驾驶椅背上，睨她一眼："女孩家家说什么脏话？"语气里竟有几分……厌恶？

一时令尤小乔措手不及。

难道说他不喜欢别人说脏话？

这个想法刚浮现在尤小乔脑海中，对方已经开门下了车。

尤小乔一愣，瞅了眼窗外，原来是已经到了他家。

她开门下车，笑着跟在他身后问："小哥哥不喜欢说脏话的女生吗？那我下次不说啦！"

毕竟财主为大，为了日后的友好相处，当然是对方说什么就是什么，对方不喜欢什么，她就改什么了。

话音刚落，手机再次响了起来。

刚说不说脏话的尤小乔看着来电显示，火气莫名其妙就噌噌噌往脑门上涨，挡都挡不住。

她接起电话很大声音喊了句："喂？"

"请问您位于江边的新房需要装修吗？"

尤小乔深呼吸一口气："我不是说了不需要吗？你们非得天天打电话给我吗？"

那边依旧好脾气地说："我们是爱您爱您爱爱您装修公司的，我们公司的业务您需要了解一下吗……"

"爱……"尤小乔脱口而出的脏话瞬间收回，"爱你妈妈……mua！"

那边听见她的"mua"瞬间激情倍增，问："我们爱您爱您爱爱您装修公司是国内有名的装修公司，专注装修二十年。好工艺、好材料，成就保品质，匠心筑家，享品质生活……"

听着那边没完没了的推销，尤小乔头疼地低骂了一句："我日……"

没看见脚下的台阶，被绊了一下，踉跄不稳，手摁了手机的扩音键，里面传来一个播音式的男音：“这位女士，请问您日什么？”

“……”尤小乔无语地听着手机里的声音，再看着前面已经站在家门口，倚着门框眼神淡淡地望着她的叶西何，她深呼吸一口气，说，“我日……落西山红霞飞，战士打靶把营归……把营归！风展红旗映彩霞，愉快的歌声满天飞……咪嗦啦咪嗦，啦嗦咪哆来……”

“……嘟嘟”电话里传来被挂断的忙音。

尤小乔轻舒了一口气。

将手机收起来，一抬头，就看见男人还倚在门框边。

她一愣，随即，笑嘻嘻地说：“小哥哥，人家唱歌好听吗？”

男人淡淡地扫了她一眼，转身进去了.

尤小乔屁颠屁颠快步跟了上去：“小哥哥，你别走呀……我唱歌好听不？小哥哥，小哥哥，你是不是陶醉在人家悦耳动听的歌声里啦？”

第二章
难道小哥哥想人家了

Part 1

对于尤小乔的撒娇，叶西何自是不理她，她倒一点也不介意，一句句“人家这人家那”跟在叶西何身后进了房子：“咦，怎么没看见之前那个凶巴巴的守门老头？”

她边走边问：“小哥哥，我们是去你的书房补习吗，大不大？孤男寡女独处一个空间，太小的话，容易出事的噢！人家还是个小姑娘，会很害羞的啦！”

叶西何：“……”

“小哥哥，你怎么不理人家啊？人家是跟你认真说的呢。”尤小乔一本正经地胡说八道，“不然我们到楼下的客厅补习吧，那里空间很大的感觉……”

叶西何倏地停住脚步，尤小乔一个没注意，差点撞到他身上。

叶西何一只手撑在墙壁上，将她半圈起。

尤小乔个子娇小，叶西何这个举动将她整个人都圈在身子中，旁人看了，还以为他们在做什么亲密的事情。

尤小乔脸红扑扑的，不得不说，她有点害羞了……

叶西何长臂圈着她，明明笑得跟个流氓似的，却撩得她的心乱乱的。

“能不能好好说话了？”声音中满是看透她的调笑。

“小少爷，书房已经为您整理好了。”这时，忽然传来一个熟悉的声音，尤小乔一看，那不是凶巴巴的守门老头吗？

难怪刚才在门口没有看见他，原来过来整理书房了。

尤小乔趁机从叶西何的长臂间逃出来。

虽然守门老头总对自己凶巴巴的，但尤小乔仍礼貌地伸出小爪子跟他挥了挥手：“老爷爷，我们又见面啦！”

守门老头没理她，尤小乔也不尴尬，笑嘻嘻地跟着叶西何身后走进书房里。

“叶西何，真的，我们还是去楼下客厅吧……”

话音刚落，眼睛一瞪，嘴巴张开，完全一副不可思议的表情。

复古的宫廷设计，一排排红木书架足有圣彼得堡里的圆柱那么高，无数本书整整齐齐地排在书架上，一眼看去，各种图书分类十分详细。

水晶吊灯一盏一盏高高挂在哥特式风格的天花板上，奢华精致。

天，这确定是书房，不是图书馆吗？

他们学校的图书馆也不过如此吧？

心里这般想着，尤小乔不由得将话说了出来，刚说一个“我”字，立刻收到身边人犀利的眼神，她立刻拐了个弯，“我的神啊……睁开我的眼睛仔细看看，小哥哥你是将整个图书馆都搬到家里来了吗？”

说完，笑眯眯地看着叶西何，眼神里写满“我可没有说脏话哟”。

叶西何瞟了她一眼。

她脸上依旧笑嘻嘻的，往前走，避过叶西何的眼睛，赞美道：“你的书房真大啊……”

心里轻轻舒了一口气，看来说脏话的毛病真得改改了，幸好她反应快，像叶西何这样的富贵荣华，应该不知道“我去”是什么意思吧？

尤小乔在心里安慰着自己。

她上前一步，望着偌大犹如学校图书馆一般的书房，心里暗想她被贫穷限制了想象力。叶西何可不是一般人，他的院子都能有足球场那么大，书房当然不能比篮球场小了！

“啧，现在补习老师的素质，已经降低到可以随时说脏话的标准了？”

这时，身后传来一抹没有丝毫情绪起伏的声音，尤小乔回头，就见守门老头不知道什么时候已离开，整个书房只剩下她和叶西何。

叶西何正背对着她站在书架前翻阅着书，他安静地站在那儿，灯光下他的肤色格外白皙清冽，轮廓立体，身高腿长。

真是个好看的男人啊！

只是……

尤小乔抿了抿唇，垂着头，想起他说的“现在补习老师的素质，已经降低到可以随时说脏话的标准了”。

毕竟做家教以后是要长期相处的。

第一次见面已经不愉快，此刻，他更讨厌说脏话的她了吧？

怎么心情忽然就有些低落……

竟然会在意起他的话……

“滴答滴答……”

窗边传来水滴的声音。

尤小乔走过去，看到外面开始下起了大雨，天空暗沉沉的，阴云压顶，巨大的水滴铺天盖地打在玻璃窗上，发出沉闷的声音。

站在书架边的叶西何见身后人许久未吭声，转头，见她站在落地窗边，难得的安静，不知在想什么。

那是叶西何第一次认真看她，齐肩的短发，刘海下一双灵动的大眼睛，此刻失去了平日里的神采，小巧高挺的鼻子，樱桃小嘴，安静时候的她，少了些古灵精怪，多了几分秀气淑女的感觉。

叶西何倚着书架，细细打量她，除去“补课老师”这个身份，这姑娘的长相还是挺讨喜的。

不过，习惯了她风风火火的性格，此刻她安静下来，倒令他不习惯。

是他方才的话说得太重了？

叶西何掂量着，正打算婉转地跟她道个歉，就听见她手指戳了戳窗子玻璃，用小小的声音问：“叶西何，看见了吗？”

叶西何扬头，朝她指着的玻璃窗外看去：“什么？”

“窗外落下的雨滴啊……”

“嗯？”

“就像我被你伤透的心，在滴血。”

叶西何：“……”

Part 2

正式补习时。

尤小乔收起表情，一脸认真地说：“叶西何同学，在来之前，我看过你平时的考卷，也了解了一下你的情况。不过，为免出错，我想亲自对你的情况做一次测试。”

她从包里掏出了一份试卷：“这是我出的一套试卷，题目不多，你先做一下，时间是二十分钟。”

她将试卷摆在叶西何面前：“你先在书房做，我去个洗手间，二十分钟后我回来。”

说完，她就开门出去了，完全没给叶西何拒绝的机会。

叶西何坐在书桌边，一手转着笔，一手拿着卷子，看着上面的考题。

试卷上都是她亲笔手写的，字迹隽秀流畅，一笔而下，刚柔并济，十分好看。

虽不甚感兴趣，但那天辅导员的话还是徘徊在耳边：“是个非常聪明的女孩子，还是个学生，却是个全能天才。凡经她补习过的学生，再皮的孩子都考上了重点大学，而且和你年龄相当，也许你们会有共同话题……”

共同话题，跟她？

没兴趣。

叶西何执笔落在试卷上。

二十分钟后，尤小乔准时出现在书房中，依旧是风风火火的样子。

“我回来了，小哥哥，有没有想人家哟？”

没想到对方丢下笔，靠在椅背上，淡笑着配合地回答：“没有。”

“小哥哥，真调皮。”

尤小乔欢快地蹦到叶西何书桌前，看着上面简单的勾勾画画：“哇，竟然都做好了啊！我看看！”

一分钟后，尤小乔放下试卷，仔仔细细地盯着叶西何。

叶西何靠着椅背，神态漫不经心，任由她打量。

尤小乔叹了一口气，指着试卷："How old are you 是什么意思，以下选项：A. 老虎打油；B. 爱你的小尤尤；C. 你多大年龄了；D. 小尤尤爱你哟。你选 A？……这么简单的题目也会错吗？你上课都干什么了哦？"

叶西何单手支着下巴，似乎很认真地在想："睡觉，听歌？"

"……"

尤小乔突然很认真地问："小哥哥，你知道双击 999 是什么意思吗？"

"？"

"就是 6 翻了的意思。"

叶西何："……"

"不过没关系，我保证不出一个月，让你的成绩突飞猛进。至少在期中考试的时候，文化分不会再排倒数第一！"尤小乔拍拍胸脯信誓旦旦地说。

叶西何没多大反应，依旧是懒懒的，仿佛天塌了下来也不在意的神情。

只是在垂头时，嘴角浮现一抹冷嘲，只是一瞬间，就消失不见。

由于之前的时间耽误，从下午开始的补习也延长了时间。

直到管家推开门，询问叶西何晚餐吃什么，尤小乔才发觉竟然已经到六点了。

叶西何点了几样素菜，看样子都是他平常吃的。

尤小乔举了举手："我可不可以要求点一盘猪肝？"

叶西何和管家看向她。

尤小乔眨了眨眼睛："小哥哥，你忘记上午人家看到你充满诱惑的身体后流鼻血的事情吗？人家要补血啦！"

管家看了一眼叶西何。

后者倒是一点没因为尤小乔的话而尴尬，还意味深长地笑笑："好啊。"

很快饭菜上齐了，管家喊他们去吃饭。

尤小乔跟在叶西何身后，远远地就看见餐桌上热气腾腾的饭菜，她的确是饿了，快步走到餐桌边乖巧地坐下。

本想礼貌一下，等主人先用餐，却发现等了许久，也没发现叶西何有半点动静。

鼻息间都是饭菜的香味，尤小乔的肚子已经响了好几回，刚要问他怎么不动手，就见管家端了个托盘过来，上面放着两块热乎乎，叠得整整齐齐的白毛巾。

叶西何拿了其中一块，在手上反复地擦了擦后放了上去，再拿起筷子吃饭。

管家将托盘转了个方向，朝着尤小乔。

尤小乔立刻心领神会，拿起另一块热毛巾擦了擦手，管家才离开。

尤小乔看着桌子上色香味俱全，就是分量少了一点的晚餐，舔了舔唇瓣："可以开始吃了吗？"

看着叶西何动了筷子，尤小乔才满心欢喜地开始吃饭。

刚开始吃了几口，就发现叶西何不动了，皱着眉头看着她。

她嘴巴里塞得满满的，望着盯着她的叶西何："怎么了？"

叶西何眼神里是毫不掩饰的嫌弃："你吃东西的时候一定要这么大口大口地吃？"

"……"尤小乔吞下口中的食物，愣愣地看着他，"不然怎么吃？"

叶西何夹起一小口菜递到嘴边，细细一小口，咀嚼时一丁点声音都没有。

尤小乔在心里翻了个巨大的白眼，什么啊，大口大口吃饭才有感觉啊，又不是小猫，还一小口一小口地吃猫粮。

表面上却笑盈盈地奉承："小哥哥的生活真精致！"

她夹起一块猪肝，正要张大嘴，想到叶西何的话，条件反射地闭了嘴巴，将猪肝递到嘴边，一小口一小口地吃。

虽然很不习惯，但有什么办法，人在屋檐下不得不低头！

这样别扭地吃了一会儿，尤小乔发现叶西何已经放下了筷子，用纸巾擦了擦嘴。

她对他这种精致的吃法已经淡然看之，以为他只是擦了擦嘴继续吃，不想，他放下筷子后就没有再动过了。

尤小乔不由得问："小哥哥，你不吃了？"

叶西何怪异地盯着她。

"……"尤小乔被看得发毛，"你看什么？"

"把你嘴里的东西咽了再说话。"

“……”尤小乔将嘴里的猪肝咽了下去，“咽下去了……”

“说。”

“你不吃了吗？”

“吃完了。”

“……”尤小乔看着几乎没动的饭菜，“哦”了一声，也不再问什么，继续吃着自己的大餐。

吃着吃着，发现叶先生的眼神依旧盯在她身上，

她刚要说话，瞟了眼他若有所思的脸，想起他别扭的规矩，将嘴里的食物吞了后，才迟疑地问：“你看什么？”

“啧，好土。”又是巨嫌弃的口吻。

“……”尤小乔见他漂亮的眉头紧皱着，上下打量了她一眼，眉头皱得更紧了。

随后，他起身，朝楼上走去。

好土？尤小乔瞅着他上楼的背影，一脸莫名其妙。

不过再莫名其妙，也不妨碍她的食欲。

叶西何离开之后，尤小乔才觉得自己吃得爽透了，不存在什么细嚼慢咽，她平时要忙兼职，还得争分夺秒练功夫，连休息的时间都少得可怜，还细嚼慢咽地跟武馆里头师兄师弟、师姐师妹们抢饭吃，那不得饿死。

Part 3

等叶西何从楼上下来后，尤小乔已经在玄关处穿好鞋准备出门了。

见叶西何下楼，一步一步走得不紧不慢，仪态十分好看，犹如霞姿月韵，清风霁月。

尤小乔朝他招招手：“叶西何，谢谢你的晚餐。下一次补课时间按照我的课程安排是明晚八点，明晚八点见。”

说完，她就要开门出去。

“回来。”叶西何忽然喊住她。

“不用送啦！天晚了，像你这样长得好看的人出去是有危险的。”

说完，打开了门。

“回来！”他的语气加重了几分，尤小乔不明白地望着他。

“给。”

尤小乔见他手中拿了一个袋子，包装精致：“给我的？什么啊？我可不接受贿赂！”

“你想多了。”叶西何将袋子硬塞在她手上，打开门，推她出门，关门，一气呵成。

尤小乔：“……”

她看了一眼时间，现在九点了，再不回武馆就晚了。

她头疼地看着叶西何递给她的袋子，如果带着它的话不方便夜跑，不夜跑的话就不能在十二点前回到武馆。

她在院子里四下搜寻了一下，院子里白天活跃的三只阿拉斯加犬已经趴在狗屋里睡着了 。她找到一个花盆，将袋子放在花盆下面，等着明天骑了单车来，再将袋子拿回去。

这样手上没任何东西就方便多了。

尤小乔蹲下身，将鞋带系好，就开始了每晚固定的夜跑。

每天如果工作到太晚，尤小乔就不会乘坐任何交通工具，独自夜跑回武馆，既省钱又锻炼了身体，一举两得。

一小时后，尤小乔到达了图腾武馆的后门。

这个时间，武馆已经关门了，但她知道大师兄一定给她留了个门。

后门果然没有关，还留了几盏灯。

武馆里头安安静静的，看不出任何情况。

尤小乔扒着门框，探出个脑袋鬼鬼祟祟地四下张望，确定后院没人之后，快步往自己的房间方向跑去。

“你要去哪？”

忽然身后传来一抹低沉的声音，把她吓了一跳。

回过身，就看见一张熟悉又严肃的脸。

她谄笑了笑：“爸，您老人家这么晚还没休息啊？”

尤向北，图腾武馆的员工，掌管图腾武馆的后勤，也是尤小乔的父亲。

虽然只有四十多岁，却有一头白发。此刻，他不苟言笑，面上如沾了一层寒霜。

“跪下！”尤向北忽然厉喝一声，尤小乔吓得腿一软，立刻跪在了地上。

尤向北居高临下地看着跪在地上的尤小乔，质问她："从小我是怎么教育你的？我让你练功是为了让你炫耀，跟别人打架斗殴吗？如果是这样，你还不如从此远离中国功夫，否则将来你只会恃强凌弱，成为社会的毒瘤。"

尤小乔知道父亲是因为白天拳霸武馆的事情生气，她委屈地说："我没有……是他们欺人太甚，我……"

"闭嘴！"

尤小乔被严厉一喝，就不敢再吭声了。

"我问你，我让你学中国功夫的精神，你忘了吗？"

"没忘！"尤小乔大声说，"从小父亲就教育我，中国功夫是一种自强不息的精神；是中华民族智慧的结晶；是中华传统文化的体现，蕴含着先辈们对生命和宇宙的参悟。中华功夫之所以伟大，不仅仅在于它的功夫，更重要的是功夫先辈们传承下来的，代表中国人气质的功夫精神！"

"你今天的所作所为污染了功夫的精神，你知错吗？"

"知错了。"尤小乔小声说，"我以后再也不会了。"

面对尤小乔的认错，尤向北并没有心软，他指着未名的某处，提醒她："别忘了你哥现在还躺在医院里，别忘了他是怎么躺在医院里的！"

尤小乔身体一颤，脑海中浮现出过往的画面，面色苍白，她咬紧唇瓣，声音已有些哽咽："爸，我不会忘记的！"

"今晚你独自在这里好好反省！"尤向北说完，背手离去。

天不怕地不怕最怕尤向北的尤小乔不吭一声乖乖跪在地上。

不知过了多久，她才回过神。

她看了一眼月色，再看了一眼周围的路灯，摸了摸肚子。

幸好她早料到有此一遭，提前在叶西何家吃完晚饭了，不然肯定得饿肚子。

从包里拿出了叶西何的试卷。

试卷是她去叶西何家前准备好的，上面的题目虽不多，却是她精心设计的。

一套试卷中，有十道选择题，叶西何的答案并非全错，甚至答对了三道，这三道都是英语八级的考题，寻常人都容易出错。

而叶西何答错的七道题，有五道题目是初级英语考题，连小学生都能答出。

在叶西何答题的时候，她以上洗手间为名，在外面透过门缝偷偷观察他。

她发现当她出去后，叶西何盯着试卷看了一会儿就起身走向书柜，在书柜里取出一本书，立在书柜边静静阅读。

傍晚时分，他立在那儿，轮廓沉静，身型挺直。

大约一分钟后，他放松了姿势，慵懒地倚在书架边。长腿被剪裁得体的长裤衬托得十分好看，如黑曜石般的澄净的眼睛，带着一抹傲痞，如同他高挺鼻梁下噙着的骄傲薄唇。可偏偏，他的容貌偏清新俊逸，纤尘不染，看起来像是个谦谦君子般温和的人。

尤小乔看着他手中的书，是一本著名的英语词汇书……

叶西何靠在书架上看了多久书，尤小乔就在门口细细观察了他多久。

直到一阵不大的铃声响起，尤小乔看去，就见叶西何放下手中的书，走到书桌前将音乐按灭。

原来响起的声音是他的闹钟。

尤小乔看了一眼手机，离她设定的二十分钟，还剩一分钟。

叶西何回到座位上，拿起她给的试卷，在上面随意勾画了几笔，就将笔盖合起来，丢在一边。

二十分钟整，尤小乔推开了书房门进去了。

“所以从头到尾，这个家伙根本没认真看过题目，上面的答案都是他瞎勾上去的。”

尤小乔对着试卷哼了一声。

难怪他英语能考五分，难怪即使是很容易的题目，他也做错，这比瞎蒙还费神，他是故意写错的。

“小乔！小乔！”这时，身后有人轻声喊她的名字。

尤小乔回头，就见徐晓磊、望风和卯卯偷偷摸摸地挨了过来。

“小乔，还没吃饭吧？这是晚上我偷偷跑出去给你买的，你最喜欢吃的蟹黄紫菜包饭！”望风从怀里掏出一个热乎乎的紫菜包饭，“刚从微波炉里拿出来的，热乎着呢！”

“还有你最爱喝的红枣酸奶。”徐晓磊也将兜里的酸奶拿了出来，插好吸管递给她。

尤小乔看着师兄手中热腾腾的食物，虽然她已经在叶西何家里吃得很饱了，但面对师兄们的好意，她无法拒绝。

“哇，大师兄、二师兄、卯卯师兄你们对我太好了！我正好饿了！”尤小乔接过他们递过来的蟹黄紫菜包饭和红枣酸奶，张大嘴咬了一口，“真香！”笑得心满意足，再喝了一口酸奶，“好喝！”

徐晓磊见她吃得那么香，露出奶妈式招牌笑容：“慢点吃，别噎着。”

“嗯嗯。”小乔一边应着，一边依旧大口吃着，仿佛真的很饿，三下五除二就解决了紫菜包饭和酸奶，“谢谢大师兄二师兄，我吃饱了。对了！”

她似想起什么：“下午我离开了之后，拳霸武馆那些人没为难你们吧？”

“没有。”卯卯说，“小乔你吓唬那个‘黄毛怪’说踢到程天真的腰间盘，他们都吓坏了，扛着程天真就去医院了，哪有时间为难我们。”

“对啊对啊。”望风想到那个场景就觉得好笑，“估计有一段时间，他们不会来找碴了吧！”

“对啊，毕竟腰间盘太突出了就不好看噢！”卯卯学着尤小乔说话的模样，引得三人不住笑了起来。

“嘘……小声点。”徐晓磊做了个噤声的手势，“别被尤叔发现了！”

三人就立刻安静了下来。

尤小乔说：“大师兄、二师兄、卯卯师兄，你们早点去休息吧，明天还有早课。”

“没事，师兄在这里陪着你一会，省得你闷。”望风一边收拾一边说。

“别啊，一会被父亲看见了，说不定他还会罚我明天、后天都跪在这里。”尤小乔可怜巴巴地说，“你们也知道，父亲对我一向特别严厉。”

尤小乔这么一说，徐晓磊和望风脑海里自动浮现尤向北正颜厉色的脸，顿时妥协了：“好吧，那我们先走了。你也别太实诚，趁尤叔不在，回去休息一会，尤叔不会每分每秒都盯着你。”

徐晓磊如此说。

“知道啦！”尤小乔点头，“你们快走吧！”

“嗯。”卯卯站了起来，“那小乔你别忘了，到时间就回房间。”

“嗯嗯！”

徐晓磊、望风和卯卯离开后，尤小乔摸了摸自己鼓起来的小肚子，松了一口气。

“叩叩。”这时，身后传来敲门声。

尤小乔回头，见一个意想不到的人站在后门：“叶西何？”

Part 4

叶西何居然出现在图腾武馆？尤小乔很意外，见他倚在门口，并没有进来的打算。

尤小乔觉得自己跪着跟他说话也不合情理，眼见四下无人，就站了起来，朝他走去：“你怎么来这了，找我？”

见叶西何没说话，尤小乔笑道：“难道小哥哥想人家了？啧，人家才刚离开你家，小哥哥就想我了，迫不及待跟着人家一块过来的吧？”

尤小乔确定他是跟着自己一起过来的，因为叶西何出现在武馆后门。

图腾武馆虽不具备太大的名气，但武馆的面积很大，后门比正门隐蔽。

除了图腾武馆本馆的弟子，和今天下午来闹事的那些杂七杂八的人，常人来武馆只会走正门。

叶西何将手中的袋子递给她：“明天穿这个过来。”

尤小乔看着他手中眼熟的袋子，这不是她刚刚藏在他们家花盆下的袋子吗？

这样说来，从她出叶宅后，叶西何就在暗中观察她。

“千里迢迢来这，就是为了给我送这个？”尤小乔接过他手中的袋子，打开看了一眼，里面都是一些新衣服。

虽然尤小乔在穿着方面完全没有讲究，但也能摸出衣服的质感。

“你给我买的？”

“我妹妹的。”叶西何倚在门边，双手环抱，慵懒地提醒她，“如果明天来，最好穿好衣服。”

“你这话说得，好像我今天去没穿衣服一样。”尤小乔翻了个白眼，她当然知道叶西何是嫌弃她穿得土，所以把他妹妹的衣服拿给她穿。

不过她尤小乔心胸宽阔，懒得跟他这种精致的“小奶狗”计较。

她看倚在门边的叶西何，浑身懒洋洋的。

“我说，叶西何，你身上是没骨头吗？怎么到哪靠哪？”

叶西何忽然倾向她，右手搭在她的肩膀上，整个人都靠在她身上，垂头，鼻息喷洒在她耳边，声音低低的：“对啊……不然你一直这样支着我，嗯？”

“……”尤小乔没吭声，想后退一点与他拉开距离。

他的手臂却有一股力道压制着她，让她不能移动半分。

耳边是他轻轻的呼吸，搔痒着她的耳朵。

尤小乔涨红了一张脸，明明害羞却装作一点事也没有的模样：“叶西何，你离我远点，热死了。”

“是热，还是害羞？”他歪头，嗓音里满是调笑。

她的红脸、她不知往哪摆的手、她浑身上下的不对劲，都被他看在眼底，竟觉得有几分可爱。

尤小乔忽然仰头，认真对他说：“叶西何，我知道你的秘密。”

“？”

“其实你不是学渣，你只是不想学。”

提到这茬，叶西何不正经的手终于从她肩膀上撤回，一张脸没什么表情，但尤小乔能感觉到他并不喜欢这个话题。

“我在你的辅导员那里了解到，你和你父亲之间存在很深的矛盾。所以你故意不念书，拒绝你父亲帮你找的所有家教，想以这样的成绩跟你父亲抗衡，对吗？”

“你不用否认我，我对你这些事并不关心，我只是关心我的工作。”见叶西何没吭声，尤小乔摇摇头叹息一声，一副小大人的模样，“其实你这样的方式挺幼稚的，你现在所做的除了浪费时间还是浪费时间。人生是你自己的，而不是被别人操控的，否则，你就是生活的傀儡。”

对于尤小乔的心灵鸡汤，叶西何只丢给了她四个字：“自以为是。”

啧！

他才自以为是！盲目自大的家伙！

尤小乔翻了个白眼，只想将他给的袋子丢出去。可袋子刚举到手边又放了回去，想到他毕竟是自己的大财主，未来的兼职还得靠他的配合，就露出一个特温柔的笑：“小哥哥，早点回去休息噢，明天见噢！希望未来我们能好好相处噢！”

叶西何立起身，他的个子非常高，尤小乔站着也不过到达他肩膀的位置。

明明应该是个阳光正能量的少年，偏偏一副流里流气欠揍的样子。

“走了。”他背对着她，丢来两个字。

眼看他离开，尤小乔收起笑脸，朝他做了个鬼脸。

她回到原地，将袋子丢到一边继续跪着，从包里拿出了复习资料，借着路灯看了起来。

怠慢了什么都不能怠慢练功和学习啊……

尤小乔对于父亲的这种惩罚已经习以为常。她知道父亲对自己严格，是希望她将来能做一个对社会有用的人，所以即使罚她跪一晚上，她也从没有过怨恨，也从未偷懒过。

大概一个小时后，正在努力完成复习资料上的题目的尤小乔感觉头顶有一抹黑影，她抬头就见尤向北站在她面前。

她立刻挺直背脊，郑重其事地跪直。

尤向北看了她几眼，对她说：“回去休息吧。”

“爸……”尤小乔想说什么，尤向北却挥了挥手，示意她不要再说。

他转身，背着手，慢慢朝卧室的方向走去。

看着父亲离去的背影，尤小乔想到了哥哥。

如果现在哥哥还健康地在他们身边的话，父亲一定不是现在这副闷闷不乐的模样吧……

尤小乔站起身，揉了揉酸痛的膝盖，将地上的资料和书包都收拾好，离开了后院。

北城最近的天气反复无常，雨水多了起来。

昨天下午刚下完一场倾盆大雨，夜晚空气又渐渐变得闷了起来。

第二天，尤小乔和往常一样五点起床，天不如以往那么亮，阴沉沉的。

和师兄弟、师姐妹们练了一会功后，她吃完早餐去了学校。

北城的体大门外，尤小乔走在路上，路过的人纷纷跟她打招呼：“乔姐，早上好！”

“好啊！”

“早上好啊，乔姐！”

“早上好。”

尤小乔不过是体大大三的学生，却备受瞩目，人缘也极好。

说起这事，也是体大流传的一段佳话。

每个校园都发生过不大不小的校园欺凌事件，体大也如此。

尤小乔刚上大一时，被分到了一个特殊的班级。

他们这个专业一共有四个班。

众所周知，念体大的男生基本上个个都人高马大，雄壮威猛，但也有那种个子比女生还娇小的男生。

不巧，这类个子比女生还娇小，长相比女生还秀气的男生全被分到了尤小乔班上。

于是尤小乔所在的四班成为全年级中最弱的一个班。

所谓弱，是班上男生大部分身材瘦弱，高度不达标，经常被一班的那些身高一米八九，人高马大的男生欺负。

一班的学生们让四班的人替写文化课作业，帮他们打饭、买水，奉他们为老大。

不知是否学校有意，一班的大部分人都是北城有钱有背景的学生，其他班都没人敢招惹他们，四班的人也只能忍气吞声。

于是大一整整半个学期，四班的人都被一班的人奴役。

事情的转折点是一天中午，一班的人忽然冲进四班，将四班一个身材弱小的男生给拖了出去。

这位身材弱小的男生是四班的班长，帮四班一个“大佬”长期无偿代写作业。

由于他昨天发烧了，没及时给“大佬”写完作业，导致“大佬”不能准时交作业。

“大佬”很生气，后果很严重，一下课就带着四班一行人气势汹汹地来了。

眼看自家班上的班长被欺负，四班很多男生看不过，都想帮班长解围。

可四班那些高大的男生根本不讲道理，把班长狠揍了一顿之后，连带上前来解围的人也一并揍了。

刚送完外卖回来的尤小乔见到这一幕，虽然不清楚情况，但也知道自己班上的人被欺负了。

她立刻冲到人群里去维护本班同学，一班的男生见一个小巧玲珑，长相还挺好看的女孩子蹦跶了进来，顿觉有趣，嘴上不规矩地调戏了起来，开了不少黄腔。

有的人嘴上说不够，还对尤小乔动起了手。

平日里尤小乔对谁都笑嘻嘻的，看起来脾气很好，谁也没见过她生气。

除了那天。

她生气了。

后来大家都知道，乔姐生气，后果比一班“大佬”生气更严重。

那天，尤小乔一人将一班过来找碴的四个一米九的男生揍得哭爹喊娘。

那天，尤小乔在体校一战成名。

大家都给她起了个很牛掰的外号“社会我乔姐”。

经过这件事后，再也没人敢欺负四班的人。

连一班那些高大的男生见了尤小乔都得绕道走，实在没有道绕，也得规规矩矩喊她一声“乔姐”。

这就是尤小乔在体大如此受欢迎的原因。

在学校大门不远处，一辆黑色宾利缓缓驶入校区，这辆黑色宾利已经跟在尤小乔身后很长一段时间，直到看见她进入了教学楼，车子才右拐，朝行政楼的方向开去。

坐在后座一位穿着灰蓝色衬衫，黑色西装马甲、领带，穿着考究的中年男人看着车窗外的学生们，问：“所以，刚才那女生就是尤小乔？”

“对。”央音的校长徐建林说，“很不错的女孩子，大一的时候就已经在体大声名鹊起，得到大多数同学的赞美，据说是体校的……大、大什么来着……”

徐建林想了半天没想到那个词。

还是司机提醒了他：“大姐大。”

“对！大姐大！”徐建林恍然大悟，“呵呵……也是小西所有家教里维持时间最长的一个。”

穿着考究的男人瞟了徐建林一眼：“看来，你为了我那顽固不灵的孽子花费了不少心思。”

“说什么孽子，那不是咱儿子吗？”徐建林反驳道，“不是我说你啊老叶，现在的世界是年轻人的世界，过去你那老一辈的一套已经不适合用在小西身上了。小西想要追求自由的大提琴之梦，你就放手让他去追求，何必一直要把你老旧的观念强加到他身上。搞得你们父子关系僵硬了这么多年，你也不嫌烦。”

穿着考究的男人正是中国著名大提琴家，有“大提琴之父”称谓的叶成，叶西何的父亲。

对于徐建林的建议，叶成没好气地“哼”一声：“任由他发展？我看任由他发展的后果就是将叶家三代大提琴世家的名号毁在他手上！”

“你太小看咱儿子了！”徐建林说，“你瞅瞅外面那女孩，光看外表，那小小的个子，你能想象她一个姑娘能打倒咱儿子三个两百斤壮的保镖？人不可貌相，我觉得你对咱儿子太严格了！有偏见！”

叶成冷哼一声，没说话。

徐建林忽然道：“对了，小西不是正缺保镖，我觉得这女孩不错，家教加保镖，全能高手。你可不知道吧？她刚来我们学校上大一的时候，就凭借自己一人之力，将好几个个子一米九的学生揍得屁滚尿流……”

于是，在车上，徐建林又将尤小乔过去的战绩向叶成分享了一遍。

正走在去教室路上的尤小乔不由得打了一个喷嚏，她用纸巾擦了擦鼻子，心想，难道是昨天在院子里跪了一小时着凉感冒了？

不过她觉得自己从小练功，不但能打还能强身健体，体质应该没那么差……

上午上课的时间过得很快，一到放学时间，尤小乔就火速收拾好了书包，一边离开教室一边拿出手机开始接单。

路过走廊时，有熟悉的同学问：“乔姐，又开始接单送外卖呀！”

“是啊！”尤小乔应了一声。

“下大雨了，骑车小心点！”

尤小乔抬头看向走廊外，外面倾盆大雨，雾气迷蒙。

不过北城的大雨来得快，去得也快，尤小乔没放在心上。

她看了一眼订单的位置，看上去有点眼熟。

仔细一看，竟是拳霸武馆。

她抬头，看向窗外的大雨，怎么会有一种不祥的预感……

Part 5

“超过一分钟了。”

“十分钟。”

“半小时了！”

“呵呵，尤小乔完蛋了！”

拳霸武馆。

众人围着程天真看着她手机上的外卖订单，订单上外卖配送的时间已经超过半小时了，按照订单要求商家需要赔付一半的订单费用。

“商家赔了钱，对方一定不会放过尤小乔！”拳霸武馆的一名弟子说，“而且我们还可以投诉她，给她差评，她这个兼职算是完了！”

自从上次在图腾武馆被尤小乔“侮辱”之后，拳霸武馆的程天真、候上述等人一直在寻找机会报仇雪恨。

有人调查到尤小乔每天中午都会兼职送外卖，就建议用这个朝尤小乔下手，不止要刁难她，还要让她失去这份工作。

“那个尤小乔就是欠收拾，居然敢凭她那点鸡毛蒜皮的功夫在我们面前秀！”

“就是，最可恶的是居然骗我们说天真姐的腰间盘被她踢凸了！害我们去医院检查，医生说天真姐的腰间盘根本就没问题！”

程天真：“……”

一记爆栗砸了过去，黄毛捂着脑袋：“大师兄，你砸我干吗？”

候上述：“你不说话没人当你是哑巴！”

黄毛摸着脑袋，委屈巴巴。

“天、天、天真师姐！”这时，外面气喘吁吁地跑来一名弟子，对程天真说，“外、外……”

“外什么外！喘好气再说！”大师兄候上述不满地斥道。

那名弟子忙深呼吸几口气，说：“外卖骑士尤小乔来了！”

“终于来了！”

程天真从椅子上站了起来，其他人也跟着起身。

一行人看向门外，一副准备作战的姿势。

拳霸武馆外，大雨淅沥沥下着，没有停止的意思。

大颗大颗的雨珠子落在武馆的屋檐上，顺着屋檐流下来。

少女站在屋檐边缘，任由雨滴顺着衣领口滑落进她的衣服里。

五分钟后，手上拿着一罐冰激凌，一边用勺子挖着吃的程天真带着拳霸武馆的众弟子来到门口。

众人看着浑身湿透、狼狈不堪的尤小乔，还有放在桌子上整整齐齐，一滴菜水没漏，也没被雨淋到的外卖。

“哟，这不是图腾武馆特能打的尤小乔吗？真是稀客啊！”程天真身边一名弟子调侃道。

眼前一共站了拳霸武馆的五个人，都是那天出现在图腾武馆的人。

尤小乔的眼神看向五人之中吃着冰激凌的程天真。

“程小姐，对不起。由于我自身的失误，造成您外卖的延迟，我郑重地向您道歉。”浑身湿透的尤小乔朝程天真鞠了一躬表示自己的诚意，雨水从她黑发间落下，一滴一滴地滴在地上，怕将武馆的地板弄脏，尤小乔一直站在不怎么遮挡风雨的屋檐边上。

这样一幅场面，外人看来挺同情尤小乔的。

可这里是拳霸武馆，在拳霸武馆“同情敌人就是对自己的残忍”口号下，拳霸武馆的弟子们从来不知道“同情”为何物。

程天真慢慢走到放外卖的桌子边，她用一根食指拎起包装袋，看了几秒，忽然将袋子往尤小乔的方向一丢：“送个外卖这么久，你还有没有一点工作精神，我花钱是为了让你请我们吃凉的外卖？”

尤小乔看着地上散了一堆还冒着热气的外卖，明知程天真是故意找碴，依旧很好脾气地道歉：“是我的过失，很抱歉，我可以赔偿您的损失。”

“赔偿？”程天真笑，“怎么赔偿？”

“我可以重新帮您免费订一份一样的外卖，免费给您送过来……”

“笑话，免费？你以为我们师姐差这点钱？”一个弟子十分不屑地说。

“那请问您希望怎么处理？”面对对方明显的刁难，尤小乔还是保持了她的态度和礼貌，对着程天真说。

“呵，你跪下向我们师姐道歉，也许我们师姐大人大量会原谅你？”

尤小乔的眼神转向一直趾高气扬对着她说话的拳霸武馆的弟子：“这位兄弟，我现在是在跟外卖订单主人说话，请你不要随意插嘴，会显得你很没素质，拉低了整个拳霸武馆的档次，好吗？”

“你！”那弟子听尤小乔这样一说，气得举着拳头就想跟尤小乔火拼。

候上述拦着他，斥道：“动手打女人，丢不丢脸？”

“可是师兄，这个女人实在太气人了！她……”那人还想诉说尤小乔的可恨之处，被候上述一个眼神阻止了。

“其实我也没想为难你。”这时，程天真舔了一口手上的冰激凌，开口了，“只要你肯离开叶西何，这单我就不跟你计较了。”

尤小乔皱眉：“我是叶西何的家教。”

“我知道你是家教。”尤小乔没说完，程天真就说，“多少薪水？我给你三倍，只要你主动辞职。”

尤小乔皱眉，这拳霸武馆的人都这么喜欢打断别人说话吗？

“这不是薪水不薪水的问题，是工作态度。我一直相信，只要用认真负责的态度去对待每一份工作，就会有好的名声和回报。如果我用这种半途而废的态度对待工作，那么未来找我工作的人会越来越少，希望程小姐能体谅。”

“废话少说。”程天真已经显得不耐烦，“如果不辞职，你外卖的工作就别干了，我不但会给你差评，还会举报你！”

尤小乔见程天真一副没得商量的口气，就也不再多说什么：“歉道过了，赔偿也跟你建议过了，如果你还不满意，那么就按照你的意思处理吧！”

说完，尤小乔就戴上外卖帽，转身离去。

“真是敬酒不吃吃罚酒！”

身后拳霸武馆的弟子看不下去，欲拦住尤小乔。

程天真倏地将手上的冰激凌朝尤小乔丢去，稳稳地砸在了尤小乔的背上。

黏黏的冰激凌从她背上缓缓滑落。

尤小乔停下脚步，手紧紧握成一个拳头。

拳霸武馆的人立刻做好迎敌的准备，却不想尤小乔只是在原地停了片刻，径自离开。

忍，不是因为畏惧他们，也不是因为她昨天才受到父亲的惩罚，是不想因为她让拳霸武馆有了更多针对图腾武馆的借口，是她不想看见父亲失望的眼神。

尤小乔握紧拳头，不断在脑海中这样提醒自己。

走出拳霸武馆后，尤小乔骑上了外卖车。

刚要发动，手机就响了起来。

她接起，里面传来一个女声：“你好，请问是尤小乔女士吗？”

“是。”

“尤小乔女士，我们接到顾客的举报。你没有按时送外卖，还对顾客恶言相向，态度十分恶劣，请问有这么一回事吗？”

恶言相向，态度十分恶劣？

尤小乔冷笑。

Part 6

这场大雨在下午一点的时候渐渐转小。

天空放晴，阳光普照万物，空气中有淡淡的雨后草地的香气，十分清新。

校园里大部分学生还未来校，整个校园宁静安逸。

罗晴续因为看错时间提早来了公开课教室，意外看见教室窗口的书桌边坐着一个熟悉的身影。

“小乔？”罗晴续走过去，“今天你怎么这么早，哎呀……乔，你这是怎么了？怎么浑身湿淋淋的？”

“没带伞呗。”尤小乔靠在窗口，沐浴在阳光中，整个人显得懒洋洋的。她觉得自己大概是被叶西何附身了吧，能坐着绝不站着，能躺着绝不坐着，一动不想动。

“你每天这个时候不是还在送外卖吗？”

“嗯，我把老板给解雇了。”

“……”

对尤小乔相当了解的罗晴续一听就觉得不对劲：“我先回寝室给你拿一套干净的衣服吧？”

“不用。”尤小乔扯住了她，懒洋洋地说，“坐着晒太阳挺好，我衣服都快晒干了。”

见她不愿多说，罗晴续也不多问了，她知道尤小乔的性子，不想说的事，任何人逼她，她都不会开口的。

“不做了也好，兼职那么多，怪累人的。”罗晴续在她身边坐下，“如果不是要承担尤大哥的医药费，你也不需要这么累吧……尤大哥现在还好吗？”

“一直那样呗。”

见尤小乔不想多谈，罗晴续瘪了瘪嘴：“换个话题好了！”

她忽然神神秘秘地靠在尤小乔耳边说：“乔，我偷偷告诉你，我刚遇到一个神奇的人！”

“神奇的人？”

“嗯！”罗晴续指了指自己的心，“让我心动的男人！”

“哦？”尤小乔来了一点兴致，“怎么遇见的？”

“来教室的路上遇见的，超MAN的！”话匣子一下子打开，罗晴续激动地比画，“我们寝室来教室的路上不是要经过A楼的男生宿舍？”

“嗯。”

根据罗晴续叙述。

在来教室的路上，她看见有个外地的姑娘千里迢迢拖着行李箱来看自己男友，因为那男人穿着格子衬衫，罗晴续就喊他格子男。

姑娘在A楼男生宿舍楼下等格子男时，对方一脸不情愿地从楼上走了下来。

从他们的对话中可知，格子男不但不去机场接那姑娘，连姑娘打车来他学校，都不愿下楼。

姑娘在楼下等了半小时，格子男才一脸不情愿地从寝室下来，抱怨她没事来这里找他做什么，打扰他玩游戏。

姑娘一听，崩溃了，一边哭一边跟格子男吵，格子男一脸不耐烦。

这时，一辆红色炫酷的兰博基尼出现了，从车上走下一个穿着金属感皮衣的男人，衣服十分耀眼，和他那张脸一样，妖艳吸睛，罗晴续便叫他妖艳男。

妖艳男本来是问路的，刚好看见这个场景，走到女孩面前，一双漂亮的眼睛将格子男从头到脚打量了一遍，从鼻子里哼出三个字：“呵，男人。”

对方一愣，凶神恶煞地问他：“你谁啊你？！”

妖艳男扬了扬下巴，一脸傲娇的模样：“我？我是世界上最优秀的男人。”

“……”格子男翻了个白眼。但不可否认，相比较而言，妖艳男的确比他优秀太多太多了。

格子男不承认对手比自己强，正想怼回去，鼻子仔细闻了闻，立刻嘲讽地说：“娘娘腔！”妖艳男脸色一变，方才傲娇的模样全无，面色黑沉黑沉，横眉怒视：“你说谁娘娘腔？”

“当然是你了，一个大男人身上弄香味，还不娘？”

“你想死吗？”妖艳男一听，完全失去了控制，伸手就要揍格子男。

旁边的姑娘虽然被格子男伤透了心，可还是爱他的。

见妖艳男要打男友，忙挡在自己男友面前，缓和气氛地说：“不是，大哥，谢谢你帮我，你是个好人，你别激动，他不是那个意思……”妖艳男面色才缓和了一些，他狠狠剜了格子男一眼：“走吧，妹子你想去哪，我载你一程，这种渣男配不上你。”

“谢谢大哥。”姑娘说，“我还有些话想跟他说……”

妖艳男没吭声。

姑娘害怕妖艳男不肯放过自己男友，忙说：“大哥，你是世界上最优秀的男人，就别跟我男友计较了，你快走吧……”

妖艳男听她这样说，面色才好了起来，又恢复了方才小傲娇的气质：“还是小妹妹会说话。”

说完，回到他的兰博基尼上，发动车风驰电掣地走了。

“是不是特别帅？”罗晴续双手捧着脸，一脸迷恋，“我觉得好酷啊……”

“世界上最优秀的男人？”尤小乔摇摇头，“谁会这样说自己？难道不是特别自恋吗？”

“……什么自恋啊！”罗晴续不满尤小乔的这个用词，“男神说的是大实话好不！他就是特别优秀，特别高贵，特别有气质！”

见尤小乔不以为然，罗晴续说：“你一定是没有见过本人，你要见到了，一定会跟我一样觉得惊艳的！”

尤小乔看着神采飞扬的罗晴续，没再打断她的故事。

毕竟，爱情萌芽的开端总是从我们手舞足蹈向身边人说起与那个人相遇开始。

窗外，有雨后蝉鸣声。

屋内，有闺密的眉飞色舞。

尤小乔支着脑袋，找了个舒服的姿势靠在墙上。

不爽的中午在罗晴续滔滔不绝地讲述她超优秀的男神中度过。

很快，不爱将事放在心上的尤小乔就将中午发生的不愉快一扫而光。

下午第一节课前，学生们陆续走进了教室。

罗晴续说得累了："不行不行了，我去倒杯水喝。"

她跑到教室后面的饮水机边，用自己的杯子接了温水。

"乔姐，有人找！"这时，门外传来同学的招呼声，语气里都是惊艳，"快来啊！是个大帅哥！"

"来了！"尤小乔应了一声，本以为是班上同学在开玩笑，不想瞥见一个熟悉的身影站在门外。穿着骚包的皮衣外套，一手插在裤兜里，一手跟她招手，自以为很酷的样子。

这副骚包的模样，惹得不少人挤在走廊里看。

尤小乔走到门口，见门外熟悉又许久未见的脸，一愣："大骚猪？"

"男神？！"罗晴续同时脱口而出。

"……"

尤小乔转头看向一旁的罗晴续，"男神"？她仿佛明白了什么……

罗晴续一脸迷茫："你们认识吗？你喊我男神什么？"

"大骚猪！"汪祁俊替尤小乔回答了，笑眯眯地继续说，"小乔对我的爱称。"

"呃……"罗晴续有一瞬间不能接受男神为什么会有这么……难以言喻的昵称。

见状，尤小乔才问罗晴续："这就是你说的那个开红色炫酷兰博基尼的世界上最优秀的男人？"

罗晴续猛点头："你跟他认识吗？"

"认识……"尤小乔说，"他是我们那个县的。"

"原来你们是老乡啊！"罗晴续恍然大悟，她看了一眼汪祁俊那张妖艳的脸，春心又萌动了一下。

她不着痕迹地整了整自己的裙摆，拢了拢耳边的发丝，让自己在男神面前第一印象好一点，随后自我介绍："大骚猪先生你好，我是尤小乔的闺密罗晴续。初次见面，很高兴认识你。”

大骚猪先生？

尤小乔：“……”

汪祁俊皱了皱眉，介绍自己：“我叫汪祁俊。”

罗晴续见他这样说，以为他不喜欢别人喊他的外号，忙说：“对不起，我见小乔这样叫你，所以也跟着一起叫，希望你不要介意。”

毕竟是心里喜欢的人，罗晴续生怕初次见面就在别人心中留下了不好的印象。

谁知道她的道歉并没有得到对方的谅解。

汪祁俊冷哼一声：“小乔是小乔，你怎么能跟小乔一样？”

本想在男神面前留点好印象的罗晴续，没想到被他这样一说，顿觉得尴尬了起来，局促地抓着自己的裙摆不知该说什么。

尤小乔见状，立刻维护罗晴续：“她怎么就不能跟我一样了？再说了，你的外号不就是大骚猪吗，怎么就成我对你的爱称了？”

对于在自己眼里一直情商极低的汪祁俊，她从不期望能从他嘴里说出什么好听的话，倒没想到罗晴续口中的男神居然是他。

不过……罗晴续有提到香味。

她差点忽略了，汪祁俊身上那个特别的香味……

一旦被人提起，他就暴跳如雷的香味。

想起罗晴续那句“我是世界上最优秀的男人”。

不知道以后她了解汪祁俊是什么样的人，还会不会觉得这个幼稚的男人特别优秀，特别高贵，特别有气质……

说起这个特别优秀，特别高，特别有气质的汪祁俊，他是尤小乔他们县城里首富的独生子，货真价实的富二代，和尤小乔的相识十分戏剧性。

尤小乔上高中时，会利用课余时间赚零花钱，比如在学校奶茶店帮忙，比如做“代打”。

说起“代打”，大家第一时间想到的都是游戏代打上分。

尤小乔所接的代打跟游戏无关。

在她们的小县城里，经常有喜欢惹事的学生因为各种奇怪的理由约架，其中有些有钱的学生就会找“代打”，厉害的“代打”不用雇主自己亲自动手，就能一打十，将对方打得落花流水。

尤小乔和汪祁俊相识也是因为“代打”。

汪祁俊的首富老爹因为经商得罪了不少同行，为了避免同行寻仇，汪祁俊从小被限制出门，除了每天上学之外的时间都必须待在家里，就连上学都需要两个保镖接送。

这种生活方式导致汪祁俊从小到大没有朋友，性格内向，也经常被同班同学欺负。

姚直童就是其中之一。

姚直童的父亲仅次于汪祁俊老爹，县城财富排名第二，各方面都差汪家一大截。姚直童一直视汪祁俊为眼中钉，又恰巧两人是同班同学，所以姚直童经常找汪祁俊麻烦。

所谓忍字头上一把刀，忍无可忍无须再忍，哪里有压迫哪里就有反抗。

每个人都有底线，汪祁俊的底线就是他从小体带异香，这是他认为最难以启齿的事。

姚直童遭到汪祁俊的反抗，是因为姚直童当着汪祁俊的面说他从小自带的体香，像个娘娘腔。

性格软的汪祁俊被别人说什么都不在意，但说到他身上自带的香味就触碰了他的爆发点。

受尽欺凌的汪祁俊怒了，朝姚直童做出了第一次挑衅，主动向他约架，约架宣言是——谁赢了，谁就要一直视赢了的那一方为老大。

姚直童爽快答应。

平时，姚直童没少向别人约架。每次都是他欺负别人，他花钱雇了一个只属于自己的专职打手团队，从未在约架中输过，自然不怕乖乖又内向的汪祁俊。

汪祁俊是乖乖仔一个，从小别说打架，就是连鱼都不敢摸，说鱼鳞太吓人。

约完架后惴惴不安的汪祁俊在“代打”平台开始找“打手”。

他不知道找打手有什么规律，只能凭平台销量，在销量最高的一家向客服提出他需要一个非常厉害的打手，客服很快向他推荐了“打手”尤小乔。

尤小乔？听上去像个女孩子的名字。

汪祁俊又对客服重点表示钱不是问题，但要找“非常厉害的打手”。

客服发来一张笑脸，表示：“亲，这就是我们平台最厉害的打手噢！”

汪祁俊看着那张笑脸，觉得自己不能以名取人，万一人家只不过是刚好起了一个偏女性化的打手名而已，实际上是个血气方刚的真男儿？

电脑前的汪祁俊这样安慰自己了一下午，可到了晚上，他发现这个理由完全不足以安慰自己，以至于一整晚没睡个好觉，梦里都是姚直童把他和他请的打手踩在脚下耀武扬威的脸。

次日，汪祁俊在约架的时候见到尤小乔本人，知道她真的是个女生时，对这场约架彻底失去了信心。

他怎么能相信一个平台的客服呢？只是一张笑脸表情和一个“亲”，怎么就将他迷惑了？

姚直童带来的可是三个打手，据说那三个打手都是出自他们县城里有名的武馆，巨能打。

何况三个打手里任何一个都有尤小乔两倍那么大，徒手就可以将她拎小鸡一样拎起来，汪祁俊觉得这场决斗毫无胜算可言。

就在汪祁俊觉得自己这辈子都要喊那个讨厌的姚直童为老大时，只听一声惨叫。

电光石火之间，尤小乔已将姚直童手下一名打手打趴在地。

另外两个打手见状，两人相视一眼，其中一个走了过去。

尤小乔朝另外一个打手勾了勾手指：“一起上，节省时间。”

两个打手哪经得起如此羞辱，两人二话不说，冲了上去。

结果尤小乔三下五除二就将两人一一打倒在地。

汪祁俊带来的小伙伴都惊呆了：“汪祁俊，你在哪找的小姐姐，这么霸道啊？”

对面喝着奶茶的姚直童嘴巴渐渐地张成“O”形，反应过来后，怒骂一声：“废物！”

双拳愤怒一紧握，忘记手上有杯奶茶，只听“扑哧”一声，奶茶飞溅了一脸，烫得他嗷嗷叫。

姚直童一边捂着脸一边要跑，汪祁俊带来的小伙伴喊住他：“姚直童，君子一言驷马难追，说好谁输了谁奉另一方做老大呢？”

虽说姚直童凭借自己次富之子的身份在学校横行霸道，外号一中校霸“童哥”，但他为人还是十分能屈能伸。

今天，的确是他输了这一场赌约，尽管内心十分不服气，但他还是捂着被奶茶烫红的脸不情不愿地喊了汪祁俊一声："骚猪老大。"

从此以后汪祁俊成为了一中校霸的老大，再也没有人敢欺负他了。

也是从那之后，汪祁俊的性格发生了相当大的转变，开始在穿着上十分张扬，性格上带上了骨子里的小傲娇。

当然，自那以后，尤小乔成为了汪祁俊心目中的女神。

那是汪祁俊第一次主动跟女生说话，红着脸结结巴巴地问："小、小姐姐，我、我能加你微信吗？"

尤小乔犹豫了一下，为了以后的生意，她觉得让这个县城首富之子加自己的微信也没多大损失。

互相加微信后，尤小乔看着汪祁俊的微信名，犹豫了一下，才问："你的微信名是……巴啦啦大骚猪？"

汪祁俊红着脸点点头："嗯，那是我。"

难怪刚才那人喊他"骚猪老大"……

"小姐姐可以喊我大骚猪。"

"……好。"

从此以后，大骚猪成为尤小乔比"汪祁俊"三个字喊得更熟的名字。

"所以男神从小就是异常体质，自带香味？就像古代那个香妃一样？"听尤小乔介绍完她与汪祁俊的相识经过后，罗晴续一边在寝室试衣服，一边好奇地问。

"嗯。"

"这让多少女生羡慕都羡慕不来啊！他居然一点都不喜欢。"

"被说娘，哪个男的会喜欢？"

"照你这么说，我男神应该是很内向的人，可现在完全看不出来啊……"

"所以他叫大骚猪啊……性格没发掘出来之前，闷骚啊。发掘出来之后，简直骚气十足！"尤小乔从寝室桌上跳下来，"你换好了没？我得回武馆了，晚上还有家教。"

"教叶西何吗？我可听说叶少爷有很多女粉丝，你要小心了。"

"我有什么好小心的？"

"跟优秀的男生在一起，很容易被别的女生嫉妒的。"

"优秀？你指的是他英语考五分这件事吗？"

“……当然不是！不过就算他考五分，也容易被他大提琴王子的身份和那张英俊帅气的脸掩盖了。他长得好看，家世又好，谁会在乎他成绩好不好？”

“说得这么有道理，那你到底是要在这里跟我分析叶西何，还是跟我下去见你的男神？”

“啊！”罗晴续轻叫了一声，“你等等啊！”

她拿着一条裙子跑进了洗手间，很快就穿着裙子出来了。

一条红色的连衣短裙，罗晴续皮肤白，红色衬显了她的肤色，白嫩剔透，短裙下纤细的双腿踩着七厘米的高跟鞋，更显腿又白又直。

“这件好看吗？”罗晴续看着镜子中的自己，“你对我男神比较了解，你觉得他会喜欢这种淑女风格的裙子吗？”

“我不知道他会不会喜欢你这种淑女风格的裙子，但我知道你要是再让他在楼下这么一直干等着，就算再闷骚的人也会不耐烦的！”说完，尤小乔就开门出去了。

“等等我啊小乔！”罗晴续忙拿着包跟了出去，“男神一直在楼下等你，你们是要一起吃饭吗？去哪里吃啊？武馆吗？男神第一次来就去武馆吃，他会不会不乐意啊……”

第三章

我就喜欢你这么直接的小哥哥

Part 1

尤小乔和罗晴续下楼后，汪祁俊果然还在女生楼下等着。

此时，他正倚靠在一辆红色的兰博基尼边，十分惹眼，四周路过的女生纷纷朝他投去好奇又倾慕的眼神，他都视而不见。

虽然尤小乔对他不感冒，不过光看他的外表，倒是很符合他富二代的气质，是个惹眼的帅哥。

汪祁俊一边低头玩手机，一边往宿舍看，看见尤小乔下楼，忙迎了上去，主动帮她打开了副驾驶座的门。

尤小乔看了他一眼，再看看身边的罗晴续，让了路："晴续，你坐前面吧！"

"不行！"还未等罗晴续开口，汪祁俊就冷脸拒绝，"我的副驾驶座只能是小乔一个人的！"

尤小乔："晴续晕车……"

"她晕车跟我有什么关系？"

"……"

“没关系没关系，我坐后面就行了！”罗晴续主动拉开了车后门，“你们这么久没见面，一定有很多话要聊，别在意我，把我当空气就行。”

说完，整个人钻进了车里。

看来小乔在男神心目中的位置很重要，她还是识相一点比较好。

见罗晴续主动坐上了后座，尤小乔瞪了汪祁俊一眼。

谁知他眼睛一弯，笑眯眯地说：“小乔看我做什么？一定是太想我了，对不对？”

尤小乔翻了个白眼，不理他，坐上了副驾驶位。

汪祁俊帮尤小乔关上门后，很开心地回到了驾驶座：“小乔，你想去哪里吃饭？”

“不去了，我要回武馆，你可以带晴续去吃。”

“啊？”汪祁俊从后视镜中看了一眼罗晴续，“我不要，我来这是找你的。“

“找我？”

“嗯。”汪祁俊说，“我爸帮我在北城买了一间公寓，离你们学校很近，这样我就可以经常找你玩了。”

尤小乔很意外：“在这里给你买公寓，你不是在邻市上学吗？”

“上学有什么意思？”汪祁俊撇撇嘴，“我早不念了，天天在学校钩心斗角，比成绩比家庭背景什么的，很烦的。”

听到汪祁俊念完高中就不念了，坐在后排的罗晴续十分诧异，心里有一个“你爸妈也同意吗”的想法蹦了出来。可因为汪祁俊之前的排斥，罗晴续觉得他似乎不喜欢跟刚认识的人说话，就也没多话。

不想，尤小乔和她的反应是一样的：“你父母也同意？”

“嗯，我父母比较开明。”汪祁俊看了一眼导航，“图腾武馆是吧，我先送你过去。”

车在公路上行驶，汪祁俊说：“过几天我弟也会过来，他转学到了北城第一中学，我也算陪他过来念书的。”

“小骚猪？”

“嗯。”

听到这，罗晴续终于忍不住，趴着前排的靠背问：“你的弟弟叫小骚猪啊？你们兄弟俩的名字真可爱。”

“可不是么。”尤小乔说，“第一次知道小骚猪的时候我还以为是他女友。”

正在开车的汪祁俊立马紧张了起来，转头就对尤小乔说：“小乔，你可别瞎想，我没女友的！”

“看前面看前面，专心开车！”尤小乔忙喊。

汪祁俊把脸转正，瘪了瘪嘴，妖艳的脸上写满了委屈巴巴。

罗晴续见状，只觉这个男孩子又好看又萌，忍不住八卦：“小乔，你怎么会以为小骚猪是女孩？”

尤小乔想了想。说起汪祁俊的弟弟汪祁夏叫“小骚猪”这个称号的故事，还是有一次尤小乔微信上忽然收到一个好友申请，申请人昵称是“巴啦啦小骚猪”。

虽然以前的汪祁俊性格比较闷骚，又不会穿衣打扮，但由于他是首富之子，又加上颜值偏上，在学校还是有一群“迷妹”。

后来，猛然一天变成“骚包猪”后，“迷妹”数猛增，成了他们县城第一美男。

尤小乔成为他的打手而被学校传言他们“走得近”这件事，让她没少被汪祁俊的那些“迷妹”们骚扰。

所以当昵称为“巴啦啦小骚猪”的微信号加她时，她以为又是汪祁俊的某位“迷妹”，加上汪祁夏因为未成年，还未变声，声音显得稚嫩，很容易被人误会为女孩子。

初次汪祁夏和尤小乔语音后，她一度认为对方是汪祁俊的“迷妹”。

后来尤小乔才知道，那一次是汪祁夏偷偷翻了汪祁俊的微信，想要买她当打手去教训他们班上的人。

至于汪祁夏为什么会和班上那人有冲突。

汪祁俊的原话是这样的：“他刚转到新学校那天感冒了，戴了口罩，新生报到的时候他找学长问教导处在哪边，那学长一听他的声音，以为他是个女孩子，指了个方向，说了句“学妹我带你去吧”……小骚猪最讨厌别人把他当成女孩子，很不开心地说了句“不用”，自个往教导处的方向去。谁知道在教导处报到的时候又遇上了那个学长，老师好心地让学长带他去教室。出门的时候，学长跟他套近乎，问了句“学妹哪里人”，小骚猪生气了，脚步走得飞快。学长很意外，在后面边追他边喊学妹学妹……”

“所以他来微信上找我，要揍的人是那个学长？”尤小乔当时觉得学长挺无辜的。

“嗯。”大骚猪回她，“他就是一个小屁孩，你不理他就 OK 了，至今那学长都不知道他生气的原因。”

“哇！小骚猪好可爱啊。”知道经过的罗晴续忍不住双手捧着自己的脸赞扬道。

汪祁俊看了她一眼，没说话。

尤小乔皱了皱眉。

很快，车就开到了图腾武馆门口，让罗晴续和尤小乔下车后，汪祁俊独自去停车。

眼看车子开远了，罗晴续上前挽着尤小乔的手臂，小声问：“小乔，说实话，我刚刚的表现很做作吗？”

尤小乔点点头：“说实话，很做作。”

罗晴续一脸丧：“完了，男神该不会也觉得我是个做作的女生吧？”

“你在他面前表现得和往常一样就好了，干吗演得那么累？”

“你不知道吧……在喜欢的人面前，就想展现出自己最好的一面啊！”

“是吗？”

“是啊，而且大多男生都喜欢会撒娇卖萌的女生。”

“这样啊……”尤小乔若有所思。

“对啊！”罗晴续问，“难道你从小到大，都没有碰到想要对他撒娇的人？”

“没有……吧。”

“没有……吧？”罗晴续满脸不信，“你这三个字说得很犹豫啊！那我问你，当我问你这句话的时候，你脑海里第一个浮现的人是谁？”

“……”尤小乔摇头，“没人。”

说完，不等罗晴续再问什么，她朝图腾武馆走去。

“没人？不可能啊，可我明明觉得小乔你刚才的神色明明是有人啊……”罗晴续追在尤小乔身后喋喋不休。

尤小乔却不再理她，因为害怕罗晴续看见自己心虚的脸。

见鬼了，她刚刚脑海里浮现的人居然是……叶西何？！

想起她之前在叶西何家里，朝叶西何撒娇的模样……

小哥哥……人家……

尤小乔冷不丁打了个冷战。

天啊！好恐怖！

那一定不是她，是被鬼附身后的尤小乔！

Part 2

此时是下课时间，平常到这时，图腾武馆的弟子和工作人员都应该在后院的食堂吃晚饭。

此刻，室内的前台却围了一群人对着手机议论纷纷。

“嘿，武馆收弟子吗？从小习武，能一打十的那种？”

“抱歉哦，武馆已经过了招收弟子的时间，暂时……”

回答的人一抬头，看见一张笑盈盈的脸：“小乔！”

“可不就是我嘛！”

“小乔！小乔来了！”其他人也纷纷抬头，像看见动物园里的狮子跑了出来。

“你们这是怎么了？这么热情，要给我举荧光棒铺一片粉红色的海洋吗？”尤小乔好笑地看着他们。

“小乔！你上热搜啦！”前台忙将手机递给她，“感动中国的神秘外卖女骑士！”

“什么呀……”喜欢凑热闹的罗晴续挤了过去，看着图腾武馆弟子们手中的手机，“今天，北城一女子在大雨中遇车祸被压车底，神秘外卖小姐姐正好经过，见状赶紧帮忙。大概四十分钟后，外卖小姐姐和路人合力抬车，将女子救出。网友评论：您的外卖晚到了，不要着急，也许你的小哥哥小姐姐们正在拯救世界！”

“我去，小乔，我说今天中午你浑身上下怎么湿漉漉的，原来你去拯救世界了啊！”罗晴续震惊道。

“小乔，你淋雨了？”停好车的汪祁俊一进门听见罗晴续的话，关注点完全只在话的上半句，“下这么大的雨，你还送什么外卖啊？外卖公司也有问题，下大雨不给员工放假的吗？”

此言一出，图腾武馆的弟子们都打量着这个素未谋面的男人。

人长得高高瘦瘦挺帅，怎么有点缺心眼呢？

“公司又不是小乔开的，怎么能说放假就放假？”有人说道。

“哪家外卖公司？”汪祁俊掏出手机，“告诉名字，我要喊我爸把它买下来！”

“……”

“啪！”

脑门被人拍了一下，汪祁俊登时恼火，瞪过去发现是尤小乔，双眸中的火焰立马熄灭，委屈巴巴地问：“小乔，你打我干吗？”

尤小乔没理他，对图腾武馆的弟子们介绍：“这是我弟弟，从小家里管得严不给出门，所以脑子有点问题，大家别跟他当真。”

汪祁俊：“……”

眼见男神被尤小乔欺负，罗晴续竟然觉得男神萌萌的。

“咦，你们有没有闻到什么香味？”这时，有个弟子猛吸了吸鼻子。

“你这样一说，好像真的有……”其他人反应了过来，都在寻找香味的来源。

尤小乔见汪祁俊脸色一变，在他发飙之前，忙说：“什么香啊？饭香啊，大家吃饭了没？一起去吃饭啊！”

“不是饭香啊……”有个小弟子秉着不放弃的原则，循着香味来到了汪祁俊身边，“好像是他身上的香味啊……”

一抬头，发现对方脸色非常难看。

汪祁俊冷声道：“是我身上的香味，怎么？”

小弟子见对方眼神凶神恶煞，吓得不敢吭声。

罗晴续赶紧打圆场：“现在男生喷点香水是一种礼貌，没什么好奇怪的啊。汪先生，你别生气，他没恶意的，还是个小孩子。”

汪祁俊面色缓和了起来，笑着哼一声：“你还挺会说话。”

被男神当面表扬，罗晴续心里又害羞，又开心。

“乔姐，外面有人找！”这时，图腾武馆的女弟子忽然匆匆忙忙跑进来，跑到尤小乔身边，气喘吁吁地说，“是、是带着锦旗来的！”

“一定是中午被救的人来感谢的吧！”弟子中有人猜测。

“小乔快出去瞅瞅！”

一行人走到武馆外，就看见一群人站在武馆门口。中间人手中拿着一面红色的锦旗，上面写着“感动中国外卖骑士”几个大字，左边写了“赠尤小乔女士”。

见尤小乔出来，那个被救出的女子上前拉住她的手，万分感谢地说如果不是她出手相救，也许自己就死在中午那场大雨中了。

一群人举着锦旗还带着地方电视台的记者，吸引了附近不少人的注意。

尤小乔没想到自己顺手救了个人，还弄得这么兴师动众。

不过她也没怯场，只笑嘻嘻地表示：“这是我应该做的，人与人相互帮助，共建美好家园。”

次日。

“扑哧……”

叶家，程珊全看着屏幕上的地方电视台的新闻报道，学着尤小乔说话的语气，尖声尖气地说：“人与人之间互相帮助，共建美好家园……天啊，小叶叶，你这新来的家教小老师也太逗了吧？还一副一本正经的样子，跟我老爹每年公司年终发表感言似的。”

“叶哥，你爸我叶大伯真的决定要让这个小姐姐当你的保镖？那小身子骨行不？”金驰一边吃着薯条一边问。

瘫在沙发上，一只手支在沙发边缘，正低头看手机的叶西何淡淡瞟了他一眼。

金驰立马解释：“叶哥，这是我从自己家里带来的薯条，我保证一粒薯条屑都不会沾在地毯上！”那认真的模样就差没举起双手保证了。

“吃吃吃！就知道吃！”程珊全嫌弃地说，“你忘记前段时间你肠胃炎进医院了？也不知道收敛收敛，明知道我们叶哥有洁癖，你就不能忍忍？”

“忍不了啊。”金驰苦着一张脸，“我一分钟嘴巴里不吃点东西，就觉得浑身痒。”

程珊全看着金驰巨大的肚子和粗壮的手臂，点点头：“也是，从小吃到大，就像我爱抽烟一样，不抽就难受。”

程珊全、金驰和叶西何三人是从小一起长大的发小，这次来叶西何家就是为了了解他那位没有被赶走的小家教。

要知道叶成帮叶西何找了那么多全国甚至国外的家教，都被他给气跑了，这个小家教居然能留下来，真是个人才。

“不是说小家教还在上大学，还是体校，居然还能当叶哥的家教。”

“你懂什么！”程珊全说，“我可都调查了，人家比我们大一届，据说大二的时候休学了一年，不然现在早毕业了。能和其他家教不一样，留在小叶叶身边，肯定有厉害的地方。”

说完，他凑到叶西何身边，贱兮兮地问：“说实话啊，小叶叶，刚从电视上看，觉得这个小家教长得挺好看的，你不会是看人家漂亮，所以才把人家留下来的吧？”

“不会吧……”金驰一边吃着薯条，一边很认真地说，“我觉得叶哥不是那样的人，而且叶哥不是一直喜欢娜娜么……”

“嘶……”程珊全像想到什么，点点头，“娜娜好是好，就是太要强了，而且她一直站叶伯伯那边，跟小叶叶想法有分歧……”

说到这，程珊全感觉到身边危险的眼神，他看去，叶西何靠在沙发上，从手机中抬头，凝视着他。

“我没有说娜娜坏话啊……”程珊全可怜兮兮地说，“我就是客观地分析。”

叶西何没理他，起身往楼上走去。

见状，金驰放下薯条包，移到程珊全身边，说：“你不知道娜娜是叶哥的宝吗？不能说一句坏话的那种！”

“当然知道了！可过去了那么长时间两人也没怎么联系，那娜娜也瞧不上我们叶哥啊……嫌我们叶哥文化成绩差，跟不上她的脚步不是？可每个人有每个人的活法，叶哥有自己的人生理想，别人不理解，甚至叶伯伯和她也不理解，但我相信叶哥一定会成功，总有一天会凭借自己的坚持和努力绽放万人敬仰的光芒！”

金驰无言了片刻才说：“最近又在微博刷心灵鸡汤了？我跟你说，你少看点这种东西，脑壳里会长泡的！”

“……你才脑壳里长泡，我看你这肚子里有不少泡！”

程珊全和金驰斗了一会儿嘴，才听见楼上传来动静。

两人抬头，就见换好衣服的叶西何走下楼。

“叶哥，我们要出门了吗？”金驰舔了舔自己的手指，将手指上的薯条渣舔得干干净净。

“废话，叶哥不是答应了叶伯伯亲自去请小保镖过来吗？”程珊全起身，整理了自己的衣服，“现在当然是去办正事了！”

Part 3

刚上完一节武术课。

尤小乔拿着保温杯一边慢吞吞地喝水，一边跟罗晴续一起往教室方向走。

“这么说，你把我的男神就丢在公寓里了？”罗晴续想起那天尤小乔因为晚上要去叶家补习，男神可怜巴巴地在武馆等了她一晚上才吃上饭的情景。

“重点是，他来这里是陪他弟弟上学的，怎么能说是我把他丢在公寓的？”尤小乔不明白。

“可我觉得那只是借口，他想来这里找你是真的。”不然怎么会今天早上一大早就来学校宿舍楼下等她？可惜男神不知道尤小乔平日里都不住校，在武馆待的时间比较多。

“那你要我怎么办，每天带着他一起上课，一起工作？我又不像他投胎技术那么好，不上学不赚钱也有三辈子花不完的钱。”尤小乔说起这，拿出手机算了算时间，“今天十八号，等二十号发工资了，我得给医院汇钱了。一会放学，我去看看还有没有别的兼职工作。”

“你还找啊？”

“当然了，外卖工作丢了，我得找一个补上啊，不然我哥怎么办？”

“你自己都不舍得吃，赚的钱都给医院了。”罗晴续叹了口气，“年纪轻轻的，就开始用保温杯了，老年生活提前了吧！”

“我这叫保养，小丫头你不会懂的。”

两人走到教室的楼道口，就见一个身影旋风一样跑了过来。

“这不是咱班的小旋风吗？跑这么快干吗去呢？”罗晴续见了，调侃道。

小旋风见到她们，脚步一停，眼里是万丈光芒：“乔姐，快、快去教室！大事！有大事了！”

罗晴续和尤小乔对视一眼，满脸茫然。

尤小乔和罗晴续跟着小旋风来到三楼的教室走廊，就见一群女生围着走廊不知在看什么。

后排有人看见他们来了，朝前排人喊了句：“乔姐来了，乔姐来了！”

顿时人群里自动让开了一条路。

“乔姐？”靠在栏杆上跟金驰聊天的程珊全细细品味这两个字，“可以啊，果然有大姐大的做派。”

尤小乔走到人群中，在楼下时，小旋风说有两个特厉害的人在教室外等她．她想了半天，没想出她身边特厉害的人是谁．走到教室门口，看着走廊上的两个人，才明白过来。

果然是两个很厉害的人，一个是经常在屏幕中看见的当红人气小生程珊全，目前就读央音；一个是LOL中国区电竞超人气职业选手金驰，从小有极高的游戏天赋，是未来中国电竞的选手之一。

这两个人，很厉害，尤小乔都知道，却一个都不认识。

所以……他们找她做什么？

在尤小乔脑门上顶着一个问号时，对方却似跟她很熟一般，朝她招招手：“小老师，你好啊！”

学校门口有一家装修很适合年轻人的咖啡厅，工作人员也是年轻漂亮的小姐姐和帅气的小哥哥，很吸引学生，生意一直很好。

尤小乔很少来这，一来她不喜欢喝咖啡、奶茶之类的饮品，总觉得没有白开水来得健康；二来她每天一空下来不是想着打工赚钱，就是趁机多练练功夫或者做题，实在没时间整天泡在这个文艺悠闲的地方。

尤小乔一进去就感受到一阵空调凉风迎面而来，吹得舒爽。

咖啡厅竟然没什么人，独有的一个客人正靠在沙发上玩手机，面前是一杯没动过的拉花摩卡。

他穿着一身DOLCE & GABBANA休闲西装，宫廷复古的设计，复古却不繁琐。阳光照在男人那张脸上，白皙透亮，纤尘不染，隽秀中多了几分阳光与朝气。

不得不说，这人真的是甭管穿什么衣服，都如此体面标致。

程珊全一进来，就吸引了咖啡厅员工小姐姐的轻声欢呼：“快看！是珊珊！”

“真的是珊珊！”

“演《暴君的独宠》的珊珊？好帅啊！”

员工小姐姐挤在一起，脸上的表情兴奋又激动，却因为职业操守不敢向前向程珊全要签名。

程珊全特骚气地朝她们吹了个口哨，引得小姐姐们捧着红脸惊叫连连。

奇怪的是，一向人多的咖啡厅，今天人格外少。

大概看出尤小乔眼底的疑惑，程珊全向她解释：“小叶叶不是有洁癖嘛，不喜欢人多，所以清场了，只留下了工作人员。”

一边说，一边拿起叶西何面前的杯子，喝了一大口：“小叶叶，我特意帮你点的拉花摩卡，你怎么一口都不喝，浪费！”

尤小乔心想，你都说叶西何有洁癖了，外面的杯子他怎么会用？

叶西何将手机丢在一边，漫不经心地瞟了程珊全一眼：“你可以出去了。”

“哇，小叶叶，你利用别人也不要表现得这么明显吧？”

叶西何撇了撇嘴，手指有一下没一下在膝盖上敲，闲闲地说：“就是这么明显。”

程珊全一张嘴，一捂脸，一跺脚：“好无情，嘤嘤嘤。”

随后就离开了。

一旁吃薯条的金驰早习惯了，跟着他一起出去了。

整个咖啡厅只剩下尤小乔和叶西何两人，和咖啡厅时不时往叶西何方向瞅的员工小姐姐们。

尤小乔在叶西何对面坐下，不正经地说：“小哥哥，人家和你不是昨天才见过面，怎么今天就这么想我了，居然找到我学校了。”

叶西何没理会她不正经的调侃，将沙发上的一份文件递给了她。

尤小乔翻开文件，看着上面醒目的标题：“保镖协议？”

尤小乔问：“什么意思啊……”

叶西何：“字面上的意思。”

“小哥哥请人办事，还得让人做阅读理解啊。”尤小乔将《保镖协议》盖起来，问，“怎么想到请我当你的保镖的？你不是连我帮你补习都不太情愿的吗？”

“现在挺情愿了。”叶西何靠在沙发上，双腿交叠，手指依旧有一下没一下地在膝盖上敲着，“说个价钱吧？”

“我就喜欢你这么直接的小哥哥。”尤小乔也不多话，“我要求不高，如果你能在期中测试中文化分达到我的要求，这笔保镖费我可以不要。”

大学里还有严格的期中测试，在其他大学少之又少，央音期中测试的变态之处，经常成为央音学生们吐槽的话题。

“不过……如果你做不到的话，那就另请高明。我这个人虽然爱钱，但希望自己手中每一分钱都是凭自己能力赚来的。我既然接了家教这份工作，是一定要让叶老先生看见成绩的，不然怎么对得起叶老先生给的昂贵的补课费。”

叶西何觉得她这话很有意思，不由得笑道：“如果我不答应你用保镖费进行交换，期中考试考不到你要的分数，你就对得起我爸给你的补课费？”

“叶西何，你知道吗……”尤小乔忽然格外认真地凝视着叶西何，特别深情地说，“这是我们认识以来，你跟我说过最多字的一段话。”

叶西何：“是吗？”

“嗯，简直太令我感动了。”

“……”

尤小乔意外发现叶西何今天的心情还不错，从他的语气和神态中可以看出来，不像前几次一样爱答不理的，这让她更坚定了这次意外谈判的成功率：“保镖费的交换只是选择之一，是因为你今天提到了，我恰好想到罢了。从现在到期中考试还有一段时间，我相信我会想到办法让你配合我工作的。”

“这么有自信？”叶西何扬眉。

“那当然。”尤小乔扬着下巴，一脸信心十足的模样。

她的自信得到了验证，叶西何没考虑太久，就答应了她的要求。

Part 4

从咖啡厅出来。

程珊全正在咖啡厅外调戏服务员小姐姐，服务员小哥哥看见游戏中自己崇拜的大神金驰，正在排队索要他的签名。

尤小乔笑看着，对身边的男人说："一会我还有一节课，上完后今天的工作正式开始。记住我刚刚说的，我不在你身边的时候，你需要随时告诉我你的方位，以备我确保你安全。"

"好啊。"叶西何十分好说话地应下。

尤小乔一愣，朝他挥了挥手："走了。"

程珊全见叶西何出来了，朝金驰示意了一下，摆脱了身边围着他的女孩子们，小跑到叶西何身边："谈妥了？"

"嗯。"

"小老师这么好说话？"程珊全精明地问，"我看这里的人都喊她乔姐，看起来不是那么好说话的人啊，小叶叶别是答应了什么卖身的条件吧？"

叶西何没回答，往校门外走去。

金驰心中有了底，也不追问："叶哥，我们现在去哪啊？"说完，又自行回答，"去酒吧吧？好久没去啦！反正下节又是'补觉课'。"

两人已经习惯程珊全把英语课形容成'补觉课'了，据说他一上英语课就想睡觉，简直可以摆在催眠曲之首。

金驰却不赞同，他觉得不管什么课，只要一上课就想睡觉。

"不去。"叶西何拒绝。

"啊？那我们去哪啊？"程珊全想了想，掰着手指数，"去俱乐部打球？游泳？还是打拳击？"

"回学校。"

"回学校干吗啊？打篮球？"

"上课。"

"……"程珊全的脚步停在原地，一脸震惊地看着叶西何的背影，"驰驰，我刚才没听错吧？咱叶哥说啥？去上课？"

"嗯，你没听错，叶哥说去上课。"金驰若有所思。

程珊全飚了一句脏话，追了上去："小叶叶，咱们去上课做什么啊？睡觉吗？"

"听课。"

"不是，听什么课啊？咱能听得懂吗？"

"……"

“小叶叶，你受啥刺激了？咱不闹了好吗？”

半小时后。

大提琴专业二班的学生们偷偷回头看坐在后面三个位置的学校风云人物。

程珊全正趴在桌子上百无聊赖地玩手机，金驰把脑袋埋在课桌底下，偷吃零食。

平日里旷课无数的大头聚集，令他们十分意外的是——

三大头老大叶西何居然没睡觉，而是在……听课？

难道今天太阳从西边出来了，地球不再自转，万物要化为虚无了吗？

前排，有几个学习成绩好的学生私底下小声交流。

坐在徐蓉蓉身边的女同学悄悄凑过去问她：“蓉蓉，是不是叶西何听你的话改邪归正了？他居然来上课了！”

徐蓉蓉跟叶西何分手的事情并没有广而告之，叶西何没那个闲心，徐蓉蓉更不会主动去说这件事，所以大部分人都以为两人还在交往中。

徐蓉蓉没说话。

那人就觉得是自己猜对了，扬扬得意地说：“我就说蓉蓉不一样吧，蓉蓉一出马，浪子都回头。”

徐蓉蓉想起上周在篮球场发生的一切，这一周她面上虽然没表现出任何情绪，但只有她自己知道，每到晚上一个人时，有多难过。

多少次，偷偷蒙着被子掉眼泪，第二天眼睛通红一片，还要假装什么事情都没有。

她倔强惯了，即使每天都经受着戳心的折磨，她也不允许被别人看见自己的脆弱。

此刻，看着叶西何他们出乎意料地来上课，她心中扬起了希望，是不是这一周他也不好过？是不是他后悔了，向她妥协了，真的听她的话开始认真学习了？

她低头看着桌上的课本，在没有人能看见的角度勾起一抹幸福的微笑。

一节课下了之后。

受尽无聊折磨的程珊全立刻朝身边的叶西何说：“叶哥，我们出去玩吧，这课太无聊了，我都斗了一节课地主了。”

“不去。”回应他的是沉静的拒绝声。

“叶哥……你是认真的吗？”程珊全说，“真的认真开始学习了？不是，叶哥，你别吓我啊，你认真学习了，我跟金驰咋办啊？”

“你也跟叶哥一样，好好学习呗！”金驰插了一句。

程珊全拿起书就捶了过去：“学你个头啊，这英语课本上的单词你认识几个，你给我念念！”

金驰捂着头辩解：“所以不认识就要学啊，这话没毛病啊！”

“没毛病没毛病！我让你没毛病！”程珊全完全不讲理地追着金驰大闹。

“坐到后排去，别打扰我。”叶西何皱眉，满脸不耐烦。

“……”

程珊全郁闷地坐到了后排的位置。

金驰见他一脸郁闷，也坐到了后排：“珊珊，要真不想上课，我们去网吧开黑吧！今天我难得没有训练！”

金驰高中就没有上学，而是进入了职业电竞俱乐部，前几天刚参加完一场比赛，才空下了时间和他们待在一起。

“不去。”程珊全提不起兴趣，“叶哥都不去，我们去干啥？”

“我看叶哥像来真的。”金驰说，“上节课，他一秒钟小差都没开。”

“他这是受了什么刺激，怎么跟小老师在咖啡厅聊了一会，就要当好学生了？”

“是不是小老师说只有叶哥当好学生，她才答应当叶哥的保镖？”

“有这个可能。”程珊全郁闷地说，“可我们叶哥是那么容易妥协的人吗？”

“你这样说也有道理。”

就在两人郁闷叶西何为什么忽然三百六十度大转变时，金驰忽然推了推程珊全的手臂：“快看，那不是‘神仙姐姐’吗？她来找叶哥做什么？他们不是分手了吗？”

程珊全看去，可不是，“神仙姐姐”还是印象中乖乖女生的模样，品学兼优，端端正正的，像个高中生。

她走到叶西何书桌前叫了一声：“叶西何，这是我上课做的笔记，借给你。”

学霸主动借出自己的笔记，是多少人羡慕的事情。

可叶西何头也没抬，敷衍地说了声：“不用。”

徐蓉蓉咬了咬唇，旁边都是一群装作在干其他、其实在等着看戏的学生，她当然不会服输：“你拿着吧，你以前经常旷课，很多基础语法都不懂，我的笔记本可以帮助你。既然你已经听我的话过来好好学习了，就要有个好好学习的样子吧……”

“完了。”程珊全小声在背后说，“咱班这个‘神仙姐姐’哪里都好，就是胸小情商也不高，她哪来的自信认为叶哥是为了她才开始认真学习的？”

“人家是学霸啊，学霸肯定是有别人没有的自信的。”金驰认真地分析，“就像我在游戏方面一直很有自信。”

“滚！”程珊全白了他一眼，“这能一样吗？我总觉得‘神仙姐姐’要自讨没趣了。”

不出他所料，听见徐蓉蓉的话，叶西何丢下手中的笔，靠在椅背上，用审视的目光看着她：“你从哪里看出，我是听你的话好好学习的？”

Part 5

在央音，大家都知道叶西何只可观看不可亲近。

你远远看着他，观赏他的颜值和气质还好。

你若亲近他，会不由自主被他身上那股子又帅又痞的劲所吸引。

不可否认，有些人天生就带着那股子吸引人的气质。

叶西何本人从没隐藏他“渣男”“痞子”的属性，这一点，从他交往过的女友可以看出。这些女友中，没有一个是叶西何本人主动追求的，但最多交往不超过一周，有的甚至前一天被公开在一起了，第二天就分手了。

而这所谓的公开在一起，都是女方单方面公开。

在交往中，叶西何也从没有跟别的女生暧昧过。

除了性格冷淡了点，没有身为男友贴心问东问西的关怀，几乎算是个称职的男友。

用客观一点的央音女生的分析来说就是：“叶西何光明磊落，变成渣男这事真不能怪他，是那些女生主动送上去的不是吗？”

“对啊，我们学校，包括外校的女生大部分都觉得，能当叶西何的女朋友，能跟自己男神接触，就很值得啊！明知道他只是玩玩，还有人抢着跟他交往的。”

“就是，即使知道他是这样的男人，那些女孩子不依然前仆后继涌上来吗？不说别的学校的，光我们学校，有多少女孩子暗恋叶西何？总有人问我他的电话，我说我也不知道啊！她们就唏嘘，怎么连同班同学的电话都不知道。我说你喜欢周杰伦，你知道周杰伦的电话吗？”

“所以别总往叶西何身上贴渣男的标签，我觉得这对他挺不公平的。他又没强迫谁，情侣之间不适合就分开不正常吗？”

所以徐蓉蓉此刻的境地，并没有得到多少人的同情。

就连一向容易心软的程珊全也摇头感叹：“叶哥在感情方面向来不拖泥带水，‘神仙姐姐’先说分手的，嫌叶哥不够体贴，可叶哥性子就这样，你看他对谁体贴过？除了……咳，现在‘神仙姐姐’又一直黏着叶哥，这可不太好。”

金驰摇摇头：“喜欢上叶哥的女生都太可怜了。”

程珊全对这点颇为赞同：“那是相当可怜的。”

面对叶西何的反问，身边看戏的人的声音越来越大，几乎全班都将视线聚集在他们身上，想看徐蓉蓉有什么反应。

徐蓉蓉握着笔记本的双手在发抖，可她还要坚强地伪装高傲的神色。

“叶西何！你太过分了！”这时，徐蓉蓉的同桌看不下去，“你怎么能这样对自己的女朋友？”

叶西何觉得很吵，怎么他想认真上个课，还能有这些个烦心事？

旁边的手机亮了一下，他拿过扫了一眼，是一条短信：“叶西何，我到你们学校了，是直接去你教室找你？还是站在外面等你下课？”

他玩味地看着这两个问号，回了几个字过去。

“你好，请问大提琴二班怎么走？”央音实在太大了，尤小乔绕了很久都没找到叶西何的班级，忍不住找了个男生问。

那男生估计是今天心情不好，不耐烦地说：“连教室都找不到上什么课，前面右转……”

一回头，看见一个长相漂亮的妹子站在自己面前，顿时有点尴尬，态度也好了起来：“前面右转能看见一栋白色的大楼，二楼就是了。”

“噢，谢谢啊！”尤小乔笑眯眯地说了再见，往白色大楼的方向走去。

就在大提琴二班的气氛尴尬到接近凝固时，门口传来一个男声：“叶哥，有人找……是个小姐姐！”

这一个叫声不但没有缓解教室里的气氛，反而让整个教室里的气氛更紧张了起来。

一直替徐蓉蓉说话的女学生一听这，笑了起来：“我说怎么忽然就变成这样了，原来是叶少在外有人了。”

面对对方的嘲讽，叶西何丝毫没放在心上，他起身，朝教室门口走去。

出了门，外面人来人往，并没看见尤小乔。

“那呢！在那！”

门口，几个男生小声朝他示意。

叶西何顺着班上一个同学的手指暗示，看见楼梯拐角的尤小乔。

他勾了勾唇，朝她走去。

九月清爽的空气中，有桂花的清香，随风一阵阵飘到鼻尖。

尤小乔站在楼梯拐角发呆，头顶传来一抹熟悉的声音：“站在这做什么？”

尤小乔抬头，就见叶西何已经站在她面前。

因为周遭的环境陌生，加上她站在教室门口，总有奇怪的眼神看过来，所以她找了个楼梯拐角的角落等他。

此刻他走了过来，在这略显狭窄的楼梯口，显得特别高大。

气氛变得暧昧而尴尬，因为他用一种玩味的眼神垂眼看她，俊脸上丝毫不掩藏他此刻正在欣赏她的状态。

尤小乔手指忍不住抓了抓裙摆，这是她为数不多的一次穿裙子……

裙子是那日叶西何给她的。

上完课后，她特意回了一趟武馆换上。

既然以后叶西何成了她的固定大财主，她也必须放下一切维护好与他的关系，才不会让彼此之间太难相处。

原本以为只是换件衣服的事情，但从武馆到央音的这一路上，她总觉得很别扭，觉得投向自己的眼神比平常多了好几倍。

尤其是……眼前的男人还欣赏艺术品一般地打量她，令她更别扭了起来。

她穿着一条浅紫色的长袖及膝连衣裙，轻薄纱质的肩袖包裹着她圆润的双肩，金色的束腰设计将腰线收得极致，裙摆缀满星星点点的钻石，铺在两条细白的腿上，若隐若现。她将平日里的短发扎起一半绑成一个团子，俏皮可爱。

只是她并不知道看惯了平日里她假小子装扮的人，对她现在的着装有几分惊喜。

“还挺好看。”沉默着歪头打量了半天的男人终于开口评价了几个字。

“敢情您看了半天，就是在看我好不好看？”尤小乔翻了个白眼，“我又不是你女朋友，好不好看跟你有什么关系？”

“你想当我女朋友吗？”端坐着上了一节完整的课，脖子挺酸，叶西何晃了晃，随着她的话问。

尤小乔一愣，待看见他一脸雅痞的样子，怒道：“你以为你是国民老公啊？谁都想当你女朋友！”

用力一把推开他，逃离这个令她莫名紧绷的环境。

叶西何扯了扯嘴角，跟在她身后，见她气嘟嘟地往前走，一把扯回她：“瞎走什么，该上课了！”

“……”

大掌抓着她细小的手腕，酥酥麻麻的感觉泛上心头，她下意识要抽回手，却被他握得更紧。

第四章
你生气的时候像一只河豚

Part 1

尤小乔被叶西何连拉带扯地拽进了教室。

教室后传来口哨声："这不是小老师吗？哟，穿成这样，我差点没认出来。"程珊全笑哈哈地说，"小老师好萌啊！"

尤小乔没理他，尽量让自己不去注意全班投过来的异样眼神，问叶西何："我坐哪？"

"我旁边。"他倒似无事人般，还特绅士地帮她拉开椅子。

可即便这么绅士的动作，也被他散漫地做得像个流氓。

尤小乔顺势坐下，见他坐在自己身边，用手敲了敲他的桌子："只是做个保镖，还得陪你上课，得加钱。"

"好啊。"他笑眼弯弯，墨色的瞳孔亮得吓人。

尤小乔感觉自己被电了一下，慌忙转移眼神。

"叶哥，小老师还是个小财迷。"程珊全从后面将脑袋探到了两人中间，"不过小老师这么萌，我们叶哥一定会对你慷慨大方的。"

说完，笑眯眯地瞅着尤小乔：“就是头发短了点，小老师，我们叶哥喜欢长头发的小姐姐噢！”

看着程珊全调戏尤小乔，金驰嘿嘿地笑出了声。

这一节依旧是英语课。

英语老师走进来，看了一眼讲台下，将书放在讲台上，“呵”了一声：“今天人到得还挺齐。既然来上课了，要么就静下心来上课，要么就趴在桌子上睡觉，别打扰别的同学。”

这话明显是说给叶西何等人听的，尤小乔心想，这两人是有多讨厌，连老师都放弃管他们了。

老师说完，开始讲课。

程珊全趴在桌子上玩手机，没玩几分钟就趴着睡着了。

金驰也吃饱了，无聊地趴着睡觉。

叶西何态度倒还算端正，翻着课本听着老师讲课。

尤小乔见他一脸认真听课的表情，也不知道他能不能听懂，不了解他的人看起来，还以为他挺爱学习的。

讲台上老师讲的内容，是尤小乔高三就了解过的内容，她听了十几分钟后，拿出包里自己的复习资料开始做题。

做了没几道题，身边人开始骚扰她，竟然开始学着程珊全喊她“小老师”。

“小老师，说好陪我上课，怎么自己偷偷做起了题，嗯？”

她没理他。

他又开始不安分：“小老师，我跟你说话呢，你就是这样对待你的大财主的？”

她：“……”

他调了调姿势，单手支着脑袋看她：“态度这么差，不加钱了。”

“……叶西何，你够了！”她瞪着他，压低声音吼道。

他懒洋洋地笑了起来：“你生气的时候像一只河豚。”

“……”

这样的场景落在别人眼底，就是叶少在调情！

班上的学生虽然表面上都在听课，实际上大部分人的心思都在叶西何这边。

尤其是徐蓉蓉和她身边的人，她们看见这副场景，有的替徐蓉蓉打抱不平，更多的人是看她的笑话。

学霸加校花的人设又怎样，在叶西何这里，不也成了个笑话？

徐蓉蓉和往常上课一样端坐着，神情看起来风平浪静，丝毫没被周遭的环境影响。

但她握着笔的手却在颤抖，课本上的字体变得越来越模糊，眼眶里积累的眼泪，她强迫自己不让它们掉下来，即使在这场感情里她赌输了，她也绝不允许被别人看笑话。

“Why did you ask if Sarah is coming with us? Why is your face ______red？空格里的正确选项应该是：A. firing 、B. flaming 、C. changing 、D. exchanging ？”讲台上，老师放下手中的书本，开始点名，“请一位同学回答一下，叶西何，你来吧！看你两节课都听得挺认真，验收一下效果。”

被点名的叶公子正戏弄着尤小乔，根本没听见老师喊自己的名字。

还是金驰小声提醒他：“叶哥，叶哥！老师喊你起来回答问题！”

尤小乔终于摆脱他的骚扰，发现教室里极安静，所有人的目光都看向这边。

尤小乔低下头，努力让自己没有存在感。

在这样的情况下，叶西何没羞没臊地站起来，满脸无所谓的样子：“老师，这题太难，我不会啊……”

“难吗？”老师早习惯他这样子，说，“有人愿意起来替叶西何同学回答吗？”

不知哪个同学带头喊了一句：“老师，让坐在他身边的女同学帮回答一下呗！”

就有人跟着起哄：“对呀！老师，让新同学帮他回答一下啊！”

老师对叶西何身边的女生也非常感兴趣。

叶西何在央音的名气和各种绯闻，各班老师虽没参与，但也早有耳闻，私下里也会在办公室八卦几句。

以前听说过叶西何一个接一个地换女朋友，他也不太亲近她们，更别说带来上课了。

这次这个小女友，他竟主动带到班上，与他坐一起。

老师微笑：“那么就请叶西何身边这位女同学替他回答一下？”

女同学尤小乔站起身，刚才她一直被叶西何骚扰，根本就没听到老师提的问题，此时被众人起哄喊起来，心里只想将叶西何扯到角落里狠揍一顿，再让他加钱加钱加钱！

“这位新同学不会也是个学渣吧……”说这话的是徐蓉蓉的闺密，从一开始她就看这个忽然出现的尤小乔不顺眼，一直认为就是这个人的出现，让叶西何跟徐蓉蓉分手的。

此时见尤小乔如此窘境，忍不住添油加醋：“可不是每个女生都像我们班学霸徐蓉蓉一样优秀啊！老师，还是让徐蓉蓉替叶西何回答吧！”

尤小乔望着那个对自己带着敌意的女生，只觉得好笑又莫名其妙。

心里这般想着，当即就笑了出来，想收住的时候为时已晚。

在众人诧异的眼神中，她学着叶西何没羞没臊地当作什么事也没发生过，认真礼貌地问：“老师，抱歉，刚才我没有听清您说的题目，能麻烦您再说一遍吗？”

“当然。”老师将刚才的问题重复了一遍。

尤小乔等老师说完才回答：“选 B. flaming。”

Part 2

“Good，Sit down，please！”

虽然对这个女孩充满了好奇，但毕竟老师的职责是上课，接下来的时间，二班都在讲课中度过。

没能成功羞辱到尤小乔，让徐蓉蓉的闺密很不解气，她小声问徐蓉蓉：“蓉蓉，难道你就这样放过他俩吗？这小三当得也太光明正大了！”

徐蓉蓉低头，小声说：“我能有什么办法，他已经变心了，我能挽回吗？”

闺密听她声音里都是委屈，更加确定了尤小乔是小三的事实，自己和身边的一群朋友商量着下课后一定要让尤小乔好看！

开玩笑，她们可是央音的高才生！怎么能让外校的人欺负到自己班级学霸的头上来？

剩下的半节课，徐蓉蓉周围的女生们开始私底下传小纸条，商量着该怎么教训那个嚣张的小三。

一节课在所有人各怀所思下结束。

已经中午了，大部分人都去了食堂吃饭，教室里只剩下零零散散的人。

“啊……终于自由了……”睡了整整一节课的程珊全伸了个懒腰。

尤小乔摸了摸肚子，饿了。

“我送你回家。”

“回家？”叶西何挑眉。

尤小乔比他声音中的疑惑更疑惑：“你不回家吗？”

“回家做什么呀？”程珊全忙插嘴，“叶哥，都做了两节课的好孩子了，下午我们可以去玩了吗？”一副生怕叶西何不带他去玩的表情。

叶西何左手支着脑袋，一副懒到觉得起身都是浪费体力的模样：“下午还有专业课，回家浪费时间。”

这话是对尤小乔说的。

程珊全捂着脑袋，快崩溃了：“天啊，叶哥又要上课了，好恐怖啊！”

“可是我饿了。”尤小乔说，“我得回武馆吃饭。”

叶西何：“既然钱都加了，当然管饭了，你想吃什么？”

“央音二号食堂二楼的酸菜鱼巨好吃！”一说到吃，金驰立刻把持不住。

“好啊，那就央音二号食堂的酸菜鱼！”尤小乔说。

今天央音二号食堂人满为患，尤其是靠近后门的酸菜鱼区域，站了不少学生。

有的学生是来打饭的，有的学生刚打完饭听说二号食堂出事了，忙过来看。

从开学就没有来过食堂的叶西何居然纡尊降贵来食堂吃饭了，还是在央音二号食堂二楼大众厅堂！

“真的是叶学长！”人群中，女学妹们觉得不可思议。

她们听过叶西何的大名，在电视上看过叶西何的比赛节目，见过叶西何本人在篮球场上跳跃的身影，却从未见过叶西何来食堂吃饭！而且还是吃平价餐厅！

对于周遭的眼神，程珊全已经习以为常，金驰沉浸在美食当中根本无暇顾及。

尤小乔则是对这种场面见怪不怪，因为根本与她没任何关系。

唯独叶西何皱眉，满脸都是不情愿。

他坐在公共餐厅四人座的椅子上，身体斜靠着，双手环抱，一条长腿架在另一条长腿上，面前的餐盘干干净净，没动一下。

他什么也没做，就那样干坐着看着对面的尤小乔一小口一小口地吃东西，尤小乔稍微吃快了点，就会被他皱眉嫌弃。

尤小乔如果知道这一顿饭吃得如此艰难，一定会坚定地回武馆吃饭，即使对方说管饭！

每当她吃饭大口了或者着急了，都会感受到叶西何的不满。

感受到他的不满后，她的肢体会立刻哆嗦一下，随后本能地放慢速度，一小口一小口按照他的要求精致地吃。

次数多了，尤小乔终于不满地鼓起勇气跟大财主反抗："财主哥，你到底是来这里吃饭的，还是看我吃饭的？"

财主哥对她对自己的新称呼表示很讶异，挑了挑眉，说："纠正你错误的吃饭方式。"

吃饭还有正确的吃饭方式和错误的吃饭方式？

尤小乔惊了："就算你是大财主，也不能什么都管啊！这样会不会太过分了？"

"哦。"财主哥淡淡应了一声，"从现在开始，你每按我说的方式正确地吃饭一次，发红包一千……"

"好的！君子一言，驷马难追。"尤小乔立刻点头，生怕他会反悔。

程珊全："……"

金驰："……"

叶西何抬了抬眼皮，玩味地问："不过分了？"

"一点也不过分啊！吃饭本来就应该细嚼慢咽，老板你这是替员工的身体着想，怎么会过分？”尤小乔狂摇头，“不过分！一点都不过分！”

程珊全惊得下巴都快掉下来了：“小老师，你也太没节操了吧？”

“节操两个字怎么写？小学老师没教过啊！”

“……”

程珊全朝她竖起一个大拇指：“小老师！能屈能伸，佩服佩服！”

尤小乔眼睛弯弯，露出一个超甜美的表情：“谢谢认同。”

在叶西何的眼神下，尤小乔将这一份餐按照他的严格要求吃完。

吃完后，她想起叶西何在家里吃完饭时，必用纸巾擦嘴。

她从包里拿出自带的纸巾，擦了擦嘴。

“吃完了。”尤小乔见叶西何仍旧没动过筷子，略作关心地问，“老板，你真不吃吗？”

“你别管他啦。”程珊全说，“叶哥从来不吃这种东西。”

“这么讲究的吗……”

“也不是，叶哥吃这些莫名其妙就会拉肚子。”程珊全说，“一会我们去别的地方吃。”

“既然这样……为什么一开始不去？”尤小乔不懂，看向叶西何，“这样不是更节约时间吗？”

叶西何正低头玩手机，随口问：“你不是想吃？”

“……”

尤小乔承认有那么一刻竟然被他这一句反问给……暖到了。

我行我素的央音叶哥也会替别人着想吗？

莫名地，尤小乔心情忽然好到不行，比刚刚他说要给她发红包还好了一层。

她抿了抿唇，脸红扑扑的：“其实不用太迁就我的，我吃什么都行。”

Part 3

叶西何抬起头，瞥了一眼桌子：“吃完了？”站起身，“吃完就走吧。”

说完，率先起身往食堂门口走去，似乎完全没注意到尤小乔被他感动到。

尤小乔撇了撇嘴巴，刚才一定是她对叶西何有所误解，像他这样的人，怎么会知道体贴是什么？

从食堂往停车场走时，尤小乔叫住前面大步走着的人：“老板，我想去个洗手间。”

叶西何正在接电话，听见声音回头，用眼神示意了一下让她去。

程珊全指了指食堂不远处：“去那边教学楼那块的洗手间比较干净，包给我，我帮你拿着。”

“谢谢。”尤小乔将包递给了程珊全，朝他指的方向一路小跑过去。

教学楼里洗手间的位置不难找，每栋楼的设计都差不多，基本就在那个方位，加上还有标识，尤小乔很快就找到了。

中午休息时间，教学楼空荡荡的，走路都有回音。

尤小乔从洗手间洗完手出来后，意外地看见洗手间门外站了四五个女生，她没在意，径自往外面走去。

然而，路被拦住。

五个女生终于等到了要等到的人，一个个走到她面前，拦住了她的路。

尤小乔看这架势，不用问就知道对方是想打架了。

在打架方面，她可是个老手，力量雄厚，经验丰富，瞅这情况是想五打一？

看来，她刚来央音不久就得罪了人啊……

这五个女生看起来还挺眼熟，那个长相干干净净的女孩不就是叶西何班上的什么学霸吗？剩下的四个人中，有一个令她印象很深。在老师点她名起来回答问题的时候，这女生的声音最大，看她最不顺眼，说她比不过她们班的什么学霸蓉蓉？

尤小乔这人其他没什么，自信倒是有得很。别说她现在念大三了，比她们所有人都大一个年级，就是她高三所学到的知识也早跨越到了大二，学霸根本没被她放在过眼里。

“你们确定可以五打一？”尤小乔想说要不再叫几个人来帮忙也行，可对方并没有给她说完的机会。

其中一个人凶神恶煞地质问她：“你知不知道蓉蓉才是叶西何的正牌

女友，你抢别人的男友，要不要脸？”

尤小乔用“凶神恶煞”形容那女生一点不为过，她的长相十分凶，一看就是那种特别不好惹的人。

尤小乔特无辜地说：“不知道啊，叶西何有女朋友又不会跟我讲……而且……”他有没有女朋友跟她有什么关系？

相同的，后半句话尤小乔没能有机会说出来，对方不客气地打断：“现在知道了？识相点，离开叶西何，否则，别怪我们对你不客气！”

尤小乔觉得这句话很熟，思来想去，这不是拳霸武馆的程天真跟她说过的一模一样的句式吗？看来叶西何的追求者们都是一个模板一个套路啊，好像凶一点对对方喊“识相点，离开叶西何，否则后果自负”就能将所有的情敌吓跑。

尤小乔挠挠耳朵：“这句话真的听腻了，能不能来点新鲜的？”

几人见她这样不怕死，还敢挑衅，顿时怒了：“真是敬酒不吃吃罚酒！”

尤小乔摇摇手指：“敬酒是什么，罚酒又是什么？我爸从小对我管得很严，不给喝酒哎……”

几人中有人低声咒骂了一句，随后大吼一声：“姐妹们！上！教训教训这个不知道天高地厚的丫头！”

几个人作势就要冲过来。

尤小乔做出一个暂停的手势：“你们真的不考虑考虑再凑几个人一起？你们这几个是打不过我的……”虽然再凑几个也打不过，但比较有气势啊……她在心里补充。

几人一对眼，心想，呵，这女人真的不怕死！谁给她的胆子，熊还是豹子？今天非把这女人狠狠教训一顿不可！

心里这样想着，几个女生身体里充满了干劲，毫不犹豫地朝尤小乔扑了过去。

女人之间的打架无非是抓脸、拽头发，毫无技术可言。

尤小乔早看穿了她们的套路，逐一击破，别说抓脸、拽头发了，就连她的人都没够到，就被尤小乔一个个放倒在地。

一直站在边缘看的徐蓉蓉，这时才跑过来，扶起其中一名女生：“小计，你没事吧？”

尤小乔有意思地打量着这个所谓的学霸：“你就是她们口中叶西何的前女友？有意思了，明明是你的男朋友，就算真的被我抢了，你都不激动，她们这么激动做什么？”

“你别太嚣张！”那个被徐蓉蓉扶起的叫小计的女生一脸怒容，“你给我等着！”

说完，她拿起手机拨了一个电话。

尤小乔也不急，挺好奇她打电话给谁，这么有信心。

就在这时，她强烈地感受到一道怨恨的视线盯着自己，她看去，正是那外表清清纯纯，毫无攻击性的徐蓉蓉。

尤小乔一愣，随即在心中感慨：这位仙女，真的不是我抢了你的男朋友啊，别用这种怨恨的眼神看着我行呗？

“到哪了？已经到了？赶紧过来好好教训这个臭娘们！”正在打电话的小计似乎一早就有了两手准备，她挂了电话，冷眼盯着尤小乔，一副想将她撕碎的模样。

尤小乔只觉得……真是人待在家，锅从天上来啊！

至今她都不明白，她不过是陪叶西何上了一节课，怎么就成他女朋友了，还是那种插足别人感情的第三者。

不一会儿，就有一个女生带着两个一米八九的男生急急忙忙地跑了过来：“来了来了！打手来了！”

尤小乔一听“打手”这两个字，不是她的老职业吗？原来在北城打手这职业也这么流行啊！

所谓打手见打手，两眼泪如流，尤小乔还没看清那两个打手长什么样——

“乔姐？！”那两个打手忽然震惊地叫道。

尤小乔看去，愣住了。

那不是体大当年大一一班横行霸道，欺负他们四班大半个学期的，号称要称霸体校，却因为欺负她的班长被她狠揍，从此以后见她就绕道走的一班校霸吗？

“怎么是你们？”尤小乔哭笑不得。

那两个男生格外震惊："乔姐，你怎么会在这？不是，你该不会就是她们要我们过来狠揍的对象吧？"

尤小乔耸耸肩，不置可否。

"乔姐，这误会大了，我们怎么敢对乔姐你动手……"两个男生想起大一时的情景，心有余悸。

"不是，你们俩这么高的个子，怎么这么怕她？能不能有点出息？"

带他们过来的女生一脸恨铁不成钢。

"姐！"听这称呼，两个男生其中之一应该是女生的弟弟，"你这也太为难我了，那可是咱乔姐啊！"

"我管她是乔姐还是娇妹，你们连一个女生都打不赢？"

那男生心想，乔姐算是女生吗？揍起人来，力气一点不比男人小："姐，你不知道在我们体校流行一句口号吗？"

"什么口号？"

"社会我乔姐，出手必见血！"

"……"

尤小乔："……"

这口号成功把一直憋着的尤小乔本人给逗笑了："差不多得了啊，既然大家有共同认识的人，事情就到此为止吧！又不是小学生，一言不合就打架斗殴。"

"小老师，这里！"不远处，程珊全扒着车窗朝她招手。

虽然驾驶座上是金驰在开车，但其他人都认识那车是叶西何的。

所以叶西何也在车上？他们什么时候来的？又看了多久？

程珊全打开车门，下了车："快过来啊小老师！"

"那就学校见了。"尤小乔跟体大两名同学打完招呼后，朝程珊全那边跑去，中途像想到什么，回头看了徐蓉蓉一眼。对方站在人群中，因为她身上的特殊的气质，很显眼，像淤泥里的一朵娇莲。

可她真的是一朵娇莲吗？

尤小乔什么也没说，转身跑到程珊全身边，伸出一只手："看够了吧？票钱还没给呢！"

从他们过来之始，她就发现了他们。

习武之人，在防备敌人的同时也要眼观六路，耳听八方。

这三人倒好，明明看见她被人围殴，却袖手旁观，还一脸看戏的模样。

尤其是坐在车里看戏的叶西何，明明是他自个儿惹的桃花债，却需要她来解决。

Part 4

“嘿嘿，‘社会我乔姐，出手必见血’，这口号我喜欢。”

“我也喜欢！”金驰从驾驶位探出个脑袋，表示赞同。

尤小乔不理他们，钻进车里，见叶西何在车内靠着，刚看完一场戏般意犹未尽，眼神中都是笑意。

她一屁股坐进去：“老板，好看吗？”

他嘴边挂着一抹笑：“还不错。”

“既然老板这么满意，就加钱呗。”尤小乔说，“保镖不好做，既要保护老板的人身安全，还得帮老板处理情感问题。”

“好啊。”他二话没说就应下。

这倒让尤小乔不好意思了，是不是她每次说加钱，不管什么原因，这位大财主都会答应？

“算了算了，看在老板你家教和保镖的工资开得那么高的分上，这次就算了，下不为例。”

“不行。”没想到，叶西何却拒绝了。

尤小乔不明所以：“不行什么？”

“叶哥是觉得又挖掘出了你另一个优点。”跟着上车的程珊全说，“可以帮叶哥清理身边那些莺莺燕燕。”

尤小乔哼一声：“要是他自己不招惹人家，人家能天天缠着他吗？”

“小老师，你这话我就不赞同了，那些女生还真不是叶哥主动招惹的。”

尤小乔又想起了程天真，也是啊，就算叶西何这人再怎么不靠谱，也不会看上程天真那样的人啊。

“怎么？你好像对你的老板给你加钱这件事很不满意？”叶西何懒洋

洋的声音传来。

尤小乔方才的情绪还没回过来，下意识地说：“如果不是我能打，刚才我已经被他们打成猪脸了吧？而你们还在一旁看戏，袖手旁观。”

“你也知道自己能打……袖手旁观这件事不是理所当然吗？”叶西何的反问竟让她无语凝噎。

车子很快开到了叶西何吃饭的餐厅。

餐厅有人，但不多，因为这家餐厅每天只接待二十位食客。

此时早已过了吃饭高峰期，从落地窗看里面，一个顾客也没有，但店门外已经竖了“顾客已满”的牌子。

有不相信有生意不做的路人尝试推门而入，没多久之后就悻悻出门。

尤小乔看着叶西何三人往餐厅走，忍不住叫住他们：“嘿，你们没看到吗？那家餐厅今天已经不做生意了。”

“怎么会。”程珊全说，“这你就不知道了吧？这是叶哥奶奶特意为他开的餐厅。”

见尤小乔一脸问号，金驰羡慕地说：“叶哥的奶奶可疼他了，叶哥吃不惯食堂的饭菜，叶奶奶就为叶哥在学校对面开了一家餐厅。”

“这么厉害的吗……”

“还不止这些。小时候叶哥喜欢出去玩，叶奶奶就在家给他建了一个游乐场；叶哥喜欢滑雪，叶奶奶就在家给他建了一个超大的滑雪场……”

“跟真正的游乐场和滑雪场一样吗？”

“对啊！”

“……叶西何。”尤小乔忽然很认真地叫了一声。

正低头玩手机的叶西何“嗯”了一声。

“你奶奶还缺孙女吗？上大学，会生活自理，还会功夫的那种？”

“……”

三人一愣，程珊全先绷不住“扑哧”一声笑了出来：“叶哥，你这个小老师到底是从哪个山沟子里捡来的，太有趣了！哈哈哈……”

一行人走进了餐厅。

餐厅的布置是北欧简约风格，跟叶西何的卧室风格很像，简约却不简单。

尤小乔跟着他们进去，果然一路畅通。几人在餐椅上坐下，叶西何将菜单递给她：“要吃什么？”

尤小乔摸摸肚子：“不要了吧？我刚刚已经吃得很饱了……”

她言语间都是犹豫，叶西何看在眼底，“噢”了一声，不在意地将菜单拿回去。

“等等……”她忙阻止，“我还是看看吧，说不定有我想吃的，正好我还留着一点肚子……”

叶西何似笑非笑地看着她：“猪肝，吃吗？”

尤小乔知道他故意用之前第一次见面那事来调侃自己，正要怼回去，就听见金驰说：“猪肝！小老师喜欢吃猪肝啊？我也喜欢啊，大补血，而且这家店的熘肝尖特别美味！”

尤小乔：“……”

叶西何看着尤小乔逐渐变红的脸，意味深长地附和：“的确挺补血的……”

尤小乔低头看菜单，懒得理会他的调侃。

看了一圈下来，她指了指菜单上的木瓜炖雪蛤：“我要这个。”

“饭后甜点，不错不错。”程珊全表扬。

金驰一脸失望：“小老师，你不是喜欢吃猪肝吗，为啥不点猪肝？”

“谁说我喜欢吃猪肝了。”尤小乔拒绝承认，“我一点也不喜欢吃！”

“我说阿驰，你也少吃点，小心没到三十岁就患上高血压。”程珊全提醒他。

金驰撇了撇嘴，一脸“人家就想吃猪肝啊”的表情。

最后叶西何点了几个平时吃的菜，再加上了尤小乔要的木瓜炖雪蛤和金驰喜欢吃的熘肝尖，还有……程珊全喜欢的清蒸螃蟹。

“我吃过那么多清蒸螃蟹，就叶奶奶这里的清蒸螃蟹最好吃！”程珊全赞扬道。

尤小乔觉得只要是叶西何奶奶开的这家店里的菜品，他们都会觉得好吃吧？

就像大师兄他们，无论她做的菜有多难吃，他们都说好吃。

虽然她做得并不好吃。

Part 5

出乎尤小乔意料，这家店的厨师手艺十分高超，她觉得自己方才的比喻，简直是在侮辱人家。

结果是，她只点了一份木瓜炖雪蛤，但在程珊全和金驰盛情的邀请下，她和他们一起吃光了熘肝尖和清蒸螃蟹。

“仿佛把这三天的饭都吃完了……”尤小乔摸摸自己的肚子，又大又圆。

服务员端了四碗玻璃盅装的柠檬水，一盅一盅放在他们面前。

尤小乔心想，这里服务态度真好，饭后还有茶水喝。

她用纸巾擦了擦手，拿起一盅柠檬水直接喝了起来。

喝了一口就受不了，浑身一激灵：“好酸。”

从酸味中回过神来，就感受到三人复杂的眼神。

她被看得心情更复杂，好像做错事的小孩却不知道自己做错了什么：“怎么了？”

“这个……”程珊全挠挠头，想解释，但又不知道怎么解释。

金驰更不敢解释，怕尤小乔尴尬。

“这是吃完海鲜后，让客人洗手去腥味的，不是用来喝的。”最后，叶西何淡淡地解释。

“噢。”尤小乔点点头，“好吧，以前我没这样吃过，所以不会用。”

她看着程珊全和金驰：“刚刚你们是害怕我觉得丢脸，所以没敢解释的吗？”

双方均点头。

“没关系的。”尤小乔毫不在意地说，“我脸皮厚，丢了也不知道。”

程珊全用手指比画出了“六”：“社会我乔姐，社会社会！”

吃完饭，离上课还有一段时间。

餐厅里除了吃饭的区域之外，还有水吧、书吧和游戏区。

金驰已经迫不及待开机准备打游戏，程珊全陪他一起。

叶西何对这不感兴趣，靠在水吧的沙发上看书。

看了没一会儿，他“哦”了一声，像是自言自语：“原来这男人就是国民老公？”

尤小乔看去，他正拿着一本娱乐杂志看……

她想起在楼道里对他说过：“你以为你是国民老公啊？谁都想当你女朋友！”

没想到他还真放在心上了……

尤小乔装作没听见。

水吧里有各类书，尤小乔绕了一圈，书架上全是日期最新的书籍，看得出书架是长期更新的。有一个书架全都是有关大提琴的书，应该是特意为叶西何准备的。

尤小乔走到游戏区，见金驰和程珊全两人正在打《英雄联盟》。

“小老师，一起来吧！看书多无聊！”

尤小乔摇头：“我不会玩。”

“我们教你啊！”程珊全拍拍金驰，“我们电竞大神在这里，何愁不会？”

“你们玩吧，我就随便看看。”她还是拒绝。

“那好吧。”见她实在没兴趣，程珊全也不强求，不一会儿就跟金驰打得火热。

尤小乔坐回沙发上，从书包里把自己的习题和书摆在沙发旁的茶几上，准备看书。

餐厅的服务员泡了一壶茶，进来和出去的动作悄无声息。

午后的阳光暖洋洋，冒着热气的茶壶，清香四溢。

略去浮华，淡泊而宁静。

一个中午他们就在这静谧悠闲的时光中度过。

下午三点的专业课，两点四十分四人往学校走。

叶西何不想坐车，就让程珊全和金驰把车开回学校，尤小乔跟着叶西何走路去学校。

尤小乔一路不知在想什么，太过入神，连前面的电线杆都没看到，差点一股脑撞了上去，好在身边的叶西何一把将她扯住。

“瞎想什么？路都不看。”

“没……”

尤小乔低头看着他的大掌还抓着她的胳膊，手掌心的热量从她皮肤传达到她的神经。

校园门口，人来人往，炽热的视线投向这边，但尤小乔没心思在意那些。

叶西何手上的温度对她而言，比那些眼神更加炽热。

尤小乔咬着唇，脸颊泛红，一声不吭。

叶西何发现了她的不自在，松开了手：“走吧。”

“嗯。”尤小乔走在他旁边，沉默了半天，才问，“叶西何，刚刚你会不会也觉得很丢脸？”

“刚刚？你说的是你瞎想结果要撞到电线杆，还是我拉着你的手，你红了的脸？”

尤小乔气鼓鼓地瞪他：“你明知道我问的是什么。”

看着她一脸愠怒的模样，叶西何觉得好笑，他嘴角弯了弯：“有什么丢脸的？”

“那个柠檬水啊……”

“有什么丢脸的？你不是说过你以前没吃过。”

“当时那种情况，我也只能假装一下我不在乎，其实心里还是有点对自己感到失望的。”

“失望？因为没经历过而不会的事情感觉失望？”叶西何不赞同，“难道人一出生就得什么都会，不会就是丢脸？”

“我不是这个意思……”尤小乔想了想，“不过你说的也很有道理啊，不会就不会，好像也没什么丢脸的。”

两人沉默着走了一段。

尤小乔说：“其实这不是我第一次干这么丢脸的事。”

“嗯？”叶西何不急不缓地说，“说来听听？”

尤小乔知道他没有嘲笑的意思，想了想，说：“你知道的，我不是北城本地人，我们家在一个小县城，就那种特别落后的小县城，什么都没有，我小时候没吃过肯德基、麦当劳，你肯定无法理解吧？”

“没有什么无法理解。”叶西何说，“这世上很多事，我没经历过，不代表那不是别人的经历。”

“哇，现在像你这样通情达理的年轻人太少了，我觉得自己以后都要对你改观了。”

“改观？”

“嗯，至少不是我第一次认为的那样，你跟其他有钱人家的孩子还是有点区别的。”

“区别？”

“不会因为自己有钱就特瞧不起那些没见过世面的人啊……”

“哦。”

见叶西何兴趣不大，尤小乔就尴尬地说：“继续说我那糗事吧……我哥啊，有天去市里参加比赛，说要带我去吃肯德基。我可开心了，很小的时候就听同学说过肯德基，一直没吃过。我哥比完赛后，和他的师兄弟们带我一起去。那时候也不知道哪来的胆子，我冲进肯德基里扒着柜台就朝服务员说：阿姨，给我一份肯德基……”

很多时候，她做了一件觉得很丢脸的事情，就会用这种讲笑话的方式说出来，她觉得这样能缓解自己的尴尬，既然已经被嘲笑了，那就再多笑点吧……

只是，叶西何却没如她想象那般笑，而是很平静地问：“嗯，然后？”

尤小乔奇怪地看着他，没说话。

“怎么？”他比她更奇怪。

尤小乔见他没有一点假装的样子，问：“你不觉得好笑吗？”

叶西何摇摇头。

很久之后，尤小乔都不会忘记那个下午，绿荫大道，清风拂面，清爽宜人。

他走在她身边，长身玉立，闲庭信步，用那种不急不缓的声调跟她聊天：“没有谁一出生就什么都会，没见过世面没什么好丢脸的。”

“是因为你没有经历过吧？”

“经历？为什么金驰他们刚刚没有笑话你？”

“因为不想令我难堪啊！”

“有这部分的原因，有一部分是他也经历过。”

“金驰？”

“嗯。”

原来，金驰也不是北城当地人，他八岁时随父母来北城才与叶西何认识的。

金驰的父母是土豪，那种一夜暴富的土豪。

金驰第一次来北城，是坐他土豪老爸新买的一辆商务车来的，用金驰自己的话讲就是：“当时我坐后面，我妈坐副驾驶座，我爸开车，还有我家其他亲戚跟我坐一块。下车的时候我是最后一个下的，就用手把商务车的车门拉上，可怎么拉都拉不上。我爸见了，忙下来心疼地说，那是自动门，拉什么拉！”

后来金驰才知道那车不叫面包车，而是商务车，价值一百多万。

来北城之后，在金驰身上发生过的糗事不少于二十件，但他从来没在意过。

“金驰的心态真好。”尤小乔羡慕地说，“不像我，表面上说自己脸皮厚，可是一个人的时候就会一直想一直想，想到晚上睡不着，只能起来练功，让自己转移注意力。不过，还是要谢谢你今天跟我说了这么多，让我受益匪浅……”

尤小乔话刚说完，就感觉手上一股巨大的力道，她整个人毫无防备地摔进了一个结实的怀抱中。

Part 6

眼前是呼啸而过的黑影，伴随着风一般的声音：“嘿！走路小心点啊小姐姐！”

原来是一群单车骑手，四五个人呼啦啦从他们身边骑过。

她回过神来，才发现自己靠在叶西何的怀中，耳边是他清浅的呼吸，清晰又温热，令她一时间恍惚了起来。

掌心的触感软糯柔嫩，怀里的紧实和鼻息间掠过的清爽的肥皂香，令叶西何没有及时松开手。

他垂眸，看着她耳郭分明、白润几欲透明的耳骨，轻轻地吹了吹，瞬间就感觉她的身体敏感地轻颤了一下。

他轻笑出声，凑近她耳边，低声笑道："今天救了你两次，要怎么感谢你的救命恩人？"

尤小乔忙从他的怀里出来，才发现自己手掌心都是细密的汗，心脏跳得飞快。

她的脸又控制不住地红成一片，却不想再被他看见，于是抿着唇，径自往前面走，步伐跨得飞快。

"啧！"救命恩人不满地"啧"了一声，"尤小乔，你知不知道什么是知恩图报？"他慢悠悠地跟在她身后，声音听起来又开始那么痞痞的。

尤小乔不理他，头也不回地往前走。

叶西何也不拦她，慢吞吞地跟在她身后，看着她挺直的背影，想象她气鼓鼓的样子。

微风轻轻起，他忽然觉得上学变成了一件很有趣的事。

下午三点的专业课，到场率很高。

程珊全掐准时间过来。金驰不是央音的，对上课也不感兴趣，就留在餐厅的游戏区玩游戏等他们。

"今天小考啊。"程珊全忧愁地说，"考试的题目我都没练过，待会儿怎么办？"

"珊哥，你平时这种小考试不是都不来吗？怕啥？还有比零分更低的存在吗？"

"你这样一说，好像很有道理。"

尤小乔跟叶西何坐在一起，程珊全坐在他们后面，幽幽地说："要不等叶哥考完，我就闪人吧。叶哥，考完我们走不？"

"不。"叶西何如同上午一样干脆地拒绝了他。

"不是，小老师，你到底跟我们叶哥说了什么啊？叶哥怎么忽然就这么坚决地好好学习天天向上了？"

"学生最重要的事情难道不是好好学习吗？"尤小乔反问他。

"当然不是了。据不完全统计，学生时代是一个人从出生到死去的黄金时期，黄金时期用来苦读书，不是浪费吗？”

“不读书，你说干什么？”

“玩啊！读书哪有玩重要！”

“……”

尤小乔不理他，觉得跟他没有共同语言。

程珊全却闲得无聊，一直找她聊天：“小老师，你从小就这么爱学习吗？听说你还跳过级，你脑子里每天装的是不是都是 ABCD567 ？”

尤小乔不理他。

程珊全也不觉得无聊，自问自答了起来。

当徐蓉蓉一群人背着大提琴走进教室，看见的就是程珊全缠着尤小乔的画面。

一旁还有其他学生议论：“看来那女生跟叶少团队相处得不错啊，你看珊珊还缠着她说话。”

“我问过了，她不是我们学校的。”

“外校的？叶少什么时候对外校的这么感兴趣了？”

“还是体大的，体大的学霸，人称乔姐！”

“又是一个学霸？难怪徐蓉蓉对人家敌意那么大，学霸 PK 学霸，看来咱叶少开始走学霸风格了啊。”

“所以叶西何根本不是因为徐蓉蓉才改变的，是因为这妹子才改变，想当一个按时上课的三好学生了？”

众人皆了然。

不知道谁先发现徐蓉蓉进来了，对其他人使了使眼色，话题到此终结。

徐蓉蓉走到自己的座位上坐下，小计跟在她身后小声说：“别理那些人，瓜不是自己家的，使劲啃。”

徐蓉蓉应了一声：“我没关系的。”

“也是奇怪了，叶西何交了那么多女朋友，哪个女朋友不是天天围着他转，什么时候见他这么听话了？”身边有几个中午刚跟尤小乔交过手的女生也忍不住议论。

“有什么奇怪的，现在的女生手段可多了。你看这女人，不止勾搭了叶西何，连程珊全也不放过，你见过程珊全对谁这么热情吗？”

“呵，我看她就是一‘绿茶婊’！不是什么好货色！”

坐在后面的尤小乔虽然听不见她们在说什么，但看她们时不时张望过来的眼神，也知道她们肯定在讲自己的坏话。

尤小乔对“坏话”这种东西是无所谓的，嘴巴长在别人身上，想怎么说就怎么说，你拿他一点办法都没有。

但是真相摆在那里，耳朵在自己身上，选择听与不听，是自己的事。

班上的窃窃私语在大提琴课老师进来后停止了。

大提琴课老师走向讲台，目光在大教室里巡视了一圈，开口道：“哟，今天到场率挺高啊，连我们的珊哥也来了。”

大提琴课老师进来的时候，程珊全一直将脑袋埋得低低的，恨不得所有人都看不见他才好，没想到还是被老师发现了，他哀号一声：“老师，您饶了我吧，我都低调得就差将脑袋埋在书桌里了，您就当没看见我呗！”

程珊全的求饶声成功引起全班哈哈大笑。

老师脾气挺好，娱乐了大众后，清了清嗓子：“好了，大家安静一点。上周已经说了这周小考，考试分两节课，按照班级的排名顺序考。本来应该是第一名叶西何同学第一个上来，不过今天既然程珊全同学也来了，我们就把这个机会先让给他。”

“不是吧……”程珊全哀号，“老师，我错了，我以前不该逃课。我发誓，从此以后只要有您的课，我都不逃课了，您别这样对我行不？”

“当然……”老师微微一笑，补充，“不行！好了，节约点时间，赶紧上来。”

程珊全只能拎着自己的大提琴走到表演台，考试题目是《木兰辞》。

别看程珊全平时没个正经的样子，坐在台上拉大提琴还挺有模有样的。

尤小乔对音律没有研究，这还是她第一次听人拉大提琴，以她个人的审美来看，是很不错的。

结果，这话传到刚拉完大提琴下台的程珊全耳里，他惊讶地说：“小老师，你是没见过叶哥拉大提琴，我这都能叫不错的话，叶哥那就是神级了！”

说话之间，叶西何已经被老师喊了上去。

大提琴是程珊全一起背过来的，叶西何落座后，整个课堂变得格外安静。

低沉的大提琴音在教室里响起。

叶西何坐在凳子前沿，长腿分开，上身略向前倾，大提琴在长腿之间，他左手按弦，右手拉弓。灰蓝色的短发软软地搭在他的额前，棱角分明的侧脸此时看起来一点也不痞气，和往日里不正经的他判若两人。

“饱满流畅，华丽又不浮躁，柔和却又自然。叶哥拉大提琴的时候是不是特别有魅力？你看，班上那群人都看呆了！”耳边传来程珊全小声的问句。

尤小乔老实说：“我对大提琴没什么研究。”

“啧，没关系，以后你要是跟叶哥在一起，可以经常看他拉大提琴。”程珊全不经意的话，却让尤小乔一愣。

“我才不要跟他在一起。”她条件反射地否认。

“啊，为什么啊？”程珊全不懂地问，“你不是答应当叶哥的保镖了吗？不跟他在一起怎么保护他啊？”

尤小乔不理他，换了个姿势，欣赏台上专注拉琴的那个人。

“拉大提琴时候的他看起来比做任何事时都要认真。”

“那当然了，大提琴可是对于叶哥来讲最重要的东西。”

小考中间有十分钟的休息时间，尤小乔中午吃得实在太多，就独自去教室外溜达了一圈。

溜达到一半的时候，微信响了一下，是一个转账提醒。

叶西何的大名在手机屏幕上跳动，尤小乔收了转账，正好一千元整。

没想到这家伙说话还真算数。

她收起手机往回走，路过走廊的转角时，意外看见叶西何站在那儿，正面对着他说话的是大提琴课老师：“司坦姆斯邀请你担任他的交响乐团在中国的第一场巡回交响演奏会的首席大提琴手，你真的不再考虑一下？”

司坦姆斯？那个世界著名的大提琴大师？

尤小乔脑海里刚划过这个声音，就听见老师说：“司坦姆斯是著名的大提琴之王，能得到他的欣赏和钦点，是多少梦想成为大提琴家的人梦寐以求的事。”老师拍了拍他的肩膀，“你是个天生的大提琴手，不要因为那些琐事和跟你爸怄气，错过了这么好的机会。”

老师说完后就离开了。

叶西何靠着走廊的墙壁，点了一根烟，慢悠悠地抽着：“出来吧。”

尤小乔看四周没人，才确定他是对自己说话。

她从拐角处走了出去，皱了皱鼻子，挥挥手：“你居然还会抽烟……”之后蹦跶到他身边，“抽烟对身体不好，而且味道也很不好闻。”

叶西何瞟了她一眼，立起身走到垃圾桶边，漂亮的五指弹了弹烟头，将烟摁灭。

尤小乔见他因为自己不喜欢，就把烟头按灭的举动，心暖了一下：“你经常抽烟吗？”

“偶尔。”

“刚刚我听到老师跟你说，你收到司坦姆斯的邀请？你不接受吗？司坦姆斯哎……虽然我对音乐方面没什么了解和接触，但司坦姆斯是世界级的大提琴大师，就像我们武术界有一个世界级的武术大师莫里·森牧一样。别说森牧邀请我，就是让我跟森牧见个面，我都会高兴得睡不着，更别谈拒绝了。”

尤小乔眼里不无羡慕：“你不想吗？”

“想。”意料之外，叶西何并不像尤小乔想象中那么高冷地说“不想”。

“既然想，怎么还拒绝？”

“今天你的话怎么这么多，小老师？”叶西何揉了揉她的头发，径自朝教室走去，“该上课了。”

尤小乔被他揉得一脸懵地站在原地，明明是很温柔的一揉，却像脑袋被重重撞击了一般，嗡嗡响个不停。

第五章 我们家叶先生脾气不好

Part 1

“刚才我在外面的时候看见叶少揉了那女孩的脑袋，一脸宠溺的样子。”上课前的八卦时间又来了，“而且叶少刚不是在抽烟嘛，那女孩说不喜欢烟味，叶少立刻就把烟给摁灭了，超宠超甜的啊！”

“叶少变成这样了吗？他以前不是走高冷邪魅路线吗？”

“你以为演戏啊？还霸道总裁！叶少才不是那样的人！”

上课铃声响起，从梦中醒来的程珊全见尤小乔如梦游般走了进来，不由得问：“小老师，你怎么了？怎么一副这样的表情？”

尤小乔真的觉得自己这一天过得跟梦游一样……

晚上照例在叶西何家里补习，补习完之后尤小乔坐程珊全的顺风车回到武馆。

此时武馆已经闭关了，训练室仍有几个弟子在训练，尤小乔加入了他们的训练。

三小时后，尤小乔大汗淋漓地回到房间，洗了个澡。

躺在床上，过了挺充实的一天，她却翻来覆去睡不着。

她坐起身，走到梳妆台前，看着镜子里的自己，黑直的短发，零碎的刘海挡在额前。

她从小到大都是短发，因为短发不碍事，练功方便。

她想起程珊全说的那句话：“我们叶哥喜欢长头发的小姐姐哦！”

怎么忽然想留长发了？

“我一定是疯了吧……”

尤小乔捂着脸，将自己摔回床上，看了眼时间，已经半夜一点了。

“睡觉睡觉！”

她钻到被窝里，准备睡觉。

可一闭眼，脑海里都是叶西何的脸。好脾气的、坏脾气的，无聊时戏弄她的，勾唇的、扬眉的，懒懒散散毫不在意的……

最后精神一直持续亢奋，怎么都睡不着，想着白天在林荫大道上，叶西何在她耳边吹风，她骨子里升起一股从下往上的战栗；想起在楼道口，他不经意地揉她的短发，她一脸茫然……

“啊！”尤小乔觉得自己快疯了。从小到大，她的心从未出现过如此混乱的情况，整颗心都胡乱跳，思绪中充满了奇怪的期待，又不知道在期待着什么。

想要睡觉，却怎么都睡不着。

尤小乔拿出手机，在黑夜里摁开了音乐播放器，戴着耳机，选了几首歌听。

耳机里，独特的男声在唱：“我的心事，蒸发成云，再下成雨却舍不得淋湿你……”

是林宥嘉的《背影》，罗晴续最喜欢听的歌。

有很长一段时间，罗晴续都把这句歌词当作各类聊天工具的个性签名：“我的心事，蒸发成云，再下成雨却舍不得淋湿你……多好听的一句话啊。”

“哪好听了？”那时，她对这首歌、这句歌词都不能理解，“就是一首很普通的歌啊……”

“你懂什么啊，等你有喜欢的人了，你就会爱上这种带点小悲伤的情歌。”

等你有喜欢的人了……

尤小乔手指滑动着手机屏幕，打开了微信，情不自禁地点开了那个人的头像。

上面的对话还停留在“小乔领取了桀骜不驯坏小孩的红包”。

“桀骜不驯坏小孩”这个昵称是第一天补课后，她加他微信时顺手改的。

那时候的叶西何在她眼里就是桀骜不驯，怎么教都不听的坏小孩。

之前没特意去看，此时，她才看到叶西何的微信头像是一个超人的LOGO，蓝色的背景，一个巨大的S在钻石形状的方框里。

尤小乔点了好几遍头像，再无聊地点了他的朋友圈，朋友圈显示什么都没有，朋友圈背景也是空白。

明明什么都没有，她还是忍不住点开，关闭，再打开。

这样重复不知道多少次，她才累了，渐渐睡了过去。

这一觉睡得浅并且十分不好，生物钟让她在凌晨四点醒了过来。

洗漱完后去了练功房，此时练功房还没人，她先做热身运动。四点半的时候陆续有人来，见到她已经做完热身运动，哀号：“师姐，怎么每次不管我起多早，你都是第一个来的啊……你都不困的吗？”

尤小乔刚做完热身运动，身体里所有的细胞都精神了起来，她一边打着沙包，一边喘息着说：“还行。”

“师姐，昨天师父教的那套动作，我还不怎么会，你能不能教教我？”

“没问题啊。”尤小乔用毛巾擦了擦汗，“昨天师父教的是五步拳对吧？来，跟着我练。”

“师姐师姐，我能跟着一起练吗？”有其他弟子忙上来汲取学习经验。

“当然可以。”尤小乔站在前面，“来，跟着我。预备式，两脚并拢，双手握拳抱于腰间，拳面与小腹在同一个平面，双肘后顶，向左摆头，目视左前方……对，要挺胸，收腹。”

结果，凌晨起床一个接一个来练功房的弟子们，看见这架势，忙放下手中的东西加入了进来。

七点是早餐时间，站在练功房门口的图腾武馆教练胥袅看着武馆内，尤小乔带着功底不是很好的弟子们练习，面露微笑：“图腾武馆应该多收几个像小乔这样的弟子，这样我就轻松多了。”

低头清理院子里落叶的尤向北没吭声。

胥袅双手环抱：“最近有一个国际级的武林大赛，我们受邀参加，只有两个名额，除了大弟子徐晓磊之外，我想把另一个名额给小乔，你觉得怎么样？”

尤向北还没说话，胥袅就说：“我知道尤淼的意外是你心里一直以来的疙瘩，所以这些年，你为了让小乔不重蹈覆辙，一直禁止小乔参加比赛。可是小乔在武术方面的天赋是尤淼没有的，也可以说，是很多人没有的。我实在不忍心看她原本有望成为中国武术界的奇才，却一直默默无闻在武馆里教这些弟子，或者是兼职做家教，做保镖……”

胥袅说了这么多，尤向北依旧沉默。

胥袅等了好一会儿，最后才叹了一口气，摇摇头，离开了。

一大早就来武馆找尤小乔的汪祁俊刚好听见胥袅对尤向北说的话，他不明白地问身边的罗晴续：“为什么小乔的爸爸不让她参加比赛？以小乔的本事，拿冠军肯定不在话下。”

罗晴续心想，只要是小乔，你都觉得好吧！

但她还是很耐心地解释：“因为小乔的哥哥就是在武术比赛的赛场上出事的……”

“吃饭了！早餐时间到，孩子们，赶紧吃饭去吧！”

胥袅走近训练室喊了一声，训练室的弟子们都原地解散，去食堂吃饭了。

尤小乔也跟着一起去，在外面遇见了罗晴续和汪祁俊，早已见怪不怪。

自从汪祁俊来北城后，每天早上七点都准时出现在武馆报到，作为汪祁俊的“迷妹”罗晴续当然也不能拉下能跟男神相处的每分每秒。

三人去食堂打了饭吃，罗晴续见尤小乔精神亢奋，但脸上的疲倦遮挡不住，问：“小乔，你昨晚没睡好吗？黑眼圈好重。”

罗晴续这样一说，汪祁俊立刻看去。

“是不是最近兼职太多太累了？我就说女孩子那么拼做什么，你只管轻松上课，以后我养你啊……”

汪祁俊这话，尤小乔已经听过不下十次了，每次只当他是开玩笑。

“你养好你自己就行。”她打了个哈欠，喝着碗里的粥。

汪祁俊已经习惯她这种敷衍的态度：“那你说是不是最近工作太累了？”

“不是啊……”

“那是什么？”

“就是失眠啊，哪有那么多为什么。”尤小乔闷头喝粥，总不能说，她想男人想了一整晚所以睡不着吧？

Part 2

早上吃完早饭后，尤小乔去了叶西何的住处。

大三的课程不多，根据叶西何的合同上的规定，白天叶西何的安全全权由她一人负责，过了下午六点之后，有保镖会接替她，继续保护叶西何的夜晚安全。

尤小乔一直很奇怪，北城有那么多坏人吗？叶西何白天的出行需要人保护就算了，为什么晚上还要人保护？

路上，尤小乔一边骑着单车，一边想了一大堆可能性，最靠谱的就是叶西何长得太好看了，会被像程天真这种恐怖又会功夫的人觊觎。

八点准时到达叶家门口，守门的还是那位一脸严肃的小老头。尽管尤小乔已经得了叶西何亲自给的出入令，但她每次来时，跟小老头打招呼，他还是一脸严肃地瞟她一眼，根本不跟她说一句话。

尤小乔摁了门铃，守门老头正在院子里喂那三只阿拉斯加犬，和往常一样，瞟了这边一眼，按下手中的遥控器，门自动打开。

也和往常一样，尤小乔朝那边挥了挥手，大声问候了一句：“爷爷，早上好！”

小老头依旧背对着她喂三只大狗，头也没回。

尤小乔走进客厅，猜想叶西何此时应该在吃早餐，就往餐厅的方向走去：“叶西何，我来了。听说你下午没课，我们今天的补习能放在下午吗？”

话音刚落，就见餐厅里的两个人皆看向她这边。

一男一女，男人岁数偏大，女人的年纪似乎跟她差不了多少。

男人正在餐桌上用餐，女人拿了一壶茶站在餐桌边，帮岁数偏大的男人倒茶。

“……”气氛有些压抑，尤小乔脑子很快转动，“是叶叔叔吗？”

她看向那位年龄偏大的男人。

“对，小乔是吧？”毕竟当初，他跟徐建林打过赌，这个女孩能在叶家当多久的家教，所以叶成对尤小乔印象还是很深刻的。

对于尤小乔这段时间的所作所为，他也很满意。

“对，我是尤小乔。叶叔叔，您好！”尤小乔礼貌地打招呼。

“小乔，吃早饭了吗？没吃可以一起。”站在叶成身边的女人温柔地对她说道。

“我吃过啦。”尤小乔笑着说，“这位……是叶西何提过的叶妹妹吗？”

之前叶西何给她衣服的时候，跟她说过那些衣服都是他妹妹的，所以在这个家里出现的女主人模样的人，看上去年龄与她一般大，她就以为是叶西何的妹妹。

可谁想，她的话一出，空气仿佛又被凝结了。

叶成没吭声，倒是那女孩早已经习惯了这样的事情，打趣地问：“听说小乔比小西大一岁？”

尤小乔也感觉到了气氛不对，有些尴尬地点头。

“我比你大七岁。”女孩忽然抱着叶成的胳膊，一脸幸福地说，“今年我跟叶成结婚一周年了。”

不得不说，尤小乔还是在内心里震惊了一下，即使女孩比她大七岁，也只有二十八岁，她竟然是叶西何的小妈？

虽然经常在网上看见那些忘年恋，但在现实生活中，她还是第一次遇见，难免一时间难以接受。

即使心里再震惊，这次尤小乔也没有表现出来，而是很抱歉地说：“对不起啊，您看上去太年轻了，我一时间误会了。不知道您怎么称呼？”

“我叫赵曦彩，你叫我彩子就行。”

“你好，彩子姐。”鉴于赵曦彩太年轻，小乔决定还是叫姐好了。

就在尤小乔觉得很尴尬，不知该找什么话题的时候，客厅里传来声响。

不一会儿，刚运动完的叶西何从外面走了进来。

尤小乔正松了一口气，要跟他打招呼，就见叶西何冷着一张脸从她身边经过。

他到厨房倒了一杯水后，就从餐厅出去，从头到尾都没正视过餐厅中的人，仿佛他们都不存在。

“站住！”叶成一声大吼，把尤小乔吓了一大跳。

偷偷看过去，就见叶成面色铁青地瞪着叶西何：“没看见有人在这里吗？你这是什么作风？从小我就是这样教你的？”

叶西何停下脚步，转过身，手上还拿着一杯水，脸上一副要笑不笑的表情：“作风？您娶一个比自己小了二十多岁，都能当您女儿的女人，又是什么作风？”

“啪！”一声巨响，叶成拍桌跳起。

尤小乔一个激灵，双手想拍拍自己受惊的心脏，这叶叔叔也太激动了吧，这么一惊一乍的真的很吓人啊……

“你说的是人话吗？啊？有你这样对长辈说话的吗？”

叶西何耸耸肩膀，一脸无所谓：“我不是已经装作没看见你了吗，是你非要我停下来的。”

尤小乔心想，原来这叶大少爷说话这么气人，不仅仅是针对她啊，连他老爸，他都敢这样顶嘴，还有什么是他不敢做的？

“别气别气。”赵曦彩见叶成如此生气，忙出来打圆场，“小西还是个孩子，你跟他计较些什么。”说完，对叶西何说，“小西，刚运动完，一定还没吃早餐吧，我去帮你准备。”

“不必了。”叶西何冷哼一声，“无事献殷勤……我可不是我爸，你哄几句，就心花怒放，就差没立下遗嘱把叶家所有的财产都写在你名下了。”

“混账！”叶成气得又大吼一声。

这一次尤小乔已经有所准备，不能怪叶成说话用吼的，着实是叶西何这小子说的话太气人了！

“叶西何，你上午八点半不是还有课吗？赶紧去准备吧，一会程珊全他们还要来找你呢！”

尤小乔说着就拉着靠在桌边的叶西何往餐厅外走去，一边拉一边笑着跟叶成和赵曦彩说："叶叔叔，彩子姐，我们先走了。"

一直将叶西何拉到二楼，尤小乔才松了一口气："叶西何，没想到你们家庭矛盾这么严重啊……吓死我了。"

叶西何没吭声，面色很难看地往卧室走去。

尤小乔当然知道他不开心了，刚跟家人吵了架，能开心才怪。

她跟着叶西何去了卧室，叶西何已经去浴室洗澡了。

隔着玻璃门，能听见里面花洒的声音。

不知是谁设计的这浴室，浴室门是半透明玻璃的，隐隐约约可以看见叶西何身型剪影，修长的双腿，和挺翘的臀部。

尤小乔吞了吞口水，背过身，命令自己不能想入非非。

很快，叶西何就从浴室里中走了出来，全身上下只围了一条浴巾。

尤小乔觉得这一幕似曾相识，不同的是，叶西何脸上阴鸷的面色，让她不敢如之前那样肆无忌惮地偷看他。

她转过身，闭着眼睛，想等他换好衣服。

结果等了很久，只等到房间门被"嘭"地关起的声音。她一回头，卧室里空空荡荡，早没有叶西何的身影。

"这家伙！"她低咒了一声，忙追了出去。

追到走廊，看见叶西何正下楼。

她刚追过去，就见楼下，赵曦彩正站在客厅中央，似乎在等着他。

Part 3

见叶西何从楼上走下来，赵曦彩果然迎了上去。

尤小乔觉得此刻自己下楼不太明智，就在楼梯拐角处等他们。

她发誓，自己不是故意偷听的，只是返回楼上太刻意，又引人注目，下楼更不好，进退两难。

于是赵曦彩的声音清晰地传入她耳中："小西，我知道你对我很不满意，我也尽量做到一个后妈能做得最好的，只希望你不要因为我而责怪你爸爸，你可以将所有的愤怒都发泄在我身上，我没关系的……”

赵曦彩说完，没听见叶西何的回答。

尤小乔偷偷伸出脑袋看去，就见赵曦彩挡住叶西何的路，叶西何背对着她，她看不到他的表情。

即使看不到，她也知道此刻他脸上的表情一定又臭又不耐烦。

“小西，你要怎样才能接受我？”赵曦彩苦着一张脸，“我们一家人每天开心一点不好吗？非要每次一见面就像今天这样吵架，搞得满房间的火药味？”

“小西……我和你爸爸是真心相爱的，我们……”

“滚开！”叶西何终于不耐烦了，“小西这名字是你叫的吗？恶心的女人！”

说完，不顾赵曦彩脸上震惊又难过的表情，跨着大步离开。

尤小乔在楼梯转角待了很久，等赵曦彩离开了才出来，一路跑着去追叶西何。

本怕追不上叶西何的尤小乔追到门口，看见守门老头把叶西何的车拦在了大门后。

两人似乎闹得很不愉快。

尤小乔走近了点，听见守门老头面不改色地说：“小少爷，您身边没有尤小乔跟着是不能出去的，谁也不能保证你的安危，您还是等等尤小乔吧。”

尤小乔在心里为守门老头点了个赞，大爷不愧是大爷，虽然平时严肃了一点，但目前看起来，还是挺肯定她的个人能力的嘛，否则也不会拦着叶西何，非得等她过来。

“我来了！叶西何，等等我！”尤小乔一路跑了过来，跟守门老头说，“爷爷，谢谢你啦！我来了，我会照看好叶西何的！”

说完，打开副驾驶座位，上车、关门，动作一气呵成。

守门老头这才摁了遥控器，叶家大门缓缓打开。

尤小乔见叶西何还一脸愠色地站在车外，伸出脑袋朝他招手：“叶西何，快上车啊！”

“少爷，我知道您不高兴，但这是我的职责，我希望少爷您能平平安安的，就算您生我的气，我也不会让步。”

守门老头又在叶西何耳边说了几句。

最终叶西何上了车，只不过脸色还是很难看。

尤小乔能理解叶西何的心情，遇见自己不喜欢的小妈来家里做客本就不开心，期间又跟父亲吵了一架，出门还被守门老头拦着，换谁也不高兴。

尤小乔心想，今天叶西何大概是没查黄历出门吧，所以运气这么背。

不过表面上她还是替守门老头说话：“老爷爷也是担心你的人身安全，你就别跟他生气了，我看他挺负责的。”

说完，见叶西何没吭声，一脸阴寒，尤小乔很识相，就也不多说什么了。

车子一路开，不是去学校的方向，尤小乔也没敢多问。

直到车子开到北城有名的后海，叶西何将车子一停，下了车。

尤小乔左右看了看，这里不是停车的地方，估计不一会儿就会有警察来开罚单……

可看着站在不远处，孤孤单单的那抹身影，她又不忍心喊他回来。

本以为他这种人，从出生就含着金汤匙，应该是从小无忧无虑地长大，人生一帆风顺，连一丁点浪花都没有，没想到今天看见的是掀起的巨浪。

尤小乔下了车，前面有家包子铺正卖着热腾腾的包子，她小跑了过去，跟老板要了一笼包子和一杯豆浆。

拎着包子和豆浆去找叶西何时，刚好看见两名游客小姐姐对着叶西何用方言评头论足，大概是说大城市的男孩长得就是不一样，跟电视上的明星似的。

其中一个想去跟叶西何搭讪可又不敢，另外一个比较自信，用方言说女孩胆小，不就是个帅哥么，又不会吃了她。

尤小乔看着那女孩将手上刚买的馄饨交给朋友，随后很自信地走到叶西何面前，调侃道：“帅哥，可以合个影吗？你长得这么好看，不给拍个照实在太浪费了！”

尤小乔有种不祥的预感……

果然，很快就听见叶西何用不带感情的声音说：“滚。”

那女孩一愣，随即一怒：“什么人啊！不给拍就不给拍，骂什么人呢！”

尤小乔一看情况不对，忙上去解释道：“小妹妹，你还是走吧，我们家叶先生脾气不好，冒犯了你，抱歉了。”

“嘁。谁是小妹妹！别到处乱认亲戚好吗？”女孩翻了个白眼，“不就是一个花瓶吗？跩什么跩！”

说完就要走。

“大姐，叫你小妹妹是给你面子，别给你几分颜色，就准备开染坊了。”

女孩身后，尤小乔不大不小的声音传来。

那女孩一愣，转身，见方才还道歉的尤小乔不卑不亢地站在那里，微笑地看着她。

她立刻凶巴巴地问：“你叫谁大姐？”

“你啊……”尤小乔上下打量那人两眼，“喊你小妹妹真是太抬举你了。”

Part 4

“你们北城的人都这么没素质、没礼貌的吗？”那女孩愤怒地质问。

“这话得反过来问你了。大姐，别人愿不愿意跟你合照这是别人的权利，不是责任，他有权拒绝。虽然他拒绝的态度不怎么友好，但你一开始找他说话时，言语中的调戏意味不也十分不礼貌？这个我们都没跟你追究，而是我代表当事人跟你道歉，你不接受就算了。是你先出口伤人，就别怪别人没礼貌了，懂吗？”

尤小乔一大段不带喘气的话把那女孩说得一愣一愣的。

她满脸不服气，想跟尤小乔辩解，她朋友却拉住了她，小声说：“算了算了，我们来之前就说好，不在外地惹事的。”

“本地人就了不起啊！呸！”

女孩朝着尤小乔“呸”一声，从朋友手里夺过滚烫的馄饨倏地往尤小乔身上一泼。好在尤小乔身手好，往后跳了一大步，那汤摔在地上洒了一地，飞溅起的滚烫汤汁溅到尤小乔手背上，烫红了一圈。

女孩站在远处，嘴巴里叽里咕噜地说了一大堆骂人的方言，表情里都是讥笑。

尤小乔看了一眼被烫伤的手背，举起，扭了扭手腕，活动了一下筋骨。

她走到洒了一地的馄饨汤面前，没看对面的人，而是盯着那一地汤，说："捡起来。"

"你疯了吧？"女孩冷笑一声，对着身边的朋友说，"别理这个疯子，咱们走！"

"啊！"

下一秒，女孩尖叫了起来。

只见她的头发被人从后面死死拽住，一直将她连头发带人拽到了汤汁面前，才松开。

尤小乔又重复了一句："捡起来！"

女孩捂着被拽痛的头，正要破口大骂，却见对方幽深的眼睛中无比阴郁寒冷。这一瞥，令她吓得把所有咒骂的话都憋了回去，再吐出口的却是结结巴巴的反驳："你……你想干什么？我、我就不捡，你、你能把我怎么着……"

"啪"的一声，女孩的话没说完，尤小乔二话没说就给了她一个耳刮子："捡？"

女孩被打蒙了，眼泪唰地一下就掉了下来。

"哭什么？信不信我再给你一个耳刮子，让你连哭是什么都不知道？"尤小乔不耐，戾喝一声，"把眼泪给我憋回去！"

身旁胆小的女孩哪里见过这架势，只觉尤小乔生起气来太恐怖了，忙扯着自己的朋友喊："星星，别哭了，别哭了啊……"

那叫星星的女孩被尤小乔吓怕了，毕竟对方都动手打她了，况且她是在人生地不熟的外地。

方才她身上嚣张的气焰全消失了，听尤小乔的话憋住了，没敢哭。

可因为她方才哭得太厉害了，一时间顺不了气，即使强忍住眼泪，还是忍不住打哭嗝。

直到她一边打着哭嗝，一边将地上的垃圾都捡了起来，尤小乔才放过了她们："我这人不轻易对别人动手，但如果别人先动手，我就会双倍奉还回去。我这人不但护内，而且喜欢以暴制暴。还有，这马路不是你们家的，所以不能随便丢垃圾，懂吗？"

两女孩忙点头，星星的朋友扶着她走了。

大清早，这里的人不多，他们又站在不显眼的位置，事情发生得快，结束得也快，也就没多少观众。

四周又安静了下来。

尤小乔晃了晃自己的手，被烫伤的手背已经起了泡，又疼又烫。

“社会我乔姐，出手必见血？嗯？”

耳边传来熟悉的声音，尤小乔都不用抬头，就知道是从始至终站在一旁看戏的家伙。

这家伙一副缺少骨头的样子，懒洋洋地靠在护栏边，一副事不关己高高挂起的样子，要不是他那张脸和那模特一样的身材，她一定会冲上去直接将他摔进后海里。

“您老就站在那里乘凉吧！我也就指望着这一点戏能让您娱乐娱乐了，毕竟老板心情不好，我这做员工的会很为难啊。”尤小乔走到叶西何面前，晃了晃手上的包子，“看在小的这么卖力表演的分上，老板你把这个吃了呗？”

“我不吃外面的东西。”果然，他很直接地说，“脏。”

“……就知道这样。”尤小乔泄气般走到公共座椅上坐下，可能是刚才让她花了太多力气，此刻没有动力哄叶大少爷，便自己将打包好的包子盒子打开，热腾腾的雾气扑面而来，她拿起筷子夹了一个正要往嘴里送。

手腕在半途中被挟制，跟随着挟制她的力道拐了个弯。

叶西何握着她的手腕，借着她的手将包子喂进自己的嘴中。包子个头不大，一口就能吞，叶西何吃了一个后，细嚼慢咽了很久，直到将包子全吞下，才慢悠悠地开口问：“乔姐，满意了不？”

那被他猝不及防握住的手腕变得好像不是自己的。

清晨的凉风吹来，他的温度早就散了，可那触碰时心脏条件反射的极速跳动，一直到他将整个包子吃完，都没缓下来。

尤小乔深呼吸了一口气，将筷子递给他：“既然吃了，就全吃了吧！”

“脏。”叶西何满脸嫌弃，指着那筷子说，“我从来不用这种一次性的东西夹吃的，你喂我。”

“……”

他在椅子另一边坐下，一副准备好让她喂的姿势。

尤小乔双拳握了握，装作若无其事地拿起筷子，夹了一个包子递到他嘴边。

“吹一下，太热了。”他皱眉，有要求。

尤小乔抿了抿唇，举着包子，让九月底的风将它吹凉。

于是，偶尔路过这边的人，就能看见坐在长椅上的女孩举着包子在半空中喂着那个少年。

女孩：“快吃吧。”

少年：“凉了吗？”

“嗯。”

“你再举一会。”

“……手酸啊老板！”

“多举一分钟给你一百元的红包。”

“手酸。”

“两百。”

“OK，成交。”

柳叶低垂，幽幽花香，长风轻拂，阳光正好。

昨夜辗转反侧的烦躁，在见你之后，烟消云散。

第六章 被我睡颜迷住了

Part 1

好不容易喂了一半的包子，后来就算她肯喂，叶西何也不吃了。

没办法，七点才吃过早餐的尤小乔只能把剩下的包子吃了，避免浪费。

吃完包子喝完豆浆，尤小乔将所有的包装盒都收拾好丢进垃圾桶后，坐回长椅上说：“叶西何，我们好好谈一谈。”

叶西何见她难得正经，端端正正地坐着，一股严肃劲，只觉得有趣，扬扬眉问：“什么？”

“有些人从出生就有人铺好了路，想成为怎样的人，想做什么事，在梦想的路上都会有人去帮助他。一路幸运地完成自己的梦想，然后结婚生子，很多人都很羡慕。这些羡慕的人大多都是在梦想的路上使劲拼搏的人，然而他们这么努力，其中能有百分之十的人坚持到最后就很不错，百分之九十的人会选择放弃。然而这坚持到最后的百分之十的人当中，有百分之二的人才能完成自己的梦想。”

阳光渐渐移到叶西何的方向，亮得晃眼。

“我希望你能去参加司坦姆斯的交响音乐会。”

尤小乔说完，认真地看着叶西何。

没有期望他会立刻答应，毕竟她对他而言只是一个员工，一个家教老师兼保镖。

她对他说这些本来就逾越了员工的职责，可她还是想跟他说，即使知道希望渺茫。

她想起了大哥，当年大哥那么努力，获得一场又一场武术竞技的冠军，可最终路走到一半，倒下了。

叶西何有这样的机会，多少人想争取都争取不到，她真的不想他因为任性而放弃。

这是她想了一晚上，想跟叶西何说的话。

不管他是怎么想的，她觉得梦想就得抓住，不管是她自己的，还是别人的。

“好。”

“……”

叶西何猝不及防的这个“好”字，让尤小乔第一时间以为自己出现了幻听。

“叶西何，你刚刚说‘好’了？”她再次确认一遍。

他歪着头，伸手在她脑袋上拍了拍：“不是说好要当好学生？好学生当然要听老师的话。”随后站起身，伸展双臂活动筋骨。

他回头看着还坐在长椅上发呆的尤小乔：“小老师，该去学校了，不然得迟到了。”

尤小乔呆坐在长椅上，看着他离开的背影，头顶上残留他刚才拍过的触感。

所以现在的学生都这么能撩人而不自知吗？

叶西何是掐着时间点到学校的，两人刚落座，铃声就响了起来，

英语老师许老师进来，刚让班长代收昨天布置的作业后，就被隔壁班的老师喊了出去。

班长徐蓉蓉开始一个个收作业，全班四十九个人，除了程珊全没来，其他人都到齐了。

收到叶西何这里的时候，徐蓉蓉站在他面前，冷眼相看：“叶西何，你又没有作业交吧？”

却不想，叶西何慢悠悠地将一本作业本丢在桌子上。

大家都很意外，这可是叶西何第一次交作业。

尤小乔倒不觉得意外，昨晚回到叶家之后，她花了一小时帮叶西何辅导英语，然后再看着他将这几道题做完。虽然叶西何的功底不是很好，但他认真起来，接受能力十分快，这些题目做得倒不很费神。

“百年旷课王每天按时来上课了，还交作业了，看来尤小乔功不可没啊！”课堂有人私底下议论，声音大了一点，很多人都听到了。

尤小乔出现在学校的第一天之后，就有人把她所有的信息都收集起来。

体大学霸，江湖人称乔姐，高中连续跳了两级，图腾武馆弟子，武学奇才。

有些人认为，这履历，简直秒杀只有长得好看的学霸徐蓉蓉。

课堂间的议论声，徐蓉蓉也听到了，她收了叶西何的作业本，仍站在他的课桌前，问：“叶西何，这里是大提琴二班，你天天带着一个陌生人来上课，不太好吧？”

叶西何本来在纸上无聊地瞎画，听见她说话，松了笔，靠在椅背上，扬眉问：“跟你有什么关系？”

“我是班长，有责任为班上每一位同学的安全以及财产考虑。”徐蓉蓉面不改色地说。

“哦。”叶西何淡漠地应了一声，一只手摆弄着手机，“继续。”

徐蓉蓉见他一副漫不经心的敷衍态度，握紧双拳，深呼吸一口气，克制内心的愤怒，使自己声音尽量平静，不受他影响：“昨天小丁的钱包丢了，我们不得不怀疑是你身边带着的这位陌生人所为，毕竟从大一到现在，我们班都没有发生过盗窃的事。”

“班长好严肃。”有人私下发表看法。

“我怎么觉得班长这是在公报私仇啊？”

Part 2

“所以你怀疑她偷了丁延迟的钱包？”叶西何手指指向身边的尤小乔，“有证据吗？”

“昨天中午你们是最晚离开教室的。”

叶西何“哦”了一声：“所以我、程珊全和金驰，包括尤小乔四个人，一起偷了丁延迟的钱包？”

“我没有这么说。”徐蓉蓉抿了抿唇，“我们只是初步怀疑，毕竟尤小乔是外校的学生。”

“歧视？”叶西何反问。

徐蓉蓉深呼吸一口气：“叶西何，你非得不抓重点吗？我没有歧视，我只是怀疑尤小乔而已！”

“怎么回事？”这时，许老师走了进来，见班上气氛不对，皱眉问。

“老师！”有学生举手，一副看热闹不嫌事大的样子，“丁延迟同学的钱包丢了，班长怀疑是尤小乔偷的。”

“哦？”许老师一脸震惊，“有什么证据吗？”

“证据就是班长觉得尤小乔是外人，而且从大一到大二我们班上都没有发生过盗窃的事，但尤小乔才来了一天，就发生了。”

“这个证据不充分啊。”许老师问，“还有别的吗？”

“没有了。”徐蓉蓉转身亲自说，“老师，丁延迟同学的家庭情况我们都知道，这是她这学期所有的生活费，现在弄丢了，也就意味着这学期丁延迟同学连啃馒头、喝粥的钱都没有了。”

许老师听完徐蓉蓉的叙述，点点头：“徐蓉蓉同学，你先回到座位上去吧。”

徐蓉蓉看了叶西何一眼，后者仍低头玩手机，一副无所谓的模样。

她收起作业本，回到了自己座位上。

“丁延迟同学的家庭情况我们是了解的，不过现在我们都不清楚她钱包丢失的具体情况是什么。”许老师转向事件当事人，问，“丁延迟同学，可否具体讲一下？”

全班所有人的目光都转移到坐在中间走道的一名女生身上。

丁延迟站了起来，因为家庭贫困，她一直很自卑，说话声音也很小，但在翘首以盼的学生们安静的等待下，她的声音还是清晰地传来：“对、对不起。”

众人没想到她第一句居然是这句话，顿时你看我，我看你。

“延迟，丢东西不是你的错，不需要说对不起。”徐蓉蓉说。

“不是的，班长……”丁延迟咬了咬唇，最后鼓起勇气说，“是我自己马虎，钱包掉在了寝室床下，晚上才找到，没来得及跟你说……对不起，对不起。”她弯腰道歉，“班长，对不起。叶西何，对不起。尤小乔，对不起。对不起老师和大家，我给你们添麻烦了”

丁延迟连续的几个对不起让众人哗然，没想到事实居然是这样的。

空气安静了几秒后。

有人用不大不小的声音说：“我就说班长是公报私仇吧！情敌见面，分外眼红啊！”

“你小声点！”

“说的是事实啊，干吗要小声！”那人不服气道。

班上不无暗恋叶西何的女生，见徐蓉蓉跟叶西何分手之后，还这么无休止地找叶西何的麻烦，早就看不下去了。

“好了！”许老师拍了拍桌子，“既然事情已经有结果了，这件事就这么过去了……”

“老师，我有话要说！”此时，坐在徐蓉蓉身边的小计举手了。

许老师：“你说。”

小计站起身：“老师，蓉蓉也是替班级的安全着想，毕竟班上每天都来一个外校的学生，这样不好吧？也不符合学校的规定。”

“对啊！”

“就是！”

几个站在徐蓉蓉一边的人跟着大声赞同。

许老师伸手做了个半压的手势，示意他们安静下来。

“这件事我今天正要跟你们说，由于叶西何同学的特殊身份，学校已经同意让他带着尤小乔一起上课。尤小乔虽然是外校的学生，但也是叶西何的私人家教和贴身保镖，负责他的学习和人身安全。关于尤小乔的背景和人品，学校早已经调查过，是没有任何问题的。”

许老师的一段话把台下所有学生都说蒙了——

“尤小乔不是叶西何的新任女友吗？”

“怎么变成私人家教和贴身保镖了？”

“这身份转变的跨越度也太快了吧！”

“难怪叶西何学习进步那么快！”

“看来徐蓉蓉他们针对错了人啊，人家根本就不是她的情敌，自作多情了吧！难怪尤小乔根本没把她放在心上。”

“之前还说人家尤小乔是小三呢！”

“呵，我就说叶西何和历任女友不会在一起超过一周，徐蓉蓉被换下来有什么好奇怪的。就是她自己太自信了，总觉得是有人插足她跟叶西何，才分手的。”

徐蓉蓉的面色很难看，她怎么也没想到尤小乔的身份竟然是叶西何的私人家教和贴身保镖，所以从头到尾根本没有什么小三，都是她们自以为是。

面对课堂上七嘴八舌的议论，许老师拍了拍桌子：“安静，这场乌龙就此结束，以后大家只要把尤小乔当成是新同学相处就好。好，下面我们开始正式讲课……”

“老师……”这时，一只修长的手臂举了起来，叶西何懒洋洋的声音响起。

许老师推了推鼻梁上的眼镜，问：“叶西何同学有话要说？”

叶西何放下手，声音缓慢：“老师，徐蓉蓉同学平白无故污蔑尤小乔偷东西，这件事该怎么处理？”

课堂顿时极安静。

许老师想平静地结束这件事，显然是站在徐蓉蓉那边的。

毕竟徐蓉蓉是好学生，老师对好学生都有偏爱。

大家都心知肚明。

只是谁都没想到，一向最不爱管闲事的叶西何竟然不依不饶。

这尤小乔真的只是叶西何的私人家教和贴身保镖吗？

叶西何什么时候替人这样出头过？

面对叶西何的提问，许老师皱了皱眉。

虽然她觉得徐蓉蓉这样的做法不正确，但她毕竟是三好学生，平时各科老师都表扬过徐蓉蓉，她个人也非常喜欢徐蓉蓉，所以有意偏向徐蓉蓉。

“这件事徐蓉蓉同学只是怀疑，她是班长，同学之间发生了事，她理应站在自己同学这边，这也是班长的职责。再者这件事我也有一部分责任，没有及时告知同学们尤小乔的特殊身份。所以叶西何同学，这件事就不要再追究下去了。好了，我们继续上课……”

许老师最后的话已经有了盖棺定论的态度，聪明的人都不会再在这件事上纠缠。

可叶西何是什么人？如果他能听话，当初就不会在开学没几周时，就被所有老师评为最头疼的叛逆学生了。

偏偏这个叛逆的学生有家世背景，更是校长的干儿子。

老师们只能头疼，装作看不见了。

“当然不好了。”叶西何身子斜靠着，五指有一搭没一搭在桌子上敲，“老师，你这是公然偏袒徐蓉蓉？”

许老师面色一冷，将书丢在讲台上，沉着脸问：“叶西何同学，你这话是什么意思？”

“没什么意思。”叶西何说，“如果今天徐蓉蓉不跟尤小乔道歉，我可以让全校的人评评理。”

说完，他将手机往课桌上一丢，手机的录音播放器中，徐蓉蓉刚才说话的声音清晰地传到班上每个角落：“昨天小丁的钱包丢了，我们不得不怀疑是你身边带着这位陌生人所为，毕竟从大一到现在，我们班都没有发生过盗窃的事……”

没想到，刚才叶西何竟然将徐蓉蓉说的话录了下来……

“砰”的一声，教室里传来一阵桌椅碰撞的巨响。

徐蓉蓉从座位上站了起来。

Part 3

众人看向徐蓉蓉，但见徐蓉蓉站起身，对着叶西何的方向说：“叶西何，对不起，行了吗？”

叶西何关掉手机录音播放器，没看她，只问：“道歉的态度这么不诚恳，道歉的对象也错了，你说行吗？”

“叶西何，你别太过分！”小计忍不住大声道。

“过分？”叶西何歪着头，一脸桀骜不驯，“又怎么了？”

小计涨红着一张脸，在叶西何面前她也只敢借着徐蓉蓉虚张声势，被叶西何这样一问，什么反驳的话都说不出来。

徐蓉蓉拍了拍小计的肩膀，示意她不用说了。

徐蓉蓉随后移开座椅，走到叶西何和尤小乔面前，朝尤小乔说："对不起，尤小乔同学，我不该没有证据就冤枉你，请你原谅！"

尤小乔一点也不想蹚这趟浑水，所以从始至终都没有说话，如果她不是事情的主角之一，她就当看一场戏好了。

有人的地方就有斗，这没什么稀奇的。

"没关系。"面对徐蓉蓉的道歉，尤小乔笑呵呵的，"只希望班上有的同学不要总把我当成敌人，我来这里是工作的，大家把我当成集体的一部分也好，无视我也行，我很随意的，毕竟不适合你的，强求会很累。"

这话一语双关。一是对徐蓉蓉的行为并没放在心上；二是隐射了徐蓉蓉一帮人，不要再无事生非，并且告诉徐蓉蓉有些人不是你的就放手，勉强去得到会很累，结果也不尽人意。

徐蓉蓉看着叶西何，问他："叶西何同学，这样的道歉你满意吗？"

叶西何耸耸肩："当事人满意了就行。"

徐蓉蓉忍着委屈回到了座位上。

接下来的时间，终于开始正常上课。

尤小乔等大家都渐渐回到学习的氛围中，才小声对叶西何说："谢谢你啊，第一时间选择相信我。"

虽然徐蓉蓉怀疑她的理由很可笑，她也不准备放在心上。

但叶西何的处理方式，令她倍感暖心。

别看这小子平时玩世不恭，没副正经的样子，认真做起事来，又严厉又迷人。

"噢，一句谢谢就行了？这也太廉价了。"

没想到他蹦出这么一句，尤小乔当即愣住："……那你想怎样？"

他用食指指了指他的侧脸："亲一个。"

"……"

面对他认真不过半秒又开始不正经，尤小乔翻了个白眼，假装没听到，不理他。

"呵，女人。"叶西何冷笑一声，换了个姿势。他的腿本就长，课桌着实放不下他的大长腿，他就侧身靠在椅背上，腿伸长到走道上，一手在课桌的本子上写写画画。

不一会儿，尤小乔面前递过来一个本子。

不知道叶西何从哪个犄角旮旯找到的一本小学生一年级的练习册，上面有道题是用“原来”作为开头造句子，空格处歪歪扭扭地写着几个大字：“原来尤小乔是世界上最 chǒu 的女人。”

为了配合练习册的年级阶段，丑字还用拼音代替。

如果不是认识叶西何有段时间了，她真的会怀疑眼前的人真是她印象中那个桀骜不驯的三巨头“大佬”叶西何吗？

“快收起来吧！要是被央音的学生知道他们央音‘大佬’这么幼稚，会钻地洞的！”

叶西何一手撑着下巴，一手拿笔敲着她的脑袋：“敢这么跟‘大佬’说话？活腻了吗？嗯？”

“哎，叶西何，你别闹！”尤小乔一边躲着他一边小声说，生怕惊动讲台上的老师。

好在教室大，老师正讲得投入，也没在意这边，也有可能老师早已经习惯叶西何的胡作非为，懒得管他。

老师没在意，其他同学可在意了。

尤其是坐在他们周围的，忍不住又开始八卦。

“叶西何和尤小乔真的只是工作关系吗？我咋觉得他们很那啥……”

“哪啥？”

“就那个词啊，怎么说来着？”

“腻歪？”

“对！就是腻歪，一点不像只是单纯的工作关系的样子。”

“我看着倒挺像只有工作关系，因为叶西何对待历任女友都不会这么亲密，而且谁不知道央音叶哥喜欢长头发美女。这个尤小乔是短发吧？可能叶哥只是把尤小乔当好兄弟吧！”

被当作“好兄弟”的尤小乔看着叶西何的课程表，在上面勾勾画画。

“干吗呢，小老师？”叶西何闲得无聊又找她。

“认真听课啊。”尤小乔苦恼地说，“你别忘了，你答应过我期中考试……”

“认真对待。”

尤小乔话没说完，就被他抢了，她“嗯”了一声：“记得就好。”

好不容易等到下课，课程表上标着今天上午只有一节公共课，下午的课程倒安排得很满，三节专业课。

下课后，教室里的学生都收拾东西离开了。

尤小乔指着课程表对身边的男人说："叶西何，周二和周三，你们的课程安排得太满了，只有晚上有辅导时间。但是今晚我有事得早点回武馆，所以我们可以现在回家补习吗？"

"回家？"叶西何拒绝，"不回。"

尤小乔以为他不想现在补习，忧愁地说："可是我晚上真的有事要回武馆，老板你行行好呗。"

"我说不回家，又没说不补。"叶西何把玩着她背到耳后的发丝，悠哉地说，"在这补。"

"这里？"

尤小乔看了眼教室，人已经走光了，偌大的教室只有他们两个人。

"也行吧。"尤小乔说，"那我们争取时间，现在开始吧！我们先把昨天我布置的单词听写一下。"

她拿过叶西何的英语书："准备好了吗？"

叶西何挑挑眉。

"abundant……"

Part 4

安静的教室里，尤小乔标准的英语发音声偶尔传来，窗外偶尔有小鸟掠过的声音，早上十点的风声，和叶西何的笔在白纸上的写字声。

听写完昨晚布置的单词后，尤小乔开始跟叶西何讲解新的语法，在草稿纸上写了几个语法句子。她的笔法很快，英文之间连带地写去，让字迹看上去洒脱飞扬，相当好看。

"这几个句子就是……"

刚写完，一抬眼就见叶西何侧着身子，手撑着脑袋听她讲课的脸。

尤小乔心神一荡。

单看叶西何，是个长相十分干净阳光的男人，但由于他的性格时而正经，时而痞气十足，总让人又气又恼，让人觉得他干净中带着邪气。

他的眼睛很漂亮，但盯着人看时太有侵略性，让人无法直视。

尤小乔移开双眼，掩饰自己方才的失神，继续讲草稿纸上的几个句子。

一上午的时间过得非常快，尤小乔将今天的内容都讲完后，开始让叶西何做许老师布置的作业。

今天下课后，许老师布置了一篇英语作文，以“My dream”为题目，写一篇不少于一百二十个字的英语作文。

叶西何皱眉看着这两个单词，撇撇嘴巴：“小学语文老师最爱布置的热门作文标题，大学老师也来插一脚，老师们的喜好都差不多？”

他将笔一丢：“不想写。”

“不行。”尤小乔断然拒绝，“说好要好好上课，按时交作业，怎么才坚持一天就不干了？”

“……”叶西何不为所动。

尤小乔诱哄他：“随便写几句好了，瞎写也行。要不，把你小学时写过的语文作文翻译一遍也可以。”

“也可以？”

“嗯嗯！”见他被哄动了，尤小乔忙点头，“可以的，你翻译一遍就行！”生怕他反悔。

“好啊……”他勾唇笑了笑，低头执笔，沙沙地写了起来。

“老公老公抱抱，我要公主抱抱，飞起来的抱抱，转圈圈的抱抱……”

这时，尤小乔的手机响了起来，她看了一眼，是大师兄打来的电话：“你先写，我出去接个电话。”

“哦。”

叶西何闲闲地看着她拿着手机离开了教室。

走出教室，大师兄在电话里例行问她中午回不回去吃饭。

因为武馆那些弟子们每次一到中午都犹如饿狼猛虎，将食堂的饭菜吃个精光，如果不提前确定，回去一定是没饭吃的。

“现在还不确定啊……”尤小乔说，“不过我晚上是肯定回去的……”

叶西何写了一会，将笔丢在一边，看向在走廊上接电话的尤小乔，她背对着这边站在栏杆边。

今天她穿的是另外一条粉色的裙子，少女风格，上身衬衫搭配英伦风的小外套，下身百褶裙，露出纤细的双腿，配合她的超短发，学生气十足。

隔着走廊，能听见她细细小小的说话声，大概是怕吵到他写作业，她没敢太大声说话。

“大师兄，我一会先问问情况，再跟你说我中午回不回去吧……嗯，那先这样……”

“不回去。”尤小乔刚要挂电话，就听见身后传来的声音。

她一回头，明明该在教室里写作业的叶西何靠在门框边，背后只有一扇白色的教室门。

见她回了头，他一手撑在门框上，一手拎着她的书包，嘴角噙着一抹笑，神态悠然，双眸深邃：“跟你大师兄说，你中午不回去，跟叶哥混。”

“……”尤小乔对着电话那边的大师兄说，“嗯，是的……好，我知道了，大师兄再见。”

挂了电话后，尤小乔走到叶西何身边，仰头问：“所以叶哥……你不是该在教室里写作业吗？”

“写完了啊。”叶哥双手往口袋里一插，“跟家人打好招呼了吗，小老师？”

“大师兄在电话里听到你说的话了，所以叶哥……现在我们可以回教室检查你的作文了吗？”

说完，她就要回教室，但被叶西何拦住了：“不用检查了，先带你去吃饭。”

然后将她的书包丢进她怀里：“东西帮你收拾好了。”

说到吃饭，尤小乔看了一眼时间，才发现已经十一点半了。

“时间还早，我们还有时间检查一下作业。”

“我饿了。”叶西何说完，率先往楼梯口走去，一副爱跟不跟的随意样。

尤小乔没办法，只能一边背好书包，一边在后面追他：“叶西何，你等等我。”

Part 5

吃饭的地方，依然是学校对面的餐厅。

叶西何指了指桌上的餐单："自己点。"

尤小乔早上吃得太多，现在不怎么饿，不过以防下午会饿，所以还是点了一个菜。

叶西何见她只点了一个菜，没说什么，叫了服务员，对着菜单点了一大堆，几乎是顺着菜单一个个点下去的。

尤小乔心想，这家伙果然是饿了，居然吃这么多。

上菜的过程中，尤小乔觉得有空，能把他的作文检查一下，却被他不耐地拒绝了："吃个饭还谈作业，烦不烦？"

尤小乔特别怕这人心情不好不配合她工作，所以就不再提了，想着下午找个时间检查也是一样的。

很快，菜一道一道送了上来。

尤小乔虽然不饿，但看着桌上色香味俱全的食物，肚子一下子仿佛空出了一大半。

吃着吃着，她就发现了不对劲，刚刚喊着饿的叶西何连筷子都没动。

"你怎么不吃？"她奇怪地问，"刚刚你不是喊饿吗？"

"又不怎么饿了。"他说。

"你这人真是反反复复的。"尤小乔小声叨叨。

没想到被他听到了，还"嗯"了一声。

尤小乔看不透他现在的心情，不知道他有没有从早上的事件中缓过来，就没再说话，埋头吃饭。

程珊全是中途过来的。

叶西何和尤小乔的饭刚吃了一半，程珊全瘫在椅子上，连拿筷子的力气都没有。

"珊珊，你这是怎么了？"送餐过来的服务员小哥跟他们很熟悉，打趣道，"怎么一副身体被掏空的样子？悠着点啊！"

尤小乔假装听不懂这种荤话。

程珊全哀号："你不知道今天的广告拍得多变态，那女主角状态一直不好，不停喊 CUT，我被她亲了又亲，脸都要被亲肿了。"

"嘿，这不是送上门的艳福吗？"一旁其他服务员听见，也凑了上来，"珊珊应该开心才对。"

今天店里不忙碌，工作人员都很悠闲，气氛看起来比上次来这时要轻松许多。

“如果是我的女神小姐姐当然开心了，关键我不喜欢她。”程珊全说出一个名字。

服务员们倒吸了一口气：“那可是当红巨星啊！珊珊，你居然不喜欢她！”

“什么巨星啊，都能当我阿姨了。”程珊全撇撇嘴巴，一脸不屑。

程珊全说的那个名字，尤小乔也听过，是当今娱乐圈一线女明星，与每个跟她合作过的男演员都传出过绯闻，有媒体曾评论，连跟她合作过的某当红未成年男团，她都不放过传绯闻的机会。

不过程珊全说得没错，那女星的年龄的确可以当他阿姨了。

“珊珊，下次如果还有合作，能不能帮我向她要个签名？我上高中那会就喜欢她了。”

“行啊，下回就跟你要回来！”

程珊全应下，看来已经不是第一次帮他们要签名了。

服务员们离开了之后，程珊全问尤小乔：“小老师，你有没有喜欢的明星？我可以帮你要到签名。”

尤小乔想了想，摇了摇头。

“不会吧？”程珊全说，“帅哥也没有吗？比如小凡，小鹿，还有最近很火的那个男团百分比，小蔡？”

尤小乔说：“你说的我一个都不认识……”

程珊全：“……”

“哇，小老师，你们村还没通电吗？你平时都不上网、看电视吗？”

“平时比较忙，很少关注这些。”应该说与她不相关的事物，她都没心思去关心。

“嘿嘿。”程珊全怂恿叶西何，“叶哥，你不带小老师出门看看，认识认识那些娱乐圈小帅哥？以后小老师找老公还能有个参照。”

叶西何长腿交叠，一整个中午，都显得特别安静。面对程珊全的提问，叶西何淡淡地问：“你是居委会大妈？管得挺多。”

程珊全收起嬉皮笑脸，他才发现叶西何今天心情不好。

Part 6

吃完午饭后，在书吧休息。

尤小乔和程珊全都很识相，与叶西何保持了一段距离。

程珊全偷摸着观察叶西何，见他脸上虽没表现出任何情绪，但今天话特别少。

社会我叶哥，人狠话不多，话不多的时候就表明叶哥心情十分不好。

“小叶叶今天怎么了？”

程珊全小声问低头看书的尤小乔。

尤小乔心不在焉地回：“心情不好吧。”

“……”程珊全无奈，“小老师，你不说我也知道他心情不好，我问的是原因。”

“哦。”尤小乔犹豫着要不要把早上发生的事告诉程珊全，毕竟是叶西何的私事，她擅自说出来，应该不太好。

“不会又是因为叶哥的小妈吧？”程珊全不由自主地猜测，嘀咕着，“今天不是那个日子啊……不应该心情不好的。”

“你知道？”

“我猜对了？我就知道，除非到了那一天，不然叶哥不开心的原因大部分都是因为家里那些事。”

“能讲讲吗？”

程珊全犹豫了一下。

“如果不好说就算了……”

“不是。”程珊全摇头，“也不是不能说，只是有点……”

程珊全考虑了一会，吐了口气：“算了，既然事已成定局，早晚大家都会知道。”

尤小乔放下手中的笔，准备认真听。

“先从哪说起……”程珊全想了想，“就从叶哥的小妈赵曦彩说起吧……”

“叶哥的小妈赵曦彩出生在北城赵氏家族，高中毕业后，赴美修读声乐和大提琴，取得学位之后回国。一次跟长辈去听叶叔的个人大提琴演奏会，就被叶叔叔的才华惊艳了。北城这地方说大很大，说小也挺小，大家都互相认识，赵家的人把赵曦彩介绍给叶叔，希望叶叔能在音乐方面指导赵曦彩。”

“大家都知道，叶叔不轻易收学生，一旦收了，在管教方面会特别严厉。曾经有个叶叔很看重的学生因为不堪压力而选择放弃，让叶叔很长一段时间都没有再收过学生。”

“碍于朋友的面子，那天在现场，叶叔让赵曦彩表演了她的大提琴，想随便找个借口拒绝。可当赵曦彩表演完后，受到了叶叔的高度赞扬，叶叔认为赵曦彩在大提琴方面大有造诣。而且她非常听话，基本上叶叔说什么，她都乖乖听着。所以叶叔邀请她来自己的工作室，对外界宣称他们是师生的身份。”

“你大概不知道，叶哥和叶叔之间一直都有很深的矛盾。叶哥在大提琴方面有自己的想法，不想受到叶叔的束缚，叶叔却希望他能听从长辈的安排。就这样，父子之间的矛盾日益严重。加上那时候，叶阿姨，就是叶哥的妈妈，也无条件站在叶哥这边，更令叶叔郁闷。叶叔开始把对叶哥的倾心栽培转移到赵曦彩身上，也开始长期住在工作室。”

“赵曦彩渐渐在音乐界有名，让人意想不到的是，她竟然爱上了叶叔。叶叔知道后开始疏远她，毕竟叶叔是个有家庭的人。”

“如果叶叔叔拒绝了赵曦彩，为什么后来他们又在一起了？”听到这里，尤小乔不由得问。

“因为赵曦彩的不依不饶吧……”程珊全说，“在个人演奏会上，她当着几百名观众的面向叶叔隐晦告白。当叶叔逃离家庭，在工作室睡觉时，她无微不至地照顾他的生活起居。尽管叶叔一直拒绝赵曦彩，但男人对于主动送上来的女人，又是如此年轻优秀的女人，是很难不心动的。”

“所以，叶叔叔出轨了吗？”

程珊全摇头，“不，叶叔是个责任心很重的人，他一直在拒绝赵曦彩，甚至在一次对他们俩进行直播采访时，直言让她不要打扰别人的生活。”

“这么直接了，赵曦彩还没放弃吗？”

“放弃了。赵曦彩准备出国，离开北城，以此忘记叶叔。她请求叶叔送她一程，叶叔一心软答应了。在机场，赵曦彩对叶叔说，能不能给她一个最后的拥抱，也许她这一趟出国就不会再回来了。叶叔犹豫良久，成全了她。结果这一幕被媒体直播了下来，传到了叶阿姨那。其实师徒之间拥抱也没什么，只是那天的直播还回顾了当初赵曦彩在演奏会上告白的视频，还有狗仔晚上拍到的赵曦彩在工作室照顾叶叔的画面。”

“叶阿姨心脏一直不好，所以家里人都瞒着她赵曦彩的事。但这个直播太突然了，所有人都来不及反应。当时叶哥还在上课，就接到家里打来的电话，说叶阿姨心脏病突发，被送去了医院。当叶哥赶到医院的时候，叶阿姨心脏已经停止了跳动，他们连最后一面都没见着。”

这样就能解释叶西何早上的态度了。

虽然赵曦彩和叶成没有刻意刺激叶西何的母亲，但还是间接伤了一条命……

尤小乔看向坐在窗边的叶西何，没想到他叛逆的背后是这样的原因。

“所以从那以后叶西何每天都逃课，文化课差得一塌糊涂？”

“嗯。”程珊全回想以前，“要知道，以前的叶哥一点也不比你啊、徐蓉蓉啊这些人差，以前的叶哥也是学霸啊……而且是文艺双全的学霸。”

“他放弃了读书，为什么一直坚持着拉大提琴？”

“因为那是叶阿姨留给他的梦，他从小就想当一名自由的大提琴家，叶阿姨一直无条件支持他，希望能看见他实现梦想的那一天。”

尤小乔没再问下去，窗边的叶西何已经靠在沙发上睡着了。

刺眼的光线下，仔细看的话，能瞧见他眼底淡淡的黑眼圈。不知道赵曦彩和叶成是什么时候去的叶家，可能是昨晚，所以他一整晚都没睡好。

面对赵曦彩的讨好和叶成的严厉，叶西何用无声反抗，却在叶成眼里变成“叛逆”二字，叶成从来都没有站在叶西何的立场为叶西何着想。前妻因为他和另外一个女人的纠缠而心脏病突发离世，尽管在这之前他一直拒绝赵曦彩，但最终还是娶了那个比他小二十多岁的女人。

也许就像赵曦彩说的，他们是真心相爱。

真心相爱的人就能够随心所欲地在一起吗？

她不知道。

只是，这样的爱情，她无法开口祝福。

正闭眼在沙发上浅寐的叶西何忽然睁开眼。

尤小乔没想到他会忽然睁开眼，一时僵住，就这样与他对视了。

她呆呆地望着叶西何的脸，也许是刚醒过来，他的眼眸中没有昔日的落拓不羁，而是多了一丝迷茫。尤小乔的心蓦地抽了一下，心头滋生一股难以言明的情愫，想对他说：叶西何，没事的，你的梦想，我陪你完成。

叶西何坐起身，打了个哈欠，散漫地伸了个懒腰后，又无骨般靠回了沙发上，对尤小乔说：“怎么？被我的睡颜迷住了？”

“……”尤小乔觉得又心疼又好笑。不过，他这个样子，总比早上站在后海时的落寞孤独，要好得多。

很多时候，我们心底无法诉说的伤痛，都是用无所谓的表情去掩饰的。

“是啊，被你流口水的睡颜迷住了。”尤小乔哼一声。

叶西何眯了眯眼，当然不会上当，他举起手指指了指自己的脸：“哥流口水睡觉也一样帅！”

“扑哧。”程珊全没忍住，将口中的咖啡喷了出来。

尤小乔也笑了起来。

那一刻尤小乔感觉叶西何是快乐的，她希望他能一直这样快乐下去。

第七章 所以叶少有喜欢的人

Part 1

下午陪叶西何上专业课的时间过得很快，值得一提的是，班上的某些学生终于对尤小乔没有敌意了。

叶西何的大提琴课老师得知叶西何答应参加司坦姆斯的邀请，出席他的交响乐会时，很开心。

六点，在叶西何的保镖接手工作后，尤小乔赶回了武馆。

尤小乔每周都会挑三天的时间学习新的拳法和招数，她的学习能力强，别人需要花上一周才能学会的拳法，她用两天时间足够，剩下一天时间用来巩固复习。

一到武馆，尤小乔看见卯卯师兄等在武馆外。

见到她，他急急忙忙跑了过来："小乔，师父让你过去一下。"

尤小乔见他这么着急紧张的样子，不由得问："发生什么事了吗？"

"小乔，你知道 SAOPIG 武馆吗？"

"……"尤小乔听着他说着别扭的英文单词，摇摇头，"没听过啊，新开的吗？"

“没听过？这怎么可能。”卯卯奇怪，嘴巴里碎碎念，“既然你都不知道，怎么会跟他们联系起来……”

尤小乔听着他嘴里的碎碎念，笑道：“卯卯师兄，到底发生什么事情了？你这样说一半话，很吊胃口啊。”

“就是 SAOPIG 武馆啊……”

“嗯？”

“算了，你去见师父就知道了，我现在也不好说。”

“……”

尤小乔不再问了。

跟着卯卯来到了武馆会议厅。

图腾武馆的创办人曹岩先生是一个对中国武术文化十分热爱和向往的人，图腾武馆虽然不是所有武馆中实力最强的，却是所有武馆里最开放，资金也最足、场地最大的。

曹岩不像其他武馆的创办人，迫切招揽有实力的弟子以彰显武馆的实力，从中获取更多利益。

曹岩经营的武馆更像经历过世俗洗礼的中年人，不为名利，不为富贵，只为自己随心所欲的爱好活着。

图腾武馆的场地很大，除了大大小小的练功房之外，会议室也有好几个。

曹岩会根据自己每次来的心情选择相应的会议室开会，比如有茶艺会议室、花果会议室、影像会议室等等……

茶艺会议室顾名思义是一边喝茶一边开会。

花果会议室则是有香花和吃不尽的水果，而影像会议室则是一个小型的电影院……

尤小乔跟着卯卯来到了花果会议室，一进去就看见曹岩坐在会议室最上头。他昨天刚从菲律宾回来，带来了很多新鲜的菠萝、杧果、香蕉和椰子，正招待桌上的人吃。

除了曹岩之外，还有胥臮、父亲尤向北和大师兄徐晓磊。

如果父亲尤向北不在的话，尤小乔一定会认为是曹岩先生又来武馆分享自己的旅行成果。

尤小乔偷看自己父亲一眼，他的脸色不好看，像在生气。

看这阵仗，一定是发生了什么大事，而且……

尤小乔心里刚这么想，就见尤向北将一封文件丢在桌子上，沉着脸问：“这是怎么回事？”

尤小乔没敢说话。

她特别害怕自己的父亲。

尤向北的妻子在生尤小乔的时候难产而死，尤向北对他们兄妹从小管教十分严格，严格到尤小乔经常觉得父亲是否因为母亲是生她而死的，所以一直怨恨她的出生。

所以从小尤小乔在外面再怎么胆大包天，见到尤向北，就自动老实巴交了起来。

曹岩见尤向北又发脾气了，忙出来打圆场：“老尤，说好先把事情问清楚的，你这么严肃做什么？吓坏孩子了！”

说完，对尤小乔笑呵呵地说：“小乔，来！过来先吃点水果，这可是我昨天从菲律宾空运过来的！”

尤小乔接过曹岩递过来的杧果，哪里有吃的心情。

她的眼睛盯在桌上尤向北摔过来的那封文件上。

胥袅见她没心情吃水果，问：“小乔，你知道这个SAOPIG武馆吗？”

尤小乔一脸茫然，这个SAOPIG武馆很有名吗？为什么师父和卯卯师兄问的问题一模一样。

她摇摇头。

胥袅把尤向北丢在桌子上的文件递给尤小乔：“小乔，你先看看这个。”

尤小乔接过，这份文件是一份国际级武林大赛的参赛内部名单和武馆资料，属于暂拟定的名单。也就是说，名单是赛事举办方初步根据各家武馆提上来的名额拟定的，还未公开。

尤小乔看见上面有各个武馆报的名，自己的名字赫然在其中，但申报的武馆却是一家叫作“SAOPIG”的武馆。

尤小乔第一个反应就是是否这个人跟她同名，可名字旁边粘贴的一寸照片是她本人无疑。

“小乔，你对报名这件事一无所知吗？”大师兄徐晓磊见她一脸惊讶，不由得问，“还有这个SAOPIG武馆？”

“不知道，这个武馆我从没听说过。”她皱眉看着这个英文单词，“但是怎么感觉这个英文有点熟悉？SAOPIG？”

尤小乔倏地反应过来：“我大概知道是怎么回事了，你们先容我打个电话问清楚。”

尤小乔当场拨通了一个电话，随即就有一个古怪的铃声传来：“嘿哟哟，大骚猪，哟哟，世界上最帅的骚猪，哟哟哟！”

SAOPIG？

骚猪？

会议室里的人陷入沉思……

伴随着古怪的手机铃声，会议室的门被打开，汪祁俊伸进一个脑袋，伴随着一股香气：“小乔，惊不惊喜？你一打电话，我就出现在你面前了！”

不用他本人出现。

这独特的手机铃声，除了大骚猪本人之外，还能有谁？

包括尤小乔的手机铃声，也是她在做打手执行任务时，被他在某一天偷偷换好的。尤小乔对手机铃声这种东西没有太大要求，只要铃声够大，能接到电话不耽误事就行，所以一直没想过换回来这件事。

尤小乔没心情跟他调笑，拿着手上的报名单问：“SAOPIG武馆是你的？”语气不大好。

“对啊！”汪祁俊很坦然地承认，完全没有感受到会议室里的凝重气氛，特别得意地说，“我刚成立的武馆，原本想叫BigSaoPig，但风水大师说字数太长，就改成SAOPIG了！是不是特别洋气？”

“你成立一个武馆是你的事，你替我报名参加比赛，经过我同意了吗？”尤小乔没有像汪祁俊想象中的那样夸赞他，甚至连感谢都没有，她眼里都是对汪祁俊做出这种事的失望。

“如果不是内部先得到了这份报名表，如果早一步被公开出去，别人会怎么看我尤小乔？顶着别家武馆的名号去打比赛？你想在我身上打上背叛师门的烙印吗？”

原本以为做了一件特别了不起的事情，正打算来求尤小乔表扬的汪祁俊被她如此责问，顿时急了起来：“没有，小乔，我怎么会害你呢。我是想帮你参加比赛，你这么厉害，一定可以把其他武馆的人打得落花流水……我、我只想帮你，我没有想害你……”

汪祁俊本就不怎么会说话，此时因为尤小乔生气着急想辩解，越着急越说不清，变得手忙脚乱。

跟着他一起来的罗晴续见他如此激动，忙帮忙说：“小乔，你真的误会祁俊了，他真的只是想帮你。”

“好了好了，事情我们大致了解了。”曹岩伸手示意他们别吵，对着汪祁俊问，“所以这家新武馆是你这个小家伙创办的？”

汪祁俊委屈地点点头。

曹岩笑了笑：“小家伙怎么称呼？”

“我叫汪祁俊。”

“哦，小汪啊，你能告诉我，你为什么想创办这个武馆，还有为什么替小乔报名吗？”

“因为早上我来的时候，听见那个人……”他指了指胥袅，“就是小乔的师父跟尤叔叔的对话。尤叔叔因为尤大哥的关系不让小乔参加比赛，可我觉得小乔在武术方面很厉害，如果她去参加比赛一定能得冠军的。”

“所以你就自己创办了一个武馆，然后替小乔报名上去了？”

汪祁俊点头：“嗯。”

Part 2

会议室内一片沉默。

罗晴续生怕他们怪罪汪祁俊，忙将所有的事都揽在自己身上：“是我把尤大哥的事情告诉祁俊的，祁俊真没什么恶意。他知道小乔出生在武学世家，肯定想在武学上有一番成就，听说尤叔因为尤大哥的事情不让小乔参加比赛……”

“晴续，你别说了！”听到这里，尤小乔立刻打断了罗晴续的话。

罗晴续此刻的情绪很激动，哪能听出尤小乔话中的焦急，只顾自己说：“祁俊觉得很可惜，他不想小乔拥有如此优秀的天赋，却只能待在武馆里做个平庸的弟子。等到大学毕业后，只能做一个全职保镖。所以才想到这个办法的……这一切都是我出的主意，跟祁俊没什么关系。”她看向尤小乔，“小乔，你要是生气就骂我吧，真的不关祁俊的事。”

罗晴续说完，没有人开口。

大家都知道，关于尤淼，一直都是尤向北的禁忌。

连尤小乔都一直对过往的事情守口如瓶，不敢轻易提起。

尤向北是“尤氏拳法”的创始人，曾被誉为中国功夫发扬者和王者，却因为一场意外右手废了，不能参赛，他在一场最重要的比赛中弃赛，沦落到被国民群嘲。

尤向北郁郁不得志的生活直到他的第一个孩子尤淼出生。

尤淼的出生给尤向北带来了希望，他希望尤淼能弥补他的遗憾，拿到国际武术世界冠军。

尤向北从小训练尤淼，誓将尤淼培养成武术精英。

从幼儿园开始，尤淼参加了无数场武术比赛，在比赛中获得无数次冠军。

他成为了尤向北的骄傲，也让尤向北在他身上落下更大的期望。

期望破碎是在一场尤淼参与的国际比赛，他在赛场上失手，被对手击中脑部，造成重伤，至今昏迷不醒。

这对尤向北的打击十分大。

看着昏迷不醒的大儿子，尤向北整整沉默了一个月。

尤小乔不想父亲一直如此低迷下去，想靠自己继续延续父亲的梦想。

尤向北拒绝了，自那以后，他禁止尤小乔参加任何武术比赛，尽管尤小乔身上有着不可多得的、连尤淼都没有的武术天赋。

更早的时候，学校有人提起让尤小乔参加省级的武术比赛，都会被尤向北拒绝。

有人不服输，登门拜访，以为能说动尤向北。不想，刚说几句话，就被尤向北赶出家门。

久而久之，大家都知道尤淼的事情对他打击太大。

三年以来，这一直是尤家的禁忌。

罗晴续不顾一切地偏袒汪祁俊，完全不顾尤小乔的阻止，也不顾这件事对尤向北会带来怎样的伤害，毅然决然揭开这段往事的行为，让尤小乔十分失望：“说够了吗？”

面对尤小乔眸中的冷漠，罗晴续的元神仿佛才回归原位，她条件反射地捂住嘴，心中一惊，天啊，她刚刚都说了什么？

“小乔，对不起，我不是故意……我……”

“出去。”尤小乔的面色冷若冰霜。

罗晴续从未见过这样的尤小乔，令她心惊。

“晴续，你先带着汪先生离开吧。”片刻之后，徐晓磊说。

罗晴续还想留下来，但知道自己说错话了，也没脸留在这里。

一直情绪很低落的汪祁俊像个做错事的孩子，自从见到尤小乔朝他发脾气后，就再也没说话。

罗晴续只能带着他先离开。

罗晴续和汪祁俊走出了会议室，后者一脸颓废，妖艳的脸上早已没有来时的神采飞舞。

罗晴续沮丧地道歉：“祁俊，对不起啊，都怪我没细想，明知道小乔最介意这方面的事，却没跟你说明情况……”

汪祁俊挥挥手，示意她不要再说：“不关你的事。”

他在武馆院子外的椅子上坐下，撑着下巴，一副思考人生的模样。

罗晴续坐在他身边，没敢再说什么。

直到汪祁俊歪头问她：“你觉得小乔喜欢我吗？”

“……”罗晴续愣了一下，问，“祁俊，你怎么会忽然问我这样的问题？”

“不喜欢吧？”汪祁俊撇撇嘴，“你应该也觉得小乔不喜欢我。”

事实上，是人都能感觉到，尤小乔对爱情这块的思想还没萌芽。

“我第一次喜欢一个女孩子，不知道该怎么对她好，就想以自己的方式讨好她……”汪祁俊苦恼地说，“原来讨一个人欢心是件这么困难的事！比上学还难！经过这件事，小乔应该这辈子都不想再看到我了吧……”

“不，祁俊，你想多了。小乔只是心直口快，事情没你想得那么严重。”罗晴续忙安慰他，“小乔怎么会不喜欢你，你人这么好，我们大家都喜欢你啊……”

“是你喜欢我吧？”汪祁俊很有自知之明，“我这人说话不好听，情商低，不讨人喜欢，我知道，只有女生会因为我长得好看喜欢我。”

汪祁俊如此简单直接，让罗晴续不禁脸红了起来：“原来你一直知道啊……”

“知道什么？知道你喜欢我？”

罗晴续害羞地点了点头。

“这很容易从你的眼神中看出来。”

“我的眼神？”

“嗯，从你第一眼看见我就想吃了我的眼神。”

“……祁俊，你说话一直都这么直接吗？”

“当然，我最讨厌拐弯抹角。直接说吧，目前你别喜欢我，因为我喜欢的人是小乔，暂时不会变心。”

“嗯，我知道。”罗晴续说，“我也没期望过什么，祁俊，我只是单纯地喜欢你，不期望很多。”

汪祁俊看着她，点了点头：“这样就好，不会给我增添负担。就像我喜欢小乔，我也不想给她增添负担，这一次是个意外，所以我很自责。看来，我以后要更加小心地去喜欢她了……”

后面基本是汪祁俊自言自语，罗晴续看着他深陷在自己的思维中，妖艳过分的脸，却有一双纯净的瞳孔。她着迷地看着，身体里那股心跳加速的感觉又来了……

罗晴续不是第一次喜欢一个男生，之前她谈过两个男朋友，可没有一个像汪祁俊带给她的感觉——只要一见到他，整个人都在燃烧，身体里的每个细胞都在叫嚣。

就算他有喜欢的人，又有什么关系，他们还这么年轻，未来有无限的可能，只要不到最后，那个站在他身边的人就无法确定，她仍有希望。

Part 3

由于叶西何参加了司坦姆斯的交响音乐会，在交响音乐会之前，除了主课之外的课都可以不用上，他基本都在琴房待着。

那天，他在琴房练习完曲子，程珊全悄悄到他身边，嘴巴朝窗边噘了噘，示意他看去：“我发现这两天小老师心不在焉，闷闷不乐。”

不用他说，叶西何早发现了。

以往他在练琴时，尤小乔都争取时间看自己的书。这两天，她虽也拿着书和试题在做，但更多时间是看着窗外发呆，一副心事重重的样子，连帮他补课时，看着他做作业都会走神。

尤小乔有两天没有见过汪祁俊了，想起那天对他态度那么差，她心里挺过意不去的。

她知道汪祁俊做那一切都是为了让她参加比赛，只是，因为父亲和大哥的关系，她对比赛二字比较敏感，很害怕这两个字会刺激到父亲。所以当汪祁俊和罗晴续触碰到这个底线时，她条件反射地朝他们发了脾气。

汪祁俊虽然面上看着幼稚，穿着骚气，却也是个敏感的孩子，不知道是不是生她气了，两天没出现，她也没想到怎么去主动找他道歉比较好。

正对着窗口发呆，脸上被温热的东西烫了一下，她回过神，见一杯热茶被放在面前。

叶西何在她对面坐下，手里握着一杯热茶，茶杯是他的专属杯子。

“练完了？”她见琴房里只剩下他们两个人，程珊全不知跑哪去了。她看了眼墙壁上的时钟，果然已经到了一节课结束的时间。

“说说你。”

“我？”尤小乔奇怪，“说我什么？”

“小老师这两天很明显心不在焉。”叶西何喝了口热茶，淡淡地说。

“这么明显吗？”尤小乔看着琴房大镜子中的自己，其实脸上表情一点都不明显，可她依然双手捧了捧脸，“小橙子都能看出来，应该是很明显了。”

对于叶西何，尤小乔也不打算隐瞒。

她将前两日发生的事情简单地叙述了一遍，叶西何“哦”了一声。

见叶西何不以为然，尤小乔郁闷：“我以为你问我，至少会安慰我一下。”

“我觉得你想多了。”

“什么？”

“你说你那个朋友不找你，是他自己没脸见你，不是你的问题。”

“怎么可能……”

“他没经过你的同意擅自帮你报名，自作主张，愧疚的是他，不是你。”

“他也是为了我好……”

“自作主张的好只会给别人带来负担。”叶西何面无表情地说，“如果他提前跟你商量，是不是就不会发生这些事情？”

叶西何说得有条有理，令她不能反驳。

“这是因为祁俊和晴续是我的朋友，你才这么客观，如果是小橙子和小驰子，你还能做到这么客观吗？”

“如出一辙。”

“你太没人情味了。”

叶西何耸耸肩，不置可否。

“这件事对你有利无害，至少你父亲想开了，开始让你参加比赛了。”叶西何的语气慢悠悠的，“这不是挺好？”

这样一说，尤小乔觉得也有道理。

父亲突然同意她可以参加武术比赛这件事，她也很意外。

那天，罗晴续和汪祁俊离开之后，会议室内久久没人说话。尤小乔想解释，却又不知从何解释，只觉得天上一大口黑锅莫名其妙掉下来，砸得她晕乎乎的。

馆长看出她的状态，正要跟尤向北说话，就见尤向北起身：“想参加就参加吧。”

众人一时反应不过来他话中的意思，尤向北已经沉默地离开了会议室。

反应过来的尤小乔很急，以为尤向北认为这一切都是她为了参加武术比赛而设计的，忙追了出去。

在尤向北不大的房间里，父女俩终于有了一次谈心。

尤向北告诉她，这些年，他不应该因为尤淼的事，限制了她的自由。就像当初，如果不是他对武术比赛的期望过大，尤淼也不会为了实现他的愿望而昏迷不醒。

“小淼喜欢的是音乐，我却固执地将他培养成一个武术人才，是我的错。”

尤小乔看着父亲第一次如此沮丧，心中一紧。

从懂事以来，父亲在她心目中的形象一直是高大威严的。她可以在大哥面前任性妄为，在外面横行霸道，替被欺负的小朋友出头，可见到尤向北，立马变㞞。

遇见这样的情况，尤小乔很迷茫，不知道该怎么办。

尤向北见她不知所措的样子，竟笑了笑：“小乔，胥袅说得对，即使我是你们的父亲，也没有权利限制你们的自由和梦想。听胥袅说，你每天早上是武馆里最早起来练功的，你告诉我，你喜欢武术吗……这么多年，我一直没问你和小淼，你们喜欢武术吗？”

Part 4

“你喜欢吗？”

琴房，叶西何缓缓地重复这个问题。

尤小乔觉得他可能只是随意问问，就像一个话题说到了这里，人们会问然后呢？接下来呢？

但尤小乔却分外认真地回答他：“喜欢。”

“为什么？”

“你为什么喜欢大提琴？”

叶西何没吭声。

尤小乔说：“爱好这种事也是天生的吧，比如我大哥喜欢音乐，我爸沉迷武术，你喜欢大提琴。大概我遗传了我爸的基因，从小就喜欢武术，不但强身健体，还能保护自己，为民除害。”

“喜欢做一件事就继续下去，不要因为外界的干扰轻易放弃。”

尤小乔点点头：“你说得很有道理，你自己为什么却放弃了？”

“谁跟你说我放弃了？”

“我是因为我爸的关系不参加比赛……”说到这里，尤小乔似想到什么，笑了起来，“说起来，我们有个共同性，就是都是因为双方父亲所以没能参加比赛，只不过你的理由听上去比较任性。”

“不参加比赛就是放弃？”叶西何摇头，“我从没放弃过大提琴。”

他看向大提琴的方向，尤小乔发现他的眼神里有种特别的温柔，完全没有了平日里对待旁人的玩世不恭和不正经。

难怪程珊全说，开始游戏人间的叶西何，只有面对大提琴时才是最专注的。

“好了，不说其他的了。”尤小乔感叹，“说来有缘，你即将参加司坦姆斯的交响音乐会，我在一个月后，也要开始漫长的武林大赛了。”

“嗯。”叶西何变戏法似的不知从哪里拿出了几张票递给她。

尤小乔一看，是三张司坦姆斯的交响音乐会，还是VIP座位。

"给我的？"尤小乔说，"怎么有三张？"

"你不是对你朋友感动内疚？可以请他们一起去看。"

"谢谢。"尤小乔没想到他如此贴心，顿时心间又被一股暖意填满。

她发现，跟叶西何在一起的时候，她的心总是能被填得满满当当的，。他不经意的一句话，一个动作，经常能牵扯她的心。

尤小乔没有多想那种感觉是什么，她看着三张交响音乐会门票，说："虽然你的专业跟我没什么关系，但毕竟是我鼓励你去参加的啊……所以我一定会去给你加油的！"

叶西何笑笑，没说话。

尤小乔又问："那你呢？会去看我的武术比赛吗？"

叶西何半认真半玩笑地说："小老师的比赛，当然要去捧场了。"

尤小乔指了指他的脑袋："我一直很好奇，你为什么会把头发染成灰蓝色？"

很少有人能驾驭这种发色，对他而言却轻而易举。

尤小乔以为这发色跟他叛逆期的性格有关，却听他撇撇嘴，简单地说："好看。"

"就这样？"

"不然呢？"

尤小乔笑了："真羡慕你，活得那么随性。"

她想起叶西何在以"My dream"为题写的英语作文中引用的一句话，"A person has at least one dream, there is a reason to be strong, if there is no place for the heart to belong to , it will be wandering wherever it goes。"

翻译过来是：一个人至少拥有一个梦想，有一个理由去坚强，心若没有栖息的地方，到哪里都是流浪。

她曾问过他："这是你自己写的吗？"

"当然不是。"他像看村霸一样看着她，"三毛说的。"

"你还看三毛？"

他冷哼一声："我就不能看三毛？"

"能！"

只是比较意外啊……

她又想起那日午后，程珊全跟她说，以前的叶哥可是学霸，一点都不比她和徐蓉蓉差。

接下来的时间里，叶西何花了大部分在交响音乐会上。尤小乔除了跟着他的课程安排间隙帮他补课之外，自己也抓紧时间练功。

这一次国际武林大会将有来自全世界的武术高手，是一次世界级的晋级比赛。在报名的所有赛员中选出一百名选手，正式比赛是以两组为对手一个一个晋级的淘汰制，每个人在一组对决时只有一次晋级或者淘汰机会，直到打败其他九十九个武术高手，晋级成为世界冠军。

晋级一百名，对于尤小乔来讲，格外轻松。

在准备比赛的阶段，尤小乔他们得知了一个消息，邓兰陵、邓木兰两兄妹加入了拳霸武馆，将和候上述、程天真分别代表拳霸武馆的男子组、女子组参与这场国际武林大会。

邓兰陵兄妹的实力在武术界赫赫有名，而邓兰陵则是当初打败尤淼，致使尤淼躺在医院昏迷不醒的人。

比赛中，胜败乃兵家常事，在其中出现意外，也是正常现象。

邓兰陵兄妹的实力超强，在比赛之前，尤淼并不打算在那场比赛中夺冠。

连教练都说过，尤淼不是邓兰陵的对手，让他在赛场上多注意。邓兰陵的拳脚法非常凶狠，对对手毫不留情，保住自己不受伤是优先的事。

“点到为止。”面对大家的忧心忡忡，赛前尤淼总这样笑呵呵地说。

尤小乔知道大哥生性豁达，胜负心不是很重。

只是为了不让父亲失望，所以他口中说着点到为止，但都竭尽全力对待每一场比赛。

每一次他都能全身而退，直到遇上了邓兰陵。

据说邓兰陵兄妹从小习武，二人在武术方面都极有天赋，邓兰陵和邓木兰分别常年居于男子组、女子组武术冠军。除了他们自身的天赋和努力之外，不外传的邓氏拳脚法也十分厉害，至今没有对手能破解。

“邓家两兄妹不是一直不加入任何武馆吗？每次都为自己家族荣誉而参赛，这次怎么加入了拳霸武馆？”

会议室里，图腾武馆参赛的弟子们和教练胥袅、尤向北正分析着赛场上每位选手的实力。

“拳霸武馆给了丰厚的酬劳。”二师兄望风说。

对于外界的情况，没有人比望风更了解，他堪称是武馆的顺风耳，总能拿到最新一手的资料，甚至各大武馆内部的情况，都能第一时间了解到。

“之前也有武馆给丰富的酬劳，他们两兄妹没接，大家都知道邓家对金钱不屑一顾。”

“那是因为那时的邓家不缺钱，在缺钱的状态下，再高傲的人也会低头。”望风说，“邓家现在远不如以前，虽然他们是武学世家，可从邓兰陵爷爷那一辈开始，邓家的香火开始出现断裂，几乎每对邓氏夫妻生下的都是女婴。”

“邓家的男子嗣现在只剩下邓兰陵一个人，所有人都将希望寄托在他身上。光靠邓家两兄妹的那些金牌，根本不足以支撑整个邓家，前几年还能凭借家底维持富裕生活，今年下半年开始连基本的生活都维系不了。拳霸武馆正是看中这一点，出了很高的价钱让邓家兄妹加入他们武馆。反正拳霸武馆财大气粗，那点钱对他们来讲根本不算什么。”

“拳霸武馆这举动说明了他们想要当武术界老大的野心。”徐晓磊感叹，“我们武馆一直跟他们有过节，看来这次在赛场上，大家都要小心行事。比赛重要，但保全自己的人身安全更重要。”

“对，邓家兄妹心狠手辣可是业界家喻户晓的事，当初连小乔的大哥都……”卯卯说到这里，立刻停住了，心虚地看向尤小乔和尤向北。

自从让尤小乔参加比赛开始，尤小乔能感觉到父亲已走出了过去的阴影，但那只是感觉，还不敢确定。

当卯卯提到大哥时，她注意到父亲面上的神情并没有像以前一样生气，她松了一口气。

“尤淼败给邓兰陵不是意外。当年尤淼不幸与邓兰陵分到了一组，我们私底下研究过邓兰陵的实力，尤淼确实不是他的对手。”尤向北平静地说，“这些年我也反思过，如果不是我强硬要求尤淼用最大的实力对抗邓兰陵，尤淼可以自保，至少不会像现在这样躺在医院里。”

说完，他对参赛的尤小乔和徐晓磊说：“这些年，邓家兄妹的实力，我们都有目共睹。就像晓磊说的，比赛重要，保全自身安全更重要。尽力就行，不用拼命。毕竟，至今为止，没有人是邓氏兄妹的对手。”

尤向北的话一点不夸张，如果邓家兄妹在金庸的小说中，一定是东邪西毒那种拥有盖世武功的高手，尤其是邓兰陵，非西毒欧阳锋莫属。

Part 5

某天专业课休息时间，两人聊天时，尤小乔无意间回忆起几天前的讨论。

“你想给你哥报仇？”从前几天的回忆中回神，尤小乔听见叶西何这样问。

尤小乔看向他：“怎么这样问？”

叶西何撇撇嘴：“如果我是你，一定会报仇。即使最强大的人，也有弱点。”

“是吗？”尤小乔自然地问，“你呢？大老板，你的弱点是什么？”

叶西何扫了她一眼：“我像有弱点的人吗？”

那天的话题到此终结。

再一次见面，是在叶西何参与的司坦姆斯的交响音乐会上。

晚上七点的交响音乐会，汪祁俊和罗晴续五点就来到了图腾武馆，等尤小乔练完功后，一起去食堂吃饭。

六点坐着汪祁俊酷炫的红色跑车去往国家大剧院，提前十分钟入了场。

罗晴续和尤小乔以前都没有参加过这种高级别的交响音乐会，对大剧院里面的奢华设计难免感到新奇。

今天的汪祁俊穿着一身骚紫色西装配白色衬衫，脖子上还系了黑色的蝴蝶领结，黑色的短发用发胶往上梳，露出宽洁的额头，精致到妩媚的五官，惹得路过的人纷纷回头看。

看起来，他不像是来听交响音乐会的，更像是交响音乐会上的主角。

上次在会议室闹得大家都不愉快，三人很有默契地都没有再提，一切看起来就像没发生过，三人的关系一如往常那般好。

毕竟不是凑合在一起的好朋友，因脾性相合而认识，吵吵闹闹会有，亲亲热热的怨恨也存在过，但谁都不会真的去计较，吵过之后还是铁三角。

罗晴续拿着手机各种拍照片，尤小乔也感叹国家设计师们的独具匠心，只有汪祁俊面色如常。罗晴续问起时，汪祁俊神色自在地说：“以前我爸经常带我来这样的地方听音乐，没什么好奇的。”

罗晴续问：“你们关系这么好，小乔怎么没一起去啊？”

“他是我们那的土豪二代，当然见识比我多了。”尤小乔回答。

“才不是。”汪祁俊反驳，“我常说要带小乔一起去，可小乔总拒绝我。”

“我哪有那工夫跟你欣赏这么高端的音乐会，我还得忙着打工！”

“不过比起这些听不懂的玩意，我更喜欢看小乔打架，英姿飒爽，魄力逼人！”

“什么叫听不懂的玩意。”尤小乔不赞同他的用词，“正因为不懂，所以才要虚心学习。”

罗晴续听着两人的对话，含沙影射地说：“哇，小乔现在可是站在叶少爷那边的，祁俊不过是随便说说，小乔就赶紧帮叶少爷说话，我记得以前某人不是也对这些音乐什么的不感兴趣吗？”

尤小乔翻了个白眼：“以前不了解所以不感兴趣，现在感兴趣了不行啊？”

“当然可以啦！”罗晴续捂嘴笑，一脸揶揄。

尤小乔不理她，径自往大厅走去。

汪祁俊看着她的背影，若有所思。

国家大剧院很大，里面有很多个表演厅，三人顺着路标好不容易才找到了司坦姆斯交响音乐会的演奏厅，已经有人陆续在位置上坐定。

尤小乔远远看见程珊全和金驰在VIP座席朝她招手：“小老师，这里！这里！”

尤小乔带着汪祁俊和罗晴续两人走了过去，走过去的路上还能听见其他座位席上有人小声议论：“那不是珊珊吗？比电视上还好看！还有他旁边那个不是LOL大神金驰吗？”

“珊珊和金驰是叶少的好兄弟，他们来很正常啊！不过那两个女的是谁啊？还有她们身边那男的，长得好妖艳啊！”

“不知道啊，听珊珊喊她小老师，是他的老师吗？”

尤小乔听着陌生人的议论，走到VIP座席时，竟看见了许久未见的程天真。

程天真不同以往的学生妹造型，她穿着白色轻纱裙、兔长袜，头顶戴着兔耳朵，看起来像个公主。

显然程天真也看见了尤小乔，但她今天无心恋战，一双眼睛着迷地看着舞台，仿佛叶西何已经坐在舞台中央，为她一人独奏。

尤小乔三人走到位置上坐下。

表演台上有工作人员将各种乐器一一搬上摆好。

罗晴续轻声对尤小乔说：“小乔，你看见程天真了吗？她那个打扮真是一言难尽。”

程天真的长相并不好看，甚至颜值与她的年龄相反，看上去要偏大一些，所以她穿成这样，如同罗晴续所说的，一言难尽。

不过那都是别人的事，只要程天真不主动招惹她，她才不管程天真穿成什么样，就是不穿衣服都跟她没关系。

罗晴续见金驰和程珊全中间放了一束巨大的五颜六色的绣球花束，眼睛一亮：“好漂亮的绣球花束。”

“漂亮吧，粉丝送的！”程珊全骄傲地说。

他看见坐在尤小乔身边，一直没吭声的汪祁俊，觉得他穿的那一身又高调又好笑，调侃地叫了一声：“小崽子，穿成这样来走秀呢？”他手在鼻子间挥了挥，“喷了多少香水啊？想香死人吗？”

汪祁俊面色立刻黑了下来，他恶狠狠地瞪着程珊全：“你说什么，你想死吗？”

程珊全显然是个不怕事的主，挑衅地说：“不想死，所以拜托你快去把自己洗干净，我都快被你给香臭了！”

汪祁俊噌的一声从椅子上站起来，一副要跟程珊全动手的样子。

尤小乔忙拦住他：“别激动，别激动。”

程珊全不怕死地嚷嚷：“哟，还想动手吗？小崽子，我会打架的时候，你还不知道在哪个地方尿裤子呢！”

汪祁俊咬紧牙关，脸色很狰狞。

如果有透视眼，都能看见汪祁俊脑袋上冒出的火焰了。

“你闭嘴！”尤小乔回头瞪了他一眼，真是不嫌事大。

好在尤小乔和罗晴续联手拖住了汪祁俊，才让他的情绪安稳了下来。

“你少说一句能少块肉啊？”坐下后，尤小乔小声对程珊全说。

“我就随便说说，哪知道这小子这么不经说。我接触了那么多明星，谁都不会把自己喷得这么香。”程珊全舔舔唇，“不过，还挺有趣的。”

“你知道什么，他身上的香味是天生的。”为了避免程珊全再拿汪祁俊的香味说事，尤小乔忙解释清楚，“每个人都有短处，这没什么好说的吧？你瞧你把人家气成什么样？”

“天生身体自带香味？”程珊全扬扬眉，“这就更有趣了。”

“啊？”后知后觉的金驰说，“谁天生身体自带香味啊？那个穿着紫衣服的人吗？”

声音太大，被汪祁俊听到，尤小乔见他脸色又难看了起来，忙低声斥道：“说了别总拿这个说事，你们怎么听不懂！”

“别拿什么说事啊？”金驰一脸茫然。

“说他自带香味！”程珊全斜眼看着气呼呼的汪祁俊，笑道。

“为什么啊？”金驰不解，“天生身体自带香味，多酷啊！”

尤小乔翻了个白眼，她觉得两人难以沟通。

好在这时，演奏厅的人陆续坐满，灯光渐渐暗了下来，预示着交响音乐会即将开始。

大家都没有再说话，尤小乔总算省下不少心。

Part 6

当灯光再一次亮起，舞台上，交响乐队的人已经落座。

观众席上掌声响起，全体起立，尤小乔看去，原来是交响乐指挥官司坦姆斯走了上来。

司坦姆斯走到指挥台上，面对着观众优雅地鞠了一躬。

尤小乔第一次看见以往在电视上才出现的世界级著名的音乐大师，他比电视上看起来更加和蔼可亲，举手投足之间有着外籍男人独特的绅士与优雅。

灯光又暗了下去，司坦姆斯双手缓缓抬起，第一个音符伴随着他的手势悠扬响起。

尤小乔一眼看见了人群中的大提琴手叶西何，他将以往不羁的灰蓝色短发染成了黑色，昏暗的灯光将他洁净的脸庞衬得温和柔美。他穿着和其他人同色的黑色西装，白色的衬衫，脖子间系着白色的蝴蝶结，垂眸看大提琴的表情很专注。

看！对，用这个字形容叶西何此时的状态一点不假。

所有人都跟随着司坦姆斯的指挥在演奏，只有他一个人抱着大提琴，垂眸，很专注地在听，又仿佛在等待着什么。

“小乔，你看见了吗？叶西何把头发染成黑色了，他安静的样子看起来好乖巧啊。”罗晴续小声在尤小乔耳边说。

“嗯。”她轻应了一声，的确看起来很乖巧，他这副模样，实在很难跟平时不正经的他联系在一起。

不知为何，尤小乔脑海里忽然闪过初次在叶家见面，穿着睡袍的叶西何倚在柜子边，睡袍带子松松垮垮地系在他的腰间，露出一大片健硕的性感胸肌，他双手环抱，歪着头问她：“好看吗？”

她脸蓦地烧红一片，为什么看见他穿着这么正经的样子，她的脑海里竟浮想连翩。

尤小乔觉得很羞耻，忙控制大脑不去想那些乱七八糟的东西。

就在这时，舞台上的曲子忽然停了下来，灯光彻底暗了，整个演奏厅漆黑一片，大家疑惑了片刻后，开始怀疑是不是停电了。

这时，悠扬的大提琴声缓缓响起。

灯光渐渐亮了起来，舞台上，所有人都停止了动作，只有那个黑色短发的乖巧少年，弓拉动着弦，流淌出低调优雅的琴声。相比较方才的演奏，多了几分洒脱自由，让人觉得舒服又轻松。

“我记得司坦姆斯的《二重奏》里没有这一段啊？”

身后有人小声疑问。

“你不知道吗？大提琴才子叶西何向来是以自由音乐出名的，他从来不墨守成规，总是不按理出牌。司坦姆斯了解他，所以才单独空出这一段时间让他自由表演的。”

“所以他面前连曲谱都没有。”

“对！现在是他的个人 Show time！”

尤小乔听着速度时快时慢，节奏丰富的曲调，仿佛看见了古老的城堡，纷争之前的平静，动荡之后的安宁。

渐渐地，音调开始转变，钢琴声的前奏响起。叶西何的动作停止了片刻后，重新拉起了弓，低沉的大提琴声配合着钢琴声，没有了方才的欢快，仿佛在动荡之后，那一片战争残留下的孤寂与荒凉，如怨如慕，如泣如诉。

她想起了苏轼的《前赤壁赋》，像一个失去了心爱之人的孤独者悲伤的演奏，引得潜藏在大河之中的蛟龙起舞，动荡之后，独处在孤舟中的妇人悲泣，余音袅袅，不绝如缕。

一曲演奏之后，司坦姆斯的手势再一次举起……

观众席上已有人因为叶西何的那一段曲子悲伤流泪，罗晴续的眼眶也红红的，刚要跟尤小乔说话，就见到什么不得了的事，忙用手肘碰了碰尤小乔，示意她往程天真的方向看。

尤小乔看去，就见程天真脸上全是泪痕，眼泪哗啦啦往下掉，她一边用手擦一边哭着说："太感人了！太感人了！"

尤小乔、罗晴续："……"

三个小时后，司坦姆斯的交响音乐会完美落幕，观众席上的人全部起立，鼓掌的声音不绝于耳。

离席出场的时候，程珊全提议："小老师，我们去后台找叶哥吧！"

尤小乔看了一眼罗晴续和汪祁俊，罗晴续眼里都是暧昧："当然要去了，我们小乔已经迫不及待想见叶少了吧！"

汪祁俊则是尤小乔去哪里，他就跟着去哪里。

五人往后台走去。

后台外面，很多叶西何的粉丝想进去，但都被保安拦在外面。

连程天真和候上述也在其中，程天真正朝着那个保安吼："你知不知道我是谁？我是拳霸武馆的人，拳霸武馆听过吗？就你们这几个人，根本不是我的对手！"

那保安没说话，倒是旁边穿着军人制服的人摸了摸自己腰间的枪。

候上述见了，忙将程天真扯到一边。

程天真还不怕死地嚷嚷："别以为你们有枪就了不起！"

程珊全皱眉："怎么哪里都有这个女人？"

罗晴续问："你认识程天真？"

"这女人一直对叶哥死缠烂打，想不认识都难。"程珊全哼一声，"真是不怕死啊……司坦姆斯是世界级的艺术家，来国内的活动都是国家直接负责的，安全问题由军队保护。就她那三脚猫的功夫，能在军队的人面前嚣张？人家一枪崩了她的头，她家人都无话可说，只能死不瞑目。”

程珊全摇摇头，一脸不屑地从程天真身边路过，径自走到那守着后台的工作人员面前。

工作人员对程珊全很熟悉的样子，直接把他们五人放了进去。

进去之后，还能听见程天真嚷嚷的声音：“凭什么他们能进去？你们开后门了吧？真恶心……”

好在她的声音很快被关在门外。

罗晴续吐了吐舌头：“叶少会喜欢这种女人才怪！”

后台中，方才的表演艺术家们正在收拾东西，尤小乔一眼看见司坦姆斯正在跟叶西何说话。

他立在那儿，肤白腿长，鼻骨挺直，眼眸专注，神态中少了平时的漫不经心，多了几分尊重与认真。

程珊全将手中的绣球花束举起，摘下一支绣球花递给尤小乔：“小老师，给。”

眼神不言而喻，也许大家都不约而同地发现尤小乔对叶西何的特殊感情，都在帮她。

尤小乔接过绣球花，疑惑地问：“干吗？”

“给叶哥送去啊！”程珊全笑嘻嘻地说，“难道你不想做第一个给叶哥送花的人吗？”

尤小乔咬了咬唇瓣，看着不远处的叶西何，手握着那支被花纸包住的绣球花，正鼓起勇气要走过去。

“叶西何，Congratulations！”

这时，一个女声传来，尤小乔看过去，是一个长相漂亮优雅，气质非凡，浑身上下散发着一股子自信的少女。她有着一头海藻般的大长发，褐色的瞳孔，笑起来的时候有一对很甜美的酒窝。

尤小乔觉得很眼熟，但一时间竟想不起来在哪见过她。

少女抱着一束巨大的红玫瑰走到叶西何面前，将花递给他。

叶西何对于少女的出现似乎也很意外，但少女将手中的红玫瑰递给他时，他并没有拒绝。

少女踮起脚，在他唇间印上一吻，眼眸中都是爱意，她说：“西何，我们在一起吧！”

“那是……熊娜娜？那个著名的青年大提琴家熊娜娜？”罗晴续认出了少女。

程珊全和金驰的表情都不太好看，他们看了看熊娜娜，再担忧地看向尤小乔。

尤小乔看着熊娜娜怀中巨大的玫瑰花，再看了看自己手中的单支绣球花，将绣球花还给程珊全，什么都没说，转身离开。

尤小乔离开后，汪祁俊第一时间追了出去。

罗晴续问程珊全二人：“为什么熊娜娜会忽然出现，她跟叶少是什么关系？”

程珊全说：“他们从小一块长大。”后面的事情，支支吾吾不肯说。

罗晴续看向金驰，金驰一向心思单纯，有什么说什么，见她问了，便答：“娜娜和叶哥有约定，只要叶哥和以前一样参加公开的演出或者比赛，他们就在一起。”

“所以叶少有喜欢的人？”

“对。”

“是……熊娜娜？”

“嗯。”

第八章 化悲愤为食欲

Part 1

尤小乔走出后台，看着跟上来的汪祁俊，说：“你一会儿送晴续回去，我想一个人走走。”

“我陪你。”汪祁俊虽然没说明，但态度很坚定。

尤小乔没说什么，任由他跟着自己。

出国家大剧院还有一段距离，尤小乔沉默地走着，偶尔看看各个厅的宣传海报，没走多远便在一处海报下停住。

海报上是一个非常年轻漂亮的少女，黑色的头发盘起，戴着银光闪闪的皇冠，穿着裸色的轻纱礼服裙，露出雪白的双肩和弧度很美的锁骨，一手拿弓，一手按弦，面带一丝微笑，很认真专注的模样。

这个少女，她刚刚还见过，这是明天即将在国家大剧院举行的熊娜娜个人大提琴演奏会的海报。

尤小乔看着那张海报，问汪祁俊：“祁俊，你发现了吗？”

汪祁俊一脸茫然：“什么？”

“她和叶西何身上有一种相似的气息。”

“什么气息？”

尤小乔忽然转身，看着汪祁俊，笑道：“有钱人的气息啊。”

汪祁俊：“……”

“可是跟你又不一样，他们是与生俱来的富贵气质。像我们这些人，跟他们站在一起，就很容易被人看出是不属于同一个世界的两类人。”

汪祁俊还是一脸茫然：“小乔，你在说什么？我听不懂。”

“意思就是，即使祁俊你变成了土豪，我们还可以做朋友，但我们跟叶西何、小珊子、小驰子他们永远也成为不了朋友。工作结束后，我们就各自回到原位吧！”

“为什么成为不了朋友？我看他们挺喜欢你的。”

虽然跟叶西何是情敌，但汪祁俊对叶西何并没有敌意，即使是情敌，他们也应该公平竞争。

面对汪祁俊的疑问，尤小乔只是说：“以后你就会懂得，世界上的人是分三六九等的。”

她摸了摸肚子，笑着问：“饿了吗？我请你吃夜宵吧！”

虽然汪祁俊对尤小乔说的话一头雾水，但看见她笑了，他比什么都开心，那些乱七八糟的事，他根本懒得去思考。

汪祁俊念完高中就不念书了，正是因为不喜欢校园里学生之间复杂的揣摩和钩心斗角，他的心思一直很单纯，没认识尤小乔之前，只知道上网打游戏、出门看电影，连个喜欢的女孩子都没有。

认识尤小乔之后，他才开始去了解女孩子喜欢什么东西，有什么心事之类的事情。

尽管有很多女孩都跟他以各种方式表白过，但汪祁俊只认准尤小乔一个。

面对不死心的女生的各种纠缠，汪祁俊直接将所有联系方式封锁，对外宣布：“我有自己喜欢的小姐姐，做人要专一。”

虽然汪祁俊喜欢尤小乔是公开的事，但汪祁俊从没跟尤小乔表白过，尤小乔虽说是学霸，但在感情方面可谓愚钝至及，至今也没发现汪祁俊喜欢自己。

她一直认为汪祁俊是因为当初她救过他，所以他一直黏着她，对她好。

就像小时候，很多人喜欢跟她做朋友，是因为她身手厉害，只要报上她的大名，其他人都不敢欺负他们。

久而久之，尤小乔已经习惯主动讨好她的各种男生女生，尽管她并没有时间去应付他们，但他们依然对她很好，因为只有这样才不怕被别人欺负。

尤小乔没让汪祁俊开跑车，而是拉着他坐公交车来到北城的某处著名的夜市，夜市附近是数不尽的酒吧，此时是晚上十一点，正是开始热闹的时候。

有些酒吧外面站着几个拉客的，见汪祁俊一身亮眼打扮，热情地上前邀请他去他们的酒吧。

汪祁俊没来过这些地方，见有人热情地邀请，以为是尤小乔的朋友，便要进去，却被尤小乔拉着往前走。

汪祁俊问："那些人不是你朋友吗？"

"当然不是。"

"不是你朋友，为什么对我们这么热情？"

"他们对待宰的羔羊都很热情。"

"……"

汪祁俊跟着她走到了酒吧的后街，街道两边都摆满了摊位，有卖女孩的首饰、包包、玩偶衣服，也有各种小玩意之类的东西。

尤小乔对这些都不感兴趣，汪祁俊却一脸新鲜，指着玩偶摊位上的一只巨大的黑色大猩猩问："小乔，这个好可爱啊，我给你买一个吧？"

尤小乔看了一眼跟她个头差不多，通体乌漆墨黑的大猩猩，翻了个白眼："我不要。"

汪祁俊"噢"了一声，觉得那只大猩猩好可爱，不明白为什么小乔一脸嫌弃。

穿过夜市时，有很多女生在挑选东西，路过时偶尔能听见女生惊叹的声音："快看，有帅哥！"

"好帅啊！"

汪祁俊面无表情，一副"我心里有主，少打我主意"的样子。

走过这条街后，就是各种小吃、烧烤摊，尤小乔问："想吃什么？"

汪祁俊说："你吃什么我就吃什么，我在吃方面很随意的。"

尤小乔点点头："是的是的，小猪都挺随意的。"

夜市人非常多，汪祁俊眼看着尤小乔差点被一个横冲直撞的路人撞到，忙将她扯了过来，却没料到一把将她扯进了怀中。汪祁俊愣了一下，从未跟女孩子有如此亲密接触的他，脸倏地红成一片。

尤小乔没发现异样，正常朝前走。

汪祁俊握紧手心，紧张得出了冷汗，他看着尤小乔眼睛一直搜寻着哪家店看上去最好吃，一边跟他说话，只觉得现在这样的感觉真好。自他认识尤小乔以来，两人还没有像今天晚上这样单独相处过。

此刻的尤小乔给他的感觉不再是一个功夫了得，即使靠近她都觉得有距离的女孩。现在的她和邻家女孩没什么两样，可能在这种人多杂乱的情况下，他高大的体型更能保护娇小的她，不像以前一样，他需要她的保护了。

汪祁俊在心里偷偷乐。

尤小乔找到一家看起来还不错的烧烤店，此时很多人还在酒吧里，不是吃夜宵的时间，尤小乔看着店名"北城夫妻烧烤店"说道："就这家吧！"

对于尤小乔的选择，汪祁俊举双手支持。

两人走进店里，有四五桌客人，店面不大，却比旁边店面比这大两倍的店生意还要好。

北城夫妻烧烤店，顾名思义，是一对夫妻开的店。

老板见两人进来，一边摆弄着烧烤，一边指着店门口摊子上摆放的食物说："想吃什么，客人随意！"

他看了一眼汪祁俊，笑道："哟，小哥长得好帅啊！"

汪祁俊心情很好，勾勾唇："谢谢老板，一路上那些姑娘也是这样说的。"

尤小乔看着琳琅满目的吃的，对汪祁俊说："想吃什么，随便点！今天我请客。"

汪祁俊很少吃这些路边的烧烤，见尤小乔这么感兴趣，便指了几个蔬菜串。

尤小乔摇摇头："你不是肉食动物吗，怎么光点蔬菜？"

说完，朝老板问："老板，你们这有什么主打菜吗？"

"有有有，鸡翅、茄子、生蚝，都是我们这里必点的！"

"那就鸡翅、生蚝各来四个，烤茄子来两份！"

"好嘞！"

尤小乔目光又在小摊上搜寻，指着几个肉串，对老板说："老板，这几个来一份，还有这个，这个……"

"好嘞！"老板将她点的东西一一放进一个篮筐里。

汪祁俊看她点了好大一堆，问："这些我们吃得完吗？"

"当然了，我可是大胃王！"

点完之后，尤小乔和汪祁俊在店里找了个位置坐下。

店面虽然不大，但很干净。

刚坐下，汪祁俊的电话响了起来，他看了一眼，没接。

尤小乔拿了筷子摆在他面前，问："怎么不接？"

见汪祁俊面色古怪，又接着问："晴续打来的？"

汪祁俊诚实地点了点头。

尤小乔把玩着手中的筷子，玩笑道："可以啊……你跟她现在的关系比跟我还好了。"

汪祁俊以为她认为自己把她最好的朋友给抢了，忙说："不是不是，我跟晴续只是普通朋友……"

"可是晴续对你可不是普通朋友的态度啊！"尤小乔眨眨眼，"晴续喜欢你。"

汪祁俊郁闷，心想，那我喜欢的人是你，你怎么一点都感觉不到？

"一开始我以为晴续只是对你犯花痴，后来那天在会议室，见她为你奋不顾身地出头，才发现，这小妞是陷进去了，一心都扑在你身上。"尤小乔敢这样笃定，是因为罗晴续从没隐瞒过对汪祁俊的喜欢，她非但没隐瞒，还想告诉全世界，她喜欢的人是汪祁俊，其他人休想打主意。

"我知道。"汪祁俊闷闷地说。

"你知道啊？那你喜欢她吗？"

"当然不喜欢了。"汪祁俊飞快地说。

"噢。"尤小乔露出失望的表情，"晴续知道该伤心了。"

汪祁俊不想在这个话题上转悠，明明今天是他和小乔的单独相处时间，为什么要以别的女人为谈话中心？

Part 2

这时，刚刚点的烧烤上来了一大部分，尤小乔的注意力立刻被转移：“卖相看上去很好啊！”

她迫不及待地用筷子夹了一块茄子，入口只觉香甜的茄味和蒜香在口中弥散开，她竖起大拇指，对老板说：“好吃！”

“好吃就慢慢吃！”老板笑呵呵地回去继续忙碌，

尤小乔见汪祁俊也学着她的样子夹了一点茄子吃，问：“味道不错吧？”

汪祁俊点点头。

尤小乔埋头吃着，汪祁俊口头上说着好吃，却没吃多少，基本都在把尤小乔喜欢吃的放在她面前。

最后一道上的是油焖虾，汪祁俊戴着透明一次性手套剥好了一个虾放进尤小乔碗里。

尤小乔说：“你自己吃啊，虾要自己剥才好吃！”

“哦，好吧。”

在尤小乔化悲愤为食欲时，国贸 CBD 区一家五星级酒店的露天天台正举办着一场私人派对。

熊娜娜指着那一群人对叶西何说：“西何，这是我专门为你准备的庆功宴。”

派对上有很多著名的创作家、艺术家，还有当红一线的男女演员，甚至知名导演。

罗晴续看到自己喜欢的某位男明星时，激动地叫了起来：“是凡凡！那个是凡凡啊！天啊，我居然见到他本人了，他本人比电视上还帅还高！”

程珊全和金驰早已经习惯了这种场面，叶西何没有什么眼神波动，他不喜欢参加这样虚有其表的娱乐节目。

所有人都知道熊娜娜喜欢。

熊娜娜和叶西何虽然从小一起长大，但两人的性格却完全不一样。

叶西何虽然交往过无数女朋友，但都是别人主动招惹他的，他不喜欢热闹，觉得嘈杂。

更多时候，他喜欢跟程珊全和金驰几个人坐在水吧玩玩游戏，听听音乐。

熊娜娜则喜欢热闹，喜欢被人圈在中心，喜欢随时随地万众瞩目的感觉。

坐在派对中，程珊全看着许久未见的熊娜娜，问金驰："你觉得咱叶哥接受了熊娜娜的和好没？"

"接受了吧，叶哥那么喜欢娜娜，肯定原谅了她。"

程珊全摇摇头："我看不见得，和好是一回事，在一起当男女朋友又是一回事。虽然我们跟娜娜也是朋友，但我始终觉得娜娜心太高，踩高捧低太明显。当初因为叶哥堕落而离开他，现在叶哥在小老师的帮助下重新站了起来，她立刻就出现了。这算什么？我觉得以叶哥的傲性，才不会那么容易妥协。"

"叶哥在娜娜面前从来都不傲啊……"金驰一边拿着西餐桌上的吃的，一边说，"他都把娜娜当小公主宠着。"

虽然金驰只知道吃，但程珊全觉得他这话说得客观，一点问题都没有，他表示对叶西何未来的感情状况感到担忧。

站在他们身边的罗晴续一边假装吃东西，一边竖起耳朵认真听程珊全和金驰的对话。看来这个熊娜娜在叶西何心里的位置挺重要，她得多了解一些情报，回去好给小乔汇报。

程珊全眼见罗晴续状似在吃东西，心思却不在吃上，笑说："怎么，想打听点事，回去跟小老师汇报？"

罗晴续心想这人是她肚子里的蛔虫吗？她想什么他都知道。

像是要证明这一点，程珊全拿起一杯红酒抿了抿："你心里在想什么全写在脸上了，就像你看见凡凡一脸激动一样，只是看见凡凡你喊出来了，想偷听我们说话你没喊出声而已，但状态都一样。"

罗晴续摸了摸脸，她的表情有那么明显吗？

"你想知道什么就直接问吧，反正目前为止我是站在小老师那边的。"程珊全问金驰，"你呢？"

金驰一边把慕斯蛋糕往嘴里送，一边说："珊珊站哪边我就站哪边。"

金驰对这种男欢女爱的事情着实提不起兴趣，如果说尤小乔在感情方面开发缓慢，那金驰就是完全没开发出来，目前他感兴趣的事除了打游戏就是吃。

从这一方面而言，除了外表差距大，他更像是没有遇见尤小乔之前的汪祁俊，脑子里简简单单，对其他复杂的事根本不感兴趣。

但汪祁俊徒有外表，是个扎扎实实的富二代，头脑简单，什么也不会，钱都是家里给的。

金驰的父亲虽也是个暴发户，但金驰所有的钱都是靠自己打比赛赢来的。

罗晴续问："真的可以什么都问？"

程珊全举了举酒杯："我说过的话什么时候变过？"

罗晴续想了想："熊娜娜是叶少的初恋吗？"

"嗯。"

"当初是熊娜娜先提分手的？"

程珊全眯了眯眼："小姑娘真敢问。"

"是不是呀？"

"是。"

罗晴续"哦"了一声："那就难怪了，又是初恋，又是青梅竹马，最后叶少居然还是被甩的那个。这样叶少此后流连野花丛，却对熊娜娜念念不忘就理所当然了。"

程珊全："……"

他不想说，他心里也是这样想的。

也许因为是第一个喜欢上的人，才生生摁成了心头的朱砂痣，守成了心上的白月光。

一生中总有一个人是你的致命伤，程珊全一直觉得，熊娜娜就是叶哥从没提及却一直存在的致命伤。

Part 3

派对很热闹，主持人宣布现在是Dance time，有中意的舞伴，可以当场邀请。

有穿着礼服的男士想要邀请熊娜娜共舞，被熊娜娜拒绝了。

她看向一直话不多的叶西何，问："你不想请我跳支舞吗？"

再次见面，叶西何并不如她想象中热情，甚至有些冷漠和心不在焉。

听见她的话，叶西何扬扬眉，伸手，做了一个邀请的姿势。

熊娜娜很自然地一手搭在他的手心，一手搭在他的肩膀上，两人慢慢滑入了舞池。

舞池旁边的人见熊娜娜已名花有主，觉得很失望，纷纷物色其他舞伴。

一直跟罗晴续聊天的程珊全早已是其他女人眼中炙手可热的小鲜肉，不少漂亮的女人主动邀请他共舞，却被他礼貌又客气地拒绝了。

罗晴续不由得问："你怎么不答应？"

"不是我的菜。"程珊全伸出一只手做了个喇叭的造型，小声说，"对脸上动过刀子的女人不感兴趣。"

罗晴续嘴巴张成"O"形："全是动过刀子的女人吗？"

"除了娜娜和你，基本上都是。"

罗晴续觉得不可思议，指着舞池中的某当红女星："米子也是吗？"

"当然，你没看见她现在演的电视剧脸都快垮了吗？"

米子的确经常被网友这么评价，但罗晴续每次看她演的电视剧，都觉得和以前没太大区别，除了眼神成熟了一点，脸比以前小了点。

"后期磨皮，就算你脸上长满麻子、褶子，也能给你修成天仙。你没听过吗？韩国的整容技术，都不如中国的美图秀秀。"

罗晴续给了他几个"666"，叹了一声："小乔和祁俊不知道去哪了，祁俊也不接电话。"

"你怎么不给小老师打电话？"

"他们两个在一起，我给祁俊打不是一样的吗？"

"当然不一样了！你是真不知道还是假不知道？你是小老师的闺密，你通过小老师才认识的小汪，这个名字我没叫错吧？"

罗晴续点头。

"你再怎么样也得先联系小老师，怎么能跨过小老师直接跟小汪联系？这样喧宾夺主，你是想证明你跟小汪的关系比小老师跟他的关系更好，还是想告诉小老师，你跟小汪之间的关系不寻常？”

罗晴续憋红着一张脸：“你、你瞎说什么！”

程珊全见她一副被说中心思的模样，摇摇头：“唉，果然女人之间的友情太廉价了，一个男人的介入就能轻易打破，真是‘塑料姐妹’啊！”

罗晴续凶狠地瞪着他：“你别瞎说！我跟小乔好着呢！”

程珊全耸耸肩膀：“自欺欺人。”

罗晴续气呼呼地扭过头，一副再也不想跟程珊全说话的模样。

舞池中的音乐继续，叶西何跳了一会没了耐心，将熊娜娜带到了舞池旁边，松开她的手。

熊娜娜跟着他一路离开舞池，走到僻静的地方，她喊他：“西何，你今晚怎么了？我可以把你的异常表现归结为我的突然出现在你的意料之外，所以你今晚才表现得这么心不在焉吗？”

叶西何回头，浓密的黑色短发稍长，略微遮住他的眉眼，白净的脸上，清透冷冽。

他靠在石柱上，面上无半点情绪，整个人显得慵懒又冷漠，他懒洋洋地问：“这么久没见，你怎么还是一副世界都要以你为中心的样子？”

熊娜娜一愣，似没想到会从他口中说出这样的话，漂亮的脸蛋上满是不可思议：“西何，你……”

叶西何一双眼睛润泽明亮，神态却漫不经心。

“你以前不是这样的……”熊娜娜的语气很失落，又无可奈何，“是因为还在生我的气吗？”

叶西何挑眉笑笑：“你想多了。”

“我没想多。”熊娜娜说，“既然你已经接受了我的玫瑰花，证明你答应和我重归于好，为什么要表现得这么冷漠？”

“收你的花是因为你带花来是祝我演出顺利，出于礼貌，我收下你的花。”

“可是在现场你并没有拒绝我的和好提议。”

“但我也没答应，那么多人，总得给你点面子不是？”叶西何的话无可挑剔，“还是你希望我当着所有人的面拒绝你？”

熊娜娜咬牙，漂亮的脸蛋因为生气看起来有些狰狞：“所以你并没有打算跟我和好？”

“没有人会一直在原地等你，至少我不会。”叶西何凝视着她，神情满是嘲讽。

熊娜娜一怔，想起分手那年，是他最低谷的时期。

她从小要强，身边所接触的人都是强大的人，她不想看见身边任何一个人被生活打败，变成无用的人。

对，自叶西何开始变得纨绔，放弃学业的那一刻，在熊娜娜的眼底，他就是无用的人。甚至在今晚的演出之前，叶西何在她心底的定位都没有改变。

分手，是她主动提出的，她说：“我不希望我的男朋友，我未来的老公，是个这么没用的人，这样，我会被人笑话的。”

她说话伤人，从不考虑别人的感受，她是被他宠出来的，向来如此。

她说：“等有一天，你重新回到舞台上，我回来找你。但西何，没有人会一直在原地等你，生活不是言情小说，至少我不会。我回来找你是有时间期限的，期限是我遇到下一个如你一般优秀的人。”

这是她曾经对他说过的话，此刻，他嘲讽地重复给她听。

Part 4

走廊上，两人都没再说话。

除了清凉的风声，月亮静静挂在夜空看着他们。

叶西何觉得这样待着挺无聊，他站直身子：“没其他事，不要跟着我了。”

他转身往酒店电梯走去。

“西何，你放不下我的。”

熊娜娜笃定的声音在后面响起。

她一直很自信，这种自信不是自恋，她本身是一个特别优秀的女人，长相可女神可甜美，被誉为中国的大提琴女神，身边的追求者无数。

只是，目前除了叶西何之外，她没有找到那个能与她的优秀匹配的男人。

当初叶西何有多爱她多宠她，谁都能看出来，熊娜娜更加感受深切，所以她能如此笃定，那么深爱过她的一个人，怎么可能轻易放下？

可她忽略了自己笃定的声音中有多急迫，仿佛再慢一秒说出口，他就会走掉，她再也找不回他。

叶西何停顿脚步，他没有回头，修长挺拔的背影对着她，清淡的声音不急不缓地回答她：“娜娜，再深再重的爱也比不过时间。我现在放不下你，但我也知道，总有一天我会彻底放下。”

一年，两年，三年……多少年，都比不过时间的刻度。

青梅竹马两小无猜又如何，终究抵不过时间的蹉跎。

大多爱情都是，短暂交集，各奔东西。

从她转身离开的那一刻，他们终将错过。

夜宵摊上的客人越来越多。

尤小乔和汪祁俊庆幸他们来得早，否则现在就算有钱也没位置了。

没想到她因为看得顺眼进的一家店，居然是整个夜宵摊里人气最旺的一家。

就在尤小乔和汪祁俊吃得欢快的时候，一股子气势汹汹的空气涌了进来，连尤小乔都感觉到了这种压力。抬头一看，见程天真和候上述已经走到他们的位置，站定。

尤小乔见他们站在自己座位前也不说话，就那样直愣愣地盯着，正想着这两人是不是又吃饱了没事过来找碴，就听见候上述的声音：“这里没位置了，你们快点吃！”

尤小乔：“……”

汪祁俊知道这两个人一直对尤小乔不友好，全身都警戒了起来：“不用你们说，我们也知道这里没位置了，眼睛能看见！”

程天真还是听交响乐时公主模样的打扮，在这种小店里显得格格不入，吸引了不少人的视线。但她丝毫不在意，眼神紧紧盯着尤小乔手中的肉串，恨不得替尤小乔将手中的肉串给吃了：“你们这里还能坐两个人，我们拼个桌吧！”

程天真明显已经等不及他们吃完把位置让出来了。

于是，夜宵店出现了历史上最惊人的一幕，武术界死对头的拳霸武馆和图腾武馆的人居然坐在同一张桌子上和谐地一起吃饭。

程天真陆陆续续点了一桌子的吃的，远比尤小乔点的多得多。

烧烤一上来，程天真迫不及待地开动了，也许在吃上面永远不分敌友，她一边吃一边吆喝着尤小乔他们："吃啊，别客气！"

候上述虽然对这些吃的也眼冒红光，但比程天真更沉得住气，他说："师父管得严，我们每周只有一天能偷溜出来吃夜宵，这家夜宵店是天真最喜欢的一家。"

说到"天真"二字时，候上述的眼神和语气中都是宠溺。

尤小乔觉得"吃"真的很神奇，能让宿怨已久的两个武馆如此平静地坐在一起。

"谢谢，不过我们已经吃饱了，你们慢慢享用吧！"

尤小乔正要喊老板结账，候上述说："慢着，我们还有点事要问你。"

尤小乔"哦"了一声，心里已经猜到是什么事。

候上述示意程天真说，但程天真一心扑在吃的上，做了个手势让他们等一等。

于是尤小乔和汪祁俊看着穿着公主裙，带着银色镶钻皇冠的她将一大份的烤鱿鱼都吃完了后，才一边擦嘴一边说："我们在后台看见熊娜娜了，在你们进去之后，她也跟着进去了，她是去找叶哥的吧？"

尤小乔点头。

程天真冷哼一声："我就知道，这个贱女人！"

尤小乔终于知道程天真为什么忽然对她没有恶意了，原来是因为熊娜娜的出现，她把所有的脾气都转移到熊娜娜身上了，虽然程天真说出的话依然那么难听。

看来程天真对熊娜娜的了解足够深刻。

"当初叶哥人生跌落谷底的时候，她甩手就走。现在叶哥重新站起来，她立刻就出现，简直太不要脸了！"

候上述怕程天真火气上脑，倒了一杯冰镇绿豆汤放在她面前示意她喝。

程天真不客气地拿起冰镇绿豆汤喝了一口，心满意足地说："像这样的女人，即使在事业上蒸蒸日上又怎样，人品太差，令人羞耻。"

尤小乔听完程天真的抱怨，问："你想要跟我说的就这些？"

程天真问："难道你不觉得我们应该联手将熊娜娜这种女人从叶哥身边赶走吗？"

尤小乔诚实地摇头："不觉得。"

程天真翻了个白眼："你是叶哥的老师，你不是应该教会他正确面对一个渣女的方式是不理她、排挤她、赶走她吗？"

尤小乔也翻了个白眼："我只是英语补课老师，不是思想道德教育老师。"

"不管你是教什么的，老师就应该什么都教才对，不然怎么叫老师！"

尤小乔连白眼都懒得翻了。

程天真换了个思路："你是最贴近叶哥身边的一个女人，我之前一直以为你跟叶哥是不纯洁的男女关系。你跟叶哥真的没有不纯洁的男女关系吗？"

"……"尤小乔无语了片刻，"虽然我跟叶西何没关系，但怎么男女朋友关系在你口中就变成不纯洁的男女关系？"

"这有什么好奇怪的，只有我跟叶哥在一起才算得上是男女朋友关系。"

尤小乔："……"

"不过你在叶哥身边待了那么久，叶哥魅力那么大，你对叶哥一点没动心？"程天真说这话的时候正拿着一根烤鸡翅在啃，看起来只是随口问的。

尤小乔的心狠狠起伏了一下，她面上波澜不惊，却也没回答程天真这个问题。

程天真吃得尽兴，没在意她回没回答。

跟程天真接触多了，才发现她是个思想特别简单的人，跟汪祁俊和金驰是同一类。但她从小被武馆那些师兄师姐们宠到大，想欺负谁就欺负谁，从来不怕，所以养成了骄横跋扈，蛮不讲理，还喜欢讲脏话的性格，这点确实不讨喜。

除了这一点之外，如果不跟她敌对，尤其是成为情敌的话……还是能好好相处的。

即便这样，尤小乔也觉得她跟程天真实在没有共同话题。

她好几次想离开，都被程天真阻止了："走那么快干吗，我还没跟你聊完。”

尤小乔心想，我实在没什么想跟您老聊的。

程天真的思维跳跃得十分快，一会儿聊天重心在熊娜娜身上，一会儿又跳到徐蓉蓉身上，或者是叶西何曾交往过的那些前女友身上，唯一的共性是所有的话题都围绕叶西何转。

“除了熊娜娜能勉强接受之外，徐蓉蓉那些人根本配不上叶哥，活该被甩。不过……我之前一直以为你是熊娜娜回来之前，叶哥最后一任女朋友。”

“……”尤小乔不明白为什么她说着说着能把注意力又转移到自己身上。

“你以为叶西何是国宝，谁都喜欢？”一直没吭声的汪祁俊受不了，呛了一句。

程天真好像这才发现这里还有除了尤小乔、候上述之外的另一个人。

“是你啊。”程天真说，“我知道你，你是尤小乔县城里的那个首富的儿子。你有喜欢的人了，当然看不到别人的好了。”

尤小乔问：“你怎么知道他的？”

“我调查过他。”能把调查别人隐私说得这么理所当然的也只有程天真了，“就算我不调查他，我也认识他弟弟，汪祁夏对吧？他跟我们武馆里一个师妹是同学，也是恋人关系，经常因为师妹买一大堆东西讨好我们。”

汪祁俊嘴巴抽了抽：“没出息！”

“相爱的人就应该在一起，虽然我们跟图腾武馆不合，但不会因为这个阻止他们交往。”

四人聊到程天真把桌上的东西都吃完了，程天真才肯放尤小乔离开。临走时，程天真说：“你既然能在叶哥身边，可要监督好熊娜娜，别让那个贱女人有机可乘！”

最后尤小乔想付自己那一份夜宵的钱，被候上述捷足先登了。

好像帮他们买了单，尤小乔就会帮程天真监督好熊娜娜似的。

Part 5

晚上，尤小乔和汪祁俊两人去了国家大剧院把汪祁俊的车取了回来，之后再送尤小乔回武馆，汪祁俊才开着车回家了。

回到武馆时，大家都睡着了。

尤小乔睡不着，一个人去练功房一边练功一边消化今晚的夜宵。

平时为了保持身体素质，晚上吃夜宵这种事，已经离她很远了。

尤小乔在练功房一练就是一小时，一小时后她大汗淋漓地走回了房间，洗了一个热水澡后，躺在床上。

她看了看时间，已经半夜一点了。

按理说，她的身体已经非常疲惫了，可躺在床上怎么也睡不着。

这已经是最近以来的第二次失眠了。

也许失眠对普通人而言是很正常的一件事，可尤小乔从小到大虽不说没心没肺，但从没失过眠，更没有为了一个人而失眠。

连尤淼出事的那段时间，她里里外外忙前忙后，可一倒在床上就睡着了。第二天醒来继续忙，处理各种事，根本没时间想杂七杂八的事。

她现在也一样，每天除了白天当叶西何的保镖和补课老师之外，要时刻找间隙补上自己的功课。早上四点起床练功，晚上回武馆也要练上最少三小时，根本没有时间想其他事情。

今天除外。

尤小乔扶额，这种感觉真不好啊，心里好像被什么堵着一般。她极力不让自己去想，可脑袋只要一空下来，就会自动浮现叶西何和熊娜娜在一起的身影，想他们此刻在做什么。叶西何跟熊娜娜和好之后，她做家教、保镖什么的会不会很不方便。

“不会连约会都要我在一旁看着吧……”尤小乔翻了个身，将脸埋在被子里，“光是想想，这里都好难受……”

她捂着心脏的位置，郁闷地在床上滚来滚去。

不知过了多长时间，她滚累了，不知不觉睡着了。

梦里，叶西何又出现了。

她梦见自己变成了一只蚊子在叶家飞来飞去，叶西何跟熊娜娜甜蜜蜜在客厅里腻歪，一会儿一起做早餐，一会儿腻在沙发上看电视，一会儿亲亲抱抱举高高。她气不过，飞过去，在叶西何手臂上猛地扎进去，恶狠狠地吸饱了血。

结果，“啪”的一声，熊娜娜一只手飞速拍在她身体上，将她拍了个稀巴烂。

尤小乔被吓醒了，睁开眼，窗外天还没大亮，看了眼时间，才三点半。

她躺回床上，做的梦让她十分纠结，她想再睡一会儿，却怎么也睡不着，叶西何和熊娜娜腻歪的影像一直在她脑海里挥之不去，令她胸闷极了。

她干脆起床，洗漱完后，推门而出。

初秋的早晨空气十分清新，天色微亮，她从后院跑出去，开始了今天的晨跑。

大约一小时后回到了练功房继续练功，四点半时，徐晓磊和望风也来了。

毕竟马上要比赛，两人练功也比之前勤奋了许多，连一向喜欢偷懒的卯卯也在他们来不久后，睡眼惺忪走了过来。

其他弟子调侃他：“卯卯师兄，你不是能休息的时间绝对不起床吗？怎么最近起得这么早，你也不参加比赛啊。”

卯卯说：“就算不参加比赛，也要为大师兄二师兄还有小乔加油啊，虽然其他忙帮不上，但每天跟他们一起锻炼，培养气势和信心还是能做到的。”

“也是哦，这可是我们小乔师姐第一次参加比赛，一定要好好支持。”有师妹道，“小乔师姐这么厉害，一定能拿到女子组第一！”

“话是这样说没错，但刚加入拳霸武馆的邓木兰也不能小看，她的实力很强。”望风说。

“不错。”徐晓磊补充，“他们刚进拳霸武馆，一定会受到其他人的排挤，尤其是候上述那帮人，一定对他们兄妹不服。他们要让别人对他们信服，必须要有成绩。武林大赛是他们立威的最佳选择，他们一定会尽全力争夺冠军。”

两人说完，其余人都没说话，所有人都知道他们三人即将面临的对手有多强大。

尤其是尤小乔。

虽然大家都没有明说，但邓木兰的大哥邓兰陵将尤淼打成重伤这件事摆在面前，尤小乔去参加比赛，必定要与邓木兰较量，难道她一点都不想替自己哥哥报仇？

徐晓磊似感觉到他与望风的话带给尤小乔太多压力，正要说什么。

这时，一道声音响起："虽然邓氏两兄妹厉害，但也不要说得这么神乎其神嘛！我们小乔实力也不比他们差。"

竟然是胥袅，和走在他身边的尤向北。

胥袅走到沉默的尤小乔身边，拍拍她的肩膀："尽力就行，别太有压力，至少在图腾武馆，你不需要用一场比赛立威。"

胥袅的话让尤小乔笑了出来，她说："师父，我心里有数，不会有太大压力。"

"这就好。"胥袅对众人说，"从今天开始，每天早上四点半，我和你们的尤叔会对小磊，望风和小乔三人做出特殊训练，以面对两周之后的第一场正式比赛。"

众人都露出惊讶的表情。

胥袅说："不必太惊讶，这些早晚会传给每一个在图腾武馆的弟子们。只是武术也因人而异，有的人到达了某个阶段，才能学会，有的人天赋异禀，一学就会。不过说到这，我对小乔你自创的拳法比较感兴趣，今天就当着众弟子的面，展示一下吧？"

胥袅虽然是图腾武馆所有弟子的师父，却没有其他武馆师父那么严厉，不近人情，甚至图腾武馆的弟子们惧怕尤向北都比胥袅要多得多。

"小乔姐还有自创的拳法？"有稍晚起床的弟子诧异道。

"当然了，你没看过吧？"其他见过的弟子扬扬得意，又颇为羡慕地说，"可厉害了，我见过，能把拳霸武馆的程天真打得爬都爬不起来！"

尤小乔想到昨晚她还跟程天真在一桌吃夜宵，微窘。

说起来，她的武术招式没有固定的招式，除了熟练尤向北创始的尤氏拳法之外，很多招式都是她自由发挥的，比如当初拳霸武馆来闹事的那一出。事后，很多在场的弟子都问过她，那是什么拳法和脚法，是不是传说中的"尤氏拳法"。

尤小乔笑着说："那是我自己瞎创的。"

那时候尤小乔来武馆时间不算长，但大家都开始知道，尤小乔不但会很厉害的"尤氏拳法"，还会自创拳脚法，十分厉害。

“师父，那些都是我瞎打的。”尤小乔不好意思地说，“还是不看了吧……”

毕竟尤向北一直对她瞎打乱踢的拳脚法非常反感，觉得她是不务正业。

就像古代那些名门正派特看不起的邪魔外道一样。

Part 6

胥臬眼尖地看出她的犹豫，鼓励她：“不用在意其他人怎么想，我觉得你挺厉害的，如果能够发挥好，在赛场上很有作用。大家都耳熟能详的招式，对手肯定都调查清楚了，会根据这些招式制定出扼制的方式，无论做什么事，只有出奇才能制胜。”

尤小乔见他这样说，加上尤向北从始至终都没像以前那样反对，心也放下了，答应了胥臬的要求：“不过这些招式我都是根据对手随机出招的，需要有一个人做我的对手。”

“我来。”徐晓磊自告奋勇。

“好，那就小磊上场，点到为止。”

众人都退开，留给徐晓磊和尤小乔练习的空间。

徐晓磊的实力大家都了解。

尤小乔的实力，尽管其他人都知道很强，但强到什么程度，恐怕除了尤向北之外，没人知道。

拿上次拳霸武馆的人来闹事来讲，徐晓磊绝对不是候上述的对手，但他的实力在程天真之上。

毕竟程天真是女孩，没有人会拿个子一米八五，全身肌肉膨胀结实的徐晓磊跟只有一米六出头的程天真去对比。

尤小乔的实力显然在程天真之上，她轻松接下了程天真的招式，没费多少劲就将对方打得嘤嘤哭泣。

那么尤小乔和徐晓磊的实力差距有多大？

众人都期待地看着这一场史无前例的较量，连胥臬和尤向北都站在一旁，抱着双手静静地观察。

徐晓磊和尤小乔先互相抱拳行礼，然后摆好架势。

徐晓磊毕竟是大师兄，理应让尤小乔先出手，尤小乔也没客气，立刻对他展开了攻击。

尤小乔的几个动作，徐晓磊都轻松躲了过去。

尤小乔一边攻击一边说："大师兄，你一直这样让着我，我无法发挥出真实的实力。"

徐晓磊皱了皱眉，他的块头和力气比尤小乔大出两倍，实在无法对身材娇小的她下手。

胥袅的声音响起："小磊，出招！"

师父发令，徐晓磊不敢怠慢，一掌朝尤小乔劈来，尤小乔脑袋微侧，躲过了。

"小磊，用全力，把她当成是你在赛场上的对手！"尤向北严厉的声音传来。

徐晓磊仅仅迟疑片刻后，身形一转，他不止防守，进攻时也用了全力。

接下来，大家都看到，无论徐晓磊用任何方式进行攻击，尤小乔都轻易躲过了。她像一只灵活的小猫，躲避速度十分快，让人只觉眼前人影重重。时间长了，眼神累了，她出其不意，一拳击中徐晓磊的腹部。虽然力气不大，但这一轮，尤小乔胜出。

练功房鸦雀无声，落针可闻。

"啪啪啪。"胥袅的掌声率先打破了这份尴尬的宁静，所有人都对尤小乔打赢徐晓磊表示万分诧异，只有胥袅神情自如，仿佛早猜到了这场比试的结果。

他一边鼓掌一边朝尤向北使了个"我就说小乔能赢"的表情。

"好了，今天的晨练就到此为止，时间不早了，大家去吃早餐吧！"

以往一听到可以吃饭，弟子们立刻都迫不及待涌出练功房抢饭吃，可今天却没有一个人离开。大家都站在徐晓磊身边，想安慰他，却不知道该说什么，生怕自己说出来的话打击到他。

胥袅看了，呵呵一笑："你们这是做什么？"

众人没说话，表情很纠结。

胥袅依旧笑，他走过去，问徐晓磊："小磊，你觉得打不过小乔，丢脸吗？”

徐晓磊摇摇头：“不丢脸！天外有天，人外有人，这世上比我厉害的人多着，有什么好丢脸的。我只是诧异，虽然之前就知道小乔的实力很强，但没想到她这么厉害。”

胥裊笑着说：“这就对了，没什么丢脸的，小乔的天赋和实力都在我们武馆所有弟子之上。”

其他弟子听他这样一说，都震惊了。

望风忍不住问：“师父，您早知道小乔实力这么强吗？”

“当然了，不然你以为我为什么之前对小乔这么放纵，别人练功的时间，她用来做兼职？小乔是与生俱来的武术天才，她自创功夫，我想，是在她当初做打手时，面对过不同敌人所激发的。”胥裊说完，问尤向北，“对吗？老尤？”

尤向北“嗯”了一声：“那时候她面对的人，有出自各个武馆，招数正常的弟子，也有没有招数的胡缠烂打，我发现她开始会自创功夫，的确是从那段时间开始的。”

众人才猛然发现，原来兼职做打手也能培养自己的功夫。

胥裊瞟了眼那些听完后、蠢蠢欲动想要去当打手的弟子们，轻咳了一声，严肃地警告：“不是每个人都有这方面的潜质，你们还是安心在武馆练功夫，别想走一些歪门邪道的路。”

尤小乔觉得窘迫，看来在师父眼里，她这招也是歪门邪道……

胥裊拍拍手：“好了，赶紧吃饭去，七点半该上课的去上课，该练功的练功！”

眼见大师兄没事，众人一哄而散。

胥裊和尤向北也离开了。

卯卯对尤小乔竖起大拇指：“小乔好厉害啊！”

望风说：“我之前就说过，小乔的实力很强，甚至超越武馆的任何一个人，你们都没一个人放在心上。”

望风是武馆的狗仔，所有最新的消息他都有第一手内幕。

不过也有好几次出错的情况，所有武馆其他人对他的消息都是半信半疑。

徐晓磊点头："小乔的实力的确在我之上。"

倒是尤小乔不好意思地说："你们就别夸我了，我会骄傲的，去吃饭吧！"

尤小乔对自己的实力没有测验过，她只知道从小到大，她没有遇到过任何一个对手。面对敌人，她总有一套自己的功夫去化解，成功脱险。

这也养成了她长大后天不怕地不怕的性格，但她从来都戒骄戒躁，实力强不代表她需要别人的赞捧，她觉得大家都像往常那样相处，把她当成是图腾武馆的一分子就很好。

第九章
小老师吃醋了

Part 1

在武馆吃完早餐后，尤小乔准时到了叶家门口。

为了下周的比赛，她需要跟叶西何请一周的假训练，这样或许跟合同上规定的不符，但没办法，如果叶西何不同意的话，她会选择解除劳务合同。

想到昨天的梦，她胸闷的感觉又溢出。

深呼吸一口气，她按下了大门门铃。

门很快自动打开，如今她已经可以在这里出入自由，虽然怪脾气的守门老头依然不喜欢跟她打招呼，但已经比初次见面时的脾气好很多了，至少她再朝他打招呼的时候，他会抬头瞟她一眼。

尤小乔走到客厅门口时，又深呼吸一口气，命令自己不管看见怎样的画面都要镇定，千万不能露出任何不该有的情绪。

在心里反复警告自己后，她走到客厅里，发现客厅里没人，她又往餐厅走去。

没有她梦中出现的场景，餐厅只有叶西何一人，他穿着深灰色的睡袍，黑色的头发上还有未干的水珠，正在吃早餐，见她来了，掀了掀眼皮，算跟她打了招呼。

尤小乔对他黑色的头发还不大适应，也许是对他之前灰蓝色的短发太熟悉了，此时竟觉得眼前的男人很有距离感。她在他对面坐下，打算等他吃完早餐再聊。

“叮”一声，叶西何的手机响起了短信铃声，叶西何吃东西时瞟了一眼，没回。

片刻后，注意到今天尤小乔特别安静，瞥了她一眼：“离我那么远，怕我吃了你？”

尤小乔皱了皱眉，觉得他既然已经跟熊娜娜在一起了，不能再这样用不恰当的词语对她说话。

“叶西何，你不认为你跟我说话的内容很不对吗？”

“不对？”叶西何挑眉，“怎么？我说什么带颜色的笑话了吗？”

尤小乔没想到他如此直接，顿时脸通红一片：“叶西何，你知道就好，作为一个已经有女朋友的男人，希望你以后对待其他异性要保持距离！”

叶西何诧异地看着她认真的模样，半天才问：“你来的路上吃炸药了？”

尤小乔翻了个白眼，不想理他：“快点吃完来书房，我有话跟你说！”

叶西何靠在椅背上，懒洋洋地喊住她：“回来！”

语气缓慢，却带着一股子不容抗拒的威严。

尤小乔无奈地回到位置上。

叶西何扬了扬下巴，朝身边的用人示意了一下，用人将他吃完的早餐收拾干净。

“你今天怎么回事？”叶西何问，“昨晚也是，不打一声招呼就走了。”

“为什么要打招呼，是不是我吃饭、拉屎、撒尿也要跟你说一声？”

对于她的态度和说出来的词汇，叶西何十分不满：“一个女孩怎么没一点女孩说话的样子。”

“要你管！”

叶西何：“……”

尤小乔哼一声：“你昨晚佳人有约，我跟你打不打招呼，重要吗？”

叶西何一愣，浓密的黑色短发下，漂亮的眼睛眯了眯，他抬了抬线条优美的下巴，从鼻子里发出一声轻哼，像在笑。

他确实在笑："小老师，你在吃醋吗？"

叶西何的话将尤小乔炸得直接噌地从座椅上弹了起来，她瞪着叶西何，不可思议道："叶西何，你疯了吧！"

说完，头也不回地离开了餐厅。

叶西何盯着她离开的背影，嘴角勾出一抹若有所思的笑。

尤小乔逃去了客厅，说逃一点也不为过，叶西何的话说得轻描淡写，却稳稳戳中她心里不肯承认的秘密。

从小到大，尤小乔没谈过恋爱，没喜欢过任何男生。罗晴续总说她智商高，情商发展缓慢，尤小乔不以为然。

没吃过猪肉，还没看过猪跑吗？

她身边也有许多谈恋爱的朋友，她光看着就觉得头疼。

之前罗晴续谈过几个男朋友，尤小乔觉得两人好的时候每天在一起腻歪，一点私人时间都没有，不好的时候，吵得面红耳赤，恨不得永生不要相互往来。

最让她印象深刻的，是互相思念对方。罗晴续一整晚都失眠，非得拉着她陪她聊天喝酒，看星星看月亮，尤小乔觉得这简直是自找折磨。

"因为尤淼大哥太优秀，所以你瞧不上其他男人。"那时聊天，罗晴续这样对她说，"等到有一天你遇上一个人，你会每天想看到他，看不见他时，晚上会失眠。白天做什么事情都会分心，每天没精打采，像病了一样。但是只要一见到他就会好起来，就算什么也不做，待在有他的地方就会很开心。他不跟你说话没什么，但跟别的女生说话，你会很郁闷……如果你有一天遇到这样的人，就是喜欢了。"

尤小乔正站在客厅里想着罗晴续说的话，跟她现在的状态极其相似，这令她好不容易恢复的心情又烦躁了起来。

这时，耳边传来一声耍流氓似的口哨声。她回头，见叶西何双手环抱靠在不远处，似笑非笑地看着她，将她方才的情绪尽收眼底。

他穿着睡袍，睡衣带系得松垮，露出一大片胸肌，加上他雅痞的站姿和脸上的笑意，真跟个痞子似的。

尤小乔恼羞，瞪了他一眼："吃完就抓紧时间补习，这段时间我需要请假一周训练，等下周的第一个晋级赛比完，才能继续给你补习功课。"

"啧，一周见不着小老师吗？"叶西何忧愁地说，"我想你了怎么办？"

尤小乔心一紧，见他一脸不正经的样子，又羞又怒："想你个头！下周你期中考试如果不给我考出答应过我的成绩，当心我废了你！"

她双手握成拳头，像电视剧里演得那样骨骼发出"咔咔"的惊悚声。

"好啊，废了我，小老师就得一辈子陪着我照顾我，我并没有什么损失。"叶西何歪着头，一脸赖皮相。

尤小乔不理他，往书房走去："快点开始补习了！"

Part 2

开始补习时，尤小乔以为叶西何会收敛一点，谁知他越来越得寸进尺，根本没专心听她讲课，甚至时不时打扰她，不是用嘴巴吹她的刘海，就是用手戳她的胳膊，幼稚得不行。

在他第N次用手弄她刘海时，她忍不住呵斥："叶西何！你有多动症吗？你能不能别动了？"

叶西何"哦"了一声，没动了。

尤小乔带有警告性地瞪了他一眼，耐着性子给他讲题："你做的这套卷子，跟以前对比进步很大，但是这道题这么基础的语法问题，你不应该错……"

顿了顿，她咬牙，继续说："这是很容易混淆的语法，这个单词……"

她深呼吸一口气："叶西何，你能不能不这么盯着我看？"

叶西何显得很无辜，一双润泽明亮的眼睛无辜地眨了眨："怎么了？"

"你说你怎么了？"

"我没怎么啊。"

"你一直盯着我，很打扰我！"

"我在认真听课呢！"

"那你不用一直盯着我吧？"

"认真听课，当然要看着老师了！"他说得特理所当然。

"……"

尤小乔觉得自己快被他气吐血了。

这时，叶西何忽然凑近她，一张俊美的脸近在咫尺，深黑的双眸犹如暗夜之中的星辰，灼灼明亮，尤小乔心神一荡。

他嘴角挂着一抹轻浮的笑，声音愉悦而低沉："小老师，你喜欢我？"

方才还为他入迷的尤小乔霍地从他身边跳出一米外，指着他凶巴巴地怪叫："你有病吧！"

叶西何被她夸张的动作和声音惊了一下，随即又是那副懒散的笑脸，笑得尤小乔汗毛一根根竖了起来。

尤小乔烦躁地瞪着他："你别笑了。"

"小老师，你现在的样子，像一只奓毛的猫，很可爱。"

他一手支在椅子扶手上，嘴角噙着笑，一副细细品味她的模样。

尤小乔愤怒道："你到底要不要专心补课了？"

叶西何无辜道："我一直很专心啊小老师，是你不专心吧！"

尤小乔深呼吸一口气，决定要克制心魔，不管叶西何怎么乱来，她都不能让他掌控自己的情绪。

这样想着，她双手握了握，回到书桌前，平静地说："继续补习吧。"

这一次，叶西何没再乱动，也许是知道惹恼了她没好果子吃，也许是戏弄够了。这两种情况，尤小乔更偏向第二种，但不管怎样，他总算安静下来听她讲课了。

"虚拟句的另一个难点是省略 if 条件句的含蓄条件句，比如，I would have w……"

尤小乔说完一大串后，问："听懂了吗？"

身边人没响应，尤小乔一抬头，对上叶西何看过来的墨眸，深邃明灿，流转光华，没有之前不正经的轻佻，安静地凝视着她，如水般澄净。

这么长时间以来，尤小乔帮他补了不少课，这不是两人第一次眼神对视上。以往对视上时，她随意撇开，虽然偶尔也会有心荡了一下的感觉，但从未像现在这般一直震荡不停，脑袋一片空白，整个人如被他吸住了，收不回神。

"小老师……"

叶西何的声音醇厚绵软，有一股子令人着迷的宠溺感，尤小乔的双眸渐渐变得迷离起来，她望着叶西何靠得越来越近的脸，手指深深掐进手掌心，却感受不到半分疼痛，

耳边是他的声音，眼前是他的俊颜，还有他身上独特的气息，渐渐靠

近……

“西何？”

这时，耳边传来陌生女人的声音，叶西何顿住，眯起墨眸看去……

尤小乔本能地随着他的目光看去，眼神非常迷茫。

推门而入的是熊娜娜，她站在门口，面无表情地看着他们。

她穿着一身香奈儿最新款连衣裙，披着经典的小香风外套，海藻般的大卷发及腰，气场十足。

尤小乔渐渐回过神，这时，叶西何已经与她隔开了一段距离。如果不是心脏怦怦直跳的触觉和面上如同火烧的灼热，她会以为刚才那一幕不过是自己在白日做梦。

“西何，你们刚才在做什么？”熊娜娜脸上露出一抹微笑，看似无害的微笑，但尤小乔不知为何只觉被她盯得很不舒服。

“你来做什么？”叶西何没回答她，径自站起身，语气很不佳。

尤小乔看着眼前的叶西何，与方才调戏她的叶西何判若两人，没有了散漫劲，浑身上下都透着一股冷淡生疏，清冷冰凉。

“我带了你最喜欢的荠菜准备包你最喜欢吃的荠菜猪肉饺子。”熊娜娜拎了拎手上的袋子，忽略叶西何的态度，笑说，“补习完后就下来吃饭吧！”

说完，转头对尤小乔说：“辛苦小老师了。”

尤小乔没说话，程珊全喊她小老师的时候她一点不感到奇怪，叶西何喊她小老师的时候，她觉得他是故意跟程珊全学来捉弄她的，但熊娜娜喊她小老师时，她浑身都感觉不对劲了，尤其是熊娜娜的眼神，看起来一点也不友好，尽管她的嘴角挂着微笑。

Part 3

熊娜娜离开了，书房里的气氛因为她的出现变得不那么尴尬和暧昧。

尤小乔看着背对着她的叶西何，问：“叶西何，还补吗？”

叶西何回头，笑了笑：“当然补啊……”

眼神中的冷漠消失无踪。

接下来的时间，叶西何本分十足，再也没有整出什么幺蛾子。

尤小乔讲题时，时而看向他，他的眼神一直在试卷上，看起来像发呆，又像在思考，也不知听进去了多少。

直到讲课结束，尤小乔收起了课本，他一声不响地出去了。

这情景，尤小乔想，难道昨天叶西何和熊娜娜闹不愉快了？为什么熊娜娜来了之后，叶西何板着一张脸，一副全天下人都欠他钱的模样？

尤小乔走出了书房，走到客厅时，没看见叶西何。

厨房有响动，她循着声音过去。

厨房里，熊娜娜独自背对着他们在包饺子，旁边站着两个用人，除了偶尔需要拿辅助的东西之外，熊娜娜跟两人并无交流。

除了两个用人之外，有一个看上去比用人年龄大的中年妇女跟熊娜娜一起包饺子。

中年妇女说："那姑娘比小少爷大三岁，只能是单纯的家教和学生的关系。哦对了，那姑娘听说身手不错，所以老爷让她做小少爷的保镖，能控制住小少爷，没有其他想法。"

熊娜娜听完，淡淡地应了一声，随后又问："全妈，你觉得我和她，哪个更适合西何？"

"当然是娜娜小姐您了，您怎么会问这种问题？"全妈不可思议地说，"那姑娘跟您能相提并论吗？您什么身份，她什么身份，她充其量只能给您当下人使使吧？"

说到这，全妈故意小声说："听说她来之前，老爷已经调查过她的背景了。就是个学功夫的孩子，没什么来头，充其量不过是个过期武术冠军的女儿，能兴得起什么风浪……要说娜娜小姐您，那是跟小少爷从小长大的关系，娜娜小姐这么年轻已经是国家级一级大提琴手了，别说那姑娘了，其他同龄人能比得上吗？娜娜小姐，您怎会如此不自信？"

熊娜娜摇摇头："再优秀的人在喜欢的人面前都会不自信。"

"娜娜小姐，这可不像以前的您。"

"以前的我？盲目自信，以为西何会无条件爱我一辈子吗？"熊娜娜失笑，"现在想来真可笑，如果时光能倒流，当初我一定不会离开西何。"

尤小乔看着站在餐厅口的叶西何。

从书房出来后，他一直站在那儿看着熊娜娜，二者之间的话他听得比她多多了。

只是她不懂，现在的有钱人都喜欢拿平常百姓来比，以显示他们的优越感吗？

“娜娜小姐，饺子包完啦，我来煮吧，你喊小少爷他们过来吃饺子就行。”

“不用，我说过要亲手给西何包饺子，做事要做到底，麻烦全妈去喊一下他们吧……”

“好嘞！”全妈洗了手脱了围裙，笑道，“以前小少爷最喜欢吃您包的荠菜猪肉饺子，恨不得把汤都喝完，我这就去喊小少爷来！”

一转身，她的笑容僵硬在嘴角。

叶西何靠在餐厅门口不知看了有多久，连尤小乔也大大方方站在叶西何身后，脸上是毫不掩饰的……你们刚才说我的坏话我都听见了的表情。

“小、小少爷，你来了。”全妈表情十分尴尬，双手搓在一起，完全没有方才帮熊娜娜分析时的头头是道。

熊娜娜听见声响，回头朝叶西何露出一抹温柔的笑：“西何，你们来啦，饺子很快熟了，你先和小老师坐一会儿。”

叶西何没理她，走到餐桌边坐下，敲了敲桌子：“今天应该准备的饭菜在哪？”

叶家上下都知道，叶西何在饮食方面十分挑剔，一般第二天的三餐都是从前一天开始决定好的，以防对不上叶西何的胃口。

全妈是叶家的女管家，见他这样问，忙说：“因为娜娜小姐包饺子，所以今天的午餐没有按照昨天定下的做。小少爷，您不吃饺子吗？”

“我什么时候跟你说过，我今天中午吃饺子？”叶西何淡淡地反问。

“可是，娜娜小姐她特意为你包的……”

叶西何淡淡瞥了她一眼。

全妈改了口：“我马上为小少爷准备午餐。”

全妈转身离开时，看见站在不远处的尤小乔，意味深长地看了她一眼。

尤小乔郁闷，那是什么眼神啊，好像是她阻止叶西何，不让他吃熊娜娜包的饺子。

尤小乔翻了个白眼，心里对这些人越来越没好感，顾不上礼貌不礼貌，一屁股坐在椅子上，张嘴等饭吃。

叶西何要的午餐没上来，熊娜娜的饺子先熟了。

她盛出热腾腾的汤饺，摆在餐桌上，仿佛没听到方才叶西何和全妈那段对话，说："西何，快尝尝，你以前的最爱。"

叶西何没吭声，尤小乔盯着那香喷喷的浓汤饺子，悄悄咽了咽口水。天知道，她也爱死了荠菜猪肉饺子，小时候，大哥经常包荠菜猪肉饺子给她吃，大哥昏迷后，她再也没有吃过了。

熊娜娜见叶西何没反应，愣了一下，拍拍脑门："对了，还有醋！"

转身又去橱柜里拿了小碟子倒醋和酱油等等一系列调料，一盘盘整整齐齐地摆在叶西何和尤小乔面前。

叶西何仍不为所动。

熊娜娜转而看向尤小乔，笑道："小老师，吃吗？"

尤小乔摇摇头。

熊娜娜问："小老师不喜欢吃饺子？"

尤小乔也笑道："您什么身份，我什么身份，我怎么敢吃熊小姐包的饺子，不要脸是会受到天谴的。"

后半句话一语双关，既明讽了熊娜娜和全妈说的那一番话有多过分，又暗讽她们那番将她比喻成下人的话有多不要脸。

都是聪明人，她知道熊娜娜懂她话里的意思，就像她知道从叶西何来到餐厅里，熊娜娜就知道叶西何的存在。

那番话是故意说给他听的。

Part 4

尤小乔话说完，叶西何英挺的眉一挑，对她的表现十分感兴趣，眼神饱含笑意地凝视她。

尤小乔没想介入他跟熊娜娜，说出这番话完全是因为她们的话说得太过分，什么叫下人，什么叫过期武术冠军？

即使是过期武术冠军，也是英雄，也曾为国争光。

她以为熊娜娜会发脾气，毕竟在她的认知里，有钱人家的大小姐脾气都不好。

没想到熊娜娜很平静地问她：“刚才我和全妈说的话你都听到啦？”

尤小乔毫不隐瞒地点头。

熊娜娜坐下，将肩膀上的头发轻拂到耳后，这样随意的动作，风情万种。

“你不要介意，全妈是从小看着我和西何长大的，所以会偏向我一点。就像很多人认为从小青梅竹马，长大后一定会两小无猜，我以前也是这样以为的。”

尤小乔“哦”了一声，对她的解释不以为然。

熊娜娜见她态度冷淡，也没再说什么。

全妈的速度很快，后厨已经将叶西何的午餐送了过来。

尤小乔看去，中餐，是叶西何平常吃的一些菜品，居然还有猪肝。

全妈给三人盛了三碗饭，见一旁晾着没人动的饺子，不无遗憾地说：“小少爷，你真的不尝一口吗？这都是娜娜小姐耗费几个小时的心血啊！”

叶西何吃着碗里的饭，夹着盘子里的菜，自然得好像全妈说话的对象不是他。

相比起全妈，熊娜娜一点没有失望，反倒安慰全妈：“全妈，没关系的，也许西何今天确实没胃口。你不介意的话，把这些拿去跟他们一起吃了吧……”

“当然不介意了。”全妈说着，让身边的用人将那些饺子都端了下去。

尤小乔一边吃饭，一边听他们说话，当作饭中娱乐。

一块厚薄适中，切得十分均匀的猪肝被丢进她的碗里。她抬头，见叶西何夹了几块丢进她碗里，自己却一块没吃。

她郁闷，却也没说什么，把他夹给她的几块都吃了。

吃着吃着，发现碗里又多了几块。她看去，叶西何在盘子里挑啊挑，仔细挑了几块他觉得好看的猪肝丢进她碗里。

尤小乔觉得他那动作就像在喂自己的宠物。

尤小乔心中虽然不满，但仍旧把碗里的猪肝吃了……结果，那一大盘的猪肝几乎都被叶西何挑进了她碗里。

她不干了，皱眉瞪他：“你干吗？”

“什么干吗？”正挑菜挑得开心的叶少爷反问，“你不是挺喜欢吃猪肝？”

“现在不喜欢了！”就算喜欢也有个度吧，谁能吃完一整盘猪肝？

"哦。"叶西何依旧往她碗里挑猪肝，"从现在开始，你吃一块猪肝，奖励一百元。"

"……"

又来了！尤小乔翻了个白眼，没再抗拒，继续努力吃猪肝。

"听过人为财死，鸟为食亡，今天大开眼界了！"尤小乔正吃着，听见全妈阴阳怪气的声音。

尤小乔放下筷子，用纸巾擦了擦嘴，不紧不慢地问："全妈是吧？请问你在叶家待了几年了？"

全妈昂着头挺着胸，骄傲地说："三十年了！"

"这么久啊……"尤小乔笑眯眯地说，"三十年在叶家拿了不少工钱吧？"

全妈一愣。

尤小乔撑着下巴，凉凉地说："你不妨把这些工钱都退还给叶家，以显示你富贵不屈，视金钱如粪土的高尚气质？"

"臭丫头！你怎么说话的？"

面对全妈的愤怒，尤小乔丝毫不在意："对比你对我父亲和我本人语言上的侮辱，我说的这些话已经是看在我学生叶西何同学的面子上。"

"谁侮辱你们了？！"

"装作没发生过？"尤小乔晃了晃手机，"有录音，要不要我放给你听听？什么过期武术冠军，什么只配给你们小姐当下人。全妈，以后说人坏话最好环顾一下四周看看有没有人，尤其是你说坏话的对象在不在场。像我这种人又贪财，报复性还强，真不知道会做出什么反击的事。"

全妈气得面红耳赤。

熊娜娜皱了皱眉："虽然全妈有不对的地方，可她毕竟是长辈，小老师说话还是别太伤人。"

"这就伤人啦，还有更难听的，还听听看吗？"尤小乔不为所动。

熊娜娜沉默，面上的表情十分不好看。

"不错啊，还学会威胁人了，跟谁学的？"叶西何的语气悠悠闲闲的，看上去这件事与他没半毛钱关系。

尤小乔大义凛然地说："当然是跟你学的！难道你忘记了你上次在课堂上是怎么用手机录音欺负你前女友的吗？"

叶西何一愣，随即笑了起来。

看样子，这丫头被全妈气得不轻，浑身都是火药味，见谁都怼。

看她气嘟嘟的样子，叶西何只觉得十分好玩。

熊娜娜和全妈见叶西何非但没因为尤小乔的话而生气，反而笑了起来，顿觉又诧异又难忍。

尤其是熊娜娜，方才叶西何挑菜给尤小乔的举动，和现在两人的对话，在她看来，简直是在调情。

她示意了全妈一眼，让全妈别再多说什么了。

接下来的用餐时间，谁也没说话，尤小乔也乐得自在，将一整盘猪肝吃得干干净净。

叶西何下午有课，到了上课时间，尤小乔跟他一起坐车去了学校。

“期中考试马上要到了，你好好复习。”车上，尤小乔看着他的课程表，老师一般的口吻，“正好我请假的这一周，你单独好好复习，千万不能偷懒。”

“小老师，你长大的梦想是什么？当老师？”叶西何眸中含笑，“你挺适合当老师的，嘴皮子这么厉害，学生都被你收得服服帖帖。”

“你在替你的人打抱不平吗？”尤小乔头也不抬地问。

半天身旁没传来声音，尤小乔没在意。

直到听到他缓缓悠悠地说：“小老师，今晚在我家住吧。”

Part 5

尤小乔震惊地抬头。

叶西何开着车，眼神专注看前方。

尤小乔晃了晃脑袋，觉得自己刚才应该是听岔了。

她居然听到叶西何说今晚去他家住……

“你没听错。”她脸上的震惊和疑惑太明显，叶西何只看了一眼，就懂了，“我邀请你晚上来我家住。”

“……我为什么要去你家住？”

“不为什么。”

“那你怎么忽然有这种想法？”

“你都说是忽然，需要理由吗？”

尤小乔被他说得哑口无言。

“不去。”

“一晚按小时算，一小时两百。”

“从几点开始？”

前方红灯，叶西何停下车，转头笑看着她：“几点开始由你决定。”

他的眸色乌黑得像笔墨勾画，看得她心肝儿一颤一颤。

她低头装作翻阅他的课程表，掩饰心中的慌乱：“你下午只有两节课，四点半下课。”

“可以从四点半算。”

“我的意思……我需要回家拿换洗的衣服。”

“不用。”

她朝他投去疑问的眼神。

随后想到他妹妹：“我不能老穿你妹妹的衣服，我虽然喜欢钱，但不喜欢别人的东西。”

“没人让你穿她的衣服，总之从四点半开始算。”

红灯停，绿灯行。

叶西何发动车子随着车流开了出去。

尤小乔想到从没见过叶西何的妹妹，不由得问：“你妹妹不跟你一起住吗？怎么从没见过她？”

“她在国外上学，寒假回来。”

“哦。”

很快他们到了学校，尽管叶西何经常开车去学校，但每次开进学校，依然格外惹人注目。

隔着车窗，尤小乔都能看见外面各种倾慕的眼神。

尤小乔忍不住问：“从小在别人倾慕的眼神里长大是一种什么体验？像你们这种有钱人家的人，是不是都特别高高在上？”

“生气了？”叶西何挑眉，“刚才不是已经朝她们发泄过了？”

尤小乔“哼”一声：“你居然没替熊娜娜说话，你不是很喜欢她吗？”

她这话是随意问出口的，一说出口，她就觉得不大对劲，怎么一股子浓浓的酸味。

果然，她见叶西何笑了起来，笑意很明显。

尤小乔恼羞成怒，瞪他：“不许笑！”

叶西何“哦”了一声，挺乖地没再笑了。

停稳车后，尤小乔下车。

往电梯走去时，叶西何的声音淡淡传来：“谁说我很喜欢她了？”

尤小乔没回头，按下电梯，两人走进去。

静谧的空间让尤小乔觉得浑身不自在，她不得不继续刚才的话题：“他们不都说你很喜欢她？”

“他们说……”叶西何上前一步靠近她，“你听他们说，还是听我说？”

尤小乔抿唇，不知是这电梯太小，还是他靠得太近，令她呼吸困难。

“你想说什么？”

这般说着，他已经走近她，两人身体之间只有几厘米的缝隙，他高大挺拔的身体太有紧迫感。尤小乔从未发现在他面前，自己的个子居然这般矮小，他宽阔健硕的胸肌几乎能将她淹没。

尤小乔不敢抬头，怕他看见她眼中的慌乱，她双手背在身后，不停压制着它们莫名其妙地发抖，眼睛紧紧盯在他胸前，能瞥见他线条漂亮的下巴低下，靠她越来越近，越来越近……

她倏地闭上眼睛，静静等待他接下来想做的事……

一秒、两秒、三秒……几秒钟过去后，头顶传来浅笑。她抬头，叶西何已经站直身体，含笑看着她：“小老师，你这种视死如归的表情，是以为我要亲你吗？”

“叮”一声，电梯门自动打开，到达了楼层。

尤小乔知道自己被戏弄了，她恶狠狠推开身前的男人，愤怒地走了出去。

Part 6

程珊全在教室门口遇见尤小乔时，见她一脸怒气冲冲，不觉奇怪：“小老师，今天吃炸药了？”尤小乔推开他，径自走进教室。

程珊全被推得莫名其妙，摸着胸口，想着小老师果然是学功夫的，力气好大。

紧接着他看见叶西何不紧不慢、闲庭信步地走了进来，他问："叶哥，小老师今天怎么了，这么凶？"

"吃炸药了吧……"叶西何回答。

听见他回答的尤小乔翻了个巨大的白眼。

下午两节课上得很顺利，叶西何终于安静下来，整整两节课都没整出什么幺蛾子。

令尤小乔意外的是，当老师点他回答问题时，他竟然很配合地回答了，而且回答得十分完美。

这一点不但让尤小乔意外，老师意外，全班同学都意外。

甚至在他回答完之后，老师让全班同学给了他一个热烈的掌声，名曰浪子回头金不换，大家要给叶同学一个特别的鼓励，就差没给叶西何送一朵小红花了。

下课后，程珊全说："小老师回武馆吗？我今天有拍摄，刚好在你武馆那边，可以顺路送你回去，就不用麻烦叶哥了。"

"不麻烦。"尤小乔本人还没说什么，叶西何替她淡淡地回，"今天她不回武馆。"

"不回武馆，你们晚上还有补习吗？"

尤小乔不想让叶西何明说，正想点头，就听叶西何说："没有，她今晚住我家。"

程珊全："……"

尤小乔："……"

程珊全用手夸张地捂住嘴，倒吸了一口气："才一天没见，叶哥，小老师，你们已经发展到可以住在一起了吗？"

尤小乔着急地看向叶西何，意思让他赶紧解释清楚。

没想到叶西何非但没解释，还耸耸肩膀，伸出长臂将尤小乔揽在怀里，添油加醋地说："我跟小老师关系一直很好。"

"你闭嘴！"尤小乔使劲从叶西何臂弯中挣脱，朝程珊全解释，"不是你想的那样！"

程珊全"咦"了一声："你们好肉麻噢……不过我喜欢。"

尤小乔：“……”

见程珊全完全听不进她的解释，尤小乔将怒气都转移到罪魁祸首叶西何身上：“现在已经开始计费了，你确定要把计费的时间浪费在这么无聊的对话上？”

叶西何眉梢微挑：“小老师的意思是已经迫不及待想跟我回家睡觉了？”

尤小乔气红了一张脸：“谁要跟你睡觉？！流氓！”

她推开他，气呼呼地走出了教室。

程珊全又惊又喜地看着叶西何这种状态，要知道如果不是喜欢的人，叶大少爷可没那心思跟人耍流氓。

“叶哥，你真的喜欢上小老师了？”

叶西何看着尤小乔离开的背影，目光璀璨：“给你找个学霸大嫂不好吗？”

叶西何说完，慢慢朝尤小乔离开的方向“追”了过去。

如果能把他那种闲庭信步说成是“追”的话。

程珊全在原地愣了好久，直到电话铃声响起，是金驰打来的电话，问他在哪里，晚上去哪儿玩。

程珊全说：“玩什么玩，叶哥要给我们找大嫂了！”

金驰反应很慢：“什么大嫂？叶哥没有兄弟啊。”

“你说什么大嫂！当然是我们的大嫂！”

“娜娜吗？叶哥跟娜娜真的和好了？”

“屁！是娜娜的话，我会这么惊讶吗？一个你我都想不到的人。”

“谁啊？”金驰问，程珊全刚要揭晓答案，金驰已经说了，“小老师吗？”

“你怎么知道？”程珊全郁闷，“难道你们都知道了，我是最后一个知道的？”

“没有啊……我猜的。”

“凭你那榆木脑子能猜出来？我不信！”至少在这之前，他从没将叶哥和小老师两人联系在一起，金驰怎么能比他早想到？

“真的，我猜的。有这种可能啊，如果叶哥对小老师没有好感的话，即使保镖这件事是叶叔威胁叶哥接受的，叶哥也不会答应啊……”

程珊全想起最初叶西何去找尤小乔当保镖这件事，的确是叶成威胁的，只要叶西何让尤小乔随身保护，他同意让叶西何按照自己的方式演奏大提琴，从此再也不过问他在大提琴方面的事。

叶成的理由是，尤小乔成绩好，功夫好，很适合叶西何现在这种状态。

他们起初都以为尤小乔被叶成收买了，是叶成安插在叶西何身边的卧底，在接触了一段时间后，他们发现是他们想多了，尤小乔并没有做出任何奇怪的举动。

“你这样一说，好像也很有道理……”程珊全越想越觉得有道理，“所以很早叶哥跟小老师就暗度陈仓了？”

“小老师不知道是不是，但叶哥看上去就非常喜欢小老师的样子，你没看见他上课经常对小老师动手动脚吗？小老师拿他一点办法都没有……”

程珊全听金驰这么说，已经开始脑补叶西何晚上和尤小乔相处的画面了。

“这回有好玩的了！”

电话那头的金驰吃着薯条，听着程珊全的笑声，怎么觉得那么……淫荡呢。

第十章
小老师，你不喜欢我吗

Part 1

叶西何没走多远，看见尤小乔在楼梯口等他。

尤小乔见他不紧不慢地走过来，料想他已经知道虽然她很生气，但不会走太远让他找不到。

虽然早知道他能猜到，但看见他那笃定的模样，她还是很郁闷。

叶西何见她一脸郁闷坏了的表情，心情很愉悦。

尤小乔见他走过来了，就往车库走去。

“回来。”叶西何叫住她。

尤小乔回头，叶西何站在夕阳下，身形修长，眉目清扬温和，双眸深邃明灿。尤小乔被他看得口干舌燥，忍不住伸舌舔了舔唇瓣。

叶西何的眼神随着她的舌头渐移到她的唇瓣，眼神愈加深邃了起来……

“陪我走走。”他忽然开口。

“去哪走？”

“学校。”

尤小乔没想到叶西何还有在学校压马路的兴致。

此时正是学校热闹的时间段，经过篮球场时，好几个穿着球服的男生朝他招手：“叶哥，一起啊！”

叶西何扬了扬下巴：“等会儿。”

说完，对尤小乔说：“先陪你走走。”

尤小乔无言，怎么变成陪她走走了？不是她陪他走走的吗？

对他的说法尤小乔不赞同，却也没提出来。

她跟在叶西何身边，有意识地走在他身后，让自己看起来像个保镖的模样。

走了两步，叶西何不满她的速度，回头：“怎么走这么慢？”

尤小乔说：“我是故意的。”

“故意？”

“嗯，电影里的保镖一般不都走在老板身后？”

“……”叶西何皱眉，“学什么不好，非得学电影里的，过来！”

尤小乔不明白他的怒气何来，老实地走了过去。

“从现在开始，跟我保持相同频率，让我看见你错一次，今晚的钱扣两百。”

“不是吧老板，一小时才两百元，错一次就扣两百，这太不公平了。”

“有任何意见再扣一百。”

尤小乔立马闭嘴不敢说了。

叶西何十分满意她这种敢怒不敢言的状态，欺负她比补课好玩多了。

尤小乔则在心里默默咬牙，忍着吧！反正今天之后到比赛有一周不用见这个欺师灭祖的央音“大佬”，为了钱，她一定要忍！

于是在学校操场，路过的学生都能看见，叶西何带着他那个小老师在压马路，一向没耐心的央音叶哥耐着性子陪她散步。

只是走在他身边的女生有点心不在焉，嘴里念念叨叨不知在数着什么。

连叶西何偶尔垂眸含笑看她，都没发觉。

两人很快成为校园内一道独特的风景线，路过的每个人都忍不住频频回头，天啊，叶少脸上的神情为什么如此宠溺暧昧……

走了没一会儿，叶西何忽然停住脚步。

尤小乔见他停下了，忙停下，与他保持在一条直线上。

一抬头，叶西何一脸不满："你跟别人走在一起，也这样一直低着头自言自语？"

尤小乔郁闷："不是你说要跟你保持一致的频率么，我在数啊……"

叶西何转身往后走。

他人高步子大，尤小乔忙追了上去："叶西何，你去哪啊，不散步了吗……"

"没意思，打篮球去！"

尤小乔习惯了他的阴晴不定，跟着他往篮球场走去。

篮球场外的女生们见叶西何来了，一个个热血沸腾了起来。

大家都注意到跟在他身后的尤小乔，不由得议论了起来。

这几个月跟在叶西何身边进进出出，尤小乔早习惯了这些人的目光，泰然自若地跟在叶西何身后。

叶西何把尤小乔带到篮球场前排位置，那里有几个高大的男生正在喝水休息。他们穿着白色的球服，双臂的肌肉矫健，个个模样俊俏，汗水从他们额头流下，滑过性感的颈项流进白色球服内……不奇怪为什么这边是所有眼光的聚集地，这些大男孩们浑身上下散发着的荷尔蒙，每一分每一秒都传达给观众席上的异性——看我啊！看我啊！看我啊！

叶西何将尤小乔放在这么出众的男人堆里，自己换上球服上场。

这一上场，引得观众席上的女生激烈的欢呼声。

尤小乔抱着叶西何的外套，坐在一旁，努力不去看身边一个个肌肉膨胀的美男们。

事实上，叶西何一上场就吸引了所有人的注意力，包括她的。

他太张扬了，那股子张扬不是他刻意装的，而是由骨子里散发出的，让人眼神盯在他身上，根本移不开。

以前尤淼也喜欢打篮球，每次打篮球的时候也有很多女生围观尖叫，她是最镇定的那个，因为那是她大哥啊。每次她都坐在观众席最前排，帮尤淼拿衣服和水，尤淼一下场，直奔她而来，在其他女生倾慕的眼神中，她将水递给大哥……

当时罗晴续说有很多女生羡慕她，可以第一个给大哥送水。

她不懂那有什么可羡慕的，她是大哥的亲妹妹，大哥当然选择她给的水啊……

可现在……

尤小乔抱着叶西何的外套，上面还有叶西何身体的温度，她抱着衣服的手不自觉地紧了紧，怎么忽然就羡慕起了自己，就像当初罗晴续说很多女生羡慕她那样羡慕着自己。

Part 2

“咦，怎么这里坐了个女生？是谁的家属？”这时有新人入场，一看就是过来打篮球的，见尤小乔坐在一堆男生里，表示好奇。

“叶哥的。”有人说。

“嗨呀，原来是叶嫂啊！幸会幸会！”那人夸张地走到尤小乔面前要跟她握手，尤小乔懒得再去解释她跟叶西何之间的关系，伸手象征性跟他握了握。

那人在她身边坐下，递了一瓶矿泉水给她：“叶嫂，喝水啊！”

“谢谢。”尤小乔接过，没有动。

“叶哥从没亲自带过女生来这里，一般她们都在旁边观众席上看叶哥打篮球。”那人笑呵呵地说完，身边的男生立刻给他使了个眼神。

那人才忽然想到自己说的正是叶西何以前的风流史，忙住了嘴。

见尤小乔没反应，那人不放心地说：“刚才我乱说话，叶嫂你没生气吧？”

尤小乔摇摇头。

那人不再说话了，只觉得这个叶嫂怎么看起来比叶哥还要冷漠，话不多。

尤小乔的目光都在场上的叶西何身上，他起跑、跳跃、投篮的身姿倒映在她眼中，飘逸洒脱，利落干脆，微风吹拂着他黑色的刘海，眼中锋芒毕露。

球场边爆发出阵阵掌声，不知是否是尤小乔的错觉，只觉叶西何回头往这边看了一眼。

这一场叶西何打了将近二十分钟后，中途休息下场，朝她这边跑来。

早已有等在一旁的学妹们准备好了纯净水递给他，叶西何没有接，径自跑到尤小乔面前，伸出手。

尤小乔只觉得他高大的个子将自己整个人都遮住，逆着光，她仰头看着他光晕中的英俊五官，问：“什么？”

“水。”他额头上是细密的汗珠，胸膛快速起伏。

尤小乔将怀里的水递给他，想跟他说那是别人给她的水。

叶西何二话没说接过水扭开，仰头大喝了起来。

尤小乔看着他的喉结上下滚动，小部分的水顺着他的颈项流进他的身体里，狂野又性感。她忍不住咽了一口唾液，方才一点也不渴，此刻却觉得万分口干舌燥。

叶西何喝了一半的水后，直接将剩下的水从头上浇了下来，他仰起头，任由水滑入他的衣内，令人臆想纷纷……

叶西何凉爽了之后，将空了的矿泉水瓶子递给她：“扔了。”

尤小乔接过，听话地跑去把空瓶子扔进了附近的垃圾桶。

叶西何看着她像个小女仆一样跑了过去，怀里还抱着他的外套，嘴角弯起一抹漂亮的笑弧。

尤小乔丢完东西回来后，发现叶西何没影了，她朝赛场上看去，奔跑中的运动员们陌生的身影中没有他。

尤小乔一时间竟慌了起来，叶西何去哪了？怎么她丢个瓶子的工夫人就不见了？

肩膀被拍了一下，她回头，看见一张陌生的脸，对方说：“叶哥让我跟你说他去冲个凉，一会过来，让叶嫂你在这里等会。”

说完又递给她一瓶新的矿泉水。

尤小乔接过后，说了声“谢谢”，又坐回了原位。

不同于叶西何在场上打球时，尤小乔这一下坐得并不安分，总耐不住性子到处张望。

大概十几分钟后，冲了凉换好衣服的叶西何站在了她面前。

尤小乔莫名慌了的心，在这一刻才安定了下来。但她表面上很镇定，她才不会把自己在那十几分钟时间里的忐忑、心慌表现出来，让叶西何取笑。

叶西何见她手中又多了一瓶水却没动半分，不由得问：“怎么不喝？”

尤小乔摇摇头：“例假快结束了，还是得保养一下。”

叶西何看了她几秒，不发一言，又离开了。

尤小乔郁闷地看着他离开的背影，噘了噘嘴巴表达自己的不满，却也只能坐在原地继续等他。

不一会儿，耳边传来一阵吵闹声。

尤小乔回头，从篮球场外进来了三个高大的男生，说话音量特别大。

她看了几眼，没在意，又望向叶西何离开的方向，没见他回来。

那三个男生朝这边走来，其中一个男生看见尤小乔，推了推中间那男生，在他耳边小声说了句什么。

中间男生的眼神有深意了起来，大摇大摆地走了过来，对着尤小乔吹了一声口哨："瞧瞧，这是谁呀？不是整天跟着叶西何那小子身后的小姑娘吗？"

坐在尤小乔身边的男生见他来了，暗叫一声："糟糕，这人可是叶哥的死对头！"

那人瞥了男生一眼，男生立刻站了起来，似乎很怕他，规规矩矩地喊了一声："饭哥！"

饭哥拎小鸡般把那一米八五的大个子男生拎到一边，在尤小乔身边坐下："小妹妹，你的叶哥哥呢？"

尤小乔没理他。

"呵，小妹妹脸色看起来不大好，是因为你叶哥哥没能力满足你吗？"饭哥一嘴流氓话，令尤小乔十分厌恶。

她不想跟这样的人起冲突，一直耐着性子沉默，当他不存在。谁知他并不止于此，一只手竟然搭在尤小乔的肩膀上，一张脸就要凑过来："怎么不理你饭哥？你小叶哥哥见到我，还得喊我一声哥呢……"

尤小乔想将她肩膀上的手臂甩出去，但那手臂却跟黏在她身上一般，不依不饶。

她深呼吸一口气，握紧双手，忍耐到了极限，正要动手。

"砰"的一声，一杯热水精准地砸在了饭哥的肩膀上，烫得他"嗷嗷"叫了几声。

低头看去，刚泡好的红糖水洒了一地，其中还夹杂着几颗红枣生姜粒。

饭哥回头，看清来人，顿时咬牙切齿，怒火中烧！

"叶西何，你找死！"

饭哥说着就冲叶西何揍去，叶西何也不是省油的灯，抓起篮球场边的椅子朝饭哥砸去，动作比他还快还狠！

饭哥没防备，两只手臂反射性格挡，稳稳承受了叶西何这一砸。

只听一声惨叫，饭哥整个人被砸到地上，毫无反击之力。

叶西何砸红了眼，一手将他从地上拎起来，凶狠地盯着他："老子的女人你也敢碰？信不信老子废了你这双手？"

饭哥吓得一缩，完全没了方才的气势，嘴上还不饶人地说："叶、叶西何，你别太、太嚣张！"

叶西何眯了眯眼，拳头已经举了起来。

"叶哥！叶哥！"身边被这突如其来的打架震惊到的人这才反应过来，赶忙上来劝架，"叶哥，算了吧！"

"叶哥别生气！"

"叶西何……"尤小乔也不想把事情闹得太大，她从没见过打架时的叶西何，竟然这么凶猛。

她扯了扯他的手臂，试探性地把他举起的拳头拽了下来："叶西何，我没事，你别打架了。"

他竟没有反抗，只是另一只手还紧抓着饭哥，警告他："滚！以后别出现在我面前！不然见一次打一次！"

在饭哥恐惧的眼神中，叶西何像丢垃圾一般把他丢到一边。

饭哥从地上踉跄地爬了起来，一边捂着手臂，一边朝叶西何示威："你！叶西何！你给我等着！"

叶西何一个狠戾的眼神瞪过去，吓得他一趔趄差点又摔倒，他带过来的两个人忙拉着他将他给带走了。

叶西何沉着一张脸，拉着尤小乔在众人的注视下离开了篮球场。

往回走时，尤小乔看着身边男人一张黑沉的脸，心里竟有些开心……

开心他刚才那样护着自己。

尤小乔抿了抿唇，觉得自己好变态。

为了化解尴尬的气氛，尤小乔主动找话题："以前听说你爱惹是生非，跟人打架，我还不相信，现在看来果然是真的。"

叶西何瞟了她一眼，面色缓和了一些："所以？"

"所以虽然我不希望你因为我被学校处分，但刚才你那样子帅爆了！"

叶西何又恢复了那副痞痞的样子，睨她一眼："所以被我迷倒了？"

"……"

尤小乔翻了个白眼，她就知道，不能说太多表扬他的话，这人会骄傲的！

她想起摔了一地的红糖水，问："刚刚你帮我泡红糖水去了吗？"

"嗯。"叶西何淡淡应了一声，"可惜浪费了。"

问完，尤小乔才觉得这该是个不太好谈的话题，虽然他这个举动令她十分暖心。

她吸了吸鼻子，刚换好衣服的叶西何神清气爽，身上还有淡淡的肥皂香，十分好闻。

"既然你要去冲凉，刚才干吗把水都倒在脑袋上了？"她忍不住问。

"想看你屁颠屁颠去丢垃圾的样子，乖得像我家的猫。"

"……"

猫就是尤小乔第一次去叶家看见的那三只阿拉斯加犬的其中一只，尽管她不知道叶西何为什么要让一只阿拉斯加犬叫"猫"，但被比喻成为大型犬科动物，还是雪橇犬类的三傻之一，她并不开心。

尤小乔瞪了他一眼，刚才的好感瞬间跑光光，将怀里的外套塞在他手里，气哼哼地往前走。

叶西何见她生气了，也不着急，慢慢跟在她身后。

去取了车，开回叶家的路上，中途叶西何开到了一家奢侈品商场外。车停稳后，叶西何下车，一个站在路边的穿着员工制服提着袋子的人立刻走上来，将袋子递给了他。

叶西何上车，将袋子丢给尤小乔，尤小乔猜到那是帮她买的衣服。

"你的。"果不其然，听见叶西何这样说。

尤小乔翻开袋子看了看，那几套衣服价值不菲。

"其实不用帮我买这么贵的衣服，平时我也不会穿。"

"无关价钱，品位问题。"

尤小乔"哼"一声："你意思就是说我品位差呗！"

"不。"叶西何反驳，"你根本没品位。"

尤小乔咬牙，恨恨地盯着他。

叶西何恍然未觉。

她怎能忘记，第一次见面他毫不客气地说她“好土”。

一路直达叶家，三只阿拉斯加犬热情地朝他的车跑来。

尤小乔第一次看见这种情景，以往不管谁来了，三只阿拉斯加犬都无视，难得这么热情，恐怕只有对待叶西何才会如此了。

没看见熊娜娜，尤小乔以为她已经离开了。

已经到了六点，全妈见他们回来了，通知下面的人准备好晚餐。

叶西何上了二楼的卧室换衣服，尤小乔在楼下等他。

全妈站在不远处盯着她，她浑然不在意。

全妈说：“今天的补习上午不是已经补完了，六点是你保镖更替的时间，你来这里做什么？”

尤小乔在沙发上坐下，回答她：“这是你家吗？我来这关你什么事？”

“嘴巴这么伶俐有什么用，叶老爷也不会接受你这样没教养的丫头当媳妇。”

尤小乔笑了：“我说了要当叶家媳妇了吗，叶西何说了吗？你怎么总爱操心别人家的事，总爱往自个脸上贴金呢？”

全妈冷冷地瞪着她，尤小乔翻了个白眼，觉得这位大妈真喜欢找碴。

这时，换好衣服的叶西何从楼上下来，他穿着一套干净的家居装，看起来是又洗了个澡的样子。

尤小乔心想，叶西何的洁癖还不是一般的严重，

叶西何下楼，对全妈说：“帮小老师准备一间客房。”

全妈诧异，指着尤小乔问：“她要在这里住？”

尤小乔十分不喜欢她用手指指着自己的样子。

“嗯。”叶西何淡淡应了一声，对尤小乔说：“先去我房间洗个澡，换身衣服下来。”

尤小乔没他那么多讲究，但想到这是在他家，还是得顺着他来，否则他一不开心，又扣她钱，她还得哄着他。

尤小乔到过叶西何的卧室，提着换洗的衣服进去了。

叶西何的卧室还是黑白灰的色调，尤小乔走进卧室时，想到什么，回头看了一眼床头柜，上面空荡荡，已经没有了当初放在那被叶西何当宝贝似的相框。

尤小乔暗自“哼”一声，心情大好，哼着歌儿去浴室洗澡了。

Part 3

洗了十几分钟后，尤小乔换好叶西何给她买的衣服出来了。

叶西何一共给她买了两套，一套是 JUICY COUTURE 的休闲套装，一套是迪奥的连衣裙。

尤小乔穿着 JUICY COUTURE 的休闲套装，是 JUICY COUTUR 今年新推出的黑色短款钻夹克配上同色长裤，通体黑色，只有右胸口的碎钻 LOGO，以及从肩膀到手腕一排闪烁的水钻作为装饰，简雅大方，女性的柔美中带着一丝冷酷。

尤小乔站在镜子前，把脸凑到镜子近处审视自己，学着叶西何说话的样子："女生就应该穿成这样！每天按照这种品位穿，一小时给两百！"

尤小乔被自己的模样逗乐了，笑了笑，拿着换洗的衣服拉开浴室门。意外地看见卧室里的叶西何，还有三只本该在院子里待着的阿拉斯加犬。

听见浴室门开的声音，一人三狗的视线齐刷刷看向她。

她怔了一下："你怎么在这里？"

叶西何躺在床上，长腿交叠，手上拿着一本书，看着她："我在自己的卧室很奇怪？"

"不是……"这不是奇不奇怪的问题，是孤男寡女共处一室，她在洗澡，他躺在床上，这画面，怎么看怎么奇怪啊……

尤小乔正想着，叶西何已经放下书。

他戴了金丝框的眼镜，配着他那张脸，明明该是十分书生气，可在尤小乔眼中……他不知道什么时候又换上了睡袍，露着一大片胸肌，配上那副眼镜，怎么看怎么像个斯文败类。

"你刚才一个人在浴室笑什么？"他问。

尤小乔想起在浴室里模仿他说话的样子，总不能实话跟他说吧？

尤小乔想了想："我第一次在那么大那么豪华的浴室里洗澡太兴奋了，情不自禁笑了出来。"

叶西何望着她，眼神中带着几分考究。

尤小乔觉得自己这理由很充分，既能哄"大佬"开心又能让自己脱身，继续说：“真的，你的浴室比我睡觉的房间大了整整两倍！”

叶西何哼了一声，指了指卧室桌子上的一个杯子：“那个，给你的。”

尤小乔才发现原来他是亲自来给她送红糖水的。

“谢谢啊。”她握着红糖水，暖暖的。

叶西何双手交叠枕在后脑勺，稍有兴致地问她：“刚才你嘴里哼哼唧唧的歌是什么？”

“……”尤小乔有种错觉，觉得此刻的叶西何像个孩子一样，对什么都感兴趣。

“《学猫叫》。”

猫听见了自己的名字，倏地抬头看了她一眼。

“嗯？”叶西何显然一时间没反应过来。

“你不是问我刚刚哼什么歌吗？歌名叫《学猫叫》。”

“噢。”

趴回去的猫听到自己的名字，又倏地抬头看了她一眼。

尤小乔：“……”

叶西何朝阿拉斯加犬招招手：“猫，过来。”

阿拉斯加犬立刻从地毯上站起来，走到他身边撒娇似的朝他蹭了蹭。

“猫，趴下。”叶西何揉了揉它颈项上的毛。

阿拉斯加乖巧趴下。

叶西何一手搭在阿拉斯加犬的背上，说：“唱来听听。”

“……”尤小乔看着一人一狗眼巴巴地等着她唱歌，无语了片刻，“不要吧……”

“嗯？”叶西何眉梢扬起，一脸挑衅，尤小乔妥协了……

她清了清嗓子，找了个音调：“我、我们一起学猫叫，一起喵喵喵喵喵，在你面前撒个娇，哎哟喵喵喵喵喵喵……可以了吧？”

“不可以。”完全不满意只敷衍一句的叶西何摇头，“继续。”

尤小乔郁闷了：“老板，唱歌付费吗？”

“不付。”此刻的叶老板明显没之前那么好说话，“所以，你唱不唱？”

她傲骨崛起：“不唱！”

“哦。”叶西何也不恼，“晚上没饭吃，另外扣除兼职费两千……”

尤小乔不可思议：“没饭吃就算了，什么叫扣除兼职费两千啊！你这一晚给我的钱也没有两千吧？”

“顶嘴再扣一千……”

“停、停！我不顶嘴了，我唱还不行吗老板……”尤小乔瞬间泪眼汪汪凝望着叶西何。

叶西何打量着她，摇摇头：“你这副装可怜的样子不够作。”

“……”尤小乔愤怒道：“叶西何，你不要太过分！”

“嗯？”叶西何尾音往上一扬。

尤小乔立马想到她的钱，咬牙，忍气吞声，收起愤怒的情绪，再次抬头，一脸“嘤嘤嘤”的小可怜表情：“小哥哥，人家唱还不行嘛……你别扣人家工钱啊，人家上有老下有小的……小哥哥……”

“……”刚推开门的程珊全和金驰听见这柔柔弱弱一声一声的“小哥哥……人家……”，身子抖筛子似的打颤。

尤小乔听见声音回头看，就见程珊全和金驰两人身体抖得跟羊癫疯发作一样，顿时又恼又羞。

程珊全还不怕死地说：“小老师，没想到你撒起娇来这么甜啊。”说着还学着尤小乔的模样唱了起来：“我们一起学猫叫，一起喵喵喵喵喵……我的心脏怦怦跳，迷恋上你的坏笑，你不说爱我我就喵喵喵……嗷……”

最后一个喵字拐音成了惨叫，尤小乔毫不客气地一脚踩在他的脚背上。听着程珊全的尖叫，尤小乔不甘心似的用脚尖在他的脚背上用力地踩了几下，直到听到程珊全杀猪般的惨叫声，才放开他，气哼哼地走出了卧室。

叶西何起床，站起身，伸了个懒腰，慢慢走到门口。

程珊全抿着嘴，眼眶里含着泪，委屈巴巴地看着叶西何：“叶哥，叶嫂她踩我……”

叶西何瞟了他一眼，笑着说：“活该……”

他皱眉：“什么东西这么臭？”

程珊全脸色一变，金驰说：“刚才珊珊不小心踩到臭水沟里去了……”

叶西何一脸嫌弃：“你还敢来我卧室？”

说完走出卧室门：“全妈，给卧室消毒！”

“……”

程珊全眼睁睁看着叶西何从他身边绝情离开，连一句安慰的话都没有，他扭身投入金驰的怀抱：“小驰子，他们都欺负我……”

金驰小心翼翼拿着自己的薯条包，一边吃一边敷衍地安慰："没事，你还有我……"

程珊全愤怒地瞪着他护着的一包薯条，一把夺过，狠狠摔在地上。

金驰一愣，愤怒地朝他看去："你干什么？！"

"谁让你看薯条看得都比我重要！叶哥，叶嫂欺负我，你也不安慰我！"

"欺负你就是你活该！"

"你说什么，你小子欠抽是吧？"

"我说你活该！臭人！"

"你说谁臭？"

"就说你了！你个臭人！以后你身上都会有臭水沟的这种臭味，再也没人找你拍戏了！"

"你放屁！"

"我就算放屁都没你臭！"

"你找死是不是？"

全妈带上来的人立马一边一个架起他们，很有经验地将两人往两边拉开……

众人都知道，程珊全任性不讲理，金驰脾气很好，但一旦谁碰到他喜欢的零食，他能瞬间从一只小绵羊变成不讲理的猛兽。

两个不讲理的人在一起吵架……他们已经习惯了。

Part 4

全妈按照叶西何的要求，晚上只做了两人份的晚餐，没有算上程珊全和金驰。

当尤小乔和叶西何在餐桌上吃饭时，程珊全和金驰只能眼巴巴地看着。

程珊全还好，贪吃的金驰受不了了。叶西何家里向来没有零食，他唯一的一袋薯条被程珊全丢在了地上，此刻看着两人吃饭的模样，不停咽口水。

程珊全一开始还能挺住，看久了也受不了了。

不得不说，叶西何家里的大厨做的饭菜不但好吃，而且色香味俱全。很早的时候程珊全想过将叶西何家里的大厨拐到自己家去，奈何叶家的人都忠心耿耿，尽管叶西何让他随便挖，他也没能将大厨给挖走。

“叶哥，不要那么残忍吧……”程珊全忍不住说，“齐大厨还没下班吧？能不能让他给我们做点吃的啊？”

叶西何慢慢将口中的食物吞下去，用纸巾擦了擦嘴巴，缓缓开口：“我有邀请你们来我家吗？”

意思就是你们擅自来我家，没饭吃怪谁？

“哇，叶哥，不带这样的。我们不是听说你跟叶嫂在一起了，特意来庆祝你们的吗……”

尤小乔手一顿，叶嫂……他们说的是熊娜娜吗？

庆祝什么？

她忽然顿悟，难怪叶西何要求今晚她住在叶家，是因为要庆祝他跟熊娜娜在一起了吗？

她眉头下意识皱起，心口猛地抽疼了一下，那种疼蔓延四肢百骸，让人难以忍住。

她咬牙，尽量装作若无其事的样子。

她所有的表情都尽收叶西何眼底，叶西何不动声色地说：“我需要你们来庆祝吗？”

“哇，叶哥，你这样也太重色轻友了吧……你和小老师……”

“我邀请小老师过来就行了。”程珊全话未说完，被叶西何打断，“你们吃完赶紧走。”

说完，让全妈下去准备程珊全和金驰的饭菜了。

程珊全瘪了瘪嘴，十分委屈。

不过很快，他的委屈因为叶家大厨做的饭菜一扫而空。

两人像几天没吃过饭一样，低头狼吞虎咽了起来。

叶西何和尤小乔已经吃完了。

尤小乔不想对着程珊全他们，对着他们就会想起刚才在卧室发生的事。

她问叶西何：“我晚上睡哪？”

“当然是睡叶哥的卧室……”正在吃饭的程珊全还没说完，被叶西何一个眼神给制止了。

“睡我卧室旁边的客房。”叶西何靠在椅子上淡淡看向她，嘴角噙着尤小乔看不懂的笑。

吃完晚饭后，叶西何无情地把程珊全和金驰赶走了。

尤小乔在房间休息了一会儿，被叶西何叫下了楼。

尤小乔站在二楼的走廊上，看着笔直站在客厅门口的男人，他背对着她，穿着一身跟她同色的休闲套装，挺拔俊朗，气质不凡。

感受到身后的目光，他回头，对她说：“过来。”

尤小乔握着走廊扶手的双手紧了紧，在原地待了片刻后，才跑下了楼。

叶西何眯了眯眼，感觉她跑过来的模样，像他养的阿拉斯加犬。

尤小乔站在他面前，问：“老板，你要出去吗？”

“嗯。”叶老板说，“散个步。”

尤小乔没想到叶西何饭后还有这么休闲的养老活动，不发一言地跟在他身后。

叶西何发现这一天尤小乔的情绪反反复复，一会兴高采烈，一会沉默不语，他跟不少女生相处过，熟练地掌握了女生脾气反复、翻脸比翻书还快的规律。

不过，以往即使知道那些女生生气了，他也懒得去哄。

能自己恢复是好事，不行就分手，那是他一贯对前女友的态度。

此刻，看着尤小乔跟个小受气包似的跟在自己身后，他扬眉：“我不是说过散步要跟我保持同样的频率？”

尤小乔停住脚步瞪着他：“你好烦啊！”

说完，她找了路边的长椅一屁股坐下不走了。

叶西何问：“你怎么了？”

“不走了。”尤小乔说，“我今天心情不好，老板你要扣钱就扣吧！大不了我不干了！”

想到他喊她来他家住，居然是为了庆祝他跟熊娜娜在一起，她心里有一团火在燃烧，想朝天大喊三百声！

叶西何对她的态度十分不满意：“你在朝我发脾气？”

尤小乔不看他，别扭地说：“没有，谁敢跟老板发脾气。”

叶西何的脸彻底黑了下来。

这时，有路过的路人拿着手机对着附近找了很久，没找到路，见他们两人停在这里，笑着上前，礼貌地问路。

路人看了一眼叶西何冰冷的面色，没敢问他，转而问坐在长椅上的尤小乔：“您好，请问您知道 ××× 栋怎么走吗？”

尤小乔补课的这段时间，已经对这一块非常熟悉了，见对方态度那么好，也放柔了面部表情，微笑地给他指了路。

路人知道后，连说谢谢，走了。

被路人一打断，尤小乔的情绪也恢复了，对叶西何说：“老板，刚才是我态度不好，你原谅我吧，我们继续散步……”

叶西何冷冷地看她一眼，转身离开。

尤小乔被他的眼神吓了一跳，忙跟上，叶西何却忽然停住脚步，语气不耐又冰冷：“别跟着我！”

尤小乔从没见过这样拒人于千里之外的叶西何，忽然很后悔自己刚才的举动，懊恼极了。

看着叶西何离去的背影，尤小乔担心他的人身安全，又不敢追得太紧，只能保持在他身后百步的距离。

走了一段路，看见叶西何安全进入叶家，她才松了一口气。

她回到叶家的客房，坐在沙发上休息了片刻，进来时没有看见叶西何，不知道他是不是也回了卧室。

尤小乔如坐针毡，在卧室待了十分钟后，开门出去了。

客房旁边是叶西何的卧室，尤小乔站在门口思量了好一会儿，才敲了门。

敲了半天，没人开门，里面也没传来任何动静。

尤小乔想起他方才生气又孤独的背影，心里一阵后悔跟心疼。

她倚着门框，小声说：“叶西何，你在生我的气吗？我跟你道歉，刚才是我莫名其妙，是我错了，不应该把自己的坏情绪牵扯在你身上，你别生气了好吗？叶西何，对不起，我错了……”

里面没有传来任何声音。

尤小乔心想，这回他是真的生气了吗？

印象中，他唯一生气的一次，是叶成和他小妈来叶家的那个清晨。

他独自站在那儿，倔强又冷漠，可她分明感觉到了他的敏感又脆弱，就像是大草原上一棵倔强生长的大树，在外人看来不可一世，从不向人显露他的孤独。

“叶西何，你开门好不？你说你要怎样才能原谅我？老板？小哥哥……”

尤小乔在门外喊了半天，里面也没半分动静。

她实在忍不住，说：“你是不是懒得起床开门啊？那我自己把门打开了……你不回答，我就当你答应了……”

说着，她已经动手推开了卧室的门。

令她意外的是，卧室里空空荡荡，根本没有叶西何的影子。

不在这里，难道在书房？

Part 5

尤小乔离开了卧室，去书房找人，令她失望的是，叶西何也不在书房。

她明明看见叶西何走进家门的，不可能不在家。

她想找叶家的用人问问，但叶家的用人受到全妈的蛊惑，对她充满了敌意，根本不理她。

没办法，尤小乔只能满大宅子地找叶西何。

结果，越找越着急，一着急，脑子里就开始胡思乱想。

叶成一直在叶西何身边安插保镖，肯定有原因。

因为有她在，所以六点交接班的保镖今天没来。

也就是说，今天二十四小时，叶西何的人身安全都是她负责的，如果叶西何在她负责的时间里出现任何差池……她一定不会原谅自己的！

尤小乔开始在叶家小跑着找人，每个房间都翻遍了，也没见到叶西何的踪影，就在她快要绝望的时候，看见游泳池里翻腾的身影。

是叶西何！

她快速朝游泳池跑过去，果然看见叶西何在游泳池里游泳。他浑身上下只穿了一条泳裤，游泳时溅起的水花四处散开，忽然他整个人沉了下去，久久没上来，整个池面都恢复了平静。

尤小乔着急万分，可她不会游泳，正想着喊人来，只听“哗啦”一声，叶西何整个人从水里钻了出来，水花溅了一泳池。

站在泳池边的尤小乔这才松了一口气，难怪第一次经过泳池的时候没发现他，他在泳池底下闭气吗？

叶西何发现了她的存在，浮在水中与她对视。冷傲精致的男人，黑眸深沉，脸上透着森冷的寒气，令人不敢接近。

尤小乔抿了抿唇，在池边的躺椅上看见了一块干净的浴巾和红酒，她想起在来的路上，有用人端着托盘经过她身边……那时候他们眼睁睁瞧着她那么着急，也不肯告诉她叶西何在哪。

果然不能轻易得罪人啊，否则需要帮助的时候，会发现自己孤立无援的。

尤小乔叹了一口气，走到躺椅边拿起那块干净的浴巾，回到浴池边蹲下朝叶西何伸出一只手：“叶西何，上来吗？”

叶西何冷冷地看了她片刻，慢慢游过去，伸手抓住她的手。

尤小乔想将他拉上来，才发现他使了力，她根本拉不上来。

她想松开手，却发现他抓着她，根本不让她松开。

两人这样对峙着，谁也没再说话。

手掌间是他手掌的触感，炽热坚实，如墨的乌发间滑落下的水珠顺着他线条优美的下巴滑落，尤小乔小声地嘟囔了一句。

倏地，她只觉手上一股猛力拽她向前，她防备不及，猛地一头扎进了游泳池里。

尤小乔只觉得五官都被疯涌的水灌进，她张口喝了好几口水后，才被一只手用力地抓了起来。

接触到新鲜空气的她拼命呼吸空气，没来得及呼吸几口，就被人压制在泳池边上。

冷静下来时，才发现她整个人如八爪鱼一般抱着叶西何，叶西何将她整个人抵在泳池边，两人胸膛之间没有一丝缝隙。

意识到他们此刻有多亲密的尤小乔心脏立刻激烈地跳动了起来，她生怕叶西何误会自己占他便宜，慌忙解释：“我、我不会游泳，我、我特别怕水……”所以才会像八爪鱼一样抱着他。

叶西何没吭声，眼底晦暗不明。

隔得这么近，尤小乔觉得他一定能听到她的心跳得有多快，就像她能感受他的心跳，他皮肤的每一寸温度，甚至能看见他微微鼓动的鼻翼。

“叶西何，你还在生气吗？”她说，“对不起，刚才是我错了，我不应该对你发脾气的，我也不知道自己今天是怎么了……其实早上来的时候，我是想跟你说我想辞职的。”

尤小乔觉得自己把话讲到这里也没必要隐瞒了，而且她也不喜欢自己最近反复的情绪，如果一直以这种状态待在叶西何身边，今天这样的事情肯定会再次发生的。

“我也不知道自己怎么了，我不喜欢那个熊小姐，我知道你们是很好的关系。既然她已经回来了，你们以后肯定要经常接触的……而且小珊子吃晚饭的时候说的那些话……你今晚喊我过来是想让我跟你们一起庆祝你和熊小姐在一起的吧？我不知道为什么非得是我过来跟你们一起庆祝，但我真的不喜欢……说到这里，我也不知道自己在说什么。总之，我觉得只要我辞职了，就不会有这些不愉快的事情发生了，我……”

尤小乔一大段的话还没说完，猛地被人堵住了嘴。

她瞪大了眼睛，头皮发麻，身体发麻，整个人都不对了起来，因为堵住她嘴的居然是叶西何的唇！

尤小乔不知道叶西何什么时候离开她的唇，当她能再次自由呼吸空气时，整个人都软了，如果不是叶西何抱住她，她一定会沉到水里清醒清醒。

刚刚发生了什么？

叶西何吻她了？

Part 6

“初吻？”叶西何低沉好听的声音在耳边响起，他甚至还伸出舌头轻舔了舔他的薄唇，明明是个很随意的动作，却万分性感又好看。

尤小乔只觉得整个身体都热了起来，她觉得自己现在就是一只煮熟的螃蟹，身边的池水都仿佛要跟着她的温度沸腾起来。

“你、你怎么可以对我这样！”半晌，她才结结巴巴说出一句完整的质问。

“对你怎样？”被质问的男人一脸理所当然，“嗯？”

“你、你、你分明有女朋友，怎么能、能、能……”

后面那个字她太羞愧了，根本无法讲出口。

“亲你？”叶西何替她把话说完，“谁说我有女朋友了？”

尤小乔微怔：“你和熊小姐，你们……你们晚上还要庆祝你们在一起了……”

叶西何冷哼一声：“谁说庆祝在一起是我和她了？”

“不然有谁，总不可能是你和我吧？”尤小乔下意识顶回去。

顶回去后，见叶西何白净的面容上，眼神润泽明亮，她犹豫地问：“不会真的是你和我……吧？”

“很奇怪？”叶西何问，“你不喜欢我吗小老师，嗯？”

尤小乔被他尾音的那个“嗯”深深地迷住了……

他声音低哑、慵懒，那股子痞劲又回来了。

“我……”

“我挺喜欢你的。”叶西何轻拂她耳边的短发，“小老师，不如考虑试着跟我交往，嗯？”

尤小乔被这突如其来的表白震蒙了，她呆愣愣地盯着叶西何，脑袋里一片空白。

叶西何等了会儿，没等到想要的答案，漂亮的眼睛暗了暗：“真失望，第一次主动跟女生表白，居然把对方给吓到了。小老师，你胆子是小猫儿吗？这么小？”

尤小乔还是一副呆呆的样子望着他。

叶西何轻叹一声，将她从泳池里抱了出来，用毛巾帮她擦了擦湿漉漉的头发。

尤小乔被裹在温和柔棉的毛巾内，舒服极了。

她眨了眨眼睛。

将她的头发擦得差不多之后，问：“自己走回卧室，还是需要我抱你过去？”

尤小乔哪敢让他抱自己回去，忙说：“我自己走。”

说完转身要走。

“等等。”

叶西何喊住她，她回头，见叶西何走到躺椅上，拿起搁在那的睡袍走过来披在她肩膀上，将她整个人都裹住了：“走吧。”

“你不冷吗？”她脸红地看着他只穿了一条泳裤的身子，眼神始终没敢往下看。

他扬眉：“好看吗？”

见她脸越来越红，眼神东飘西飘，叶西何还怕她听不见般，低头在她耳边轻声呢喃：“如果我们交往了，小老师可以光明正大地看。”

“谁、谁要看了！”她怒道。

那水润润的眼睛瞪得圆溜溜的，明明在生气，却如娇嗔。

叶西何眼睛眯了眯，透露着一股子的危险：“小老师，你这样子会让我忍不住想……”

最后两个字，叶西何用只有两人才听得见的声音说的。

没人知道他说了什么，只知道尤小乔的脸色越来越红，她一把推开叶西何，红着脸气哼哼地走了。

她早知道叶西何有多不正经，多流氓，没想到他能流氓到这种程度，讲这样子的荤话！

可为什么她心中除了恼怒之外，一点生气的迹象都没有，而且他说的那两个字不停在她脑海里回旋……

他说话的语速，他咬字的音调，他的尾音，她竟然觉得又流氓又性感……

尤小乔捂住脸，她觉得自己大抵是疯了。

两人一前一后走进了屋子里，意外遇见了熊娜娜。

熊娜娜见到他们的这副样子，很意外，全妈见叶西何浑身湿漉漉，尤小乔身上披着他的睡袍，忙命用人去拿衣服：“赶紧给小少爷拿衣服，这种天气冻坏了怎么办！”

虽然没有亲眼看见，但躲在一处观望的用人早已将泳池边发生的一切跟她说了。

她讽刺地瞥了尤小乔一眼：“我的小少爷啊，就算要英雄救美，也得看对象啊……娜娜小姐可是在这里等你一天了……”

叶西何此刻心情很不错，任由全妈念念叨叨。

很快用人将叶西何的浴袍拿了过来，几个人伺候着叶西何穿上。

碍于刚才发生的事太让尤小乔心惊，她暂时没心力去管全妈的嘲讽以及熊娜娜惊奇的眼神。

她径自朝楼上走去。

背后传来全妈的声音："小少爷你去哪啊？娜娜小姐在这里等你很久了啊……要不娜娜小姐跟小少爷一起上楼吧……"

眼看着叶西何跟尤小乔一起上了楼，熊娜娜站在原地没动。

全妈面色看起来比熊娜娜还难看："真不知道那丫头有什么好，怎么小少爷的眼神就往她身上瞧。"

"全妈，你也看到了啊……"

全妈一愣："娜娜小姐，看到什么？"

熊娜娜眼神迷茫地看向楼梯口："只要有尤小乔出现的地方，西何的眼神和注意力都在她身上。"

"娜娜小姐，也许是你感觉错了……就那个丫头片子，怎么能让小少爷这样……"

"没……"熊娜娜摇头，"这种感觉不会错的，就像当年我看西何的那种眼神……那时候的他是那么优秀，那么众星捧月。如果不是我任性离开……"

熊娜娜说到这，没再说什么，转身走了出去。

第十一章
你不配做我的男人

Part 1

尤小乔进屋关门前，叶西何拦住了她。

他一手抵着门沿，对她说："洗个热水澡，好好睡一觉。"

"嗯。"尤小乔垂头应了一声。

叶西何忽然俯身在她额头上印上一吻，在尤小乔僵直的状态下，微微一笑："晚安，小老师。"

尤小乔听着旁边卧室的门打开，关上，僵硬地关上门，背靠在门板上。

是不是因为她昨晚没睡好，所以这一天都在做梦……

她梦见她跟叶西何吵架，在泳池里拥抱，在卧室门口晚安吻，甚至叶西何把她的初吻夺走了……

尤小乔晃晃恍惚的脑袋，这一定是在做梦，她只要赶紧睡觉，明天白天又会是新的一天！

她去浴室随便冲了澡后，一头扎进柔软的被子里，几乎是立刻就睡了过去。

次日，是生物钟把她喊醒的。

窗外天空未亮，她躺在床上发了一会儿呆，接受了这里是叶家的事实，也接受了昨天下午在泳池边发生的那些事。

她想起叶西何说："不如试着跟我交往吧，小老师？"

想起他说："小老师，我挺喜欢你的……"

想起他在泳池中矫健的身躯，水珠滑落时性感的喉结，还有将她抵在泳池边炽热的触感……

以及那两个令她羞红脸，令她在梦中也心跳的词……

尤小乔用手捂着脸，觉得自己快疯了。

她起床，去浴室里洗漱了一下，看着镜子中黑眼圈极重、头发凌乱的自己。

叶西何怎么会喜欢上她呢？

他心底放不下的那个人不是熊娜娜吗？

连程珊全和金驰第一眼看见熊娜娜回来，都以为他们两个要和好了。

在气质、形象和家世方面，她跟熊娜娜差距太远了，这一点不需要全妈提醒，她有自知之明。

她唯一能想到的可能就是，叶西何花花大少的毛病又犯了，把她当成是央音里那些爱慕崇拜他到没有原则的女生。

尤小乔不否认她喜欢叶西何，尤其昨天发生了那一系列的事，更加令她确定了心意。

可喜欢归喜欢，她不会像央音那些女生，没原则地把叶西何宠坏了。

如果叶西何跟她表白只是因为他花花大少的毛病又犯了，她一定会让他好看，让他知道什么是女生的拳头，让他知道这世上不是所有女生都可以轻易招惹的！

想到这，尤小乔感觉全身的能量又回到了身体里，她迅速地刷牙洗脸，换了套衣服，出了卧室，去散晨步。

虽然特殊时期不能剧烈运动，但因每天已经习惯了早起，一般她都会散个步，做一些简单的体操。

凌晨四点的叶宅安静极了，她走到大门时，以为没人，却被端着狗粮出来的守门老头吓了一大跳。

守门老头很淡定地瞟了她一眼："要出去？"

尤小乔点头："去散晨步。"

守门老头走到门卫室，放下了狗粮，按了大门的开关。

大门自动打开。

尤小乔礼貌地说了句："谢谢啊，爷爷！"

出去的时候她想，最初来叶家，叶西何和守门老头都对她充满了敌意，到现在叶家反倒是只有叶西何和守门老头对她没有任何敌意。

叶家住在半山腰上，尤小乔绕着山腰慢走，路上遇到了几个和她一样晨练的大爷大妈，看来有钱人也挺注意养生的，这么一大清早起来锻炼身体。

尤小乔走了一段路后，看见一处有很多健身器材。她走过去，选了一处人少的地方开始简单的锻炼。

有几个大妈自来熟，见她在晨练，跑过去问："你是哪家的丫头啊？看起来有点面生。"

尤小乔想了想，说："我是叶家的……"

话还没说完，另一个大妈"哦"了一声："是叶家那个丫头啊，小娜娜是吗？小时候经常看见你跟小西一起玩。"

尤小乔一愣。

起初最先问她的大妈说："原来是小娜娜啊，好久不见了啊……这些年你去哪了？小西家发生变故，你也不在他身边，那几年啊，小西就像变了个孩子一样，我记得那时候你们最要好了，一直要好好的啊……"

"据说这段时间小西恢复了。"另一大妈说，"上次那个交响音乐会挺成功的，我和我孙子去看了，太精彩了。小西还是那么优秀，我孙子说，长大要像小西哥哥一样厉害。"

"是吗？那次我也想去，可惜我在国外给我儿子带孙女，真是遗憾。"

"没事，小西以后会有很多场，毕竟是大提琴世家，"

两位大妈从一开始与尤小乔搭讪，到最后自顾自聊了起来。

尤小乔不露痕迹地找了另一处健身器材运动了起来。

不多时，忽然来了四个年轻人，两男两女，男俊女俏，看他们的穿着都是大清早起来晨练的。

两个女人累得气喘吁吁，抱怨道："我不行了，以后早上别再喊我起来了，我宁愿不吃饭减肥，也不想这么早起来跑步，累死我了！"

"我也是我也是！妈呀，从小到大没这么累过！"

两个男人笑哈哈："你们这就是缺乏锻炼。"

“食物减肥哪有运动来得健康，你瞧瞧人家，一看就是经常锻炼出来的健美身材，多好看！”尤小乔发现那男人对着她的方向说话，眼中都是赞许。

他身旁的女人自然十分不屑：“就知道看美女！别忘了，你可是个有女朋友的人！”

“有女朋友就不能欣赏别的美了？这也太没自由了，我宁愿单身。”

“你！”那女人气得把头扭了过去。

另一个女人看着尤小乔，皱眉：“这人有点眼熟。”

“我想起来了，她不是之前我们看见的骑单车的土包子？”

生气的女人听她这么说，扭头看去：“真的是她……”

“她这一身打扮，乌鸦变凤凰了？我说怎么一开始没认出来。”

两个男人一脸莫名其妙：“你们在说什么？”

两个女人朝尤小乔走了过去：“小土包子？你抱大腿了吗？”

尤小乔对两个陌生的女人的话很莫名其妙。

那女人问：“不记得我了？我们曾经讽刺过你，你忘了？”

能把讽刺别人说得这么光明正大还不怕挨打的，也只有她们了吧……

尤小乔当然记得她们，她第一次来叶家时，经过那个山坡，很多豪车从她身边经过。有觉得奇怪的摇下窗看她，只有她们停了一会儿看她，坐在副驾驶座的美艳少女一脸嘲笑：“天啊，这世界上居然还有这样的土包子存在，你看看她穿得多土，还在镜子前照啊照！谁给她的勇气？梁静茹吗？”

正开着跑车的女人撇了撇红唇：“我比较讶异的是，世界上居然还有这种两个轮子的车。”

她当然没忘记，就是眼前这两个人。

“记得啊，怎么了？”尤小乔反问。

“噢，没什么。”

两个女人对视一眼，转身又走了，回到男人身边时，确定地说：“真的是她。”

尤小乔：“……”

“我之前见她从叶家出来。”

“叶少的新欢？”

“估计是吧，不然怎么乌鸦变凤凰了，第一次见她，可买不起这么贵的衣服。”

“熊娜娜不是回国了吗？我还买了她下周的个人演奏会门票。”

“那这小土包子估计跟叶少交往不久又要被甩了吧……”

“估计是。”

几个人向她投来怜悯的神色。

尤小乔好不容易平静的心情又郁闷了起来，怎么走哪都离不开熊娜娜，真是阴魂不散啊！

她懒得在这一会儿被误认为是熊娜娜，一会儿被别人用怜悯的眼神看待，返回了叶家。

Part 2

回到客房时，时间还早，没到六点。

尤小乔去冲了个澡，换了自己昨天已经洗好并且烘干的衣服，整理了背包，出了门。

路过叶西何卧室时，她顿住脚步，想着要不要跟他说一声自己先回去了。

按照约定，时间已经到了，现在是她正式放假的第一天，她的时间是自由的，并不需要向叶西何报备。

可是如果不跟他说一声就走的话，叶大少爷不知道醒来会不会生气。

尤小乔正犹豫间，身后传来响声。她回头，见熊娜娜从走廊尽头的一间房间出来，看见她站在叶西何门外并不奇怪。

她穿着一套丝绸睡袍，低胸的设计让她的胸呼之欲出，裙子包裹着她的丰臀，曲线流畅，性感万分。

尤小乔觉得早晨在健身器材那遇见的男人真应该过来看看熊娜娜的身材，这才叫完美的女人身材，令人羡慕不及。

熊娜娜拢了拢头发，慵懒地走到尤小乔面前。

尤小乔这才发现这个女人不但身材好，人漂亮，长得还高，站在她身边，足足比她高了半个头。

“早啊。”熊娜娜跟她打了一声招呼，“西何不会这么早起床，你赶时间走吗？不赶时间的话，一起吃个早餐吧……”

尤小乔当然不想跟她一起吃早餐了，看着她犹如叶家女主人般的派头，尤小乔很郁闷。

熊娜娜走到楼下，很快有用人朝她走来。

那些对尤小乔视而不见的用人，对待熊娜娜热情多了。

尤小乔经过客厅的时候，想当个隐形人消失，却被熊娜娜喊住了："小老师，这边是餐厅，请！"

她做了一个邀请的手势。

尤小乔刚说："不用了……"

"吃个早餐而已，小老师也要拒绝吗？"

对全妈，尤小乔可以不客气地怼回去，因为全妈欠怼。

对熊娜娜，尤小乔无法做到，虽然昨天熊娜娜故意让她听到与全妈的那段对话，但无好感跟敌对是两码事。

吃个早餐而已，她不会怕的。

尤小乔朝餐厅走去。

两人落座后，全妈上前问两人吃什么。

面对尤小乔时她当然一如既往地冷着脸。

熊娜娜很随意地说："和以往一样吧……"

说完才像想起什么，拍了拍脑袋："噢，对了，忘记小老师不经常在叶家吃早餐了。小老师，你想吃什么？"

"我都可以。"对于吃的，尤小乔一直很随意。

熊娜娜对全妈说："那就给小老师来一份和我一样的吧……辛苦全妈了！"

"说什么辛苦啊，娜娜小姐真客气！"全妈笑眯眯地说，"我们娜娜小姐从小有礼貌有教养，不像某些人，连句谢谢都不会说！"

对于全妈习惯性地指桑骂槐，尤小乔也习惯性地给了她一个巨大的白眼。

全妈瞪她一眼，扭头下去弄早餐了。

尤小乔坐在椅子上，观察着一直站在熊娜娜身边的男人。

她下楼就看见这个等在楼下，跟在熊娜娜身边男人。

他身上散发出的强大的冰冷又压迫性的气质很难让人不注意到他，何况尤小乔这辈子都不会忘记他这张脸。

邓兰陵，在赛场上从未输过，出手狠辣、残酷，对对手毫不留情，将她大哥重伤致昏迷至今未醒的男人。

邓兰陵也看到了她，他冷漠的脸上本就没表情，看见跟没看见一样。

熊娜娜见尤小乔一直盯着邓兰陵看，介绍了起来："这是我的保镖小邓。"

"噢。"尤小乔收回眼神，没再看。

熊娜娜将一张 VIP 函递给了尤小乔："下周日，我在国家大剧院举办大提琴个人演奏会，小老师有兴趣的话可以来参加。"

末了，她又加了一句："西何也会来。"

尤小乔接过："谢谢你的好意了，不过我当天有比赛，去不了了。"

"这么巧啊……"熊娜娜遗憾地说，"可惜了，如果不是日子撞在一起的话，西何一定会去看你的比赛。"

尤小乔"嗯"了一声，想起那次她问他"会去看我的武术比赛吗"。

他半认真半玩笑地说："小老师的比赛，当然要去捧场了！"

尤小乔的眼神暗了暗。

这时，一干人将早餐端了上来。

西式的早餐，用的是刀和叉，连个筷子都没有。

尤小乔吃不惯，问："有筷子吗？"

全妈捂住嘴，夸张地说："你不会连刀叉都不会用吧？真是土包子……"

"筷子才是中国人的传统，是中国的国粹，你看不起只用筷子的人？"尤小乔淡声反问，"还是说你平时从不用筷子吃饭，都用刀叉？"

"你……"全妈铁青着一张脸，想说什么，忽然笑了起来，"不会用就不会用，又没人笑你，这么生气做什么……"

"你哪只眼睛看见我生气了？生气也得看值不值得，你觉得你值得？"尤小乔冷笑，"太高估自己了吧？"

"好了。"熊娜娜看了全妈一眼，"全妈，你也去吃点东西吧……"

全妈满脸不服气地走了。

一顿早餐吃得飞快，在别人面前，尤小乔完全不需要保持在叶西何面前的拘束感。吃完后，尤小乔说："我吃完了，谢谢熊小姐的招待，没什么事的话，我先回去了。"

"不客气，一会我送你。"

"不用了。"

"这里很偏，我送你方便一点，你毕竟是西何的老师，应该要好生对待的。"

"不用……"尤小乔正要起身，肩膀被一只大手摁住。

她回头，邓兰陵冷峻阴鸷的脸在她眼前。不知何时，他悄无声息站在她身后，一手看似搭在她肩膀上，却力气十足，压制着她的身体，令她根本站不起来："小姐说了送你回去，你就别客气了。"

尤小乔没吭声。

熊娜娜放下刀叉，喝了一口牛奶，用纸巾擦了擦嘴巴后，对她说："既然小老师这么着急回去，我们现在走吧！我先去楼上换个衣服，马上下来。"

尤小乔肩膀上的那股力道这才松开，邓兰陵侧身，让熊娜娜离开。

尤小乔看着邓兰陵，他一脸平静，很有一个冷酷保镖的样子。

尤小乔刚才没反抗，是知道自己不是邓兰陵的对手，反抗也是白费力气，只是没想到他竟然是熊娜娜的保镖。看来，如果没有尤淼过去的恩怨，他们之间也注定做不成朋友了。

"小老师？"不远处，换好衣服的熊娜娜喊她。

尤小乔离开餐桌，跟着熊娜娜往外面走去。

已经有司机开了一辆红色的跑车在外面等着，见熊娜娜出来了，帮她打开了驾驶位的门。

尤小乔觉得这车很眼熟，跟叶西何那款跑车很像，只是色调不一样，一辆是鲜艳的红色，一辆是沉稳的黑色。

上车后，车驶出叶家，跑车后跟着一辆黑色的宝马，开车的人是邓兰陵。

"这车是我和西何人生中的第一辆车。"车内，熊娜娜感叹，"买车的时候要了同款情侣车，没想到过去了这么久，西何还开着。小老师，你跟西何接触这么长时间，觉得他是怎样一个人？"

尤小乔晃了晃神："我不习惯评价任何人。"

"没事，我只是随口问问。"熊娜娜说，"可能当年我的离开对他伤害太大了吧，据说在这段时间里，他经常更换女友，花心得不行？如果知道我离开会对他造成这么大的伤害，当初我一定不会走的。"

虽然尤小乔不知道为什么当初熊娜娜离开了叶西何，不过现在说这些话已经没任何意义了，尤其是对着她。

从吃早餐开始，摆出一副女主人的姿态，到离开时，表面不露痕迹，却让邓兰陵压制住她……

尤小乔想，看来她还是低估了眼前这个女人的城府。

全妈这人是讨厌，但她的坏都表现在表面，恨不得让全世界的人都知道她如此讨人厌。

熊娜娜呢？对你礼貌、对你微笑，甚至你能感受到她女神般的温婉，相处久了，才知道她笑里藏针，表里不一。

尤小乔不是第一次遇见这种人，没兴趣跟熊娜娜打交道，她觉得自己未来也不会跟熊娜娜有太多接触，所以一路上基本都是熊娜娜在说话，她敷衍地回应几句。

说到最后，熊娜娜也收了嘴，体贴地送她到图腾武馆。

尤小乔说了声谢谢，准备下车。

“小老师。”

尤小乔回头。

熊娜娜说：“希望我们以后能成为朋友，而不是敌人。”

尤小乔没吭声。

熊娜娜接着说：“当初是我伤害了西何，我会弥补的。我也相信西何只是暂时生我的气，很快我们会重归于好。我这人不像其他人一样小心眼，西何身边有过多少女人我不管，也不想管，我允许他有女性朋友，但西何只能是我的。”

熊娜娜语气坚定，不容置疑。

尤小乔却没放在心上，也没被熊娜娜的眼神威慑住。

她淡淡地说：“是你的别人怎么抢也抢不走，不是你的，别人不用抢，他自己也会走。你先把叶西何变成你的再说吧！”

尤小乔解开安全带，头也不回地下了车。

Part 3

熊娜娜眼神黯淡了下来，尤小乔的话像一根针，轻易戳破了她伪装的泡沫，她闭上眼睛，所有的自信在一瞬间瓦解。

不用尤小乔明说，对于现在的叶西何，她也没有任何把握回到从前。

如今的叶西何对她的冷漠疏离，让她感觉到了前所未有的无力。

从前她太骄傲，觉得身边所拥有的远远不足以达到她想要的程度。众人眼中优秀无比的叶西何，在她看来，只是和她从小一起长大，优秀程度能与她匹配的男人。她也有嫌弃他的地方，比如他痞性太重，不够沉稳，太轻浮，显得幼稚。

尽管朋友跟她说："别嫌男人幼稚，那是他爱你，才在你面前幼稚，当他不爱你时，比你爷爷都成熟。"

她偏不信，总希望叶西何能变成她想要的样子。

如今，他只对尤小乔轻浮、幼稚，在她面前稳重又拒人于千里之外……

她想起那年她执意与他分手时，他的挽留。

她说："我不喜欢放弃自我、自甘堕落的人，那样不配做我的男人。叶西何，什么时候你重新振作起来，你才配做我的男人。"

她不否认过去的她太目中无人了，在分开的这段时间里，她独自在国外待了很长一段时间，时常会想起跟叶西何在一起的生活。身边追求者很多，却没一个人能让她心动，那些人相比起叶西何，太差了，他们连共同话题都找不到。

所以听说叶西何振作之后，她立刻回国了。

她想过很多令他振作起来的原因，却从未想过是因为另外一个女人……

"砰砰"，车窗被敲了一下。

车窗自动摇下，邓兰陵冷酷的脸出现在车窗口："小姐，发生什么事了？"

熊娜娜摇头："没事，回去吧！"

车窗摇上，熊娜娜发动车，在原地转了个弯后加速离开。

邓兰陵上车时，身形顿了片刻，冷冷地看向尤小乔离开的地方。

尤小乔走到武馆门口，感觉身后一股锋利的视线，她回身，与邓兰陵的视线对上。

邓兰陵这个男人光看外表就令人很有压迫感，何况以这种犀利的视线看来。

一直在门口等她的罗晴续吓得一哆嗦，问：“小乔，那男人是谁啊？眼神好恐怖啊，好像要把人吃了一样。”

“邓兰陵。”尤小乔回。

“邓兰陵？我怎么觉得这个名字好耳熟……”

“邓兰陵？”徐晓磊眉头一皱，“是他？”

以往只在赛场上见过邓兰陵，鲜少见他以西装革履的形象出现，徐晓磊一时间没认出来也正常。

“邓兰陵……”罗晴续猛地想起来，“是他，那个打伤尤淼大哥的人？”

“他怎么会出现在这里？”徐晓磊一脸担忧，眼看着邓兰陵打开车门，驱车离开。

“没事。”尤小乔笑了笑，“他现在是熊娜娜的保镖。”

他们这一行的人，成为保镖并不奇怪。

“好吓人啊……”罗晴续说，“总觉得是个很可怕的男人。”

“有什么好怕的，难道真能吃了我不成？”尤小乔看到罗晴续在武馆，但竟然没有汪祁俊的身影，不禁问，“晴续，你今天怎么在这里？没跟骚猪一起来吗？”

罗晴续摇头，面色很奇怪地看着她：“我有话想单独跟你说。”

尤小乔觉得很稀奇：“这么保密？”

罗晴续点头。

尤小乔看向大师兄：“师兄，那我一会儿找你啊。”

徐晓磊和罗晴续一起在门口等尤小乔，相对罗晴续的“秘密事”，他只是习惯了身为奶妈的处事风格，见尤小乔一夜未归，出来接她回武馆。

见她无恙，点头：“我先进去练功了。”

“嗯，我一会来！”

徐晓磊走了之后，尤小乔领着罗晴续往卧室的方向走去：“有什么事啊？瞧你这么紧张的样子，让我猜猜，是你跟骚猪在一起了？”

罗晴续忙摇头：“当然不是了。”

“那是？”

罗晴续丧着一张脸：“那天听完叶西何的交响音乐会，我做了一件特别后悔的事！我要向你忏悔！”

“啊？你强吻叶西何啦？”

"当然不是了！"面对尤小乔的玩笑，罗晴续却一点都笑不起来，"你不是先离开了吗？祁俊去追你了，我心里有点不舒服，所以后来明知道你们在一起，故意只给祁俊打电话……唔……"

"就这事啊？"尤小乔很奇怪，"这有什么特别的吗？为什么要向我忏悔？"

罗晴续深呼一口气："是程珊全点醒了我，我这样做特别不应该。祁俊是你介绍给我，我们才认识的，我不应该跨过你，假装跟他很熟的样子，把你的朋友抢走了……不对，不是抢走，我不应该向你示威，好像我跟祁俊的关系比你和祁俊的关系更好……也不对，唉，我也不知道该怎么说"罗晴续懊恼地说，"总之我这样做是很不对的！我要跟你说声对不起！"

"对什么不起啊，从我第一天把骚猪介绍给你时，你们就是朋友了，朋友之间打电话很正常啊，有什么好道歉的？"

"嗯，不管怎么说，还是得谢谢小乔，如果不是你，我也不可能认识祁俊。"

"不客气！"尤小乔拍拍她的肩膀以示安慰。

回到卧室换衣服时，尤小乔问："今天骚猪怎么没跟你一起过来？"

罗晴续说："我不是要跟你道歉么，他在的话，我会不好意思的。"

"这样啊……"

"对了，这周日你不是要比赛了吗？我打算对你的比赛做现场直播。"罗晴续说，"我昨天已经在直播间提了一下，很多水友表示很感兴趣。能传播中国武术传统文化，对直播行业也很好，让大家知道中国的女主播不是只有秀胸的、露屁股的，还是有传播正能量的！"

罗晴续有个不为人知的职业是某直播平台当红女主播，和其他唱歌跳舞的女主播不同，罗晴续直播的节目比较奇葩，比如自然环境保护，她时常独自拿着手机去一些环境污染严重的地方进行直播。

起初，直播间人气很差，毕竟在直播平台众多漂亮的小姐姐中，她直播的内容引起不了普通宅男的关注。

直到有天，国家对直播平台进行严厉排查，涉及不正经内容的直播都在短暂时间内禁止播放，罗晴续的直播间忽然被挂在了直播平台首页整整一天，罗晴续就此彻底火了。

大家开始注意到这么一个"奇葩"的女主播，在众多网红脸、秀胸秀屁股的女主播中成为一股清流。

因为她持续直播许多目前当红且正能量的话题，水友们赋予了她“正能量女神”的称号。

“有人生理想！”尤小乔竖起大拇指给了她个赞，“我能预测，我们的罗大主播以后一定会大红大紫，红遍全宇宙！”

“你也是啊！尤小乔以后一定会成为世界级的武术冠军！”

尤小乔嘿嘿笑：“我们这样商业互吹好吗？”

罗晴续也嘿嘿笑了起来。

Part 4

接下来的那段时间，尤小乔都再也没见过叶西何。她每天都在武馆里挥洒汗水，身心俱疲，根本没心思想其他事，也恢复了正常的作息时间，再也没出现过失眠的情况。

她很喜欢这种状态，每天的生活都感觉很充实，只是偶尔在吃饭的间隙之间会想起叶西何，会想他此时在做什么，有没有认真上课。

每当想起他，她会很快命令大脑不要去想，目前最重要的是在分赛中晋级。

她分赛的第一个对手，是来自南亚武馆的一名女弟子。

“是个泰国人。”比赛前一天，图腾武馆所有弟子都来跟望风分析对方的情况，“不过资质很不错，实力在中等偏上。”

“这样看起来，肯定不是小乔的对手！”

其他弟子跟着附和，他们都看过尤小乔跟徐晓磊的那场切磋，尤小乔的实力大家心知肚明。那场比赛之后，尤小乔已经成为众多弟子心目中的实力象征。

“大家抬举我了，能晋级比赛都是实力的象征，不管是谁，我们都不能轻敌。”尤小乔说。

“小乔说得没错。”胥喿表示赞同，“不管是谁，我们都不能轻敌。”

南亚武馆以泰拳为主，以狠辣的膝法、肘法闻名，刚猛、敏锐。尤氏拳法中有一套正好克制泰拳的拳法，源于中华太极拳的阴阳两极之道，以柔克刚，四两拨千斤，看上去无力迟钝，实际强劲霸道，是针对泰拳的利器。”

“不如小乔展示一手吧？”有人提议，“真的好想看小乔打拳，那样子，用英姿飒爽形容一点不为过。”

“虽然我也想看，但小乔姐训练了这么长时间，赛前前一天好不容易休息一下，还是别让她太劳累了吧……”

有人给出了体贴的建议。

“我赞同。”最能体贴师弟师妹们的徐晓磊点头。

胥谟拍拍手，道，“毕竟我们中华健儿是为了用原汁原味的中国功夫弘扬中华武术，可不是用来展示的，想看的孩子们明天咱赛场上见。今天的主要目的就是让参赛的成员好好放松休息一下，全力奔赴明天的比赛！”

“师父，今天好不容易休息一天，有什么活动没？”

胥谟笑笑：“你们想做什么？”

“篝火晚会！晚上举行场篝火晚会呗！”

“这比赛还没胜利，就开始篝火晚会了？”

“我们这是为大师兄和小乔明天的比赛做赛前放松准备。”

胥谟一拍手：“好，那就篝火晚会吧！”

胥谟宣布解散后，大家一哄而散都去准备篝火晚会了。

尤小乔坐在原地没动，罗晴续问：“小乔，你要不回房间休息一会？”、

尤小乔摇摇头，起身，走到木人桩边，说：“我还想练一会。”

徐晓磊、望风和卯卯见她又练了起来，几个人也返回了训练场地。

“我们武馆最厉害的小乔都这么用功，我们也得更努力才是！”望风调笑道。

尤小乔说：“二师兄，你不要调侃我了。”

“虽然师父说得严肃，但我始终觉得那个泰国人不是咱小乔的对手。”卯卯说，“小乔不用这么谨慎啦，最后一天，大家一起放松呗！”

“谨慎一点是好事。”徐晓磊说，“对方也知道要挑战的人是小乔，会把小乔的底细查得一清二楚，知己知彼才能百战百胜。”

“那也不怕啊，小乔又没在其他人面前展示过实力。”

“你忘记了？拳霸武馆来挑衅咱们时，小乔几招就把程天真打了个落花流水，这消息在其他武馆之间传得很厉害，大家都知道我们武馆里有一个水平在程天真之上的女弟子，对小乔很好奇。”望风说，“我预测明天

来分赛看比赛的会有很多除了我们图腾武馆和南亚武馆之外的武馆，去现场观察小乔的实力。”

卯卯汗颜：“二师兄，你这话说得跟绕口令似的……”

望风拍拍他的脑袋：“你们可不知道，过去的像这种国际上的大赛，我们武馆根本连名都提不上，现在至少能在别人的口中听到图腾武馆四个字了。我估计，在小乔的带领下，我们武馆一定能火！”

众人以期待的目光看向尤小乔，尤小乔装作害怕地缩了缩肩膀：“师兄，你这话说得我压力倍增，我承受不住啊……”

“小乔，这就是你不对了，能力越高，责任也就越大，你可是我们武馆未来的希望！”卯卯得意地说。

“行了！”徐晓磊皱眉，瞪着卯卯和望风，“你们这是给人解压还是施压？生怕小乔在明天的赛场上发挥太好是不是？”

卯卯吐吐舌头：“当然不是，当然不是！”说完对尤小乔说，“小乔，你把我刚才说的话当成是耳边风，吹吹就散啦！我看我还是去帮忙吧，看看篝火晚会需要点什么！”说完一溜烟跑了。

望风见状，也说：“我也去看看他们需要帮什么忙。”

两人走后，徐晓磊对尤小乔说：“别太累了，这一周训练强度很大，该放松的时候就好好休息！”

“知道啦大师兄，我有分寸的。”

徐晓磊也离开了。

罗晴续放下手机对尤小乔说：“祁俊说他爸爸来了，晚上得陪他爸吃完饭再过来。”

“嗯。”尤小乔应了一声，手上对着木头桩打了起来。

罗晴续歪头观察了尤小乔许久，在一旁坐下，没打扰她。

大概一小时后，尤小乔已经练得一身汗了。

歇息的空隙，罗晴续递了一杯温水给她。

尤小乔仰头咕噜咕噜喝了一大半，在罗晴续身边坐下。

罗晴续问：“小乔，你是不是有心事啊？”

尤小乔一愣：“怎么这么问？”

“这几天我都感觉你心事重重的样子，虽然你跟平时一样打打闹闹，但就是给我这种感觉，我的直觉一般都很准。”

尤小乔笑笑，仰头又喝了一大口水：“我能有什么心事？”

“你最近跟叶少爷相处得还好吧？”

尤小乔“嗯”了一声。

“他明天会来看你的比赛吗？”

“不会。”

“为什么啊？明天周日，他应该没事呀！”

“明天熊娜娜有大提琴演奏会，他应该去那边。”

“熊娜娜，叶少爷的前女友？”

“嗯。”

“可是明天算是小乔你人生中第一场正儿八经的比赛哎，叶少爷不来，你不失望吗？”

尤小乔想了想，说：“为什么要失望，我们只是正儿八经的工作关系啊……”

如果不算上最后那天在叶家发生的一系列事的话……但这些尤小乔不想跟罗晴续提起，她不是一个爱把心事往外说的人，大多时候都独自消化。

“是吗？”罗晴续撇撇嘴巴，“我觉得你就是喜欢叶少爷。”

“……”尤小乔无言地瞟了她一眼。

罗晴续耸耸肩膀，一副“反正我就是这样觉得”的样子。

Part 5

晚上的篝火晚会，汪祁俊虽没准时来，但让人送来了一大卡车的蔬菜、肉和鱼虾，就差没把整个菜市场搬过来了。

他是从酒店匆匆赶来的，篝火晚会已经举行到一半了。

汪祁俊一到武馆就找姐姐，这是大家都熟知的。

他的姐姐，正是汪祁俊第一次出现在武馆时，介绍他为“这是我弟，情商有些低，大家别介意”的尤小乔。

由于他经常出现在图腾武馆，虽然情商低，但出手大方，长得也不错，又是武馆里人缘极好的尤小乔的弟弟，武馆的人还是将他当自己人对待。

汪祁俊在一个不起眼的角落找到了尤小乔，他坐过去，气喘吁吁地说："差点以为赶不上了。"

尤小乔老远就闻到了一股熟悉的香气，见他来了，毫不意外，手上拿着一个鸡翅在啃："看不出来，你对篝火晚会这么感兴趣。"

"才不是。"汪祁俊在她身边坐下，"你明天要比赛了，我是专门赶来帮你加油打气的！"

"嘿嘿。"尤小乔摸摸他的脑袋，"不愧是我弟，对我真好啊……"

汪祁俊郁闷："我才不是你弟。"

尤小乔耸耸肩膀："但大家都这么认为。"

汪祁俊更郁闷了。

他看着尤小乔一脸没心没肺的样子，问："听说昨天你在叶西何家住。"

尤小乔"嗯"了一声。

"为什么啊？你们补习还得补到住在他家里啊……他是不是对你有非分之想？"

尤小乔手一顿，不自觉想到在泳池边叶西何抱着她时身体的温度和那个吻。

好在夜色很暗，别人根本注意不到她眼里的躲闪和脸上莫名其妙的红晕。

汪祁俊见她没回答，着急了："他不会真的对你做什么了吧？"

尤小乔瞥了他一眼："小孩子乱想什么呢？"

"他真的没对你做什么？"

"他能对我做什么啊……"尤小乔说，"就算想对我做什么，他也打不过我啊……"再说了，还有熊娜娜跟全妈看着呢，她们能眼睁睁看着叶西何对她做什么吗？

"那还差不多。"汪祁俊哼一声，"那小子要敢胡来，我一定不放过他！"

说完，他从口袋里掏出一个东西，道："对了，小乔，这是我今天跟我爸去雍和宫给你求的，保佑你明天一定能旗开得胜。"

尤小乔接过他手里的东西，心中滑过一股暖流："谢谢你啊，大骚猪。"

"明天我和小骚猪都会去给你加油的！"

"嗯，放心吧，一定不会让你们失望的。"

"嗯。"不得不说，尤小乔被感动了。她不禁反思，平时她虽一直将汪祁俊当弟弟对待，但有时候对他还没什么耐心，也不怎么热情。倒是他一直对她很好，一副逆来顺受的模样，让她觉得很愧疚，心里默默决定以后要对他更好一点。

“祁俊，你来啦！跟大家打个招呼吧！”

罗晴续正在用手机做篝火晚会的现场直播，见汪祁俊来了，故意打趣他。

汪祁俊瞪了她一眼，罗晴续笑眯眯地说：“开个玩笑啦！”

说完用手机对着小乔：“给大家介绍一下，这位就是明天即将要参加武林大赛的尤小乔，实力选手，也是我的闺密，大家要多多支持噢！小乔，跟大家打个招呼吧！”

相比汪祁俊的腼腆，尤小乔很大方地跟直播间的水友们打了招呼。

“小姐姐很漂亮……”罗晴续念着水友们的弹幕，“当然啦，小乔绝对是武术界的武花！”

汪祁俊低头摆弄着手机。

罗晴续微笑着说：“好啦，今天的直播就到此为止，喜欢主播的朋友别忘记了点个关注噢！我们明天赛场直播见！”

罗晴续话刚说完，就见直播间忽然被一系列的礼物飞快刷屏。

“哇！土豪！”

“巴啦啦大骚猪是谁？”

“猪哥永福同享，寿与天齐！”

“666……”

“666 过时了，狂刷 999……”

“999？”

“6 翻了啊！”

“……”

罗晴续看见屏幕上持续刷着“满汉全席”，一个、两个、三个……到了十个……

“满汉全席”是直播平台一种虚拟礼物，虚拟礼物多种多样，有“鸡翅”“鸡腿”“龙虾”“烤鱼”等等，所有虚拟礼物都可以转化成现金。“满汉全席”是平台中最贵的虚拟礼物，送“满汉全席”时，会上全网站的公屏，一个“满汉全席”需要一千元，十个等于一万元。

十个“满汉全席”后，礼物还在持续上涨，十一个、十二个……

全网站也跟着持续刷屏“巴啦啦大骚猪在情绪学姐直播间连续刷了十九个满汉全席”，“巴啦啦大骚猪在情绪学姐直播间连续刷了二十个满汉全席”……

罗晴续忙对汪祁俊说：“祁俊，是你给我刷的‘满汉全席’吗？不用的……”

汪祁俊放下手机，“嗯”一声：“刚才没给你露脸，算对你的补偿。”

他说这话的时候眼神飘忽不定。

尤小乔嘿嘿笑了起来：“大骚猪，你在不好意思吗？”

“谁、谁不好意思了！”汪祁俊嘴上这么说，脸却奇异地烫了起来。

他不擅长交流，但觉得罗晴续在做直播，他直接拒绝她很不好，思来想去，他只想到了这个补偿的办法。

和他接触了这么久，罗晴续也知道他是个嘴硬心软的人，她关了直播，走到他身边：“谢谢你啊，祁俊。其实刚刚让你露脸我是开玩笑的，你别当真。”

她知道他心里所想，没有像尤小乔那样拆穿。

尤小乔起身，扭了扭腰，举了举胳膊，放松身体：“你们慢慢聊啊，我先回去了。”

汪祁俊立刻站起来：“你去哪啊小乔？”

“回房间睡觉啊，明天得早起，晚上不得早睡点，保持体力吗？”

“哦。”汪祁俊眼底有不舍，他才没来多久，小乔就要离开了。

Part 6

“没事，明天我们一起去给小乔加油！”罗晴续看出汪祁俊的失落，微笑着安慰他。

“嗯。”

罗晴续觉得汪祁俊今天的情绪很低落，思来想去，才问：“祁俊，你今天心情不好吗？”

她跟汪祁俊说话，总习惯想好再说，生怕自己多事，或者说了不好听的话让他不高兴。

尽管尤小乔说这样没必要，汪祁俊本就是个心思单纯的人，即使说了什么话让他生气了，哄哄他立刻就好了。

但面对喜欢的人嘛，总是不一样的。

我们可以在很多人面前无拘无束，谈笑自若，但在喜欢的人面前，总是小心翼翼，嘴笨得像个小孩。

汪祁俊点头："跟我爸吵架了。"

"怎么了？"

"我爸说我成天不干正经事，除了打游戏，就是往武馆跑，连个朋友都没有，一无是处。"

罗晴续觉得汪爸爸说的话没毛病，但还是站在汪祁俊这边："之前听小乔说，你想先玩几年，然后再想未来？"

"嗯。"汪祁俊郁闷地说："如果现在不给我玩，我还不如去念书。"

罗晴续点头："既然想玩就好好玩，不过偶尔提前想想未来也不错啊。比如小乔未来想当冠军，把中国功夫宣传出去。我呢，想当一名伟大的主播。注意哦，是伟大的主播，不是很红的主播，我希望能持续传播一些正能量的东西，这些都是我们的梦想。但你看，我和小乔并没有因为有了梦想就耽误玩耍啊！往梦想前进的路上，我们努力做的那些事也充满了乐趣，一点不比单纯的玩耍差多少啊，所以我觉得你可以先培养你感兴趣的梦想。"

说完，她问他："祁俊，你有喜欢做的事吗？"

"有啊，我喜欢打游戏，喜欢电竞。"

"啊，这个很容易的！"罗晴续说，"你知道电竞之王金驰吧？他是叶少爷的朋友，到时候你们可以交流交流的啊……"

"我知道，金驰是所有有着电竞之梦的人的偶像。"

汪祁俊说这话时，篝火倒映在他眼底，星星点点，像重新燃烧起来的梦。

只不过那星星点点在他眼底只燃烧了一会儿，便黯淡了下来："我也想像小乔一样优秀，学习成绩好，功夫也好，性格也好，大家都喜欢她，可我做不到。"

"怎么会做不到……"

"我知道我学习成绩不好，性格也不好。"汪祁俊情绪低落地说，"我情商低，跟我接触的人都不喜欢我。小时候除了我弟弟，没人愿意跟我玩。

后来上学了，身边一些同学觉得我家有钱，我经常请他们吃饭、玩游戏，所以他们才愿意跟我玩。”

“你别这样说自己啊……”罗晴续说，“至少你在图腾武馆，大家都很喜欢你啊。”我也很喜欢你啊……后面的话，罗晴续在心里偷偷补充。

“那是因为小乔的关系……”

“才不是。”罗晴续打断他，“虽然你有缺点，但这些缺点并不足以把你整个人都否定了。我也有缺点啊，但我仍然相信我的优点比缺点多多了，祁俊，你应该自信一点。”

“以前小乔也跟我这样说过，希望如此吧！”

汪祁俊站起身：“我回去了，你走吗？”

罗晴续知道尤小乔不在这，汪祁俊的心思也不在这里了，跟他一起起身：“我也回家啦，晚上洗洗早点睡，明天元气满满地给小乔做现场直播！”

两人跟武馆的人打了声招呼后，离开。

汪祁俊将罗晴续送回了寝室，看着罗晴续上楼后才转身往车里走去。

“祁俊！”

罗晴续忽然喊住了他。

汪祁俊转身，罗晴续站在宿舍阶梯下，眸若含烟，定定瞧着他：“祁俊，你不是一无是处，在我眼里，你很好，虽然没有小乔那样十项全能，但你很热心啊！你对身边的朋友都很好，你只是不习惯表露出来。你不是没朋友的，你有小乔，还有我啊！”

罗晴续说完一大段后，没等汪祁俊回答，扭身往楼上跑去。

一直跑到寝室内，她觉得自己的心还在疯狂地跳动。

“叮！”手机响了一下，示意有短信，她打开手机看，是汪祁俊发来的两个字：“谢谢。”

罗晴续嘴角情不自禁弯了起来，脸上热辣辣的，仿佛汪祁俊当着她的面跟她说谢谢。

“呀！晴续，你干吗呢，抱着手机笑得春心荡漾，恋爱啦？”

说话的是寝室另外两个室友。

罗晴续抿嘴笑，也不遮遮掩掩：“对啊，不过还在追求中，祝我成功吧！”

她哼着小调从衣柜里拿了换洗的衣服去浴室里洗澡。

“晴续啊，你这还在追求当中，怎么就这么开心了？”

“不知道啊，就是很开心啊！”罗晴续耸耸肩膀。

即使现在还在追求中，她相信总有一天祁俊会喜欢上她的。

毕竟人要有梦想啊，万一实现了呢？

第十二章
小老师被欺负了

Part 1

“众所瞩目的国际武林大赛将于本日在国家体育场举行，此次大赛汇聚了全世界最优秀的参赛者，备受世界瞩目……”

一大早，国际武林大赛成为各家媒体争相报道的热门话题之一。

图腾武馆的商务车到达体育场外时，记者们早已将体育场外围得水泄不通，一个个张望着来往的车辆。

“哇，这么多记者，是在等我们吗？我们是不是要红了？”卯卯两眼放光，虽然他是陪徐晓磊和尤小乔过来比赛的，但看起来比他们还紧张兴奋。

其他人也看着外面的情景，陪同的望风淡定地说：“应该不是。”

果然，他们下车后，那些记者只是瞟了他们一眼，继续张望着后面来往的车辆。

“谁这么大牌，能让这么多记者在这里等着？”卯卯奇怪，他是第一次当这种比赛的后勤团，眼里和脸上都写着新奇。

很快，后面跟着一辆白色的大巴停了下来。

“是拳霸武馆的大巴！”

人群中有人喊了一句，蹲在一旁的媒体立刻蜂拥而上，拳霸武馆大巴的门立刻被围了起来。

大巴门打开，拳霸武馆的后勤弟子们立刻阻挡住记者们的“热情”，给车内的人让出了道。

程天真穿着代表拳霸武馆的赛服，见这阵势，一愣，随后摆起了Pose：“没想到一场分赛比赛，大家居然这么热情。我就是拳霸武馆的小公主程天真，有什么问题需要问的，嗯？”

记者们你推我我推你，都想挤到最前面。

面对程天真的话，没人回答，直到邓氏兄妹从车内下来——

“啊！邓兰陵！啊！是邓兰陵！还有邓木兰！”

比记者们还大的尖叫声响起，但见从不远处奔来一群举着“邓兰陵”和“邓木兰”荧光牌的粉丝跑了过来，想要挤到车边跟两人打招呼，但很快被现场的保安拦截了。

眼见这些人全是为了邓氏兄妹而来，收起Pose的程天真无语地翻了个白眼。

记者们举着话筒相继凑到邓兰陵和邓木兰面前，迫不及待地问——

“邓兰陵，请问你为什么和妹妹邓木兰一起加入了拳霸武馆？真像外界所说的，邓氏家族因为没有延续的香火渐渐衰败吗？”

“邓兰陵、邓木兰，根据媒体热搜指数表示，你们是能代表中国功夫进击全世界的参赛选手，对此你们有什么看法？”

“你们觉得自己有信心分别拿下世界级的男女组比赛冠军吗？”

“邓兰陵，你说句话吧！这几年的比赛你跟媒体之间没交流也就算了，连跟粉丝之间都零交流，这样耍大牌不好吧？”

这记者刚问完，邓兰陵一个犀利的眼神看过去，不知那记者是被吓到了，还是手没拿稳，话筒哐当一声砸到地上。

“哇！这就是邓兰陵啊！看照片就觉得是个不好惹的人，没想到见到本人更有气势。那眼神如果看着对手的话，还没出手，对手都会被吓尿了吧？”卯卯摸着心口唏嘘。

“啪！”

脑门被敲了一下，望风白了他一眼：“有你这样长别人志气灭自己威风的吗？”

“没有啦！二师兄，我的意思是如果是我上场的话，大师兄的气势肯定比邓兰陵厉害多了！”

“又不是光凭气势就能赢得冠军……”徐晓磊叹了一口气，况且，卯卯说得没错，邓兰陵骨子里有一种独特的强大气息，气势不稳的人很容易不战而败。

“咦，跟在邓兰陵身后的是邓木兰吗？跟邓兰陵是一个模子刻出来的啊，两人长得也太像了吧，而且……都那么冷。”卯卯又将眼神转移到另一个女孩身上。

“他们是龙凤胎。”望风解释。

“难怪长得这么像了。”

“好了，热闹看够了，我们该进场了。”胥裊的声音拉回了众人的眼神。

尤小乔收回眼神：“咱们进场吧！”

卯卯热情不减：“不知道这场比赛后，我们小乔会不会也有邓氏兄妹那样的粉丝团和热度。”

“当然有啦！”这时，身后传来一个女声，“大家好，现在我们正在武林大赛的入口处，我是以工作人员的身份进入的，现在我只要再往前走十步，就能见到你们朝朝暮暮想见到的分赛比赛选手小乔小姐姐啦！”

众人转身，看见罗晴续手中举着手机，嘴边咬着耳麦，笑盈盈地往他们这边跑来。

“晴续姐，又开始做直播呢？”

“对啊！今天要给小乔的比赛做直播！来，跟水友们打个招呼吧！”

“Hi，大家好！我是图腾武馆的卯卯！”卯卯笑眯眯地朝镜头招招手，看起来像只放大版的招财猫。

“这就是直播？哦呵呵，我能跟孩子们打个招呼吗？”胥裊看起来像个没长大的顽童。

“当然可以了！”罗晴续忙说，“为大家介绍一下，现在出场的重要嘉宾，他是图腾武馆的大师……”

窝在叶家无聊到用手机看直播的程珊全朝金驰抱怨：“你不直播，我发现直播上都没什么好看的。”

“有那么多小姐姐给你看……”

“看整容脸吗？”程珊全无语，用手机在屏幕上滑啊滑……

“咦？”忽然滑到一个熟悉的面孔，“这个人不是小老师的同学吗？叫什么情绪？”

金驰凑过来瞅一眼：“罗晴续。”

“对，就是这个。”程珊全有点激动，随之又疑惑，“你怎么知道她的名字？你不是对小姐姐没兴趣吗？”

“这不奇怪啊。”金驰吃着薯条，“她是直播平台当红的女主播之一。”

“这个罗晴续？”程珊全眼睛一亮，“这个不是小老师他们？”

他将手机举到金驰面前：“你看这个角落的背影是小老师吗？”

“是啊。”金驰觉得程珊全大惊小怪，“这几天罗晴续一直在直播间预告，今天会对小老师的比赛现场直播。水友还挺热情，据说官网会安排上首页，宣扬中国功夫。”

“小老师要火啊！”看过尤小乔打架的程珊全啧啧称赞，“小老师打架的功夫，这气场肯定能得冠军！”

“那是中国功夫好不！正儿八经的武术！什么叫打架……”

“嘿，你还真认真！”

“那当然了，这叫尊重。就像不懂电竞的人，总把它叫成不正经的打游戏。哼，真正的电竞可不只是打游戏那么简单！”

说起行业用词的尊重，金驰的敏感程度等于他宝贵的零食，谁碰都炸。

程珊全摸摸他的脑袋：“金宝宝淡定淡定，没有人说你的职业是不正经的打游戏，咱可是国民电竞男神，世界冠军！谁随便打个游戏能打到世界冠军，那不是胡扯嘛！”

金驰吃了一口薯条，“哼”了一声。

程珊全看着手机屏幕，思考了一下：“你说要跟叶哥说吗？”

“说什么？”

“小老师今天比赛啊……”

“叶哥不是要去参加娜娜的个人演奏会吗？”

“对哦，那还是不告诉他吧，多一事不如少一事。嘿，比赛要开始了！”

程珊全刚想喊金驰一起过来看，见熊娜娜下了楼，忙闭了嘴，手机也退出了直播平台。

Part 2

国家体育馆的女子分赛区，场外是热闹非凡的观众席。

卯卯一双眼睛圆溜溜地巡视着场外的人，羡慕地说："好多人啊，什么时候我才能在这么多人的注视下比赛啊？"

"这算少的了，你是没见过邓氏兄妹比赛时，那才叫座无虚席。你看这里大部分都是其他武馆的主力或者教练。"望风双手环抱，"看来我估算得不错，这些人都是过来观察小乔实力的。"

"二师兄，你瞧那边，那是什么？统一服饰的那边……"

卯卯忽然像发现了新大陆，指着观众席上穿着统一粉色工装背心的一排大胸肌男人，眼里都是震惊。

他们一共十人，每人手上都举着"尤小乔加油"的灯牌。

望风也被惊到了："这、这是怎么回事啊……"

"小乔什么时候有这么……难以形容的粉丝群体了？"

正在做直播的罗晴续拿着手机正在截取这边的画面，见两人一脸震惊的模样，问："发生什么事了？"

卯卯指着远处："那、那个是……"

"天啊……"罗晴续看着远处一排粉色肌肉男，"那、那是什么……"随后，又想到了什么，"该不会是……"

罗晴续还没说完，一排粉色肌肉男忽然全体起立，但见不远处穿着一套粉红西装的男人朝观众席走去，十个粉红工装男齐刷刷朝他鞠躬："老板好！"

"祁俊？"罗晴续不可思议道。

"他！真的是他……"卯卯惊得结巴了起来……

望风额头上滚下一颗巨大的汗珠："都进去吧，装作不认识他……"

罗晴续："……"

比赛进入了倒计时，罗晴续回到了观众席，径自朝汪祁俊走去。

面对别人异样的眼神，汪祁俊没任何反应。

离得近，罗晴续见那几个工装背心肌肉男不但上面穿着粉色，下面的短裤也是粉色的，她忍不住问："祁俊，这些都是你带来的人吗？"

汪祁俊点头："说好要好好给小乔加油打气的！"

罗晴续想说，如果小乔知道是用这种方式的话，应该会立刻拒绝吧……

她尴尬地笑了笑："为什么要他们穿这种颜色的衣服啊？"

汪祁俊看了她一眼，指了指自己的衣服："跟我的颜色统一，也很显眼，我想给小乔一片粉色的灯海，你们女生不都喜欢粉色吗？"

罗晴续点头："好像很有道理的样子……"

"嗯。"汪祁俊也点头，一脸本来就很有道理的认真样。

"当当当。"

比赛场上忽然响起了铃声。

主办方上场宣布女子赛场第一场分赛即将开始。

"小乔，准备好了吗？"望风说，"大师兄那边已经开始比赛了，他让我帮他给你说声加油！"

"准备好了。"尤小乔深呼吸一口气。

"小乔，加油！"胥袅举了举拳头。

"我会的，师父。"

说完，她走到一直沉默的尤向北面前，道："爸爸，我会加油，争回属于你和哥哥的荣耀！"

尤向北双眸隐隐颤动，尽管他表面平静，却仍然无法抑制身体里那股激动的情绪，那是他年少时背负的荣耀感和使命感。

所有的情绪汇聚起来只有四个字："尽力就好。"

他知道，他不能给她太大的压力，不能让她重蹈尤淼的覆辙。

尤小乔朝赛场上走去。

观众席上立刻响起了热烈的尖叫声和欢呼声。

原本平静的尤小乔感觉骨子里的血液渐渐沸腾了起来，脑子里响起了气势磅礴的战歌——

"尤小乔加油！"

"尤小乔加油！"

耳边是气贯长虹般的加油声，尤小乔只觉想赢的感觉十分强烈了起来，即使不为了自己，也应该不辜负前来看她比赛，为她加油的观众们！

她回头，想朝观众席上致去感谢的眼神，却在看见一片粉色海洋时，登时愣住——

那是什么？

穿着粉色工装背心的肌肉男人们……吗？

他们健硕的手臂正举着写着她名字的灯光牌，用气壮山河之势给她加油。

尤小乔深呼吸一口气，看向肌肉男们身边穿着同一颜色西装的汪祁俊，瞬间就……明白了。

她收回眼神，让自己淡定，只要汪祁俊出现的地方，什么奇葩的事情都可以理解，她这样安慰自己。

在十个肌肉壮男的狂喊加油声中，她走向了擂台。

广播里主持人向所有人介绍他们的信息："左边朝我们走来的是南亚武馆的参赛选手米饭，泰籍选手，参加比赛二十六场二十六胜，是个很有潜力的选手，至今没有败绩。右边朝我们走来的是来自图腾武馆的参赛选手尤小乔，没有大型武术大赛比赛经验，这也是图腾武馆自创办以来，第一次有女弟子参加比赛，让我们拭目以待！"

擂台上，双方抱拳行礼后，比赛正式开始。

Part 3

灯光聚焦的中心，尤小乔和米饭正激烈地战斗着，观众席上此起彼伏的喝呼声，粉红色肌肉男们雄壮的叫喊声，让赛场上的女孩们挥洒汗水时，更多了一份鼓舞。

和其他观众不一样的，是几个武馆前来观战的教练们。

他们坐在角落不起眼的地方，凝神观战。

就像主持人介绍的那样，所有的武馆在女子比赛中都有两名以上进入了百名比赛，拳霸武馆甚至有五名打进了比赛，而图腾武馆唯独尤小乔一人进入了百名比赛，她也是图腾武馆创办以来，第一个被选进参加这种大型武术比赛的女子。

以前不是没有人参加过，但在百人筛选赛中就被淘汰了。

对于这个女孩，除了拳霸武馆那种有实力有背景的武馆不感兴趣之外，其他武馆都不敢怠慢。

和他们想象中不一样，尤小乔是个看起来很娇小的女孩，她的进攻方式也跟米饭完全不一样。

米饭的拳头狠，准，稳。身上有一股蛮力快速进攻，不给对方任何喘息的机会。可她的拳头打向尤小乔的方向却像落进了棉花当中，一点都不着力。

相比较米饭的进攻，尤小乔不紧不慢地接招、闪躲，再渐渐将米饭的耐心刺激到崩溃时，伺机反击。

“这个图腾武馆的小姑娘很有趣。”西站武馆的教练津津有味地观战，“无论南亚武馆的人怎么出击，她都有办法跟她耗，耗到一定时间即刻出击，打对方一个措手不及。”

“这样让南亚武馆的弟子看起来空有一身蛮力，没有任何进攻技巧，就像一只勇猛的狮子掉进水中，怎么挣扎也没有用。”

“差不多了，这是一场没有悬念的比赛。”东站武馆的教练双手环抱，稍显冷淡。

“你的意思是图腾武馆要赢了？”西站武馆的教练问。

东站武馆的教练面无表情：“嗯。”

“我瞧着也是，这姑娘是尤向北的闺女吧？我看她的水准在南亚武馆的女弟子之上。”

“呵。”东站武馆的教练冷笑一声，“何止之上，中间差了一百个邓木兰。”

“……”西站武馆的教练嘴角抽了抽，“没想到号称冰山的东站武馆的教练也会开玩笑，不过还真冷。”

东站武馆的教练冷哼一声，转身欲离开观众席。

“这就不看了？”

“光看这场比赛，完全看不出图腾武馆那女弟子的实力，在这里只是浪费时间。”东站武馆的教练说完，转身离开。

一直沉默的北站武馆的教练“嗯”一声：“老东说得没错，南亚武馆那女弟子根本没本事将尤小乔的实力激发出来，这不但是一场没有任何悬念的比赛，而且……”北站武馆的教练叹了一口气，“而且实力悬殊太大，这是一场虐人的大型表演现场。”

几个其他武馆的师兄弟沉静地看着，不远处南亚武馆的教练显得十分沉默。

“师父，这图腾武馆的女弟子怎么比二师姐厉害这么多？”南亚武馆的弟子着急了，“以前从来都没听说过她的名字啊！”

“是啊，这女弟子从哪冒出来的？”众人十分着急，看场上的形势，米饭的体力渐渐耗尽，已经被逼到了极限。

南亚武馆的教练摇头：“米饭不是她的对手，这场我们武馆败了！”

赛场上，米饭被尤小乔一圈打趴在地上，裁判半蹲着身子对趴在地上的米饭读秒，如果在限定的十秒米饭没有站起来的话，这场比赛尤小乔获胜。

“1、2、3……”

“二师姐！站起来！站起来啊！”

南亚武馆的弟子们着急地狂喊着。

“二师姐！加油！站起来！”

“二师姐！”

“4、5、6……”

“二师姐站起来了！”南亚武馆的一名弟子高喊着，其他弟子屏息紧张地看着赛场上，与他们穿着同一赛服的女孩颤颤巍巍地站了起来。

她脸上满是汗水，嘴角、额头上都是血渍，相比较她而言，对方的情况要好多了。

米饭一咬牙，握紧拳头努力聚集全身的力量朝尤小乔挥去。然而尤小乔一个回身闪躲，甚至没有出手，米饭整个人就摔倒在地上，再也爬不起来。

由于她最后一击用尽了全力，根本没有剩余的力气控制住向前冲的身体，以至于尤小乔根本不需要出手，她已经完全没有力气再站起来了。

耳边是裁判宣布比赛结果的声音：“本场女子组最终晋级选手，尤小乔！”

全场爆发出雷鸣般的掌声。

“尤小乔好样的！尤小乔最棒！”粉红色工装肌肉男举着灯牌爆发出嘶吼的声音，一个个笑容璀璨，仿佛不再是因为老板的雇佣而进行的一场表演，而是被尤小乔的胜利而激发出的发自内心的庆祝。

看见这一排粉色画面的尤小乔哭笑不得。

图腾武馆的弟子们，以及罗晴续和汪祁俊已经迫不及待从观众席跑到擂台上拥抱尤小乔。

尤小乔看着每个人脸上洋溢的笑容。

这种胜利的感觉真好啊，每个她所关心的、所爱护的朋友们都露出兴奋的笑，他们发自肺腑为她感到沸腾、欢快和荣耀，这种能与亲人、朋友分享的快乐，真好！

只可惜……

尤小乔看着沸腾的观众席，可惜叶西何没有来，真想让他看看赛场上热血的自己啊，和他一样，为了梦想全力以赴。

“小乔，你太棒了！”望风赶过来，“告诉你一个好消息，大师兄也顺利晋级了！”

“那真是太好了！”掩去眸中的失落，尤小乔发自内心地开心。

Part 4

正在欢快录制现场直播的罗晴续忽然面色巨变，在众多水友刷“尤小乔最棒”以及各种礼物的同时，有一条水友发的弹幕：“你们看今天的头条新闻了吗？熊娜娜和叶西何在一起了。”

“那个大提琴家熊娜娜？”

“对，就是那个熊娜娜，在她的个人演奏会上宣布和叶西何在一起了。”

“这么劲爆吗？该不会是炒作吧？”

“不是啊，据说两人青梅竹马！”

由于大家都沉浸在尤小乔获胜的欢喜中，没有人注意到罗晴续的状态。

这时，直播间又爆了。

一名名为“。”的水友为该直播间连续送出两百个满汉全席，也就是二十万块钱。

很快，熊娜娜公开有男友的信息立刻被名为“。”的水友和其他点赞惊呼的水友刷屏了。

罗晴续的脑子快不好使了，昨天“巴啦啦大骚猪”是汪祁俊，这个名为“。”的人是谁？

她直播这么长时间以来，除了内部工作人员需要现场效果，跟她事前商量好刷多少万的礼物之外，没有一个突然出现的新号给她送过这么多礼物。

“呃……谢谢这位句号水友送的两百个满汉全席。”虽然心中有疑惑，但还在直播中的罗晴续很快恢复了主播该有的素质，礼貌感谢。

战场上有人胜利，则有人失败，南亚武馆的人扶起米饭悄无声息地离开了。

尤小乔和尤向北仿佛看见了当初尤淼在擂台上被他们抬下去的情景。

赛场是个公平的地方，同时也是个残酷的地方。

他们完全能体会南亚武馆的人此时复杂难过的心情。

尤小乔收回目光，尤向北拍拍她的肩膀：“走吧。”

武林大赛四分之一晋级赛，图腾武馆两名弟子都成功晋级，将有长达一个月的时间他们可以为二分之一决赛做准备。

图腾武馆的人陆续回到了大巴上准备回馆，方才的喜悦渐渐平复下来。

“晓磊和小乔的胜利值得我们高兴，但大家也别忘记，这只是武林大赛的四分之一晋级赛。在两个月后我们将迎来二分之一晋级赛，在二分之一晋级赛中获得胜利，才能争夺冠军。”

大巴上，胥裊理智地分析：“当然了，这的确是值得庆祝的一天。因为图腾武馆自创立以来，还未曾有过一位女弟子取得这种成绩。小乔，图腾武馆的每个弟子都将以你为傲！”

车厢里响起热烈的掌声，尤小乔谦虚地摆摆手：“没有啦没有啦……”

虽然赢了一场比赛她很开心，但这么多表扬会令她骄傲的，她还是低调点好。

车子平稳地在路上开着，车厢里的聊天声渐渐小下来，很多早起的弟子渐渐靠着椅背睡了过去。

尤小乔靠在椅背上休息了一会儿，觉得没睡意，拿出手机想刷一会儿。

“小乔！”罗晴续的声音忽然传来，她吓了一跳。

罗晴续的声音很大，惊醒了四周刚睡着的师兄弟。

罗晴续忙带着歉意说：“抱歉！抱歉！”

尤小乔跟尤向北坐一起，罗晴续和汪祁俊坐她后面一排，尤小乔把脑袋转过去，小声问：“怎么了？”

罗晴续情绪不太稳定：“没、没什么，就是想问你不累吗？别刷手机了，在车上眯一会吧……”

“哦，我这会儿不困。”尤小乔说，“可能是太兴奋了，我刷会手机。”

罗晴续想阻止，可心里越急，越想不到办法。

“晴续……”汪祁俊见她神情奇怪，问，“你怎么了？”

罗晴续着急，可又不好跟他说熊娜娜和叶西何公开在一起的新闻现在成为了各大网站的热门新闻，她不想让尤小乔刷手机，是不想让她看见。

她正着急的时候，尤小乔已经放下了手机，闭眼休息了起来。

她疑惑地看向尤小乔的睡颜，除了平静以外，没有其他的情绪起伏。

她松了一口气，平时小乔刷手机只喜欢玩斗地主之类的游戏，没有刷新闻的习惯，可能她刚才根本没有看到吧。

大概一个半小时后，大巴停在了图腾武馆正门口，车上的弟子们陆续下了车。

忽然有个弟子举着手机喊：“大家快看微博，小乔师姐上热门话题啦！不但有比赛的 GIF 图，还有照片！小乔师姐被网友评为中国最美功夫小姐姐！”

几个弟子不淡定了起来，罗晴续也拿起手机看了一眼微博，武林大赛和尤小乔的名字都上了热搜榜。热搜里几个大 V 发的微博九宫图中是尤小乔在赛场上的动图，全是尤小乔在赛场上好几个闪躲自如、攻击犀利的瞬间，帅气十足。

网友评论——

“妈呀，好帅啊！”

“女人也能帅成这样，想嫁！”

“一分钟内我要她的全部信息！”

“又想骗我生女儿系列……”

“女人都能帅成这样，还要男人做什么！”

“真是中国最美功夫小姐姐，没毛病！”

罗晴续的注意力却不在这里，她看向其他热搜，熊娜娜和叶西何在一起的消息依然排在前五名。

汪祁俊也看见了，他不悦地拿着手机凑到罗晴续面前：“这两个人怎么回事？”

罗晴续摇摇头：“我也不知道，这是在赛后忽然出现的新闻，好像是熊娜娜今天有个人大提琴演奏会，熊娜娜在演奏会上公开宣布与叶少爷是恋人关系。”

“小乔怎么办？”

“祁俊……你也看出来了小乔喜欢叶少爷吗？”罗晴续很诧异，她本以为，整个图腾武馆恐怕只有她看出来小乔喜欢叶少爷，没想到祁俊也看出来了，所以熊娜娜和叶西何公开恋情上了热搜的事，图腾武馆其他人完全没在意。

“嗯。”汪祁俊说，“小乔喜欢叶西何的样子，就像我喜欢她，你喜欢我这样。”

对于汪祁俊直白的话，罗晴续虽然习惯了，但还是挺尴尬的，她笑了笑说：“原来是这样啊……”

“聊什么？不进去吗？”

这时，尤小乔的声音在背后响起。

汪祁俊和罗晴续的第一反应是迅速收起手机。

尤小乔看见他们的动作，失笑：“不用藏了，我都看到了。”

“看到了？”罗晴续不确定地问，“小、小乔，你看到什么了？”

“熊娜娜公开宣布和叶西何在一起了。”

“你真的知道了啊……”

“小乔，如果你生气的话，我可以找人去揍他！”汪祁俊生气地说。

“找人？找什么人啊？”尤小乔想了想，“找你今天的粉红工装肌肉男去揍他吗？”

汪祁俊抿着唇，红着一张脸。

尤小乔笑了起来：“别幼稚了，他们在一起是人之常情，拆散人家姻缘是要下地狱的。”

汪祁俊知道她在开玩笑：“可是那个渣男那么对你……”

“他怎么对我了？”尤小乔说，“我们本来就只有工作关系，他对我挺好啊，经常给我额外的红包，大哥这个月的医药费幸亏有他了。”

见汪祁俊一副欲言又止的模样。

尤小乔说：“祁俊，我知道你想说什么。我们尤家不会平白无故接受别人的钱，你家有钱是你的事，不要再想着可以随时给我钱这种想法了好吗？”

“噢。”汪祁俊应了一声，他刚才的确有这种想法。不，应该说很早的时候就有这种想法，以前曾经提出过，但被小乔拒绝了，所以他才不敢再说了。

尤小乔拍拍他的肩膀，说了句“乖”，便独自朝武馆里走去。

罗晴续看着她的背影，小声对汪祁俊说：“小乔虽然没说什么，但我感觉她好像很不开心，心里应该很难过吧……”

汪祁俊立在原地，面色很难看，他倏地转身大步流星地朝车边走去。

“祁俊，你去哪？”

Part 5

罗晴续见汪祁俊情绪不对，在汪祁俊坐上车的同时，也跟着打开副驾驶门上了车。

汪祁俊一脸愠色地将车开上了高速公路。

罗晴续看着不断飙升的车速，十分紧张地劝他：“祁俊，你冷静一点。我知道你现在很生气，替小乔打抱不平。可是你也要想想，就像小乔说的，她和叶少爷之间只是工作关系。况且，现在我们都不知道实际情况是什么，也许只是熊娜娜单方面公开，叶少爷根本不知情呢？”

无论罗晴续怎么说，汪祁俊的面色都很难看，车速一路飙升到了一百二十码。

没办法，罗晴续只能假装捂着胸口告诉他：“祁俊、祁俊，别开那么快，我心脏不好，我现在觉得自己呼吸变得很困难……祁俊……”

汪祁俊的车速这才稍微慢了下来。

他将车停在了一处高速路口的休息区，罗晴续以为他被自己说动了，却不想他解下安全带，绕到副驾驶位置，打开车门：“下车。”

罗晴续没动：“祁俊，你想去找叶西何吗？”

汪祁俊没回答，仍重复：“下车。”

罗晴续摇头：“我不会让你独自一人去的。”

汪祁俊现在正在气头上，谁知道他去找叶西何会发生什么事，她一点也不放心。

汪祁俊见她不肯下车也没了办法，毕竟用蛮力将她拽下车不是他的作风。

他将副驾驶的门重重关起来，回到驾驶座位，继续开车前行。

汪祁俊将车开到了国家大剧院。

汪祁俊下车后，罗晴续忙拉住他："祁俊，你答应我，见到叶西何不要动手，不要让小乔为难好吗？"

这时，她只有拿出小乔说服他："毕竟小乔还需要叶西何给她的这两份工作。"

罗晴续话音刚落，见汪祁俊眼神一紧，她直觉不好。

汪祁俊已如一阵风般从她身边蹿出，电光石火之间，汪祁俊一拳打在一个男人的脸上。顿时人群中传来路人尖叫的声音，国家大剧院门口乱成一片。

罗晴续怎么也没想到会这么巧，在大剧院门口跟叶西何、程珊全和金驰等人撞了个正着。

程珊全和金驰一人一边将叶西何和汪祁俊分开，程珊全瞪着莫名其妙冲出来的汪祁俊："你疯了吗？"

叶西何摸了摸嘴角的血渍，汪祁俊这一拳打得精准无比。

"这拳法，跟小老师学的？"

罗晴续没想到，叶西何还有心情开玩笑，只是他的面色并不好看，音调之中也带着冷冷的嘲讽。

"你还有脸提小乔！"汪祁俊愤怒地瞪着他，"你都跟别的女人公开恋爱关系了，你想过小乔的感受吗！"

程珊全和金驰对视一眼，没想到在他们眼里每天穿得骚包、身上喷着香水跟"娘们"似的汪祁俊，居然是来为小老师打抱不平的。

见叶西何沉默了，汪祁俊追问："怎么？不说话了？"

"这个……汪同学，先淡定一会。"程珊全说，"你们是看了媒体报道吧？媒体报道的八卦你们也信……还信得这么真这么深？"

"……"罗晴续见汪祁俊情绪稍稳定了一点，才说，"可微博上有视频，是熊娜娜亲口说的……"

"她亲口说的怎么了，我们叶哥接受了吗？你们听见叶哥亲口承认了？"

罗晴续摇摇头。

程珊全看向汪祁俊："汪同学，你瞧见我们叶哥亲口承认了？"

汪祁俊憋红了一张脸，论说话他根本不是程珊全的对手，此刻早已没了方才的气势，结结巴巴地说："既、既然不是，为什么还让网上这么写，小乔看见了很伤心！"

"兄弟，这叫情趣你懂不？"程珊全摇摇头，"一看你这小子就没谈过恋爱吧？"

"我、我谈没谈过跟你有什么关系？！"汪祁俊甩开他的手，"警告你，不要再伤害小乔，否则下一次一样狠揍你！"

说完，他转身离开。

罗晴续看着一声不吭的叶西何："叶少爷，我不知道你跟熊娜娜之间到底是什么关系。我们是小乔的朋友，不想看见她伤心，希望你能体谅以及原谅祁俊今天的作为，我在这替他跟你说声对不起！"

罗晴续给叶西何鞠了一躬。

"小姐姐客气了。"程珊全笑眯眯，"没想到小姐姐竟然是 × 站主播，幸会幸会，以后我会经常去小姐姐直播间光顾的！"

罗晴续被他说得一愣，想起今天直播间被送了二十万元的礼物，难道送礼物的是他？

罗晴续又想了想，觉得不太可能，他们两人没什么交集，他为什么平白无故给她送那么多钱？

"那谢谢了！"

罗晴续回到了车内，见汪祁俊的情绪已经稳定下来，心也放松了不少。

Part 6

"这小子，真有意思。"程珊全看着汪祁俊开车离开，调侃道。

"一定跟小老师关系很好，才替小老师打抱不平吧……"金驰说，"羡慕这样的友情。"

"你是傻子吗？这小子一看就喜欢小老师！"

"男女之间不是只有爱情，也有纯洁的友情！"

“猪脑子，懒得跟你说！”

“你为什么要骂自己？”

“嘿！”程珊全正想怼回去，见叶西何已经不声不响走了很远，忙追了过去，“叶哥，等等我们啊！”

叶西何头也没回：“我看你们可以在门口吵一整晚……”

“才不！谁要跟他吵，拉低我智商！”

金驰：“……”

三人坐上车，程珊全问：“叶哥，既然你拒绝了娜娜，为什么不跟小老师说清楚？免得让她误会你。”

“误会我什么？”叶西何淡淡地问。

“误会你有了她，跟她在一起了，还跟娜娜纠缠不清啊！”

正在玩手机的叶西何头也没抬：“谁跟她在一起了？”

“啊……”程珊全一脸震惊，“你不是跟她表白了吗？”

“表白怎么了……”叶西何淡淡地说，“她没接受我。”

程珊全：“……”

金驰：“……”

程珊全不可置信：“叶哥你说什么？小老师没有接受你？她拒绝你了？”

叶西何不置可否。

“哇，这才是该上头条的热门新闻吧，从小到大，有谁拒绝过叶哥？真是头一次见到。”

程珊全猛地想到：“叶哥，你这一计好啊！娜娜在演奏会上公开这件事虽说是个意外，可媒体争先抢后地报道，小老师不刷微博也会被身边的朋友告知！”

“这是什么好计？”开车的金驰不懂，“小老师知道不是会很生气吗？”

“生气就对了！”程珊全打了个响指，“怕就怕她不生气！”

金驰一脸茫然：“不是，你倒是说清楚，这到底怎么回事？叶哥故意气小老师吗？小老师做错了什么？”

程珊全翻了个白眼：“说你智商有问题吧你还不承认！叶哥不是说了小老师没有接受他吗？叶哥这一计可以测出小老师的心意，如果小老师不喜欢叶哥的话，是不可能会难过的！”

金驰听完后，啧啧称赞：“叶哥好腹黑哦……”

程珊全：“你懂什么，这叫一石二鸟。既摆脱了娜娜的纠缠，又明白了小老师的心意，这不亏！”

“我还是觉得叶哥腹黑，以后小老师可怜了，小老师那么善良，肯定整天被叶哥欺负！”

“哇，我说你到底是站在哪边的？”

“我当然是站在正义那边的！”

“你真无趣！”

“说得好像你有趣一样……”

车内，叶西何低头把玩着手机，任由两人吵吵闹闹。

手机屏幕上显示的是微信聊天框。

叶西何：“小老师，恭喜比赛胜出。”

他看着屏幕，反反复复摁左边亮屏按键，半天那边才发来两个字：“谢谢。”

叶西何嘴角勾了勾：“比赛完了，小老师是不是该恢复工作了？”

“明天我要回学校一趟。”

“几点下课，我去接你？”

微信很长一段时间没有动静。

叶西何又开始反复摁着亮屏按键。

“后天我就要期中考试了，小老师不来给我加油吗？”

“好，明天我去一趟学校后会去找你。”

将手机丢在一边，叶西何靠在椅背上假寐，耳边依旧是程珊全和金驰吵吵闹闹的声音。

图腾武馆晚上的聚会上，尤小乔心不在焉地吃着饭，看着手机微信上自己回的最后一句话，想着明天就要跟他见面了，心里五味杂陈。

想起那天在泳池边，那种让她胡思乱想又掺杂着甜蜜的幸福感还没维持几天，就被他亲手打破。

她不是没想过他花心，他交往过那么多女友，他的表白也许只是一时兴起，可总有那么一点小心思，让她侥幸觉得也许她在他心中跟其他女孩是不一样的。

最后证明，是她想多了。

否则怎么会刚跟她表白了，回头就跟青梅竹马好上了？

想到这，尤小乔心里头硌硬，眼前的饭菜也觉得没什么胃口。

秉着不浪费的原则，她快速将饭吃了，准备悄无声息地溜走。

奈何她是今天的主角，怎么也逃不过众人的注意。

“小乔师姐，你去哪啊？”

第十三章
你不知道这种动作很勾人

Part 1

尤小乔说：“我有点疲，想早点回去休息。”

“啊！小乔师姐最近这一周辛苦了，打完比赛终于可以放松了，大家还是让她先回去休息吧！”有善解人意的弟子说道。

其他人附和，有女弟子说：“小乔师姐，我陪你回去吧！”

尤小乔笑：“只是疲乏了，又不是怎样了，还脆弱到需要人陪，太夸张啦！你们继续吃饭吧，我自己回去就行。”

众人见她这样说，不再勉强。

徐晓磊问她：“小乔，真的没什么事？”

“没事，大师兄放心吧，我真的只是有点累！”

“嗯，那就好。”

“那我先回去了。”

“好。”徐晓磊望着尤小乔离开的背影，眉头一直皱着。

“大师兄，干吗呢？赢了比赛，怎么一副不开心的样子？”望风见徐晓磊站在原地没动，抱着可乐过来询问。

徐晓磊摇摇头："你不觉得最近小乔有点不对劲？"

望风一愣："怎么不对劲了？"

"说不上来，总觉得她没以前开心了，一副心事重重的样子。"

"大师兄这么一说，我也发现了。"不知从哪里冒出来的卯卯说，"好几次跟小乔说话她都走神，以前不这样的，而且好像没以前那么开心了……据其他弟子私底下说，好几次看见小乔凌晨三点就起来晨跑。"

"这不奇怪。"徐晓磊说，"小乔一直很努力，平时工作、上课都很忙，只有省时间练功了。"

"我们都知道小乔是个很努力的姑娘，但凌晨三点开始晨跑也太夸张了。"望风不赞同徐晓磊的说法。

"那你的意思是？"徐晓磊问。

"很明显，那么早起去晨跑是因为失眠。"

"失眠？"

"这你们就不知道了吧？"望风喝了一口可乐，武馆规定弟子不能喝酒，他只能把可乐当酒喝，"姑娘家长大了总会有心事的，你们这些直男是无法理解的！奶妈大师兄，小乔长大啦，该断奶啦，让她自行去解决吧！"

徐晓磊不能理解望风说的话："现在小乔也是个大人，什么叫长大了，她一直是个成年人。"

"……"望风无语，觉得跟脑筋一根直线的徐晓磊讲不通，"算了算了，大师兄，反正小乔的事你不需要太担心了。别忘了我们小乔可是学霸，不管在什么方面，这里……"他指了指脑门，"聪明着，没人能欺负她。就像她说的，她今天只是累了。"

徐晓磊点头："这么说还成，不管怎么说，我都是你们最坚强的后盾。"

"知道啦，奶妈！我知道不管是小乔还是我们，你都会一视同仁的！"卯卯笑眯眯地说。

三个身高一米九，一百六十斤的壮汉互相对视一眼，会心一笑。

尤小乔回到卧室洗了个澡，瘫痪似的躺在床上几分钟后，打开手机微信看着刚才跟叶西何的聊天记录，一遍两遍三遍……

并没有什么好看的，反复看去也只有那几句话，可是她一直看着，大概看了半小时后才无聊地放下。

今天早晨四点起来，去练功房练了一会功，吃完早餐后去了比赛现场，一直到现在才安静下来。

在饭桌上她说很疲是真的，想睡觉也是真的，只是这一躺，却又睡不着了。

脑海里总在想明天该用什么样子面对叶西何，装作什么事都不知道，还是给他道一声“恭喜”。

微信上他发出第一句话“小老师，恭喜比赛胜出”时，她很想回“同喜”。

那句“同喜”在聊天框中打了又删，删了又打，最终还是换成“谢谢”。

不想让自己变成怨妇一样的女人，况且叶西何从没给过她任何承诺，即使在泳池边，也只是问她愿意试着跟他交往吗。

她呢？她并没有答应啊……那么凭什么叶西何要为她守身如玉？

他跟熊娜娜公开恋爱关系，她有什么资格吃醋？

吃醋……

尤小乔被这两个字惊得从床上坐了起来。

所以这种酸酸的，又难过又无法宣泄的感情是在吃醋吗？

她知道自己喜欢上了叶西何，只是没想到感情变得这么深刻，自己变得如此多愁善感了起来。

“尤小乔，你真的很作啊……早知道如此，那天接受叶西何的表白不就行了？”脑海里忽然有个声音在说。

“可是叶西何是浪子啊……穿开裆裤的时候就流连花丛了，尤小乔根本不是他的对手好不？”另一个声音，一边嗑着瓜子，一边凉凉地说，“如果尤小乔接受了他，最后注定被抛弃，下场会更惨吧？”

“青春是什么？青春就是不尝试怎么知道结果，尝试了即使结果不如最初设想的那样，也不会后悔！因为我们还年轻，我们还会遇到对的人！而且，遇见过错的人，感情才不是一张白纸，才会有经验，以后才不会被人骗！”

“就是因为有你这种脑残，未来的剩女才越来越多，男的也越来越花心，因为大家都受伤太多，不再相信爱情了！”

“所以你觉得就算小乔喜欢叶西何，但因为他的过去，所以就该拒绝他？说不定叶西何就是小乔命中注定的男人，你这种思路会害了她！”

“如果叶西何不是呢？如果叶西何只是跟她玩玩，最后抛弃了她，那种痛你能替她承受？长痛不如短痛！”

“……”

尤小乔觉得脑子快要爆炸了，她深呼吸一口气，从床上跳下去，打开窗户，对着外面歇斯底里地大叫了一声，将胸口的浊气都一口气喊出，这才觉得整个世界都安静了。

这个时候大家应该还在食堂吃饭，没有人会注意到她。

尤小乔对着窗外的空气猛吸了几口后，回到床上，盖被子，关灯，睡觉！

这一觉虽然睡得困难，但也渐渐迷迷糊糊睡了过去。

Part 2

第二天，尤小乔例行凌晨晨跑和练完功后去了学校。

大三的课程不多，但每周的专业课尤小乔都会按时上完。

班上同学都知道尤小乔比赛成功晋级的消息，纷纷道贺。

中途收到罗晴续的短信，说今天请假不来上课了。

尤小乔问她怎么回事，是不是生病了。

罗晴续回了没事后，没多说什么。

尤小乔也没再问了。

直到开始上课了，教室里才安静了下来。

专业课老师一进门，没有像以前一样开始讲课，而是面带笑容：“大家应该都知道我们班的尤小乔参加国际武林大赛的事了，老师也在这里恭喜尤小乔同学顺利晋级。”

“啪啪啪。”教室里响起热烈的鼓掌声。

“不过……”老师抬了抬手，示意大家安静下来，“后期的比赛只会越来越激烈，越来越难！希望尤小乔同学再接再厉，克服困难，争取拿到第一名，给自己争光，给学校争光！让世界都看见中国功夫的强大！”

尤小乔站起身，给鼓掌的同学和老师鞠了一躬，“谢谢大家，我会努力的！”

在掌声过后，老师才开始今天的课程。

两节专业课结束后，同学陆续离开了教室。

远远的，有同学打招呼：“小乔，你还不走啊？”

“嗯，我一会就走。”

“那我先走了！”

“拜拜！”

直到教室里只剩下她一个人，她低头做着英文辅导书上的习题。

不知过了多久，习题上出现了一枚阴影。

她抬头，见眼前站着一抹身影，英俊挺拔，俊脸上挂着一抹熟悉的笑。

“你怎么来了……”尤小乔诧异叶西何的出现。

“我不来找你，你打算一直躲着我？”他在她身边坐下，一副“我能怎么办”的表情。

“我没躲你。”尤小乔说这话时，觉得很心虚。

如果没躲着他，为什么下课不敢去找他，一直在教室里待到人都走光了都不愿起身。

果然，叶西何没拆穿她，只是懒懒散散朝她笑着。

尤小乔在他的笑容中更心虚了起来，低头收拾了课本：“走吧。”

叶西何没动，他扫了一眼从位置上站起来正要走的尤小乔，一手扯住她的手腕，在她没反应过来之际，将她拽向自己。

尤小乔没站稳，整个人一屁股坐在了叶西何的长腿上。

她正恼羞成怒要质问他，一抬头，撞上他黑曜石般的双眼，心一紧。

他轻柔的声音似在咬耳朵：“生气了？”

“没有！”她想从他怀里挣扎出来，却被他束缚得更紧。

“我们这样不好吧？”她问。

“有什么不好？”

“你的熊小姐知道了不好！”

“关她什么事？”

“你们不是在一起了吗，怎么不关她的事？”她气闷道。

她当时作了一下，没接受他，是她的错，她已经意识到了。

但明明他已经跟别人在一起了，还对她做出这样暧昧的动作，算什么呀？

气恼中的尤小乔没发现叶西何嘴角扬起一抹得逞的笑。

她越生气说明越在乎他。

叶少爷当然很开心了。

“小老师吃醋的样子真好玩。”他嗓音愉悦低沉。

“你才好玩，我是玩具吗，我……”

尤小乔的话被突然递过来的手机打断，屏幕上——“熊娜娜公开遭拒”“熊娜娜表白”上了热搜。热搜的内容说，熊娜娜昨晚公开恋情事件有后续，男主并没上台接受她的告白，营销号为了自己的热度，迫不及待发布了一连串虚假消息。

有人批判，在这个造谣不需要负责的时代里，造谣的成本太低了。

所以……叶西何根本没有接受熊娜娜的告白。

“小老师，你冤枉我了，我好伤心。”叶西何收起手机，歪头看她，整个人显得慵懒又不正经。

尤小乔从他腿上起来，不敢看他，嘴巴上还倔强地说：“一点都看不出你伤心的样子。”

俊眉轻拧，叶西何眯了眯眼睛，漂亮的眼睛里发射出了危险的信号，然而尤小乔完全没感受到。

“小老师……”低沉清润的声音喊了她一声。

尤小乔下意识回头，一枚吻落在她唇间。她一愣，下一秒，只觉唇间一疼。她皱眉，那个轻薄她的男人已经离开，与她保持了一点距离，正在舔着薄唇。浓密的短发下，他的神态悠然，线条优美的下巴微抬，一副不好惹的模样。

安静的教室，两人无声对峙。

站在门外一直看好戏的程珊全心想，完了，小老师该不会想动手打人吧？

虽然叶哥是央音一霸，很会打架，但那种惹是生非的打架，跟小老师比还是差得远了。

小老师动起手来，叶哥可不是对手。

他正想着要不要进去劝一劝，就见尤小乔从口袋里掏出几颗五颜六色的糖放在掌心里递给叶西何："叶西何，这件事是我错了，没有了解情况误会了你。挑颗糖，算我向你道歉。"

程珊全眼珠子都快惊掉了，小老师这是在哄小孩吗？ 他们叶哥才没那么好哄……

果然，他听见叶西何不屑的声音："你当我是小孩吗？"

"那你要不要？"

"……"

所以……明明在他们面前很傲娇的叶哥，为什么会正经八百地开始在小老师手掌心认真挑糖？

最后居然无耻地将小老师掌心里的糖一股脑抢走了："给就全部给，一颗糖够谁吃？"

瞧瞧，这是他们央音一霸叶哥说出来的话吗？也就是被他程珊全看见了，被别人看见的话，他还要在央音混下去吗？

"好了，既然我接受了小老师的糖，从现在开始你就是我叶西何的女朋友了。"叶西何将糖放进兜里，不容置喙地宣布。

本以为尤小乔会拒绝，却没想到她清清浅浅的声音响起："好，叶西何，从现在开始，你是我的男朋友了。从此以后，你都不能跟任何女人有任何纠缠了。"

金色的秋日从窗口倾泻而进，正好在两人之间落下一层金色剪影，尤小乔的神情看上去又认真又霸道。

就像以往一样，叶西何很好脾气地答应了她："好啊。"

Part 3

叶西何、尤小乔和程珊全三人中午在央音对面的餐厅里吃了饭后才回到了叶家。

由于明天叶西何和程珊全两人都要期中考试，尤小乔让程珊全一起留在叶西何的书房补习。

程珊全笑呵呵地说："小老师升级成为嫂子后，我的待遇都不一样了，可以免费补习了耶！"

听他的称呼，尤小乔一瞬间适应不过来。

"小嫂子，你是不是脸红了？"

程珊全看热闹不嫌事大，笑得十分猥琐。

"你想不想补习了？"尤小乔瞪他，虽然她容易脸红，但也不是个好惹的主。

"想啊，想啊！我错了，小嫂子！"

"不许叫我那什么……"

"啊？哪什么？"

"……"尤小乔瞪他一眼。

程珊全立马老实了："不叫就不叫啊……小嫂子，哦不，小老师，你别生气嘛……"

尤小乔没再理他，径自往书房走去。

程珊全可怜巴巴地看着叶西何："叶哥……小老师她不理我……"

"活该。"叶西何毫无同情心且语气讽刺。

程珊全更加委屈。

让尤小乔欣慰的是，今天一下午的补习，叶西何和程珊全都格外安分，没整出任何幺蛾子。

让尤小乔比较意外的是，程珊全的学习成绩差得让她不知道该怎么下手。

叶西何虽然被称为学渣，但他有当年身为学霸的基础，好好补习的话，考试之类的完全不在话下。

但程珊全的差，那是真正的差，连补习都没用的差，把学渣称号赋予他，绝对没半点诋毁他。

六点，全妈过来提醒吃饭的时间到了，程珊全呼啦一声倒在椅子上："终、终于可以吃饭了，让我呼吸呼吸这自由的空气！"

尤小乔好笑地看着他："刚刚你没呼吸空气？憋着气呢？"

"可不憋着气吗！看你跟叶哥都那么认真，我大气都不敢出一声，要知道我高考的时候都没这么紧张过！”

“紧张什么？”

“紧张你跟叶哥都这么认真，我如果一出声，岂不是破坏学习气氛了吗？”说完，他才发现叶西何一直没说话，注意力依旧在复习书上，他朝尤小乔示意了一下，小声说，“小老师，你看叶哥……”

尤小乔见叶西何低头一直在写复习书上的题目，神情专注，心无旁骛。

一整个下午，他都是这样的状态，让尤小乔不禁在脑海里设想，以前程珊全说的学霸模样的他，是不是也像今天这般乖巧又认真。

这样专注又认真的叶西何，让尤小乔心神荡漾。

淡雅的灯光下，他低垂着眸，手持着笔，落在纸上发出好听的沙沙声。黑玉般的短发软软搭着，他穿着灰色的毛衣，露着美瓷般精雕细琢的颈项，薄唇轻抿，鼻梁挺直，长睫偶尔轻眨一下，认真又可爱，让人忍不住想要偷偷亲他一下。

脑海里这样想着，行动已经快于意识，她着魔般倾身在他脸颊上印上一吻。

吻下去，接触他温暖的肌肤的片刻，尤小乔被自己这样的举动惊呆了。

似才反应过来，她迅速地抽离，然而叶西何和程珊全双双朝她看来。

程珊全的嘴巴惊讶地张成“0”形，半天合不拢。

叶西何的眉眼之间都是笑意，似对她方才的举动很满意。

尤小乔顾不得脸红成什么样，快速地说了声：“该吃饭了。”迅速地溜了。

程珊全嘿嘿地笑：“叶哥，小老师真逗，我已经好久没见过这么可爱的女孩子了！看起来就像小妹妹嘛，哪里像比我们大三岁的样子！”

叶西何淡淡瞥了他一眼。

程珊全立马止住了笑，说：“好了好了，叶哥你放心，在小老师面前，我一定会收敛自己，不会笑得太放肆。”

叶西何没理他，把玩着桌子上几颗五颜六色的糖。

程珊全见了，又犯贱地问道：“叶哥，从小到大我怎么不知道你爱吃糖啊，几颗糖就能把你收买了啊？”

叶西何拨弄那几颗糖：“帮我去弄个定制的玻璃罐。”

“啊？”程珊全对他忽然出现的新话题很茫然，“什么玻璃罐？叶哥你要干吗？”

“放糖。”

程珊全看着他手里拨弄的那几颗糖，郁闷：“需要专门打造一个罐子吗？”

“嗯，收藏。”轻淡地回应，一副理所当然的样子，叶西何移开椅子，往楼上走去。

剩下程珊全苦着一张脸，他为什么要招惹叶哥啊？他怎么能忘记，叶哥对小老师都能那么腹黑，何况对他？

叶西何慢悠悠溜达到楼下，远远地见尤小乔正坐在餐厅里，一张脸红扑扑的，眼神迷茫地看着未知的某处，难得呆萌。

经过他的调教之后，她在穿衣搭配的品位上总算有所提高。

除了平时他给她买的一些高级定制之外，她自己搭配的衣服也总算能入眼了。

这让叶西何心情很好，这说明她将他的话放在心上，没有敷衍。

乖巧的女孩总是讨喜的。

他情不自禁扬起嘴角，正要走过去，听见全妈没好气的声音：“怎么就你一个人来？小少爷和程少爷呢？你是饿死鬼投胎啊，这么迫不及待……”

他眉头皱起，被墙挡着的全妈正站在尤小乔身边，像一位严谨苛刻的老人批评着尤小乔：“你今晚还要在叶家住下吗？你一个年纪轻轻的女孩子，总在别人家住，你父母不管你吗？别以为我不知道，你就是仗着自己辅导小少爷，想方设法黏着他。不过你别得意，你别忘了，你可比小少爷大三岁，小少爷才不会想不开，喜欢上一个比自己老那么多的女人……”

后面的话越说越难听……

“全妈！”叶西何低低呵斥一声。

全妈一愣，立刻换了一副笑容满面的脸孔：“小少爷，你来了……”

叶西何没理她，他径自走到尤小乔身边，双手搭在她肩膀上，俊美的脸上严肃万分：“全妈，我希望你知道！从今天开始，小老师是我女朋友，也是这里的女主人，希望你对她如对我一样。”

叶西何这话说得缓慢，语气不轻也不重，却有一种魄力，“全妈，你在叶家工作也有这么多年了，我不希望到了最后，因为这点事，让你提前退休。”

对于全妈，叶西何一直以一种晚辈的身份尊重她。这些年，她为叶家尽心尽力，他看在眼里，对待全妈，他的态度甚至要比对待叶成好得多。

但这并不代表她可以一直这样侮辱尤小乔。

以前的事他不过问，从尤小乔成为他的女人开始，他有责任保护她，不让她受任何人欺负。

全妈的脸色都变了：“小少爷，你怎么能跟她在一起，那娜娜小姐怎么办？娜娜小姐知道后会很伤心的。”

“全妈，这就是你的不对了，你到底是叶家的人还是熊家的人啊？怎么总帮着熊家人说话？”这时，跟过来的程珊全一把拉开椅子，用手捻起盘子里一粒花生米扔进嘴里，吃得嘎嘣嘎嘣响。

“程少爷这话说得……我只是觉得娜娜小姐和你还有小少爷都是我看着一起长大的，我衷心希望你们能一直像小时候那么好……”

“可是全妈，我们都长大了。”程珊全耸耸肩，“虽然你的愿望很美好，但人不可能一直停留在原点，既然叶哥都能放下娜娜，为什么全妈你还执着于过去？不知道的人，还以为以前跟娜娜恋爱的是你呢！”

程珊全调笑着，本以为全妈会生气，却不想这一次，她没有多说什么，只闷闷地说了句：“我知道了。”

然后默默离开了。

“嘿，小老师，刚才全妈那样说你，你居然没还嘴，不像你的作风啊？”程珊全见全妈离开后，习惯性地对尤小乔打趣道。

尤小乔完全还处于当着程珊全的面“偷亲”了叶西何的恼羞中，游魂般来到了餐厅，根本没听全妈在说什么，也没心思听她说什么。

听见程珊全喊自己，她茫然地看过去：“你说什么？”

程珊全一愣，随即摇摇头，虽然他觉得小老师目前的状态太好玩了，但他可不敢在叶哥面前造次，万一叶哥一生气又让他去造罐子怎么办。

这样一想，程珊全立刻老实巴交了起来。

三人沉默地吃着饭，叶西何本就在吃方面很讲究，不喜欢说话，也不喜欢吃饭发出声音。

尤小乔因为方才自己的所作所为又懊悔又害臊，根本不会主动找话。

程珊全则是想说不敢说，害怕叶西何又让他造罐子，于是整个餐厅安安静静的。

直到程珊全的电话响了起来，他接起，是家里打来的电话，让他今天早点回家。

程珊全挂了电话后问："小老师，一会还补习吗？不补习的话，我可以顺路送你回家。"

尤小乔刚要回答，叶西何淡淡地说："小老师今天在这里住。"

下一秒，尤小乔和程珊全同时发出惊讶声——

"谁要在这里住啊？"

"啊？小老师又在这里住？"

叶西何看向尤小乔，目光清澈如水："明天要考试了，你不在我身边，我静不下心。"

明明是很肉麻的话，从他口中讲出，却温暖平和，甚至让人觉得拒绝都是一种残忍。

程珊全老毛病又犯了："啧，叶哥你刚跟小老师在一起就这么腻歪吗？叶哥你以前不这么黏人的，叶哥你变了，嘤嘤嘤！"

"……"

叶西何淡淡瞥了他一眼。

程珊全立马感受到无数刀片朝自己飞来："我错了，叶哥……"

叶西何回头，对着尤小乔时又恢复了那种温和到令她内心柔软的眼神，尤小乔想着什么时候在她心里是小奶狗般的叶西何变成小狼狗的模样。

对别人冰冷狠戾，对她……如果有尾巴的话，就差没有朝她摇起来了。

"小老师，好不好？"讨好的语气，乖乖巧巧的，一脸天真无邪。

尤小乔觉得自己被他这天真无邪打败得一塌糊涂，根本无力拒绝。

"那好……吧……"

程珊全在心里哀叹，恐怕小老师完全不知道，没有感情经验的她在久经情场的叶哥眼里完全是任人蹂躏，叶哥只需轻轻一撩拨，她必定上钩。

他不禁在心里同情起未来的小老师，叶哥可冷可暖，可硬可软，可心机腹黑，也可天真无邪，这个跨越度巨大的转变，恐怕没人能招架。

他脑子里怎么开始污了起来……

唔……他还是想说一声，小老师自求多福！

Part 4

程珊全吃完饭按照家里的要求早早回去了。

尤小乔问叶西何要去散步吗？

叶西何摇头："还有几道题没做。"

这是还要回书房复习的架势。

不过，难得小少爷这么努力，尤小乔当然不会辜负他，便陪他一起去书房复习。

于是一整晚，他们什么都没做，在书房一直待到了十一点。

好几次，尤小乔从书海中抬头看他，他一直垂头认真地阅读或者书写，没开半分小差。倒是她，总忍不住朝他的方向瞟去。他线条柔美的侧脸、他高挺的鼻尖、他低垂的碎发、他修长的睫毛、他专注认真的模样，都是她心动的理由。

第一次见面到现在，她万万没想到自己第一次恋爱，竟喜欢上了比自己小三岁的男孩。

虽然大家都不看好他们这段恋情，但既然承认了、接受了，她会好好爱。

"小老师，在想什么？"

在她呆想之间，叶西何已经合上复习书，悠闲地靠在椅背上，手指抵在唇边，看向她的眉眼里都是笑意，仿佛不用她开口，他已经看穿了她的心思。

"没……"她被他看得有些不好意思。

随后又想，明明他们已经是男女朋友了，两人对视，为什么她要不好意思？

这般一想，她又抬头，目光定定地凝向他。

心里已有准备，脑袋仍"嗡"地响了一下，下意识又低下了头。

他眼睛如墨一般深沉，如明珠般生润，光华流转，灼眼破人。

她低着头，感觉他起身走到她面前，修长的腿立在她面前，低沉悦耳的声音问她："你不敢看我？"

被说中心声的尤小乔恼羞成怒，一抬头，怒道："谁说我不敢看你啊？"

叶西何眼睛一眯，俯身对准她的唇亲了上去，这个吻不再是单纯的吻，尤小乔感觉到他想要的不仅仅止于唇与唇之间的触碰，而是要深入。

毫无经验的她吓得本能地要退缩，叶西何手疾眼快，一手握着她后脑勺，一手抓紧她两只挣扎的手束缚在一起，倾身，加重了这个吻。

尤小乔感觉身体不受控制地在抖，心脏剧烈地跳动，像每一次亲近他时的狠跳。

唇边温暖和湿润的触觉，是她第一次感觉到的缠绵和甜蜜，她竟觉得这样的感觉并不令人讨厌。随着叶西何温柔的亲吻，她渐渐放松了紧绷的身体，被他束缚的双手也渐渐被松开。他慢慢退开唇，额头抵着她的额头，近距离感受她的呼吸急促、脸红心跳，眉眼间都是笑意："看来我得多教教你怎么接吻，以免你接吻的时候连呼吸都是错乱的。"

何止是错乱的，简直是连呼吸都不会了好吗？！

尤小乔舔了舔自己的唇，呼吸声依旧急促。

叶西何看着她无意识舔唇的动作，沉黑的双眸愈加深沉了起来……

小丫头，知不知道这种动作很勾人？

念在她初犯，他不跟她计较了。

"虽然我很想再继续，不过怕吓坏你，这次先饶了你……"他的嗓音沙沙哑哑的，指腹轻轻划过她的唇瓣。

尤小乔顿觉浑身一激灵。

叶西何牵起她的手，带她一起离开书房。

一路走到卧室门口，停在她的卧室门前时，尤小乔没注意，一头撞进他怀里，她一脸蒙地望着他。

叶西何挑眉："小老师想跟我去我的卧室？"

尤小乔才发现，已经到了她的房间，还是上次那间，与他的卧室为邻。

"才没。"尤小乔说，"我先进房了。"

说完，打开门就要走。

“回来。”叶西何喊住她。

尤小乔回头，一抹黑影压了下来，叶西何在她额头上印上一吻，柔声说：“晚安。”

尤小乔呆在原地，任他宠溺般揉了揉她的脑袋后，转身往卧室走去。

不知哪鼓起的勇气，她忽然叫了一声：“叶西何！”

叶西何转身，走廊温和的灯光下，亲切的他看起来好不真实。

想试探他的真实性，尤小乔猛地跑到他面前踮起脚在他唇边印上一吻，飞速地说了一句“晚安”后，一溜烟儿回了卧室。关上门，靠在门背后，手捂着胸口，那如雷鸣般的心跳，跳得她耳朵好像在鸣响。

她捂住脸去了浴室，打开浴池的水，用凉水清洗了滚烫的脸颊。

看着镜子中面红耳赤的自己，她好想尖叫啊……

立在走廊上的叶西何，用指腹摸了摸嘴角残留的温度，十分心满意足。

Part 5

值得庆幸的是，尤小乔终于没有再失眠，并且一觉睡到大天亮，意外地睡了一次懒觉，算是将最近没睡的觉都补了回来。

坐在床上伸了个懒腰，她去浴室里洗漱了一会儿后，听见有人敲门的声音。

忙冲完脸上的泡沫，擦干脸后去开门。

一张陌生的女孩脸出现的眼前：“尤小姐，这是小少爷为您准备的衣服。”

尤小乔接过，道了谢。

“以后尤小姐有什么需求都可以找我了，我是柚子！”女孩微笑着说。

“好。”

对于叶家其他人突如其来的热情，尤小乔十分诧异，在她的印象中，叶家人不是应该都像全妈那样对她充满敌意吗？

女孩走了后，尤小乔看了眼包装精美的袋子，从袋子中取出盒子，打开前确定盒子里没有什么蜘蛛、蟑螂之类的，躺在盒子里的一看就知道是叶西何喜欢的那类风格的衣服。

尤小乔换好衣服后下了楼，柚子居然等在了楼下，见她下来了，忙说：“尤小姐，你下来啦，我让人给你准备早餐！”

说完兴冲冲地跑去喊人准备早餐。

尤小乔走到餐厅，发现人还不少，三个人正在厨房里做今早的早餐，应该是现场做的，所以没去后厨。

包括柚子在内，每个人都很眼生。

“尤小姐好！”三人见尤小乔来了，一个个礼貌微笑地打招呼。

“你们好。”

对于这突如其来的热情，尤小乔有点受宠若惊。

柚子介绍说：“我们今天是第一天上班，有什么规矩不懂的，尤小姐尽管跟我们说。”

尤小乔诧异：“第一天上班？”

“对啊。”柚子刚要解释，一个声音插了进来。

“叶哥看不惯之前那些人那样对小老师，所以把整个叶家的用人都大换血！”尤小乔回头，见程珊全和叶西何走了进来，程珊全一把搂住柚子的肩，“我们柚子多可爱，才不会像那些人一样阴阳怪气！”

尤小乔见他们好像刚晨跑完回来，问：“你们出去跑步了？”

程珊全打了个哈欠：“对啊，一早给叶哥送东西过来，叶哥就拉着我去跑步了，说是跑完好考试。”

“啊……”尤小乔问，“你们怎么不喊我一起？”

程珊全嘿嘿一笑：“当然是叶哥说你睡得正香，不忍心打扰你了……话说，你们昨晚……嘿嘿嘿……”

尤小乔瞧着他满脸不正经的样子，翻了个白眼：“你脑子里都在想些什么啊！”

程珊全嘿嘿笑，一脸春心荡漾。

叶西何问：“昨晚睡得可好？”

“嗯。”尤小乔点头。

“我先上去洗个澡换身衣服，你先吃。”

“嗯。”

见叶西何离开了，尤小乔才松了一口气。

她瞪着程珊全："你下次再乱说话，别怪我对你不客气！"

她瞪人以及说这种话真是一点气势都没有，程珊全当然不怕她了，并且笑嘻嘻地拆穿她："小老师，你说这种威胁的话真是一点气势都没有，我一点都不怕！"

尤小乔呵呵一笑："是吗？我会跟叶西何告状！"

程珊全嘴角抽了抽："小老师你不是那样的人吧……"

"你看错了，我就是这样的人！"

"……"

程珊全无奈了，虽然他不怕尤小乔，但怕叶西何啊，只能老老实实地说："我错了，小老师，我错了！"

柚子嘻嘻地笑："很少见珊珊吃瘪，真有趣。"

"啊，柚子你不爱我了吗？你以前不是这样的！"

谈笑之间，叶西何已经洗完澡换好衣服下来了。

柚子对于叶西何还是有点畏惧的，见他来了，不再敢跟他们玩闹，忙去工作了。

三人坐下吃早餐，尤小乔特意看了一下，一早上都没见到全妈。

虽然她不喜欢全妈，但如果是因为她，让在叶家待了几十年的全妈被辞退，她心里还是会有点过意不去。

毕竟耍耍嘴皮子而已，又不是什么大不了的事。

"全妈也被辞退了吗？"吃完早餐后，她问。

"哇，小老师，全妈对你这么不友好，你还想念她。"程珊全夸张地说。

"你想多了，我只是觉得因为我让她丢了这份工作不值得。"

"可是全妈经常说你坏话啊……"

"说说而已，又不会少块肉。而且我也不经常在叶家，她对我怎样，我无所谓的。"

"你以后会经常在叶家。"

这时，叶西何忽然开口。

尤小乔和程珊全都转过去看向他，叶西何神态悠然，很理所当然："既然已经开始交往了，以后就在我家住下吧……"

尤小乔：“不用了吧……”

叶西何浅浅道来：“不必客气。”

“我没……”一句我没客气还没说出口，叶西何先起身，“时间不早了，该去学校考试了，你陪着我一起吧！”

程珊全：“叶哥，你这样好像没断奶啊，去哪都得带着小老师。”

叶西何：“有意见？”

程珊全脖子一缩：“没、没……”

Part 6

叶西何和程珊全的第一场考试在上午九点，尤小乔送他们去了考场后，独自去了央音的图书馆等他们。

考场有不少大提琴二班的同学，见尤小乔走了，男生们不免打趣：“叶哥，怎么连考试也带着你的小老师啊！”

程珊全手指一摇：“什么小老师，现在可是叶嫂了！”

“哇，什么时候在一起的啊？”男生们笑得一脸隐晦，“我当初就说，这么好的女孩子，还是学霸，叶哥怎么会不动心？”

“不知道又有多少女孩要伤心，躲在家里嘤嘤嘤了。”

“我说哥们几个是不是皮松了，敢开你家叶哥的玩笑了？”程珊全一把搂住其中一男生的肩膀。

“不敢不敢！”众人嘻嘻哈哈打趣。

叶西何心情极好，嘴上挂着笑，让他们调笑。

忽然有人轻咳了一声，朝他们使了个眼色。众人看去，见几个同班女生朝这边走来，其中包括徐蓉蓉。

男生们懂事地闭嘴，一个个去了教室。

叶西何倒是无所谓的样子，好像徐蓉蓉只是个普通同学，跟他没有半点关系。

“叶哥，说句实话，你别打我好吗？”程珊全凑到他面前小声说。

叶西何玩着手机瞥都没瞥他一眼：“那就别说。”

程珊全很郁闷：“别啊，我就是想说，叶哥你对小老师是来真的吗？还是像对徐蓉蓉那样？”

叶西何扫了他一眼。

程珊全立刻闭嘴。

进教室后，程珊全见一个女同学正在刷微博，他凑过去瞅了一眼：“渣男手册？”

他来了劲：“嘿，有意思了。遇到这种类型的男人，你就是遇见渣男了，珍惜生命，远离渣男……让我看看啥类型啊？”

那女同学笑：“珊珊，你怎么对什么都好奇？”

程珊全接过她的手机哼一声：“知识是一切的源泉，有学习才会进步嘛！”也不觉得自己说这话理不理亏。

他看着手机上的图片：“所谓渣男——第一，我不主动，我不拒绝，我不负责；第二，我不知道；第三……”

慢着……程珊全心想，怎么越念越觉得好像是在说他家叶哥啊？

不过他家叶哥除了对娜娜之外，对其他女生好像就是“我不主动，我不拒绝，我不负责”。

女生见他忽然不念了，表情甚是奇怪，问：“你是不是觉得这个说的就是叶西何？”

程珊全将手机丢给她，立马护短了起来：“才不是！”

“还不是……叶西何不就完全符合第一条吗？”

“那怎么啦！我家叶哥光明正大的不主动、不拒绝、不负责，又没有装作痴情诱骗少女，都是别人主动的好吧！”程珊全挥挥手，“叶哥才不是对每个女生都这样！”

至少对娜娜不是。

对小老师也不是！

正被评为“渣男”的叶西何看着手机上的聊天记录。

尤小乔：“我到图书馆了，放心吧！好好考试，全力以赴！”

叶西何：“全力以赴后有什么好处？”

尤小乔：“你自己的考试，还需要好处？”

叶西何：“嗯？”

半天，那边才回了一句：“你想要什么？”

此刻，正在央音图书馆的尤小乔看着微信平静了片刻后，发来一个字，顿时满脸通红。

她瞪着手机屏幕，仿佛能让叶西何从手机屏幕中感受到她的恼怒。

这男人真的皮，隔着手机都不忘撩拨他。

尤小乔将手机放进口袋中，不打算再理他。

可对着面前的书，她根本无法看进去，满脑子都是叶西何微信里回的那个字——

“你。”

第十四章
小老师护短啦

Part 1

考试很快进行。第一场考试是英语，监考老师是毛概老师，他一进门，教室里鸦雀无声。

比起班主任英语老师，他们更害怕这个毛概老师。

毛概老师，班上学生私底下给他起了个外号叫“老概”。

老概在央音十分有名，是出了名的怪脾气。教书几十年，没有一个朋友，并且有极其严重的仇富心理。对待叶西何、程珊全这类富家公子十分看不上眼，觉得他们只会靠家里，没有一点实力，是央音的毒瘤，社会中的败类。

老概一走进教室，见教室里座无虚席，将考卷砸在讲台上，“哟”了一声：“叶大少爷和程大少爷居然赏脸来考试了，真难得，这次又打算考全年级倒数第一第二吗？”

对于老概这种嘲讽，叶西何和程珊全已经司空见惯了。

老概见他们没吭声，冷笑了笑，慢悠悠拿起试卷分给每排的第一个同学传下去。

叶西何考试时，尤小乔去图书馆给他借了几本书，有的是他要求的，有的是她觉得适合给他补习的。

她在图书馆待了一段时间后，觉得叶西何应该也考得差不多了，收拾了东西，走到图书管理员那排队。

前面还有两个人，她排队等着。

等着等着，发现前面一动不动，看过去，才发现是借阅器出现了故障。

图书馆管理员让他们选择等一会，或者下次再来借。

第一个同学犹豫了一下，打算下次来，尤小乔前面只剩下一位男同学，她打算等着。

大概五分钟后，尤小乔后面也排了很长的队。

好在借阅器修好了，前面的同学顺利借好书后，尤小乔将借阅卡递给了图书管理员。

图书管理员将卡在借阅器上刷了一下，上面显示了“叶西何”的名字。

后面有眼尖的女同学看见了，忙说：“快看，是叶学长的借阅卡！”

“这女的跟叶学长什么关系啊？”

“不会又是叶学长的新女友吧？”

“这女的我见过！上次在篮球场，叶学长带她一起来，还跟其他球员坐在同一排，叶学长甚至为了她跟饭哥打架。当时很多人都知道这事，看起来两人好像关系很不简单！”

“如此优厚的特殊待遇？”

“算了吧，当初叶学长跟徐蓉蓉在一起的时候，大家也说他对徐蓉蓉不一样，可最后徐蓉蓉还不是被甩了。虽然她们那群人对外说是徐蓉蓉先提的分手，究竟真相如何，她们心里还没数吗？”

“唉，叶学长究竟会对怎样的女生专一呢？”

“反正不是我，也不是你！”

“那会是她吗？”

好在，图书管理员很快把借书流程做完了。

尤小乔抱着借好的书快速离开这个是非之地。

叶西何这家伙真是情史丰富啊，借个书的工夫都能听到他的八卦。

尤小乔看着她手中的借阅卡，“哼”了一声，骂道：“招蜂引蝶，拈花惹草，处处留情的花花公子！”

"你在说我吗？"

这时，传来一个熟悉的声音。

尤小乔吓了一跳，一抬头就见眼前站着两个人，其中一人可不就是她口中招蜂引蝶，拈花惹草，处处留情的叶大少爷吗？

"你、你怎么会在这里？"她看了一眼手表，确定还没到考完的时间，"你提早交卷了？"

叶西何笑颜灼灼："不提早交卷怎么能恰巧听见你说我坏话，嗯？"

尤小乔眨了眨眼睛，咬咬唇，撒起娇来："小哥哥，你说什么，人家怎么听不懂？小哥哥，饿了吗，我们去吃饭吧！"

说完，抱着书往学校外餐厅的方向走去。

见她一副㞞样，叶西何也不与她计较，几个大步走到她身边，一手将她怀里的书拿走，帮她拎着，一齐往餐厅的方向走去。

被遗忘的程珊全在原地严肃地思考了一会，是要跟着他们一起，然后被喂狗粮，还是自己孤独地回家吃饭。

总之……他很久没看见叶哥对一个女生这么贴心这么认真了。

上一次，还是跟娜娜在一起的时候吧？

Part 2

尤小乔是吃完午饭后回武馆的，好说歹说，又哄又撒娇的……叶大少爷才肯放人走，并且要求她下午得回叶家陪他吃饭。

回去的时候，是程珊全顺路送她回去的。

车上，程珊全感叹："啊，小老师，我第一次发现叶哥这么黏人……如果不是亲眼看见，真难相信那是我认识了二十多年的叶哥！"

尤小乔问："他以前不这样吗？"

"当然不这样了，都是别人黏着他，但你也知道叶哥不喜欢，所以那些前女友想黏也得生生忍住，就算当初跟娜娜在一起，叶哥也没这么黏人。"

刚说完，他才觉得不对劲，毕竟尤小乔现在是叶哥的女友，他这么大方地提起叶哥的前女友们，似乎……不太好。

不过，尤小乔没太大反应，只是问："能跟我说说叶西何为什么跟熊娜娜分手吗？听说是熊娜娜不要他的？”

“那可不！”见尤小乔神情没在意，程珊全大大咧咧地说，“娜娜跟叶哥提分手后，叶哥更堕落了，并且堕落了好长一段时间。你也看到了，他就是在那段时间交了不少女朋友。”

“更堕落了？”尤小乔问，“为什么要用‘更’？”

“因为叶哥母亲意外离世那件事，叶哥一度很低迷。那时候叶哥和娜娜本来打算一起去德国进修的，德国是管弦乐的天堂嘛！因这事叶哥没去，娜娜本来就是从小被宠到大的公主，不能理解别人的痛苦。她不喜欢这么颓废的叶哥，觉得叶哥很没出息，所以跟他提出了分手。”

“原来是这样啊。”

“嗯，叶哥很爱娜娜，那时候我们都不能理解娜娜因为这样就放弃了叶哥。不过这么多年后，也学着去理解吧。毕竟人各有志，有的女孩子就喜欢优秀的人，很正常。”程珊全说，“幸好叶哥已经走出来了，没有比这更棒的事了。要知道，娜娜突然回国，突然在叶哥参加司坦朗姆交响音乐会后出现在后台时，我跟金驰都吓到了。”

“那时候你们都以为叶西何会跟熊娜娜和好吧？”

“是啊……”程珊全心有余悸，“毕竟那时候叶哥那么喜欢娜娜，叶哥过去的朋友都这么认为。”

随后，他又说：“但我觉得叶哥现在更喜欢小老师你啊，比当初喜欢娜娜还用心！”

尤小乔看了他一眼，笑笑，没说话。

程珊全忙说：“我可不是在拍马屁！先别说叶哥这么黏小老师你了，刚刚考试的时候，叶哥提早交卷就是为了来找你。还有，叶哥在没认识小老师你之前，完全没有振作起来的迹象。小老师，你不知道你在集训参加比赛的那一周里，叶哥有多认真在看书，就是为了这场考试，他说他答应你要考出他最好的成绩。”

“还有啊！叶哥被迫去参加娜娜个人演奏会那次，记得不？”

尤小乔诧异：“被迫？”

“对啊，叶哥不想去的，说答应要去看你打比赛。是娜娜说只要他去了，以后就不纠缠他了，叶哥才去的。结果那天演奏会全程叶哥都在看罗晴续直播间里你的比赛直播，还为了给你加油给罗晴续刷了二十万的礼物！”

“……”尤小乔这才想起那日在早餐桌上，熊娜娜对她做出的邀请是故意的。原来熊娜娜早知道她的比赛跟她撞期了，故意说那番话刺激她，让她以为叶西何要参加熊娜娜的个人演奏会，才忘记之前和她的约定。

“不过二十万的礼物……”尤小乔觉得很没必要。

“没事，就当是给罗主播直播间增加点人气，罗主播不是小老师的闺密吗？”

尤小乔没再说什么了。

二十万对于她这样的人来讲是很多，但就像程珊全说的，叶西何家里不差这点钱，只要他开心就行。

Part 3

央音期中考试成绩很快公布了出来，这一次整个学校的人都沸腾了。

“是我眼神出问题了吗？”

“叶学长专业分第一，文化分也第一？”

“不只是你一个人看见，所有人都看见了，叶西何文化分第一。”

“一觉起来发生了什么？”

“我就说，叶学长肯定不是学渣！他平时只是不想学习，认真起来，比你们每个人都厉害！”

尽管尤小乔对叶西何最近的补习情况有底，知道只要他认真起来，不至于考试会垫底。

但拿到第一名的好成绩，还是让她挺诧异的。

“叶哥，可以啊，这么厉害！”程珊全看着手机屏幕上从央音官网上查到的叶西何的期中测试成绩，“除了专业课满分之外，英语居然也满分！太牛掰了！”

金驰刚去韩国参加完一轮比赛，一回国就马不停蹄来找程珊全他们玩，见程珊全正在查成绩，凑过去看：“珊珊，你呢？咋没考个年级第二？”

程珊全白了他一眼，将他脑门推开：“滚开！”

“不！给我看看啊，你考了几分？”虽然程珊全快速地推开了金驰，但金驰仍旧火眼金睛地看见程珊全手机上显示的分数，“英语三十九分？哈哈哈……珊珊，怎么这么长时间跟着叶哥一起上课下课，你一点进步都没有？哦，不对，有进步！上一次的英语考试你好像是二十分？这次进步了十九分呢！”

“你欠抽是不是？”程珊全瞪着他。

金驰捂嘴笑，好不容易有一次反击的机会，怎么能轻易放过！

谁让这家伙平时总欺负他！

对于两人之间的吵吵闹闹，叶西何不感兴趣，他靠在椅背上，目光灼灼地看着尤小乔：“小老师？”

“啊？”尤小乔正听程珊全和金驰怼来怼去，听见叶西何喊她，转过头，“怎么了？”

“考试那天说好的好处。”他用食指指了指自己的脸颊，“我也不为难你了，喊一声小哥哥后，亲我一下，就行了！”

程珊全和金驰立马停下吵闹，看过来。

哇，叶哥太狠了吧！小老师这么害羞，会亲吗？

尤小乔一怔，全班这么多人在看着，要她当着这么多人的面亲他？还要喊他小哥哥？尤小乔眼睛眯了眯：“叶西何同学，要求不要太过分！”

“害羞？”叶西何笑了笑，凑了上去，“那换我好了。”

语毕，飞速在她脸上亲了一下，没有很快离开，而是在她耳边低语，“小姐姐头发好香，用的什么洗发水，嗯？”

尤小乔盯着他，恨不得将他痞笑得逞的脸盯出一个窟窿。

身边的男生们忍不住吹起了口哨，流里流气地说：“叶哥好样的！”

程珊全和金驰也一起凑热闹，吹起了口哨。

女生们听见动静，有羡慕的，有害羞的，也有嫉妒的。

“瞧他们那嘚瑟样。”第一排的徐蓉蓉同桌小计冷嘲，“秀恩爱死得快，他们没听过吗？”

徐蓉蓉看了一眼，没说话。

好在，上课铃声响了起来。

众人嬉嬉闹闹地坐下。

这堂课是毛概，碍于老概的威严形象，每到上他的课，教室里都格外安静。

很快，老概走进了教室，不一样的是他身后还跟着班主任、辅导员老张以及年级主任。

如此大的阵仗让全班同学都很疑惑。

年级主任走到讲台上，严肃地说：“我们收到举报，关于这次期中考试，有人作弊。”

全班一惊，纷纷交头接耳。

“谁啊？谁作弊？”

“叶西何。”年级主任看向叶西何的位置，“被举报的是你，你有什么想说的吗？”

年级主任话一说出口，全班鸦雀无声。

“叶西何作弊？不会吧？”

程珊全第一个替叶西何打抱不平：“主任，虽然你是年级主任，也得拿出证据。不能我们叶哥考到了第一，就说他是作弊吧？”

“关于证据。”主任说，“是你们的监考老师举报的。”

众人哗然。

居然是老概举报的？

难道叶西何真的作弊了？

一个老师应该不会无缘无故跟学生过不去，如果是老概举报的话……这可信度应该就高了。

众人看向叶西何的眼神多了几分深意。

“据说叶西何的新女友是个学霸，难道叶西何为了跟上新女友的脚步，所以作弊拿了个年级第一？”

“叶西何那么傲娇的人，会因为一个女人作弊拿第一？”

“再傲娇的人，遇上喜欢的人也会妥协。”

“那样的话就不是我欣赏的叶少爷了。”

同学们之间低语着。

“老师！”忽然，有人举手，“我有话要说！”

年级主任：“你说。”

“如果老师觉得叶西何作弊的话，为什么没有现场抓住他作弊，而是这时候举报？”

尤小乔觉得……总算有个头脑清醒点的人了。

Part 4

“没现场抓……”老概站出来冷嘲，“当然是要给叶西何同学一点面子了，毕竟是我们央音比较有名的学生不是？老师这点面子还是能给的。”

众人你看我，我看你，觉得老概这话说得也没什么毛病。

“叶西何同学，你有什么话要说吗？”年级主任看向叶西何。

从始至终沉默的叶西何耸耸肩，表示无话可说。

班主任和老张皱眉。

老张怎么也不信叶西何会是个作弊的人，虽然最近两学期他的表现跟高中时比差强人意，但他相信他的人品，他不会用这种手段争取分数。

“叶西何同学，你知不知道作弊是要受到学校记大过处分的？现在这件事只有班上这些同学知道，被记大过，全校会点名通报批评，你确定你没什么需要反驳的？”老张很希望叶西何说他没有，毕竟老概的举报只是口头上的举报，完全没有一丁点证据。

他最怕的是叶西何即使没有作弊，也不将老概的话放在心上。

这孩子叛逆惯了，总是对任何事都无所谓，让人心急。

老概则是一脸得逞的鄙夷，他就知道这小子一定是作弊才能拿到第一名的。

否则，凭他年年年级最后一名，能忽然上升至第一名？

这其中一定有猫腻，那就是他用高科技作弊！

“老师，我没什么好反驳的。”叶西何淡淡地说，“既然大家都在这，可以现场出题，全班同学加上班主任、辅导员还有毛概老师……”说到这，他面含笑意，略带嘲讽地说，“一起监督我考试。”

莫名地……尤小乔不喜欢那个老概。

总觉得他很针对叶西何，而且是无缘无故地针对他。

叶西何什么水平，她心里有数，即使这次的考试比她预期中要强得多，但也在合理的范围之内。

叶西何考入央音是以文化分和专业分第一名的成绩考进来的，是当年北城的高考状元。有这种底子，加上这几个月来他们的补习，拿第一名本就不是问题。

她很想站出来替他说话，但知道现在这种场面，不是她说话的时候。

她觉得叶西何证明自己清白的方式很好，可老概一脸不屑：“这年代有一种作弊的高科技物品，据说放在耳朵里，任何机器都查不出来……”

说得好像叶西何的耳朵里真有作弊的机器。

叶西何冷笑：“老师，机器查不出来，人能看出来吧？我可以让你搜身，搜完身后再考也无妨。”

尤小乔和程珊全他们没想到叶西何居然如此好说话，面对老概明显的刁难，他竟完全不反抗。

“不过……”叶西何淡淡地转折，“如果现场考完，证明我没有作弊，老师，我会告你一个诽谤罪。也希望主任、班主任、辅导员以及学校能给我一个合理的解释。”

对于叶西何平淡却自信的态度，众人俱一愣。

年级主任说：“如果证明你是清白的，学校会给你一个合理的解释。”

叶西何“哦”了一声：“开始吧。”

让尤小乔觉得啼笑皆非的是，老概真的亲自上前检查叶西何身上有没有作弊的机器，在确定没有之后，班主任的现场出题也出完毕。

全班四十九个学生，加尤小乔，和四个老师现场监督叶西何考试，这恐怕是有史以来，监考人员最多的一场考试了……

“为什么这个老概老师这么针对叶西何？”尤小乔小声问程珊全。

“不是针对叶哥，是所有家境好的人他都针对，他觉得我们这些人都是靠家里的富二代，没什么本事。”程珊全小声说，“虽然我的确是靠关系进的学校，可叶哥不是啊……富二代里总有一些人是优秀的人吧？”

“他为什么这么讨厌富二代？”

“有的人说他有仇富心理，有的人说是因为他之前有个女儿，就是被富二代给玩弄感情后抛弃了，最后想不开自杀了。那富二代据说还是前任校长的儿子，所以他一直仇视富二代。学校也因为想压着这丑闻，一直放任老概，即使他再过分，也睁一只眼闭一只眼。”

“原来是这样……”尤小乔心里虽同情老概，但却不赞同他这种殃及无辜的做法。

她看向教室中央的叶西何，他低头静心做着试卷，对周围的窃窃私语充耳不闻。

她想起熊娜娜在他最落魄的时候抛弃了他，想起他父亲宁愿选择跟别的女人在一起，也不愿倾听他心里的诉求，想到他曾经的叛逆……她心里头觉得很难受。

大概一节课的考试时间，叶西何提前十分钟交了卷。

老师当场批卷。

所有同学都紧张地等着，仿佛比他们自己考试还要紧张，连下课铃声响起，都没人在意。

大约十多分钟后，批卷老师放下了笔，皱起眉头："我觉得很不可思议，但毕竟这份试卷，叶西何同学是在我们所有人眼皮子底下完成的……即使再不可思议，我也要恭喜叶西何同学，这份试卷满分！"

课堂上沉默了半秒，也不知道谁带头鼓起了掌，随后整个教室都响起了热烈的掌声。

这不仅是叶西何一个人的胜利，更是大提琴二班的荣誉，从此大提琴二班不但多了一个新学霸，而且还狠狠给常年看不起他们的老概打了一嘴巴。

"不可能！"即使分数是批卷老师当场批改出来的，老概依然不相信，他指着叶西何愤怒地责问，"像你这种不学无术的人怎么可能能考到年级第一！"

"不学无术？这位老师，我尊称您一句老师，您看见叶西何不学无术的时候，您看见过他努力改变的时候没？"尤小乔终于忍不住站出来说话，"您说他作弊，他在五十多个人面前证明给您看了，您还说这种话，不觉得很过分吗？"

"身为人民教师，要有人民教师的素养，如果做不到，就别抹黑这份职业！"尤小乔说完，当着所有人的面拉着叶西何朝教室外走去。

用后期程珊全的话来讲，就是——

"小老师，你当时拉着叶哥走出教室的模样简直帅呆了！以前我以为只有叶哥护短，没想到你比他更牛掰！"

Part 5

尤小乔拉着叶西何走出教室，一路上迎了不少目光。

她心里很气，根本没在意，一直将叶西何拉到校门外，才被身后人扯住。

她回头，叶西何淡笑着望着她："想带我去哪？"

尤小乔才发现他们已经走得挺远，她想松开叶西何的手，却被他反握住。

尤小乔看着他："怎么了？"

"没事。"他声音低柔清澈，"就想牵着你。"

两人回到学校开了车，往图腾武馆的方向开。

今天剩下的时间叶西何都没课，尤小乔得回武馆训练，准备接下来的国际武林大赛。

车子在图腾武馆停下后，尤小乔没有着急下车："你回去好好休息一下，学校的事情不要太在意。"

"当然不在意了。"叶西何挑眉，一副痞痞的语气，"只有小老师才能让我在意，你今天的表现，让我十分满意。"

当时尤小乔是被气得一脑子的话脱口而出，完全没想过后果。此时听叶西何这样说，她才意识到，以一个外校人的身份，这样怼一位老师……

"对不起，我这样是不是会对你有影响？"她诚恳地道歉。

"什么影响？"

"毕竟那是你的老师……"

"我的老师怎么了，大家都看见错的人是他。"

"嗯。"尤小乔说，"我也觉得即使是老师也有做错的时候，不能因为是老师，所以不承认。"

他左手支在驾驶座门上，歪着身体，轻轻"嗯"了一声。

车厢里沉静了片刻，尤小乔垂着头也能感觉到叶西何一直侧身盯着她看。

一股诡异的暧昧气息在车厢里徘徊。

尤小乔才说："那我回武馆了啊。"

"嗯。"

她解开安全带，收拾好自己的东西，全程，她能感觉到叶西何的眼睛黏在她身上似的。

她咬了咬唇，握了握拳头，最后一鼓作气，倾身在叶西何脸上印上一吻。刚要退开，腰上被一股力道揽着，让她无法动弹。

她看着叶西何近在咫尺的脸，比女人还要细致的皮肤，咬咬唇：“你别这样……”

“别怎样？”他嘴角噙着笑，“明明是你先轻薄我的。”

“我这是给你我答应过的奖励。”尤小乔说。

“这么晚才给，是要算利息的。”

“……”

十五分钟后，尤小乔从车上下来，满脸通红，脑袋眩晕，一副缺氧的模样。

叶西何将车窗摇下，心情很好地跟她说：“亲爱的，好好想想我在车上跟你说的。”

尤小乔还来不及说话，叶西何已经摇上车窗很愉悦地开车走了。

尤小乔摸摸自己被亲得红肿的唇，想起他在车里说的那句话：“我希望每天早上一睁眼就能看见你，小老师，你有什么方法吗？”

这种隐喻的求同居方法，只有他想得出来吧……

出来接她的卯卯远远地看见她红着一张脸，嘴巴看起来也跟平常有些不同，他疑惑地问：“小乔，你怎么了？吃辣椒了？”

“……”尤小乔摇了摇头，又点了点头。

卯卯一脸莫名。

“就当是吃辣椒吃的吧……”

尤小乔心想，难道要说是被调戏的吗？

Part 6

接下来的时间，尤小乔除了帮叶西何补习之外，大部分的时间都用在训练上。眼看距离比赛的日期越来越近，从一个月到半个月，再到只剩下一周的时间。

这天，尤小乔正在训练，汪祁俊打来了电话，问她能不能去一趟他家，他有很重要的事情要告诉她。

尤小乔觉得很奇怪，有什么重要的事情不能在电话里说，但听汪祁俊的语气很着急，她想也许他真有急事，便跟徐晓磊说了一声，骑着单车往汪祁俊的公寓赶去。

从武馆去汪祁俊的公寓不算太远，当初汪祁俊说过他把公寓买在这边是因为离尤小乔的武馆近，可以经常过来找她玩，直接走一条老街道可以更快到，人也少。

尤小乔向来是能节省时间就绝不浪费的人，直接走近道往汪祁俊的家骑去，却不想拐弯的时候差点跟迎面开过来的车撞上，幸好她手疾眼快刹住车，眼睁睁看着那辆超速的车往自己眼前飞驰而过。

“哎哟，这谁开的车啊？开这么快，赶去投胎啊！”一旁大妈拍着胸脯说，尤小乔看着她拐进了旁边一条小巷，没了踪影。

她骑上车正准备走，只见那辆飞驰而过的车忽然转了个弯，往这边开来。

尤小乔径自往前面骑去，没有太在意。

骑着骑着，觉得不太对劲，或许是女人的第六感，或许是这条街道实在太安静，她回过头，竟见那辆车一直跟着她。

尤小乔停在原处，将单车转了个弯，与那辆车的主人面对面。

车里面的人她不陌生，只是让她感到很意外，是邓兰陵。

邓兰陵冷漠如鹰的双眸静静地与她对视，他虽然什么都没做，但仍能让尤小乔嗅到一股子危险气息。

就在这时，邓兰陵发动车子缓缓朝尤小乔的方向开来，在离尤小乔不过百米时，却猛地加速。

尤小乔脑子里只有一种想法——他想撞死自己！

她还骑在单车上，眼看车子迅速朝自己开来，她从单车上一跃而起。只听见一阵巨大的碰撞声，汽车将她的单车撞开，她一手撑在汽车的引擎盖上，凌空翻了一身，只觉手臂一痛，整个人从车顶狠狠摔在了地上。

邓兰陵的车在原地极速漂移，车轮胎摩擦地面发出尖锐的摩擦声。

此刻的尤小乔痛得大汗淋漓，她知道，自己的右手估计是被撞断了。她摔在地上，冷冷地看着静静停在不远处的车，只要邓兰陵直接将车碾过来，她就会变成一摊泥。

邓兰陵的车静静地停在那儿，此刻路上没有其他人，一车一人静静对峙了半秒后，车在原地极速转了个弯，飞驰而去。

尤小乔一颗心才放了下来，若说她不怕死，那是骗人的。

她还年轻，生活才刚刚起步，恋爱才刚刚开始，她还有家人还有责任，她决不能这样轻易地死去。

此刻她无法追究邓兰陵为何而来，为何做出这种事。

一阵铃声传来，是摔在地上的手机。

她左手扶着断了的右手走过去，被砸碎的手机屏幕里显示是汪祁俊来电。

她一手摁下接通键，由于屏幕摔坏了，摁了好几次才摁开，这简单的动作已经让她疼得大汗淋漓。

汪祁俊的声音在电话那头传来：“小乔，你到哪了？”

第十五章
我不喜欢你跟我说谢谢

Part 1

汪祁俊赶来的时候，尤小乔已经疼得在地上几乎要晕了过去，最后一丝神志在看见汪祁俊的身影时，彻底支撑不住，断开了……

再次醒来，是在病房中。

第一个映入眼帘的是面色看上去很不好的叶西何，跟叶西何接触这么长时间，尤小乔只有在那次他与叶成争吵时，才看见过他这么难看的脸色。

“叶西何，你怎么了？”她问，“谁惹你生气了？”

叶西何没吭声。

尤小乔试着从床上坐起来，刚动了一下，感觉右手传来深入神经般的痛，这才发现右手臂被打了石膏。

“动什么，你右手断了，刚刚才接好。”叶西何对她不安分的动作十分不满意。

“我不动，那你能告诉我你怎么了吗？”

叶西何反问：“不应该是我问你怎么了吗？”

“呃……”她怎么感觉他心情不好，似乎与她有关？

“叶西何，你在生我的气吗？”她小心翼翼地说。

叶西何扬眉：“你说呢？”

“……”见他这副表情，尤小乔只能装作委屈的样子，“是因为我受伤让你担心了吗？对不起啊，我也不知道会发生这种事。”

叶西何没说话。

尤小乔眼珠子转了转，嘴巴开始变得甜了起来：“小哥哥，不生气了好不？你看我刚醒过来，都不知道发生了什么事，就被你这么凶地瞪着，很委屈啊……”

叶西何的脸色这才缓和了一些，嘴上却不饶人地说：“活该！”

“嗯嗯，我活该。”尤小乔看着自己的右手，“我的右手接好了吗？没什么问题了吗？”

叶西何沉默了片刻，说：“没有大问题，但是对你以后练功暂时会有影响，”

尤小乔愣了愣，最后“噢”了一声，虽然很努力在控制面部表情，但她语气里的失落太明显了。

“还有一周就要比赛了。”她看了眼自己的手，有些无助。

“小乔！你醒了！”病房门口忽然传来一阵惊叫声，尤小乔不用回头就知道是罗晴续。

罗晴续冲了过来，脸上都是担忧 :“小乔，你感觉怎么样？”

“还行啊……”她说着，看见跟罗晴续一起进来的脸上很诡异的汪祁俊，“祁俊，你怎么了？被人打了啊？”

此时汪祁俊的脸上一片青一片紫，嘴角夸张地肿了起来，可不是一副被人揍了的模样吗?

“叶哥揍的！”随后进来的程珊全咬牙切齿地说。

“叶西何？”尤小乔看向身边的男人，“为什么？”

“小乔，你别怪他，是我自愿的。”汪祁俊的声音听起来闷闷的，“我上当了。”

全场除了尤小乔，其他人似乎都已经知道了这是怎么回事。

“熊娜娜骗我，她跟我说让我把你喊到我家里，她有一些关于叶西何不为人知的事情要告诉你。”汪祁俊说，“之前你因为叶西何脚踏两只船的事很伤心，所以我信了熊娜娜，把你喊来我家里，谁知道发生了这种事。”

“那你……是怎么认识熊娜娜的？”

“还记得你比赛前一晚的篝火晚会吗？”

“嗯。”

“我爸来了，非让我跟他一起参加一个饭局，饭局上有熊娜娜，她主动找我说话的。”汪祁俊郁闷地说，“她说她是你的朋友，所以我才理她的。她跟我说了她跟叶西何在一起的很多事，说叶西何是不可能跟你在一起的，因为叶西何心里只有她。如果有一天叶西何跟你在一起，一定是因为一个原因。”

“什么原因？”

汪祁俊摇头：“她没跟我说，因为那时候你还没跟叶西何在一起。直到今天，她忽然给我打电话，说要来找我，我问她找我做什么，她说你不想知道叶西何跟尤小乔在一起的原因吗？”

“所以你把我叫来，是因为熊娜娜在电话里跟你说如果想知道原因，就把我喊到你家去？”

汪祁俊点头。

尤小乔不吭声了，她一直知道汪祁俊脑子单纯，想法简单，别人说什么就是什么，从不会怀疑别人的用心。

这一次，他显然被熊娜娜利用了他的单纯。

“小老师，你说这家伙该不该狠揍一顿？”程珊全不解气地说，“熊娜娜喊你做什么你就做，她喊你去吃大便你去不去吃？叶哥跟小老师在一起当然是因为喜欢她，还能有什么其他原因吗？你以为是拍电视剧，叶哥忽然有一天发现小老师的父亲杀了他全家，叶哥为了报复小老师，所以假装跟她在一起？”

“我、我当然没这么以为！”汪祁俊着急地解释，“我只是害怕小乔上当！”

“你个猪脑子，说你是猪，我都觉得猪做错了什么要和你归为一类！”

“程珊全，你这话说得过分了吧？”罗晴续听不下去，站出来维护汪祁俊，“祁俊都已经道歉了，你们也打了他一顿，还说这种话，难道祁俊就不难过吗？他那么喜欢小乔，现在他才是最难过的那个！”

程珊全撇了撇嘴没说话。

“祁俊，别难过了，我不是还活着吗？”尤小乔笑得轻松，“你也是为我好不是吗？”

汪祁俊抿着唇，眼眶里凝聚着泪水，忍着没让它掉下来：“小乔，我再也不会犯这样的错了。”

病房里沉默了片刻，程珊全问：“对了，小老师，你怎么把手弄断的？汪祁俊说到了那看见你昏迷了过去，周围什么人都没有。”

“那条街是一条拆迁街，里面住的人早搬走了，根本没有人。”金驰说，“我之前有个亲戚住那，现在成了拆迁户，一夜之间暴富。”

“是有人开车撞我。”尤小乔说完，所有人倒吸一口气。

Part 2

“谁撞你？”罗晴续问，“是意外，还是故意？”

尤小乔说：“不知道是不是故意。”

“难道是意外？”

“目前不知道是他自己的做法，还是背后有人指使的。”

“那人是谁？”一直沉默的叶西何问。

尤小乔看着他，思量了片刻，才说：“邓兰陵。”

“邓兰陵？”罗晴续觉得不可思议，“是不是邓木兰的哥哥？那个武术冠军？”

“嗯。”尤小乔点头。

“他为什么要这样做，这不是犯法吗？他不怕被抓起来？”

程珊全对于她一系列的问题很无语：“都说了那人烟稀少，小乔出事的时候一个人都没有，而且那个地方是没有监控摄像头的！既然他能做得这么明目张胆，肯定是事先安排好的。”

“光是没有人看到这一点，就有可能是他们提前清场了！

“光天化日之下，这么明目张胆？而且邓兰陵跟小乔有什么仇，为什么要这样对她？”

“会不会是因为他妹妹邓木兰？”罗晴续忽然想到，“因为她们要争夺国际武林大赛的冠军，所以邓兰陵帮邓木兰清除对手？没道理啊……小乔还没能进入二分之一决赛，他们这么着急做什么？”

程珊全真替她的脑子着急：“这明显跟国际武林大赛无关。别忘了，邓兰陵还有一个身份。”

罗晴续问：“什么？”

程珊全和尤小乔对视一眼，缓缓吐出：“娜娜的保镖。”

“熊娜娜的保镖？”罗晴续问，“这跟小乔的意外有什么联系？”

程珊全翻了个白眼：“我问你，小老师为什么会出现在那条路？”

“因为祁俊喊她去的啊……”

“汪祁俊为什么喊她去？”

“因为熊娜娜说要告诉她叶少爷跟她在一起的原因。”

“所以前因后果还需要我讲得再仔细一点吗？”

罗晴续摇摇头：“可我还是不懂，就算如你说的这件事跟熊娜娜有关，可去祁俊家里有两条路，为什么熊娜娜他们知道小乔一定会走那条路？”

程珊全耸耸肩：“这就不得而知了，也许他们也是算概率，也许两条路都有他们的人。总之按照小乔叙述的，他们并没有真的想撞死她，只是给她一个警告。”

“警告？”

“对，你看电影里那些黑帮老大教训人的时候，都会说留下你身上一个东西才能离开，要么断你手要么断你脚，最轻的都是断手指。”

“……那只是电影。”连尤小乔都忍不住打断程珊全的瞎想。

程珊全“噢”了一声：“我知道啊，我就是打个比方。”

“……”

原本压抑的气氛在程珊全不着痕迹的调节中，总算缓和了一点。

尤小乔醒过来后，当天就被叶西何从医院接回了叶家。

尤小乔几次抗议，想回武馆，都被叶西何不悦的神色吓得缩了回去。

病房里他的沉默也许其他人没太在意，但她知道这件事让他十分不愉快，两人单独相处时，他周身冰冷的气场都要冻僵她了。

而且回答她的话从来不超过一个字。

比如：

“叶西何，我以后会更加注意我的人身安全的。”

“嗯。”

“等我手好了，就让我回武馆好吗？”

“不。”

“叶西何？”

“？”

“你还在生气吗？”

“没。”

“那你能不能多跟我说几个字？”

“几个字？”

“……”

好了，她投降了。

这样尴尬的气氛一直维持到尤小乔的手拆石膏的那天，也就是比赛的前一天。

对于尤小乔的情况，医生是不建议她参加比赛的。

“手虽然能活动了，但完全不适合比赛这种需要力量以及灵活性非常高的运动，就算手彻底恢复了，短时间内都不可能像从前那样灵活。目前来看，病人的手根本撑不起这么庞大的运动量，如果执意而行，会对整条手臂都有影响，重则这辈子都不能耍功夫！还是等手臂彻底恢复了再看吧！”

出了医院，尤小乔一直很沉默。

身边的叶西何观察着她的状态：“比赛以后有的是机会参加，目前身体要紧。”

从不会安慰人的叶小少爷安慰人时略显笨拙。

尤小乔轻轻“嗯”了一声：“但我还想试试。”

叶西何眼神向她投来一个问号的表情。

“你能不能不要把这次复查的结果告诉我爸还有师父他们？我不想让他们担心。”

“不可以。”叶西何果断拒绝。

尤小乔看向他的眼神里有些许伤心：“叶西何，我从没拜托过你什么事，这件事就当我求你了！我不想让他们为我担心。”

“你是不想让他们为你担心，还是想让他们以为你没事，可以继续参加比赛？”

叶西何毫不留情地拆穿了她。

尤小乔“嗯”了一声：“我不想骗你，比赛我一定要继续参加！不管赢还是输，这场比赛，有始有终，我不会做半路上的逃兵。”

尤小乔以为叶西何会骂她，会让所有人知道她的手臂近况，阻止她参赛。

她在脑海里反复思索自己该怎么说服他，撒娇这一招，现在这种情况恐怕说服不了他……

就在她干着急时。

“好。”叶西何竟然答应了她，这是一个在别人看来很荒谬的决定。

此时，尤小乔的内心是感激他的，千言万语，只有两个字：“谢谢。”

临近比赛，去医院复查后，叶西何跟着尤小乔一起回到了武馆。

面对武馆的人问复查的情况，尤小乔看了叶西何一眼，才说：“医生说我恢复得特别好，明天的比赛没有问题！”

“真的吗？”卯卯第一个兴奋地喊了起来！

“真的？”胥袅略带怀疑地看向叶西何。

尤小乔也看向他，眼神里都是祈求。

“嗯。”叶西何淡淡应了一声。

“太好了！”望风也跟着激动了起来，“这样就可以打爆拳霸武馆了！小乔你知道吗？你明天的对手是拳霸武馆的程天真！”

“终于可以出一口恶气了！”其他弟子也说，“拳霸武馆欺负我们这么久，小乔师姐终于可以帮我们报仇了！”

“对对对！还记得上次小乔师姐把程天真打得落花流水，实在太爽了！”

众人你一言，我一语，情绪都十分激动。

“好了，小乔明天要比赛，又刚遭遇车祸，你们都别围在这里了，让她回房间休息一下！”胥袅忽然对着众弟子说。

“哦哦，那好哦，小乔师姐，你好好休息！”

“我们就不打扰小乔师姐你啦！”

众人纷纷跟小乔说了再见后都去练功了。

“小乔，你跟我来。”站在一旁，从始至终没说话的尤向北转身朝后院走去。

尤小乔正要跟过去，见叶西何也跟着自己，她回头，对他说：“你在这里等我一下好吗？”

叶西何不咸不淡“嗯”地了一声。

“谢谢。”尤小乔说完，转身要走。

叶西何拉住她，她回头：“怎么了？”

叶西何漂亮的眉头蹙起：“不喜欢你跟我说谢谢。”

“噢。”尤小乔笑眯眯地点头，“好的，我会记住的。”

叶西何勾了勾唇，忽然将脸凑到她面前，指腹指了指自己洁净的脸蛋：“以后要谢的话，亲这里！”

尤小乔抿了抿唇，见他这样子，仿佛心情终于稍好了一些。

她这才发现自己有多想念平日里痞里痞气的他。

她心尖一暖，在他立起身子时，“吧唧”一声在他脸上飞快地亲了一下，速度快得除了叶西何感觉到之外，其他人都没看见。

叶西何望着亲完后落荒而逃的某人的背影，嘴角愉悦地弯起。

“嗡……”

此时手机响起，他拿出瞟一眼屏幕上显示的号码，来自熊娜娜。

Part 3

尤小乔跟着尤向北来到院子里，此时弟子们都在练功，院子里没人。

尤向北问：“小乔，实话告诉我，你的手对明天的比赛真的没有影响？”

尤小乔想像对众师兄弟那样说没有，但在尤向北面前，她完全无法欺骗他，只能委婉地说：“爸爸，不管有没有影响，我都会努力比赛。”

尤向北听她这话，已知结果了。

“明天的比赛，你不用参加。”

“不行……”尤小乔还未说完，被厉声打断。

“我已经失去一个儿子，不想再失去一个女儿！”

尤向北尖锐的声音让尤小乔喉头发紧，她看见尤向北的双手在颤动，作为一个父亲而言，他怕了，他真的怕了。

过去，因为他对冠军的执着，逼迫不喜欢武术的尤淼去争夺他遗失的金牌，导致尤淼成为植物人。

如今，尤小乔为了他失去的荣誉，继续拼搏着，他本以为一切会渐渐由坏变好，却没想到同样的事情在他女儿身上发生了。

如果不是这次走运，是不是下一个变成植物人的就是她？

沉默寡言的老人不敢再让自己的亲生骨肉冒这个险了。

尤小乔久久未吭声，直到看见尤向北佝偻的背影离去……

在她印象中的父亲永远都是高大的威严的，什么时候变得如此步履蹒跚？他的信仰，他的荣耀，是他这辈子最珍惜最看重的。她曾想替父亲争回来，以前没机会，现在好不容易有机会，她却无能为力。这让她不甘心，那心底被埋藏了多年的梦想在这一刻被激发，她想夺回属于父亲的荣耀，也是属于她自己的荣耀。

“爸爸，不管您怪我还是骂我，这场比赛我一定会参加，不仅仅是为了你为了哥，也是为了我自己！如果不是遇见邓兰陵这样的对手，也不会激起我沉淀已久的斗志和梦想！”尤小乔忽然在尤向北的身后大声说出这番话，“曾经我是为了爱的亲人而活，拼命打工赚钱，为生活而活，可自从我参加比赛后，我才发现原来我也可以为梦想而活！这一次，我不会轻易放弃！”

尤小乔说完后，愤恨地转身离开。

也许是被压抑了太久，她一直在尤向北面前是个乖孩子，只要尤向北说朝南她不敢朝北。小时候尤淼不喜欢武术，可她喜欢，但她不敢说。

尤淼的性格沉稳，对什么都淡淡的，要求不高，他不喜欢为了冠军斗得你死我活。可她喜欢，她就喜欢在比赛中那种酣畅淋漓的感觉，像在战场上为荣誉而争的战士，为了梦想而战。

这一刻，她只想将过去的羁绊都丢下，做自己。

尤向北回头，看着自己女儿渐行渐远的背影，内心万分复杂，酸、苦、辣、咸，唯独没有甜。

尤小乔本是打算直接回房间的，走到半路忽然想起叶西何还在等她，忙回头去找他。

跑到大厅时，本以为没耐心的他竟然还在大厅里等着。此刻已经是吃饭时间，前台三个妹子站在远处，你推我、我推你，想上去跟叶西何说话，又不敢贸然上前。

最后还是一个勇敢的妹子走上前，红着一张脸，支支吾吾地说：“叶、叶先生，我们到吃饭时间了，你、你跟我一起，不、不、是跟我们一起去吗？”

叶西何抬头看了眼她们，温和地笑了笑：“不用了，谢谢。”

“哦哦。”叶西何这一笑，妹子的脸更红了，红得能滴出血一般，“那、那我们先走了。”

叶西何客气地点头。

三个妹子走到拐角处忍不住尖叫：“你们看见了吗？叶先生超有礼貌的哎，刚刚对我笑了！”

“看到啦看到啦！近距离跟男神说话是什么感觉？”

“感觉他更帅了！你们没有看见，他脸上的皮肤简直零毛孔，睫毛长长的，像蝴蝶的羽翼。我以前以为只有在电视上才能看见这样的帅哥，没想到现实生活中真的有！”

“嘿嘿，你之前不是说你的男神是汪祁俊吗？怎么现在变了？”

“啊……两个都喜欢啊，但是叶先生比汪大哥要多了几分男子气概！就是很有气场的那种嘛！”

很有气场的叶先生并没有心思听她们议论自己，手机屏幕一直在亮，显示有人来电，反反复复，他根本没要接的意思。

直到手机不再亮起后，传来一条微信：“西何，你是我的，我不会这么轻易把你让给其他女人，尤小乔更不行！”

来自熊娜娜的微信。

叶西何指尖在屏幕上打出几个字：“随你，但如果你再伤害到她，后果自负！”

“你以前不是这样的……”随后熊娜娜回了一大段信息过来。

以前？以前他爱她、宠她、呵护她，最后她在他最失意的时候离开，讽刺他堕落，讽刺他是扶不起的阿斗，说她瞧不起他，而现在却说不会轻易把他让给其他女人。

叶西何冷笑，连微信都懒得再看。

三人走了后，尤小乔来到叶西何身边，弯下腰对着他：“小哥哥，等久了吗？”

叶西何收起手机，原本冰冷的脸，在看见她的那一刹那，浮现了笑容：“嗯。”

尤小乔见他一直坐在沙发上，没有起来的意思，眼神蕴含着一股子深意，每一个深意都在说：“想安抚我，就先亲亲我……”

人家都说亲亲会上瘾，要亲亲也会上瘾吗？

尤小乔鼓了鼓腮帮子，在他脸上亲了一下。

叶西何眉开眼笑，起身揉了揉她的短发，手掌从发端移到她及肩的发梢，食指随意地卷了一下：“头发长了？”

尤小乔“嗯”了一声，忽然有点不敢看他。

“还打算剪吗？”

“唔……先留着吧！”

她记得程珊全说过他喜欢长头发的女孩子啊……

不过这些话，她只敢在心里偷偷对他说，可不能说出来，不然不知道他要怎么撩拨她了。

对于尤小乔的回答，叶西何笑而不语：“我饿了，小老师要带我去吃饭吗？”

“你想去哪里吃？”她知道他在吃的方面特别讲究。

“你在哪，我就在哪。”

“……”

尤小乔一愣，这男人，怎么随口说出一句话，都像是情话。

她说：“在我们武馆食堂吃？”

她本是随意说说，谁让他总撩拨他。

却没想他眼睛一眨：“好啊。”

“呃……”这回轮到尤小乔惊讶了，“我说着玩的。”

“我认真的。”

尤小乔对上他认真的眼睛，瞳孔明亮，色泽浓郁，仿若能将她整个人深深地、深深地吸进去。

“那……好吧。”尤小乔慌忙移开眼睛，“跟我来吧！”

几乎是……慌不择路。

Part 4

好在尤小乔带着叶西何去吃饭时，食堂里已经没人了，他们简单地吃了一会后，尤小乔说："我送你回家吧？"

叶西何："不急。"

这不急两个字一直持续到晚上十一点，尤小乔被迫直挺挺躺在房间的床上，浑身僵硬，双手紧紧贴在身侧，一动不敢动。

一米五的床上，只躺在四分之一的床沿边的她简直快掉到床下。身侧占据大半张床的叶西何侧身，一手枕着脑袋，有一下没一下用手指卷着尤小乔的发丝："小老师，你再移过去，就到床下了。"

尤小乔不满地嘟囔："你非得这样吗？"

叶西何音调上扬"嗯"了一声："怎样？"

对于他的明知故问，尤小乔郁闷："我的手已经好了，你不用这样寸步不离地守着我……"

"你不喜欢吗？"

"我……"哪有问得这么直接的啊！

尤小乔气闷道："这不是喜不喜欢的问题，而是……"

"你喜不喜欢？"叶西何没听她说完，又问了一遍。

尤小乔本还想打哈哈，却见叶西何神情中的严肃与认真，惊了她一下，忙说："喜欢！"

说完后，叶西何严肃与认真的神情一晃而过，仿佛是她的错觉。

眨了眨眼，再看过去时，他又恢复了那副痞痞的模样："小老师，我很喜欢你的表白。"

尤小乔看着他一副得了便宜还卖乖的表情，很无奈，论拐弯抹角欺负人的手段，她可能一辈子都无法超越他了……

那天叶西何让人给他送了衣服过来，在尤小乔房间里洗了澡，换好睡袍，大义凛然地睡在了她一米五的床上。

尤小乔已经接受了他晚上不会回去的事实，本想继续在床沿睡，结果他朝她招手："过来。"

尤小乔看着他露在睡袍外的胸膛，还有鼻息间，她常用的肥皂香。

豁出去了！

反正他们本来就是男女朋友，睡一起有什么关系！

她爬到床上，很有勇气地抱住了叶西何的腰，将脸搁在他的胸膛上，感受他刚沐浴后冰凉舒爽的肌肤，和沉稳的心跳声。

从第一次见面不小心看见他没穿衣服的样子她就想这样做了，没想到今天终于美梦成真了。

她感受到他的长臂揽住了她的腰，两人什么都没做，只这样抱着睡觉，尤小乔嘴角情不自禁弯了起来，这将会是她这段时间睡得最好的一个觉了吧！

真好。

“叶西何，晚安。”

“晚安。”

低沉清澈的声音，浅浅道着晚安。

尤小乔在他的心跳声中渐渐迷糊地睡了过去。

管它昨天遇见过什么人心险恶，明天将面对怎样的险象环生，只要他在身边，一切都变得没那么可怕。

次日，尤小乔醒来的时候，发现自己还在叶西何的怀中。

尤小乔比较意外的是，叶西何居然醒得比她还早，她看了眼时间，这次她和平常一样自然醒，才四点。

“你……怎么醒得这么早？”

“等你。”

“啊？”

“之前你说过，每天四点会起床训练。”

“啊……”尤小乔没想到他竟然记着这个，顿觉他可爱无比，“那是之前，今天不是有比赛吗，所以不用训练。”

“再睡会？”尤小乔见他睡眼朦胧，似乎并没有睡醒的样子。

尤小乔忙点头，她知道叶西何平时爱睡懒觉，根本不会起这么早，早餐都是用人送到他床边的。

等听到叶西何传出平稳的呼吸之后，尤小乔才轻手轻脚地起床。

凌晨四点，厨房的人还没有上班。

尤小乔去厨房亲自熬了一些白粥，炒了两道家常菜。

“好香啊。”厨房的工作人员差不多五点半来上班时，远远闻见了一股饭菜香，“小乔居然做早餐了。”

“嗯，做多了一点。”尤小乔指着桌子上分的四个盘子，“这两个是给大家尝尝的。”

“哇，这太好了！”有人已经忍不住用手捏起一些放进嘴里，“好吃！”

边吃边竖起大拇指！

“没有，跟大厨比起来还是差很多的啦。”尤小乔谦虚地说。

事实上，从小她就开始照顾尤向北和尤淼的饮食生活，在做菜这方面还是很擅长的。

只是尤淼出事之后，她就没有做过饭，所以很多人不知道她会做饭这件事。

“这两份是给谁的呀？”有人开始调侃。

“当然是给叶少爷的啊……据说叶少爷昨晚跟小乔师姐，嗯嗯嗯哦？”后面几个字他演绎得眉飞色舞。

“什么嗯嗯嗯啊？”尤小乔红着一张脸说，“我不跟你们说了，我先走了。”

说完拿了托盘端着几个盘子和粥忙逃离了他们的调侃。

尤小乔回到房间里时，叶西何已经洗漱完，坐在窗边等她了。

“你醒了啊……”尤小乔将托盘放在桌上，“我给你做了点早餐，你先吃吧！”

叶西何看着桌上清淡的早餐，听着她说：“看你平时的饮食，感觉你会喜欢吃一点清淡的，这个是我用长米熬的白粥，这个是海带丝，这个是……”

尤小乔说到这，感觉他从身后抱住了自己，清新熟悉的气息，让她的心像早晨刚升的日出，渲染了一层桃红色的云霞。

“怎么了？”她回头，轻声问。

“没。”在她身后的声音，低低的，哑哑的，“很久没人特意为我做这种早餐了。”

“啊……全妈她不是……”

“不一样。”他说，“那不是家的感觉，这才是。”

尤小乔知道他一定是想起了他的母亲，顿觉喉咙发紧，满是疼惜：“叶西何，以后我都给你做。”

他没回答，可她感受到了他抱着自己的力道，更紧了一分。

Part 5

图腾武馆的人准时到达了比赛现场。

和第一次来不同的是，这一次的媒体有一半是蹲点专门采访尤小乔的，还有高举“中国功夫少女尤小乔加油”灯光牌的应援团。

这让卯卯很兴奋：“那可都是为了我们小乔而来的啊！这是对小乔的肯定！”

进入场馆时，尤小乔以为叶西何会跟自己一块去后台，叶西何却止了脚步：“我去赛场等你。”

尤小乔点头，望着他跟程珊全、金驰离开的背影，握了握恢复了却不能太用力的右手，内心充满了能量与动力。

罗晴续依旧负责今天的现场直播，汪祁俊在她身边帮忙。

“哇，刚刚镜头闪过的是不是巴啦啦大骚猪小哥哥？”

“小哥哥长得好帅哦！”

“巴啦啦大骚猪小哥哥，跟观众们打个招呼呗？”

看着直播间里的弹幕，虽然知道汪祁俊不可能答应，但罗晴续还是尝试着问：“祁俊，直播间里的粉丝们希望你能跟他们打声招呼……”见汪祁俊表情变化不是很大，她生怕他不开心，忙说，“如果不行的话就算了……”

汪祁俊思忖了片刻，最后说：“好吧。”

罗晴续在心里偷笑起来，实际上祁俊比她想象中心还软。

这边，叶西何、程珊全和金驰三大巨头已经入座。

金驰带了一袋子的零食，全是可乐、薯条，必备的看比赛零嘴。

程珊全则是瞥了叶西何一眼，欲言又止。

再瞥了他一眼，又欲言又止。

叶西何看着擂台，扫都没扫他，懒懒地说：“有话就说。”

“呃……娜娜买下了整个拳霸武馆这件事，你知道吗？”程珊全说，“我也是今早刚知道的，听说她要培养邓木兰，势必要在这场比赛中打败小老师。”

“不知道。”叶西何淡淡地说。

见他表情这么淡漠，仿佛这件事与他无关，程珊全郁闷了：“叶哥啊，你都不替小老师着急吗？”

“着急什么？”

“娜娜这气势，势必是要针对死小老师的。”

“各凭本事。”

“……”程珊全嘟囔，“小老师没出事前，她的实力我完全相信。可她的右手断过一次，虽然恢复了，但即使再怎么恢复，也不可能恢复到从前那样好。来看这场比赛前，我都奇怪，为什么你会让她来继续参赛，这不是拿自己的手胡闹嘛！”

叶西何挑眉：“她愿意胡闹，我只能陪着。”

“……”程珊全觉得两人大概都疯了吧。

渐渐地，观众席上的观众都坐满了。

比赛正式开始，主持人宣布今天参赛的成员。

“……来自图腾武馆的尤小乔选手，上一场她在国际武林大赛分赛时打败了来自泰国的选手米饭，收获了无数粉丝，被称为‘中国功夫少女’！这一次，她会打出怎样的成绩，让我们拭目以待！”

“接下来，是来自拳霸武馆的程天真选手。程天真是拳霸武馆女弟子里的顶梁柱之一，曾经获得过无数省内武术比赛冠军，名副其实的‘武打巨星’！今天，‘中国功夫少女’与‘武打巨星’将会擦出怎样的火花，从现场的观众座无虚席的样子来看，就知道大家有多么期待了！”

主持人还在台上讲……

不能怪他话多，而是伴随着尤小乔的上场，在他念完比赛成员信息后，程天真始终没有上场。

渐渐地，观众席上的人坐不住了。

“怎么还没上场？”

“还打不打了？”

“不会是临阵退缩了吧？”

“拳霸武馆不是传说中中国最厉害的武馆吗？当家武旦应该不会这么㞞吧？”

“尤小乔加油！中国功夫少女好样的！”

“……”

最后主持人说到口干舌燥，程天真也没出现。

观众们躁动不安，尤小乔站在主持人身侧，略尴尬。

忽然，有位工作人员匆匆跑来，在主持人耳边说了些什么。

主持人露出讶异的神情。

工作人员离开之后，主持人遗憾地说："刚刚收到官方通知，拳霸武馆的程天真选手因个人原因，放弃了这场比赛！"

全场一片哗然，尤小乔也十分诧异，她没想到争强好胜的程天真居然放弃了这场比赛。

"所以这场比赛，图腾武馆的尤小乔直接晋级！"

主持人举起尤小乔的手，宣布胜利。

Part 6

这场比赛胜得太顺利，拳霸武馆的粉丝不禁唏嘘，但很快被尤小乔的粉丝的尖叫声掩盖："尤小乔最棒！中国功夫少女最棒！"

对于这么轻而易举的胜利，尤小乔觉得很意外，谈不上高兴，只觉得幸运。

接下来只要坐等其他组比赛，最终胜出的将会跟她争夺武林大赛的冠军。

离开擂台后，图腾武馆的其他人很开心。

尤小乔跟他们闹腾了一会后，去了一趟洗手间。

出来时，遇见了一个人。

似乎没想到会这么巧，那人"哼"了一声："居然能碰见你。"

尤小乔看着和平日没什么变化的程天真："你既然已经来了，为什么弃赛？"

"哼！"程天真用口红对着镜子补妆，"你以为是什么原因？因为你吗？别自以为是了！"

尤小乔翻了个白眼，她有说是因为她吗？

"一周前，拳霸武馆忽然被那个熊娜娜买了，整个拳霸武馆的弟子都成了她的人，事事都得听她的。"程天真一边补妆一边说，"你说这女人是不是特无聊，好好一拉大提琴的，不去搞音乐，买什么武馆？难怪叶哥不要她，简直活该！”

“拳霸武馆已经不是当初的拳霸武馆了，我和我爹、大师兄他们都打算跳槽了。”程天真收起口红，“所以这种比赛就不参加咯，让她去培养她重视的邓家两兄妹吧！恶心的坏女人！”

程天真说完后，拎着包包扭着屁股走出去了。

走到门口时，她想到什么，又回身：“这次是我弃赛，不代表我认输。下一次，我们还会在赛场上见的，尤小乔！”

说完挑战宣言，程天真又扭着屁股走了。

尤小乔心一沉，程天真不知道熊娜娜为什么忽然买下拳霸武馆，但她知道，是为了针对她。

想起那日，邓兰陵开车撞过来的冷漠眼神，尤小乔咬牙，双拳紧握。

没能杀死你的东西，只会让你变得更强大！

这个仇，她一定会用正当的方式还给他们！

尾声

晋级之后，尤小乔的生活回到了从前。

除了继续当叶西何的补课老师之外，保镖这一工作已经被叶西何主动解约了。

就算叶西何不说，尤小乔本人也会辞职不干。

不比不知道，现在她右手的灵活度的确没有以前那么好了，甚至跟以前的差距非常大，训练久了，右手一度使不上力。

这让她很失落，经常望着自己的右手发呆，认为自己是不是真的不能继续比赛了。

那天，她在训练室休息时，卯卯一脸激动地跑了过来：“小、小乔，快、快去大厅！有个意想不到的人找你！这简直太不可思议了！”

对于卯卯的夸张情绪的渲染，尤小乔已经习以为常，加上她这几天的情绪很低落，所以并没有放在心上。

她应了一声，回去换了一身干爽的衣服后去了大厅。

远远的，看见图腾武馆的弟子们围着一个高大健壮的男人。

一头天生的银白色头发，蓝色的双眼，眉间有一道疤，却一点不影响他的英俊，反倒增添了几分野性。

尤小乔的双瞳渐渐张大……

不可思议地看着那个笑呵呵的男人。

莫里·森牧！居然是莫里·森牧！

那个世界级的武术大师森牧！

尤小乔从小到大的偶像！

不！

不只是她！

那是所有喜欢武术的人的偶像！

莫里·森牧！

在众人的簇拥下，森牧嘴巴上叼着一根烟，笑呵呵地跟他们用熟练的中文打招呼。

“噢，这就是尤小乔吗？”森牧第一个看见站在不远处的尤小乔，“真是个漂亮的姑娘！”

森牧走到尤小乔身边，高大的影子将尤小乔完全遮盖了：“第一次见面，幸会幸会！”

说完，弯下腰要给尤小乔一个贴面吻。

一只手拦住了他：“差不多得了，森牧叔叔。”

森牧站起身，撇了撇嘴巴。

叶西何的个子已经很高了，但在森牧面前还是矮了一点。

森牧不满地说：“真是个冷漠又小气的孩子，亲一下你的小女友又不会掉块肉，我这是友好礼貌地打招呼。”

“收起你的友好礼貌，她不需要。”叶西何面无表情地说。

“真是令人伤心。”森牧故作伤心。

后来，尤小乔才知道，莫里·森牧是叶西何专程请来做她的私人教练的。

极少有人知道，莫里·森牧成为世界武术大师的之前，还是个无人问津的小人物时，曾有一次在赛场上被对手打到骨折，但他凭借着坚强的意志力挺了过来。

“我不怕那些练一万种踢腿方式的人，我怕的是把一种踢腿动作练一万次的人。”

勤练成就非凡。

这是著名武术家李小龙的名言，成为了莫里·森牧一路走来的能量输出，每当没有能量时，想起这句话，就自动被输入了动力。

“好吧！既然答应了小叶子，就要说话算数。”莫里·森牧收起慈眉善目的笑容，看向尤小乔，“小叶子的小女友，从今天开始，我将成为你为期一个月的私人教练。与此同时，我将会对你进行极其严酷残忍的训练。”莫里·森牧看着尤小乔，此刻，他不是那个脾气好的外国友人，而是严肃认真的武术教练，“你准备好了吗？”

没有所谓的准备好了吗……

事实上她一直都在准备，准备成为一个真正的自强不息的武术家！

尤小乔望着他，目光沉静，却鲜艳夺目。

被莫里·森牧激发的能量重新回到了她身体里，她觉得整个身体都被这股能量填充饱满。

“森牧教练，我尤小乔，准备就绪！”

“事实上，我真没有想过我这辈子能有幸遇见莫里·森牧教练。”

图腾武馆的后院，尤小乔和叶西何并肩坐在长椅上，叶西何一只长臂懒懒搭在她的肩膀上。

自从车祸以来，他跟她几乎形影不离，他去哪里她必须跟着，他没事的时候，就跟着她。

对于这样的黏腻，尤小乔竟然一点也不腻，她靠在叶西何的肩膀上，问：“你和莫里·森牧教练早就认识了吗？你是怎么请动他的？刚刚听小珊子说，森牧教练十岁的女儿是你的粉丝？”

叶西何“嗯”了一声：“我答应她女儿每年会开至少两场演奏会。”

用莫里·森牧小女儿的话来讲就是：“自从小叶子哥哥不拉大提琴之后，我每天的日子简直太难受了，跟失恋了一样。”

尤小乔听了后，笑了起来：“有机会真想见见这个可爱的小姑娘。”

“会遇见的。”叶西何淡淡地说。

“嗯。”尤小乔点点头，“这大半年遇见的人和事加起来都比我以前的人生要丰富多彩得多。”

“是吗？”

“是的。”尤小乔从他肩膀上抬起头，望着他，眨眨眼，“我遇见过流浪猫，遇见过古怪的守门老头，遇见过一只叫猫的阿拉斯加犬，遇见过诡计善变的敌人，遇见过心地善良的朋友……”

“叶西何？”她忽然叫了一声他的名字。

“嗯？”他应了一声，目光凝着她，温和清亮。

她笑了起来，眉眼弯弯：“遇见了蓝灰色头发痞里痞气的叶西何，也遇见了黑色短发乖巧听话的叶西何。叶西何，我很庆幸，我遇上了世界的一切，也遇见了你。”

后记

六月真是今年上半年最忙碌的一个月，每天不分昼夜地赶稿之外，还得分神办其他的一些事。

在六月底的倒数第五天凌晨写完了《尤尤我心》全文最后一个字后，一整晚没睡。上午去了一趟银行办事，中午才回家，吃了饭后，倒在床上睡了整整一天，半睡半醒中将稿子发给了编辑，不记得说了些什么，又睡了过去，一直到晚上才精力充沛了起来。

整个人的时差完全被打乱。

之后剩下的那几天独自去了天津办事，约了朋友逛了整整两个月来第一次的街，买了一大堆东西，吃了一顿新鲜的饭菜而不再是始终如一的外卖。

休息了一天后，飞回老家继续办事。

好像很久都没这么忙碌过，整个人像一直旋转停不下来的陀螺。

虽然累，却觉得很充实，一分一秒都没有被浪费。

六月底的最后一天飞回了老家。

相比较南方的天气，第一次觉得北京真热啊，三十九度的高温，热得阳台上养的十盆绿萝蔫了一半。

老家还是印象中的样子，一点都没有变。

从机场回家的路上下起了倾盆大雨，雨量太大，看不清前方的路，高速上的车都开了双闪。

我坐在后排，看着外面的大雨，想起了送迟了外卖站在拳霸武馆门前淋雨道歉的尤小乔。

想象中，那天的雨也是这么大，脑海中回荡的依旧是尤小乔道歉却挺直，不卑不亢的背影。

一直喜欢孤独又倔强，隐忍又坚强的女孩，也许偶尔看见窗外倾盆而下的大雨会略感忧愁，但大部分时间里，她浑身都充满了正能量。

回到家后刚好是周末，得空休息了一天，第二天马不停蹄地继续办事。

不得不说，在大城市生活习惯了，回到小县城里，有很多事情不习惯。

比如大城市的节奏快，办事效率高。

小县城生活节奏实在太慢了，办事效率也很低，在北京我花一个小时的时间就能办好的事，在家里需要花上大半天。

在排队等待时，我总想起电影《疯狂动物城》中的工作人员树懒，还有那只汽车超速叫“闪电”的树懒，因为闪电开车极快所以叫闪电，事实上它开车快是因为松油门太慢了，所以车开得快。

当然，小地方有小地方的好处，比如出门方便，不用像北京一样出一趟门来回需要花上好几个小时的时间。

但小时候，父母总跟我们讲，将来有出息，一定要走出这里，才能开阔视野。

出生在小县城的尤小乔一直有站在擂台上的梦想，她无法预知梦想什么时候能实现，但她知道，只有站在全国最牛掰的大城市里，才能有机会实现她的梦想。

在她默默隐忍却努力的岁月里，虽然她从未向任何人提及她的梦想，但她一直在为自己实现梦想而积累经验，她知道，往往能改变自己的只差那一步之遥的际遇，一旦抓住了，千万别放过。

这样忙碌又时常热得人心烦躁的日子里，总是想起自己塑造的这个人物，反倒能令自己安下心来，心平气和地对待每一件生活中的小磨难。

朋友说，人生不就如此，细碎的烦恼充满了生活中每个角落，如果每天因为一些烦琐的事而念念不忘，着实耗神且不值当。

故事中所塑造的那些优秀的人，也许在生活中很少见，但我想，在当下浮躁的生活环境下，我们仍需要保持一颗平静的心，去学习做一个美好的人，努力、上进，充实饱满、平心静气，不心浮气躁。

木子喵喵

2018 年 7 月 5 日